# Christopher Hope

# Die Wonnen der Vergänglichkeit

Roman

Aus dem Englischen übersetzt
von Hartmut Zahn und
Carina von Enzenberg

Klett-Cotta

*In Erinnerung an „Max" Klein*

*Faschismus, Faschist,* der; pl. –en: über die Notwendigkeit, diese Begriffe endgültig ins Englische aufzunehmen, kann erst entschieden werden, wenn sich herausstellt, ob das Phänomen in England ein vorübergehendes oder dauerhaftes ist.
H. W. Fowler, *Wörterbuch des Modernen Englischen Sprachgebrauchs,* Oxford 1934 (neu bearbeitete Auflage)

Die Zimmer sind bereit, die Namen eingetragen.
Uns bleibt noch Zeit für eine Runde, dann wird es Nacht.
W. H. Auden, *The Exiles*

# Inhalt

| | | |
|---|---|---|
| 1 | Denk dir eine Zahl | 11 |
| 2 | Max trifft eine Abmachung | 31 |
| 3 | Eine Spinne im Bad | 56 |
| 4 | Der Neue | 73 |
| 5 | Ein Inspektor macht Besuch | 90 |
| 6 | Die Maus kommt nach Haus Seelenfrieden | 100 |
| 7 | Geschichten, die seine Mutter ihm erzählt hat | 111 |
| 8 | Jack geht auf den Markt | 124 |
| 9 | Jack fliegt nach London | 140 |
| 10 | Wie Albert von der Sache erfuhr | 151 |
| 11 | Jack kriegt einen Job | 165 |
| 12 | Max und das breite Becken | 175 |
| 13 | Innocenta greift ein | 191 |
| 14 | Albert tritt ins Fettnäpfchen | 207 |
| 15 | Ich rieche, rieche… | 219 |
| 16 | Probleme | 234 |
| 17 | Die Wonnen der Vergänglichkeit | 242 |
| 18 | Die große Flucht | 255 |
| 19 | Tätscheltag | 271 |
| 20 | Himmel auf Erden | 295 |

# 1

## Denk dir eine Zahl

Max Montfalcon lag im Bett und versuchte sich zu erinnern, wie viele Menschen er auf dem Gewissen hatte. Wenn er die Frage recht verstanden hatte, kam es hier offenbar vor allem auf die Zahl an.

Neben sich spürte er, eine dumpfige Hitze verströmend, eine fast fühlbare Feuchtigkeit gleich einer schwülen Windbö aus irgendeiner sonderbaren tropischen Kolonie Englands, den schwitzenden Albert, der ihn verhörte. Daß der fette Kerl ihm einst seine Tochter weggenommen hatte und sein Schwiegersohn geworden war, war schlimm genug. Aber daß ihn der eigene Schwiegersohn nun auch noch verhörte, war der Gipfel. Max hatte die Augen geschlossen, so fühlte er sich am wohlsten. In der Ferne hörte er die Kirchturmuhr siebenmal schlagen, und die Abendluft trug das Läuten gut eine Meile weit. Diese in regelmäßigen Abständen wiederkehrenden Klänge hatten seine Tage und Nächte unterteilt, seit er eines schönen Tages Anfang November 1990 in Haus Seelenfrieden „einquartiert" worden war. Der Glockenschlag der Kirchturmuhr um sieben Uhr abends. Die Aufforderung „Lichter aus" um neun. Der elektrisch angetriebene Milchlaster bei Tagesanbruch. Im Sommer übten die Jungen von der Grundschule drüben auf der anderen Straßenseite an den Fangnetzen Kricket. Im Winter klangen ihre Stimmen schriller. Sie hüpften und sausten herum wie kleine Kobolde und schlugen den harten schwarzen Ball beim *fives* quer über das Spielfeld. Von grellen Neonlampen erhellte Betonbaracken mit Flachdach. Das Schmatzen von Lederhandschuhen beim Fangen des Balls. Wildes Gerangel. Ein *fives*-Spiel in Eton an einem Winterabend. Gott sei Dank, daß es England gibt!

Mit Langweilern hatte Max zwar schon öfter zu tun gehabt, aber Albert schoß bei weitem den Vogel ab.

Allein schon die spärliche Einrichtung in Max' Zimmer irritierte Albert. Ein blauer Stuhl und ein Tisch von ähnlicher Farbe, fast himmelblau. Französischblau, wie man es auf dem Kontinent findet. Allem Anschein nach stammte das Mobiliar von Haus Seelenfrieden aus Second-hand-Läden und Pleitehotels. Typisch für diesen Cledwyn Fox, sagte sich Albert. Walisischer Trödel und französische Möchte-gern-Stilmöbel. Schrecklich ausländisch. Ein ausladender Eichenschrank, anderthalb Meter hoch, mit Beschlägen aus Bronze und silbernem Schloß. Der Schlosser aus Highgate Village habe es eingebaut, erzählte Max stolz. „Das Ding kriegt höchstens ein Profi-Einbrecher auf." In dem Schrank verwahrte Max persönlichen Krimskrams. „Ein paar Erinnerungen aus der Zeit vor dem Krieg", sagte er. „Meine Schätze."

Bis vor kurzem hatte Albert keine Notiz von dem Schrank genommen, und auch jetzt war er sich nicht sicher, ob er wirklich wissen wollte, was Max darin versteckte. Auf dem Bett lag eine Decke, auf die mit goldener Seide die Landkarte von Korsika gestickt war. Warum um Himmels willen ausgerechnet Korsika? Ganz einfach: Eine andere Landkarte hatte es im Nähkasten der alten Maudie Geratie nicht gegeben. Die Kunsttherapeutin hatte sie ihr besorgt, eine blasse junge Frau namens Jaci, die „der Campari dahingerafft" hatte, wie die alte Maudie sich unverblümt ausdrückte, als hätte ein teuflischer, fremdartiger Wind wie der Föhn oder der Mistral oder eine scheinbar harmlose, jedoch tödliche europäische Krankheit ihr die Kunsttherapeutin entrissen. Bevor Jaci also dahingerafft wurde, hatte sie Maudie noch das Häkeln beigebracht. Die Zipfelmütze aus roter Wolle, die an Max' Zimmertür hing, war ebenfalls ein Geschenk von Maudie. Neben dem Bett lagen kunterbunt durcheinander mehrere einzelne, ausgelatschte Schuhe und ein Paar schäbige, verbeulte Slipper mit heruntergelaufenen Absätzen. Manchmal fing Max zu weinen an, wenn sein Blick auf die Schuhe fiel, aber nicht etwa, weil er sie so ramponiert und in

Grund und Boden gelaufen hatte, sondern weil man, wie er einmal zu Albert und Lizzie sagte, „Schuhe so verdammt schwer los wird. Man braucht von ihnen ja immer gleich zwei Stück!" Auf dem Nachttisch stapelten sich Max' Lieblingszeitschriften: *Monarchie, Majestät, Blaues Blut, Hommage* und natürlich, ganz obenauf, das von Max heißgeliebte Magazin *Feudal*.

Ohne die Augen zu öffnen, murmelte Max mit kläglicher, kratziger Stimme: „Denk dir eine Zahl, irgendeine Zahl..."

Albert stemmte sich aus dem Sessel hoch. „Ich habe keine Lust, mich von dir an der Nase herumführen zu lassen, Max. Du willst nicht mit mir reden? Na gut! Wie du willst. Allerdings finde ich, daß deine Familie etwas Besseres verdient hätte. Lizzie liebt dich. Sie ist außer sich, sitzt nur noch herum und macht sich darauf gefaßt, daß die Welt untergeht. Und dann ist da noch Innocenta..."

Alberts Stimme klang fest, doch es schwang noch etwas anderes in ihr mit. Ja, genau: Angst.

Lizzie liebte ihn? Nun, vielleicht hatte sie ihn mal geliebt, aber das war vor der Abmachung gewesen, die Lizzie gebrochen hatte. Das Klopfen an der Tür um Mitternacht. Die Eisentür, die hinter ihm zufiel. Zeit, den Koffer zu packen, nur einen.

Und Innocenta? Sie war seine Enkelin und sein Liebling. Ja, sie würde ihm helfen. Er hatte das sichere Gefühl, daß Innocenta ihm helfen würde, die Maus zu fangen.

Albert polterte im Zimmer herum und schickte sich an zu gehen, aber Max hatte schon längst nur noch Ohren für den jungen Dr. Tonks, den Facharzt für Alterskrankheiten, der gerade Visite machte und sich am Ende des Korridors mit der Nachtschwester über einen der letzten Abgänge unterhielt.

„Sie hat arg gelitten, die gute alte Elsie, bis wir den Dreh raushatten. Ich mußte den richtigen Augenblick abpassen, um die Schmerzen sofort mit einer Spritze abzufangen. Ich habe es aber, glaube ich, fast immer geschafft, bevor es richtig losging. Wann hat sie uns verlassen, sagen Sie?"

„Vorgestern nacht, Dr. Tonks. Gegen drei Uhr."

„Hat ihr jemand den Abschied erleichtert?"

„Ich hab kurz vorher bei ihr reingeschaut, mit Imelda. Wenn wir wissen, daß ein Gast uns verläßt, schauen wir ab und zu rein. Daß sie tot ist, hat Jack als erster gemerkt. Er ist eben ein Schneller, unser Jack. Leute, die uns in den frühen Morgenstunden verlassen, machen mir keine Sorgen."

„Großartig. Irgendwelche Komplikationen in letzter Minute?"

„Nein, sie war brav wie ein Lämmchen."

„So etwas läßt einen hoffen, Schwester. Die Schmerzen unter Kontrolle halten. Von Anfang an. Und dann ein schneller, sanfter Abgang. Das wünsche ich mir, Schwester. Wir brauchen viele tapfere Kämpfer wie Elsie Gooche, Leute, die begreifen, daß sie hier nicht ewig herumtrödeln können."

In diesem Augenblick trat Albert aus Max' Zimmer, nein, er marschierte hinaus wie andere aus einer UN-Vollversammlung. Einer Gesprächsrunde über Nordirland. Stemmte sich hoch, verließ mit stampfenden Schritten das Zimmer und murmelte: „Mir soll's egal sein. Mach, was du willst, du alter Mistkerl. Wenn du das schon schlimm findest, dann warte nur, bis die Fragerei richtig losgeht!" Dann: Bumm, bumm, bumm, peng! Albert marschierte hinaus, wie Araber und Israelis aus Friedensverhandlungen hinausmarschieren.

Max unterhielt sich mit Major Bobbno über die geplatzten Friedensverhandlungen zwischen Arabern und Israelis. Der Major meinte: „Ich hätte nicht gedacht, daß Sie für die Israelis was übrig haben, Monty." Major Bobbno nannte ihn Monty. Manchmal auch Brigadier. „Die Israelis wissen, daß man mit Nettigkeiten nicht weiterkommt. In Friedensverhandlungen geht es um Macht. Denken Sie nur an Versailles!"

„Denken Sie an München!"

„Sicher. München. Ganz genau! Neunzehndreiunddreißig. Bloß keine Schwäche zeigen – erst mal diese Scheißkerle mit den Eiern an die Wand nageln. Und dann reden. So machen es die Israelis. Bewundern Sie die Israelis etwa, Monty?"

„Ich bewundere die Israelis, Major."

„Ich auch." Major Bobbno zog eisengraue Brauen hoch, zwei haarige Kotflügel über Gummiaugen. „Unter uns gesagt, Monty: Juden, die gehen mir auf den Senkel."

„Vielleicht hätten wir die mit den Eiern an die Wand nageln sollen."

„Wen? Die Juden?"

„Die Israelis."

„Entschuldigen Sie die dumme Frage, Monty – aber warum sollten wir den Israelis die Eier an die Wand nageln?"

„Nicht jetzt. Damals, siebenundvierzig", sagte Max. „Als wir das Mandat über Palästina hatten und Sterns Leute unsere Hotels in die Luft sprengten und unsere Jungs umbrachten. So hätten wir das Schiff vielleicht vor dem Untergang retten können. Im Mittleren Osten ist uns die Puste ausgegangen, Major. Erst Palästina, dann Aden..."

„... Indien. Vergessen Sie Indien nicht, Monty. Und Rhodesien."

Die beiden Männer verstummten abrupt, als Jack vorbeikam. Jack, die Hilfe aus Amerika. Der Junge mit dem vollen blonden Haar und dem breiten Grinsen. „Na, Leute, worüber redet ihr denn? Darf man zuhören?"

„Wir diskutieren, ob es was bringt, jemandem die Eier an die Wand zu nageln", sagte Major Bobbno. Er fuchtelte mit dem Rückenkratzer vor Jacks Nase herum. „Und jetzt verschwinde, sonst lasse ich dich erschießen!"

„He! Ich hab euch doch so gern!" sagte Jack. Kopfschüttelnd trollte er sich und murmelte gutgelaunt vor sich hin: „Wovon redet ihr eigentlich? Und wem wollt ihr die Eier an die Wand nageln?"

Er ging seiner Wege, blieb ab und zu stehen, wedelte wie bei einem sonderbaren amerikanischen Tanz mit den Händen, wiegte sich zu einer inneren Melodie in den Hüften und betete mit wilden, unverständlichen Ausrufen unter Stöhnen und Ächzen laut seine amerikanischen Gottheiten an, welche auch immer das sein mochten. Ein Dankesgebet, daß sie ihn, den armen Burschen aus einem Wohnwagen in Florida, an diesen wundervollen Ort namens Haus Seelenfrieden geführt hatten.

„Sind Sie sicher, daß er in einem Wohnwagen aufgewachsen ist?" fragte Major Bobbno Max, während sie Jack nachblickten. „Mr. Fox behauptet steif und fest, daß er aus einem anständigen Elternhaus stammt. Student soll er sein."

„Wie oft war Mr. Fox in Amerika?" fragte Max zurück.

„Jedes Jahr. In New York."

„Und wissen Sie auch, warum?"

„Er geht mit seinem Freund Bruce zur Schwuchtelparade – Kerle in Frauenklamotten."

„Genau. Was also weiß er über Jack? Irgendwann erzähle ich Ihnen Jacks Lebensgeschichte. Da werden Sie staunen..."

„Der kleine Jack hat Ihnen sein Leben erzählt?" fragte der Major.

Max grinste. Wohlgeformte gelbe Zähne über einer vollen Lippe. „Der Junge ist blöde. Selbst wenn er wollte, könnte er mir nichts erzählen. Selbst, wenn er es könnte, würde ich ihm nicht zuhören. Trotzdem kenne ich seine Geschichte besser als er selbst."

Die Zeit verging. Max' Zimmer lag im Dunkeln. Hinter seinen geschlossenen Augenlidern war es noch dunkler. In Haus Seelenfrieden erklang das Signal für „Lichter aus". Ein durchdringendes elektronisches Piepsen, nicht zu schrill, nein, dem Gurren einer Turteltaube nachempfunden. Als Cledwyn Fox, Leiter und alleiniger Besitzer von Haus Seelenfrieden, den Apparat hatte anbringen lassen, hatte er wie die ferne Sirene eines Rettungswagens geklungen. In den ersten Tagen nach der Installation, bevor Mr. Fox den Klang ändern ließ, hatte das unheilvolle Martinshorn zwei Insassen von Haus Seelenfrieden ins Jenseits gerufen. Ältere Menschen reagieren auf derlei Alarmsignale äußerst empfindlich: Sie haben gelernt, nie danach zu fragen, wen die Ambulanz wohl holen kommt, weil sie wissen, daß der Ruf ihnen gilt.

Zwar erfolgte um neun Uhr der Aufruf, die Lichter zu löschen, doch stand es jedem Heiminsassen frei, zu Bett zu gehen, wann es ihm beliebte. „Vergessen Sie nie: Dies ist nicht *mein* Zuhause, sondern *Ihres*", sagte Cledwyn Fox zu jedem Neuankömmling. Doch die älteren Semester befolgten größtenteils das Kommando. Die meisten Schlafzimmer waren kurz nach neun dunkel. Aber nicht still. Schreie und Selbstgespräche. Jähe, heftige Hustenanfälle – alarmierend für all jene, die sie zum erstenmal hörten, doch beruhigend für Alteingesessene, allein schon wegen der Regelmäßigkeit und dem wohlbekannten Klang, vergleichbar mit dem vertrauten Gong einer großen Standuhr – drangen aus den Zimmern. Das Nachtpersonal war auf der Hut, und die Pfleger hielten auf ihrem Rundgang immer wieder inne, um die verschiedenartigen Laute zu identifizieren, so wie Jäger gelernt haben, in der afrikanischen Finsternis die Rufe der Tiere zu unterscheiden, die nachts jagen und sterben. Schlafenszeit nach Belieben, jeder muß selbst wissen, wann Schluß ist, sagte Cledwyn Fox. Seine taubengraue Broschüre pries unumwunden die Vorzüge: „Das führende Seniorenheim in Londons Norden. Vierhundertdreißig Pfund die Woche zuzügl. Mehrwertsteuer. Gut ausgebildetes und freundliches Personal. Farbfernsehen in einigen Zimmern." Ein ansprechendes Regime.

*Regime* – ein hübsches Wort! Max ließ es auf der Zunge zergehen. In seinem warmen, dunklen Zimmer schmeckte es nach Salatöl und Eisen; stark, aber nicht unangenehm. Haus Seelenfrieden bot alles, was man sich wünschen konnte: privatärztliche Behandlung und Physiotherapie. Die kleine Lois Chadwick mit dem Hinkebein schaute einmal in der Woche zum Frisieren vorbei und brachte tragbare Trockenhauben und ein Köfferchen mit Wicklern und Papilotten mit. Und Edgar, der Fußpfleger mit dem winzigkleinen Goldring im linken Nasenflügel und den haarsträubenden Ansichten über die Zukunft Europas: Er kam dienstags mit einem Köfferchen voll Knipsern und Feilen. „Euromuffel – und stolz drauf!" stand auf dem pinkfarbenen Sticker an seinem Revers.

„Wenn wir uns auf ein vereinigtes Europa einlassen, wie es den Bürokraten in Brüssel vorschwebt, ist das so, als würden wir mit einem Schnellzug direkt auf den Prellbock zurasen", verkündete

Edgar, während er die Schutzfolie von einem Hühneraugenpflaster zog und eingehend die gelben, schuppigen Fußsohlen der alten Maudie Geratie betrachtete, der die Füße schrecklich zu schaffen machten. Auf Maudies Nachttisch stand eine Photographie von einem hübschen Mädchen in einem großen Elfenbeinrahmen. Dies war einmal, das wußte Edgar, die alte Maudie, früher – die alte Maudie in jung. Eine kokette, geschmeidige, flatterhafte Tänzerin mit großen Augen, deren Galane sich nach ihr verzehrt und sich für sie die Beine ausgerissen, ja sogar das Leben hingegeben hatten. Insbesondere ein brasilianischer Bariton namens Arnaldo, der für seine Mozart-Interpretationen berühmt gewesen und im Krieg gefallen war. In welchem Krieg? Das wußte Edgar nicht. Vermutlich im Ersten Weltkrieg, schließlich war die alte Maudie weit in den Neunzigern, aber ab einem gewissen Alter spielt es eigentlich keine Rolle mehr, welcher Krieg es war.

Dies war eine der wenigen Segnungen des Alters: man vergaß die Kriege. Und all die toten Freunde und Liebhaber, die unwiderruflich tot schienen, erwachen zu neuem Leben und geistern um einen herum, während einem die Lebenden wie Geister aus einer anderen Welt vorkommen.

Edgar seufzte, als er das Hühneraugenpflaster sachkundig aufklebte. Die alte Maudie kicherte und ließ den Blick durch ihr Zimmer schweifen. „Ein hübsches Apartment ist das. Etwas von der Größe findet man in Paris nicht oft."

Paris! Der Name versetzte Edgar einen Stich. Nur Brüssel bereitete ihm noch größere Qualen. Entzündete Fußballen, Nagelgeschwüre, eingewachsene Zehennägel, Warzen, Hühneraugen. Auswüchse auf dem makellosen Antlitz der Menschheit. So nannte Edgar insgeheim Frankreich, Deutschland, Italien und Holland. Nur Mr. Montfalcon verstand Edgar und teilte seinen grimmigen englischen Patriotismus. Nur Mr. Montfalcon bedauerte den Fall der Berliner Mauer. „Die Deutschen sind wieder wer", sagte er, als Edgar ihm einen entzündeten Nagel behandelte, der sehr weh tat. „Anmaßend. Maßlos. Ist nur eine Frage der Zeit, bis sie hier bei uns landen."

„Der Kanaltunnel", sagte Edgar, während er den Zehennagel sorgsam und vorsichtig mit einem Tupfer desinfizierte, „wird sich als Todesfalle entpuppen."

„Feuer, meinen Sie?"

„Tollwut! Denken Sie an meine Worte. Der erste tollwütige Hund, die erste Katze oder Fledermaus, die durch den Tunnel kommt, wird auf der Zunge die Aufschrift ‚Made in Germany' tragen."

Und Edgars linker Nasenflügel zuckte, und der kleine goldene Ring funkelte wie ein Stern. Wenn dies geschah, strahlte die alte Maudie übers ganze Gesicht, denn mochten die anderen Sinne sie auch nach und nach im Stich gelassen haben, so waren ihre Augen noch erstaunlich scharf. „Sehen Sie nur! Der Abendstern!" zirpte die alte Maudie, als Edgars Nasenring aufblitzte, und klatschte in die Hände und hätte sie wundgeklatscht, wäre nicht Schwester Eins hereingekommen, um sie zu beruhigen. Schwester Eins, Mrs. Trump, auch „Tagesschwester" genannt, war eine liebenswerte Person.

Die Nachtschwester, Mrs. S., eine Krankenschwester aus dem ehemaligen Rhodesien, der die Zwillinge aus Manchester den Spitznamen Rudolpha Hess verpaßt hatten, während sie für alle anderen nur schlicht Schwester Zwei war, führte das Zepter in den Abend- und Nachtstunden – „zumindest in den Stunden, die uns allesamt verbleiben, denn wir kennen nicht den Tag und nicht die Stunde", pflegte die tiefgläubige Schwester Zwei gern zu sagen, und wenn Agnes das hörte, brach sie manchmal untröstlich in Tränen aus. Agnes, das arme junge Ding („Ich bin doch noch nicht mal siebenundsechzig!"), gehörte zu einem Grüppchen von Patienten, die nicht etwa aus Bosheit, sondern vielmehr mit jenem milden, verständnisvollen Lächeln als einziger Respektsbezeugung, welche die Jungen und Gesunden den Älteren zollen, die die „Fünf Inkontinente" genannt wurden, da sie bisweilen nicht nur an einer Stelle, sondern gleich an zweien ein Leck hatten.

Max dankte dem Himmel, daß er, von seltenen Ausnahmen abgesehen, nur an einer Stelle leckte. Jetzt im Bett preßte er die

Schenkel aneinander, um die Beckenmuskulatur zu stärken, und dabei spürte er die windelähnliche Einlage, die in seine Unterhose eingepaßt war. Die Bettnässerei versetzte ihn in Zeiten zurück, als er ein kleiner Junge oder gar ein Baby gewesen war und die er am liebsten vergessen hätte. Wenn ihm der eigene Körper ein feuchtes Erwachen bereitete und der alte Mann, der er nicht sein wollte, eine kleine nasse Visitenkarte zurückließ, war dies schrecklich. Da war ihm die Einlage immer noch lieber, selbst wenn sie manchmal beim Schlafen störte. Sollte es noch schlimmer werden, mußte eben ein Katheter her. Ja, dann würde er sich einen Katheter verpassen lassen. Wie sagten die Araber? *Bukra il mish, mish:* Und morgen Aprikosen. Keine Aprikosen für Max Montfalcon – aber morgen vielleicht schon den Katheter.

Körperpflege nahm unter den Leistungen von Haus Seelenfrieden eine zentrale Rolle ein. Die Gäste wurden regelmäßig einer gründlichen Toilette unterzogen. Dazu kamen Bettnässereinlagen und Katheter, auf Anfrage Nachtstühle in den Zimmern, Übungen zur Stärkung der Muskulatur sowie streng eingehaltene Diäten. Und das hatte seinen guten Grund. Mochte Agnes an zwei Stellen ein Leck haben, so gab es Heiminsassen, die hatten an dreien eins. Sie konnten weder unten noch oben etwas bei sich behalten. An schlechten Tagen konnte es passieren, daß die „Fünf Inkontinente" einen ganzen Teppich ruinierten. Cledwyn Fox bestand auf Teppichböden. Und so tat man in Haus Seelenfrieden alles, um mit dem Problem fertigzuwerden.

Chemische Reinigung, eigenes Telephon in einigen Zimmern. „Bloß nicht in allen!" erklärte Mr. Fox, nachdem sich herausgestellt hatte, daß die scheinbar so friedfertige Lady Divina nicht nur unglaublich viel Kraft in den Handgelenken, sondern obendrein mörderische Neigungen besaß, denn eines Tages hatte sie versucht, Edgar den Fußpfleger mit dem Telephonkabel zu strangulieren, als dieser niederkniete, um ihren furchtbar entzündeten Fußballen zu behandeln, und es hatte der vereinten Kräfte von Schwester Eins, Dr. Tonks, Mr. Fox und der kleinen philippinischen Schwesternhelferin Imelda bedurft, um den schmächtigen Europa-Hasser aus Lady Divinas Würgeschlinge zu befreien. Danach hatte Mr. Fox verfügt: „Von heute an benützt sie den Münzapparat!" Wer wollte es ihm verdenken? Noch Wochen nach der mißglückten Strangulation waren an Edgars Hals klar und deutlich die Würgemale zu sehen, wenn er mit seinem Kleinlaster, auf dessen Heckscheibe ein Aufkleber mit der streitbaren Aufschrift „Europa wEG!" klebte, vor Haus Seelenfrieden hielt und ausstieg.

Die in den frühen achtziger Jahren abgefaßte und seither ungeachtet vernünftiger Verbesserungsvorschläge seitens der örtlichen Gesundheitsbehörde nie überarbeitete Broschüre von Haus Seelenfrieden redete nicht um die Dinge herum: ‚Haus Seelenfrieden, das führende Seniorenheim in Londons Norden, bietet kurz- oder langfristig komplette Pflege und Betreuung. Postoperative Behandlung. Fachärztliche Behandlung von Alterskrankheiten. Sterbehilfe. Kuraufenthalte...' Etwas phantasielos vielleicht, dafür „ohne überflüssige Schnörkel", wie Cledwyn Fox sichtlich zufrieden erklärte. Und: „Da sie von einem Waliser verfaßt ist", ließ er künftige Gäste nur zu gerne wissen, „könnte man es kaum ehrlicher formulieren." Doch aufgepaßt: das Kleingedruckte las man sich besser gründlich durch. Es regelte die Ausgabe von alkoholischen Getränken und Tabakwaren und legte deren Zuteilung ausschließlich in die Hände der Heimleitung und des Personals. ‚Auf ausstehende Zahlungen des Kostgeldes werden Verzugszinsen erhoben', warnte die Broschüre. ‚Durch Inkontinenz verursachte Schäden gehen zu Lasten der betreffenden Personen.' Da es sich um hochwertige Teppiche handelte – Mr. Fox legte Wert auf gute Qualität: „Ich will hier keine billige Industrieware sehen!" –, konnte die Sache ziemlich kostspielig werden. Dann gab es da noch die sogenannte „Verhaltensklausel", die laut Mr. Fox „vergleichbaren Ausschlußklauseln, wie man sie an Privatschulen findet", nachempfunden war und den Heimleiter berechtigte, Störenfriede hinauszuwerfen, wovon selbstverständlich „unbewußte seelische Leiden", was auch immer das sein mochte, sowie vergleichsweise harmlose, dem Schwachsinn entspringende Handlungen, bei denen die fragliche Person einfach nicht anders konnte, ausgenommen waren. „Der Abend" – Mr. Fox sprach stets nur vom Abend und überließ es seinen Zuhörern, sich den offenkundigen Anfang des Wortes, nämlich Lebens-, dazuzudenken – „bringt zwangsweise gewisse unsinnige Verhaltensweisen mit sich, vor allem wenn wir es mit Fällen von Schwachsinn zu tun haben, doch können derartige Handlungen unter Umständen auch" – an dieser Stelle nahm das dunkle, lebhafte Gesicht des kleinen Walisers einen gnomenhaften, ja fast koboldhaften Ausdruck an – „von der durch nichts zu besänftigenden Angst vor dem hohen Alter hervorgerufen werden. O ja, allerdings!"

Mr. Fox sagte diese Worte, als würde er sie beim Eisteddfod, einem alljährlichen walisischen Sänger- und Dichterfest, vortragen, und sie zeugten von Mitgefühl, aber auch von seinem Sinn für Disziplin. Ohne Regeln ging es nicht, und so erklärte sich auch folgender, im Bedarfsfall stets zutreffender Gummiparagraph des Vertrags: ‚Insbesondere darf der Patient nicht zu einem Ärgernis oder einer Belästigung für das Personal des Pflegeheims sowie für die anderen Insassen werden.' Schließlich und endlich wurde auch Unterstützung bei der Planung des Begräbnisses angeboten. Eigens zu diesem Zweck hatte man in Haus Seelenfrieden das Programm „Alles fürs Alter" konzipiert. Die Gäste konnten es in Anspruch nehmen, sofern sie es nicht vorzogen, ein Bestattungsinstitut mit den üblichen Vorkehrungen zu betrauen. „Familien schätzen diesen Service ganz besonders", legte Mr. Fox den Verwandten neuaufgenommener Gäste dar. „Jeder kann klare Weisungen hinterlassen. Außerdem ist auf diese Weise, um das Kind beim Namen zu nennen, immer das nötige Geld für den Sarg vorhanden."

Wer hörte Max in der Nacht nach Alberts gnadenlosem Verhör laut zählen? Schwester Zwei war es, die langsam den Korridor entlangging und etwas vernahm, das einfach nicht in das Spektrum allnächtlicher Geräusche gehörte: einen Mann, der mit fester, leiser Stimme zählte: „... einhundertacht, einhundertneun..." Ab und zu brach der Mann ab und machte

Geräusche, die sich anhörten, als würde er nach Luft ringen, doch als die Schwester die Ohren spitzte, stellte sie fest, daß er nicht etwa dem Erstickungstod nahe war – dem Himmel sei Dank! –, sondern trockene, bellende Schluchzer ausstieß.

„Na, na, Mr. Montfalcon", sagte Schwester Zwei, nachdem sie in sein Zimmer geschlüpft und sich an sein Bett gesetzt hatte. „Sie haben nur geträumt."

So geräuschlos schwebte Schwester Zwei mit dem dunklen Flaum über der Oberlippe auf den Kreppsohlen ihrer derben Laufschuhe im matten Schein der blauen Nachtlampen durch die Gänge, daß einige der Gäste vermuteten, Lady Divina meine sie, wenn sie immer wieder behauptete, der „Engel des Todes" gehe um.

„Gezählt wurden die Leute nie", murmelte Max. „Nie. So viele kamen und gingen, ohne daß man Notiz von ihnen nahm."

„Und wo gingen sie hin, Ihre Besucher?"

„Nicht meine Besucher!" Max richtete sich im Bett auf und stützte sich auf seinen knochigen Ellbogen, der so spitzwinkelig war wie ein Zirkel. „Ich hatte überhaupt nichts damit zu tun, daß Leute verschwanden. Es ist schwer zu verstehen, ich weiß, aber jemand, der nicht dabei war, kann es nicht verstehen. Niemals."

„Da haben Sie absolut recht, Mr. Montfalcon. Das sage ich auch immer über Rhodesien. Nicht alle Weißen waren Monster und fraßen kleine schwarze Babys. Also regen Sie sich nicht auf. Sie können mir alles erzählen, wenn Sie meinen, daß Sie sich danach besser fühlen. Ich kann Sie gut verstehen."

Max war wortlos auf die Kissen zurückgesunken. Schwester Zwei reichte ihm zwei Schlaftabletten – zwei von ihren kleinen „Bomben" – und einen Schluck Wasser. Minuten später fing er an zu schnarchen.

Der liebe Mr. Montfalcon! Er war ein so netter Mann und nur halb so senil, wie er vorgab. Vielleicht spielte er allen nur etwas vor, um sich seine gräßliche Familie vom Hals zu halten. Sie wußte nicht, wen sie schlimmer fand, den polterigen Schwiegersohn mit dem runden rosigen Gesicht und der dröhnenden

Stimme, oder die hochnäsige Tochter mit der blonden Mähne, oder die gräßliche Enkelin, die manchmal mitten in der Nacht vorbeikam, in wallenden Gewändern und mit wild geschminkten Augen. Ob sie eine Hexe oder eine Satansbraut oder ein Groupie von einem dieser lächerlichen Gurus war, die Rolls-Royces sammelten und Steuern hinterzogen? Der arme Mr. Montfalcon! Der Besuch seines Schwiegersohns vorhin mußte ihn schrecklich aufgeregt haben. Sein Gebrüll war bis in den Ost-Flügel zu hören gewesen.

Max Montfalcon war ein nobler, feinsinniger Mensch. Schwester Zwei fand, er überragte die meisten Neuzugänge von 1990 um Klassen, aber, wie Mr. Fox meinte, die Zeiten waren nun mal hart, Bettler dürfen nicht wählerisch sein, und – verdammt – Hauptsache, die Schecks platzten nicht. Er hatte gut reden! Schließlich mußte er sie ja nicht betreuen!

Von den älteren Gästen in Haus Seelenfrieden erwartete man, daß sie zumindest noch einen letzten Rest an Gesundheit und Verstand hatten. Sonst mußten sie sich ein anderes Altersheim suchen. Und doch gab es ein paar, die sich bei der Visite sichtlich zusammenreißen mußten, strammstanden, zustimmend nickten und sich bemühten, nicht zu sabbern. So sehr Schwester Zwei Cledwyn Fox sonst schätzte – ihrer Meinung nach drückte er bei solchen Gästen ein Auge zu, obwohl er die Täuschungsmanöver durchschaute. Einige der Gäste waren wirklich alles andere als gut beieinander. Manche waren nicht mehr richtig da. Und unter den besonders gebrechlichen Senioren gab es welche, die zwar geistig noch voll da waren, wie die alte Maudie oder die bärtige Beryl, aber, wie sie wußte, darüber nicht sonderlich glücklich waren.

Und nun kam dieser Kerl mit dröhnender Stimme und glänzend rosigem Gesicht daher, gab sich als „Schwiegersohn" aus und terrorisierte einen der besseren Gäste! Wirklich allerhand! Schwester Zwei konnte Parlamentsmitglieder nicht ausstehen. Sie traten immer so verdammt selbstsicher auf. Vielleicht, weil sie immer so tun mußten, als wüßten sie, wovon sie redeten, und weil sie alles, was sie zu sagen hatten, in genau fünf

Minuten reinpacken mußten, bevor ihnen der alte Knabe mit der Perücke das Wort entzog. Wo Parlamentsmitglieder aufkreuzten, gab es meist Schereien: Man denke nur daran, was passiert war, als Gruppen britischer Parlamentarier in Rhodesien aufzukreuzen begannen – es war der Anfang vom Ende.

Kein Zweifel, Max Montfalcon war ein Original. „Den hält nichts auf! Ein freiheitsliebender Mensch!" sagte Cledwyn Fox bewundernd, als Max Montfalcon eines Nachmittags am Arm von Sergeant Pearce wieder auftauchte, nachdem er volle fünf Stunden als vermißt gegolten hatte. Ob er in seinem elektrischen Rollstuhl saß oder ganz langsam, aber resolut den Flur entlang oder durch die Haustür nach draußen ging – seine hochgewachsene Gestalt und seine steifgliedrige Bedächtigkeit verliehen ihm etwas Besonderes. Sein dunkelblauer Blazer aus feinstem Tuch mit nur einem einzigen Knopf aus Elfenbein war schon dreißig Jahre alt, wenn nicht gar älter, aber Stil ist nun einmal Stil, selbst wenn er etwas befremdlich anmutet und sich in Krinolinen, Rüschen und Gehröcken manifestiert oder in Kleidungsstücken von verblichener Pracht mit Falten, Krausen und sorgfältigen Kreuzstichen, wie man sie in Museen oder in den Schaufenstern von Kostümverleihern hängen sieht. Am liebsten trug Max ein graues Seidenhemd, so dünn vom vielen Waschen, daß es fast durchsichtig war, und dazu band er sich eine dunkle, blutrote Krawatte um das schlaff herabhängende Fleisch des dünnen, faltigen Halses, wobei der große Windsorknoten unter dem hüpfenden Adamsapfel wie ein wolliger Anker aussah. Ja, Max Montfalcon war, was Cledwyn Fox in früheren Zeiten einen „Gentleman" genannt hätte, das feine, gepflegte graue Haar sorgfältig hinter die Ohren geschoben, die hellblauen Augen, die auch jetzt noch rasch feucht wurden, immer noch schön und gebieterisch. Mit seinem hohen Wuchs und seiner Haltung war Max Montfalcon selbst jetzt, mit einundachtzig Jahren, ein gutaussehender Mann, doch hatte er bedauerlicherweise ein paar kleine Marotten: die betagte rote Tabakdose in der Innentasche, Tabakkrümel in den Knitterfalten seiner Kleidung und oft auch im Gesicht, die irritierende Angewohnheit, mit schiefen Absätzen herumzulaufen, seine Weigerung, die Schnürsenkel ordentlich zu binden, seine Füße nach außen zu stellen, wenn er durch die Gegend schlurfte, so daß er mehr auf den Fuß- als auf den Schuhsohlen ging. Wie er es schaffte, sie anzubehalten, war ein Rätsel. Aber Max Montfalcon verlor nie einen Schuh, selbst dann nicht, wenn er eine seiner kleinen „Wanderungen" unternahm und aus dem Park, dem Wald oder der Heide zurückgebracht werden mußte, nachdem man ihn wie einen streunenden Hund eingefangen oder wie einen herrenlosen Ball aufgesammelt hatte.

Einmal brachte ihn Mrs. Marcos zurück, die zypriotische Schneiderin, in deren Laden er eines Nachmittags geschlendert kam, um sich zu ihrer größten Verwunderung über den launischen Gebrauch des Bindestrichs im Englischen auszulassen, während er sich eine Zigarette drehte. Er erklärte, was den Bindestrich angehe, so halte er, Max Montfalcon, es lieber wie der große Fowler und „wälze sich in Ungewißheit". Er sagte „wellze", und es klang wie ein knappes, scharfes Bellen. Es war eines der Worte, die er nie richtig aussprach, so wie er immer Tee und „Biskwiets" verlangte und die Fernsehzeitschrift spöttisch „Magerzin" nannte, als wollte er darauf hinweisen, wie mager die Auswahl an guten Sendungen war. Die kleine Soti Marcos, die erst achtzehn Monate alt war und sicher und geborgen in den Armen ihrer Großmutter lag, blickte in Max' blaßblaue Augen und beobachtete, wie sich seine obere Zahnprothese über die Unterlippe schob, als er Luft holte, um sein „wellze" herauszuschleudern, woraufhin sich das Baby die Lunge aus dem Leib plärrte.

Was Max anschließend zur kleinen Soti sagte, wurde weder verstanden, noch erinnerte sich später er oder sonst jemand daran: „Ich verabscheue den Bindestrich in dem Begriff ‚jüdisch-deutsche Herkunft'. Im Fowler wird auf einen ähnlichen Fall verwiesen, in dem der Bindestrich mehr als plump wirkt, nämlich bei ‚afro-indische Herkunft'. Wir sollten lieber schlicht und einfach ‚In Deutschland geborene Juden' sagen."

Warum war ihm wohl ausgerechnet dieses Beispiel in den Sinn gekommen? Vor diese Frage gestellt, hätte er in jenem Augenblick keine Antwort gewußt. Die Sache war auch nicht weiter wichtig, vor allem nicht für Mrs. Marcos und ihre kleine Enkelin. An jenem Nachmittag, als die kleine Soti beim Anblick von Max' mächtiger gelber Zahnprothese, die sich über seine Unterlippe schob, monsunartige Tränenfluten vergoß, hatte Mrs. Marcos ihn wie ein altes Fahrrad mit platten Reifen neben sich hergeschoben und nach Haus Seelenfrieden zurückgebracht.

Meist war es Sergeant Pearce von der Polizeiwache in Highgate, der ihn heimbrachte. Der gutaussehende Dorfpolizist stand gewöhnlich an einer Straßenecke der Archway Road und hielt nach „Ampelspringern" Ausschau, nach Autofahrern, die bei Gelb noch über die Kreuzung fuhren.

In gewisser Weise erinnerte Sergeant Pearce Max an den jungen von F. Lag das an seiner Größe, seinen blauen Augen, der Uniform? Nein, an der Uniform bestimmt nicht. Max ging davon aus, daß der junge von F. ebenfalls eine Uniform getragen hatte, aber erst nach seiner Rückkehr nach Deutschland. Das war ihm verdammt recht geschehen! Damals wurde jedem, der nach Deutschland zurückkehrte, eine Uniform verpaßt. Was hatte der junge von F. denn erwartet? Betrachtete man Sergeant Pearce von der Seite, sah man, daß sich das dunkle Haar im Nacken kringelte, und genau das hatte Cynthia Pargeter damals am jungen von F. so unwiderstehlich gefunden! Mein Gott, was war wohl aus Cynthia geworden? Er hatte sie seit dem Tag, an dem der junge von F. (dieser verdammte Trottel!) sich auf die Heimreise gemacht hatte, nicht mehr gesehen.

„Ich hab hier jemand, der gehört wohl hierher", sagte Sergeant Pearce jedesmal, wenn er in Haus Seelenfrieden erschien, und rollte seine Kokarde aus: Er bleckte die Zähne, wobei er das Gesicht zum Entzücken der ihn anstaunenden Krankenschwester langsam zu einem schelmischen Grinsen verzog, das sogar Hausfrauen auf der Straße wie Schulmädchen erröten ließ. Alle, die ihn kannten, waren einhellig der Ansicht, daß Sergeant Pearce für einen Polizisten viel zu gut aussah. Ehrlich gesagt taugte er als Polizist auch nicht viel. Er schnappte nie einen Ampelspringer und steckte nie einen Strafzettel an ein Auto, aber er hatte Max Montfalcon schon häufig unterwegs aufgelesen.

Vielleicht ging von Max etwas aus, das eine Festnahme geradezu provozierte. Wer hätte den alten Mann im Blazer mit der roten Krawatte und den ramponierten Schuhen schon übersehen können, wenn er schaukelnd und quälend langsam über das holprige Pflaster von Highgate schlurfte? Kinder, die Augen weit aufgerissen beim Anblick seines mühsamen Gangs, klammerten sich an die Hand ihrer Mütter. Ganze Busladungen von Chinesen, die auf der Suche nach dem Grab von Karl Marx die steilen Straßen stürmten, starrten den auffallend großen, hageren alten Mann an, der dicht am Bordstein entlangtaperte und die Faust schüttelte, sobald er sie zu Gesicht bekam. „Schlitzaugen! Schlitzaugen!" brüllte Max dann, ein Schimpfwort, das er Philip entlehnt hatte, dem Herzog von Edinburgh, einem seiner großen Vorbilder (gleich nach Earl Mountbatten – ein Prachtexemplar von einem Engländer!). Manchmal starrte er auch wütend die bleichgesichtigen, ziemlich verschlagen dreinblickenden Russen an, die sich am Fuß von Highgate Hill in ihrer Handelsniederlassung verschanzt hatten und deren verschlossene, fremdartige und irgendwie geistesabwesende Mienen ihn an Bewohner eines Planeten fern unseres Sonnensystems denken ließ.

Sie alle sahen von Zeit zu Zeit den alten Mann, der prustend die Luft ausstieß wie ein Schwimmer, der in die kalte, offene See hinausschwimmt und dabei kaum vom Fleck kommt. Er bewegte sich wie ein Seiltänzer, der gegen einen peitschenden Sturmwind ankämpft. Manchmal brauchte er ganze fünf Minuten, um die Straße zu überqueren; und bis er einen Häuserblock hinter sich gelassen hatte, konnte eine halbe Stunde vergehen. Wer ihn genauer beobachtete, konnte feststellen, daß es manchmal nur so aussah, als bewegte er sich vorwärts, denn nicht selten führte er lediglich die zum Gehen erforderlichen Bewegungsabläufe aus, hob das linke Bein, erstarrte mitten in der Bewegung, als hätte er vergessen, zu welchem Zweck er sie machte, und ließ dabei die langen weißen Hände, deren feine Adern sich so stark abhoben, als wären sie mit einem blauen Kugelschreiber auf die Haut gemalt, zu beiden Seiten des Körpers hektisch herumwirbeln – kleine, mühsam entfachte Zyklone.

„Haben Sie Töchter?" wollte Max von Sergeant Pearce wissen.

„Nein, Sir."

„Gut so. Legen Sie sich keine zu. Töchter sind undankbar. Ziehen dir das Geld aus der Tasche und werfen dich dann den Wölfen vor. Ich habe mit meiner Tochter Lizzie eine Abmachung getroffen. Und mit meiner Enkeltochter Innocenta. Sie nannte das die ‚eigene Wohnung für Opa' und ‚Unabhängigkeit'. Sie ist eben jung und glaubt an Buddha oder Odin oder sonst wen. Ich bin *kein* Opa. Die paar Räume im Haus meiner Tochter waren keine Wohnung. Wir hatten eine Abmachung: Mein Geld gegen einen sicheren Hafen. Ich war keine zwei Minuten dort, da wollten sie mich auch schon zum alten Eisen werfen."

„Wenn Sie mich fragen, Sir: Mit Eile kommt man nicht weit", sagte Sergeant Pearce und drehte Max behutsam um, in die Richtung, aus der er gekommen war.

„Gutes Motto für mein Leben. Was halten Sie eigentlich vom Bindestrich, Sergeant? Folgt man Fowler, können wir auf den Bindestrich vollständig verzichten. Fowler verdeutlicht das am Begriff ‚afro-indische Herkunft'. Er schlägt vor, statt dessen ‚in Afrika geborene Inder' zu sagen."

„Tatsächlich, Sir?"

„Wenn wir das auf den vom Bindestrich verunstalteten Ausdruck ‚jüdisch-deutsche Herkunft' übertragen, kommt dabei ‚in Deutschland geborene Juden' heraus. Verstehen Sie, worauf ich hinauswill?"

„Ja, Sir. Weg mit den Bindestrichen."

„Und weg mit den Juden", sagte Max.

„Verstehe", sagte Sergeant Pearce und nickte bedeutungsschwer, als ihm aufging, wie recht Max mit dieser Bemerkung hatte. „Wenn man es so ausdrückt..."

„Wie denn?" fragte die wandelnde Windmühle an seiner Seite, während der Polizist und sein Schützling ohne Hast auf Haus Seelenfrieden zusteuerten.

## 2

## Max trifft eine Abmachung

An einem Februarmorgen im Jahr 1990 stellte Max fest, daß es in seinem herrschaftlichen Haus in Hampstead Garden Suburb stärker hallte als gewöhnlich. Er summte Passagen eines alten Liedes vor sich hin und wußte nicht, warum ihm ausgerechnet dieses in den Sinn kam. „That's How We Live Everyday...", sang Max mit seinem eingerosteten Bariton. Seltsam! Wie kam er bloß darauf? Hatte er etwa vor Jahren in seinem guten alten Harwich zu diesem Lied getanzt? Das fahle Licht der Wintersonne fiel auf den Kristalleuchter in dem großen Haus, das bis auf ihn und Kevin, den Gärtner, leer war. Kevin war ein angenehmer, lehmbraun gebrannter Bursche mit Pferdeschwanz.

Tagtäglich kamen zwei portugiesische Hausmädchen, Elisabeta und Caterina, doch selbst wenn sie alles zweimal von oben bis unten durchputzten, gab es für sie nie genug Arbeit, um die Zeit auszufüllen. Also polierten sie manchmal sogar die Stoßzähne der auf die cremefarbenen Kacheln im dritten Badezimmer aufgemalten blauen Elefanten, bewunderten ihre eigenen Spiegelbilder auf den Wasserhähnen und plauderten über Lissabon. Max unterhielt sich mit Kevin am liebsten darüber, wie rückhaltlos sich manche Politiker für die europäische Währungsunion stark machten. „Die Währungsschlange kam nieder und gebar die EWU. Das ist doch alles nur ein von den Deutschen verzapfter Schwindel!" Kevin unterhielt sich zwar lieber über Blumen und Frost, zeigte jedoch stets reges Interesse für die von Max angeschnittenen Themen. „Entweder macht man eine Volksbefragung: Wollt ihr vor den Karren von Madame Europa gespannt werden oder nicht? Oder man unterwirft sich der Diktatur der Demokratie", sagte Kevin. „Bravo, mein Junge!" rief Max und staunte, daß ein Gärtner erkannte, was sowohl der Regierung Ihrer Majestät als auch der Opposition verborgen blieb.

An dem Morgen, an dem es in seinem Haus stärker hallte als sonst, machte Max sich Gedanken darüber, wie er seine Vermögenswerte veräußern könnte, und dabei wurde ihm bewußt, daß er in jüngeren Tagen so etwas wie ein *asset-stripper* gewesen war. In ihm reifte die Erkenntnis: wenn man als *asset-stripper* ein Stück von seinem Leben drangibt, kann man den Zeitverlust womöglich ein wenig wettmachen, indem man seine *assets* irgendwann veräußert. Vielleicht war die Zeit reif dafür.

*Assets* ist, wie der große Fowler richtig anmerkt, ein sogenannter falscher Plural. Der Begriff stellt lediglich eine journalistische Kurzform dar und hat andere, längere Wörter verdrängt, an die sich die Berichterstatter nicht mehr erinnern können oder deren Schreibweise sie längst vergessen haben: Besitztümer, Guthaben und Vermögenswerte. Ein *asset* ist ein *asset* ist ein *asset*. Stets Singular, nie Plural. Max beschloß also, sein *asset* zu Geld zu machen, so wie er einst beschlossen hatte, den Lehrerberuf an den Nagel zu hängen.

Irgendwann Mitte der fünfziger Jahre hatte seine Frau Angela ihn in den wenigen Jahren, die sie bis dahin zusammen verbracht hatten, genauer betrachtet und ihn so gesehen: ein etwas zu groß geratener, bei seinen Kollegen verhaßter, nicht festangestellter Englischlehrer am Occam College, einer mehr als zweitrangigen Privatschule in der Nähe von Oxford.

„Aber ich hänge nun mal am *King's English*", verteidigte Max sich in ihrem winzigen Schlafzimmer in dem kleinen gemieteten Haus gegenüber dem riesigen ovalen Kricketfeld, auf das sich der Nebel heimtückisch und zäh wie eine schreckliche Heimsuchung Gottes herabsenkte. Die kleine Elizabeth regte sich in den Armen der Mutter und sah Max aus seinen eigenen blauen Augen an.

„Ich würde nicht sagen, daß du daran hängst, Liebling."
„Warum nicht?"
„Bilder hängen an der Wand. Jünger hängen einer Religion an. Aber du hängst doch nicht am *King's English*. Das klingt –"

„Komisch?"

„Eher verschroben."

In dem einen Jahr, das er am Occam College unterrichtete, machte Angela die Erfahrung, wie sehr eine Frau in den Augen der anderen die Eigenheiten ihres Mannes annehmen kann. Ihr kam zu Ohren, daß die Ehefrauen der Kollegen sie eine Ausländerin nannten, und das trotz ihrer blonden Haare, ihrer hellgrünen Augen und ihres mehr als englischen Auftretens. Max' Art färbte auf sie ab, und so gab sie sich immer seltsam formell und irgendwie gespreizt. Er jedoch konnte sich nicht erklären, warum die anderen Lehrer Angela für eine Ausländerin hielten. Schließlich war sie in Hove geboren, in Cheltenham aufgewachsen und obendrein die Tochter eines Dekans und einer Mutter, die aus einer der ältesten Familien Brightons stammte. Seltsam!

War es sechsundfünfzig gewesen? Ja. Angela hatte ihm in der kleinen grünen Küche eröffnet, sie sei krank. Sie hielt Elizabeth fest im Arm, und das Baby nuckelte am Daumen. Im Rundfunk sang ein Mann etwas von einer weißen Sportjacke, einer rosa Nelke und einem Tanz.

Sie hatten sich in einem Dorf ein kleines Haus aus Ziegelstein gemietet. Es war modern und häßlich und hieß aus für Max unerfindlichen Gründen Bungalow. Bei Regen kehrte der Bach, der beim Bau des Hauses umgeleitet worden war, in seinen ursprünglichen Lauf zurück, und das Haus stand unter Wasser. Die Miete war hoch: drei Pfund die Woche. „Für unsren Wohnwagen in Südfrankreich kriegen wir fünf", behauptete der Vermieter, ein grimmig dreinblickender, rotgesichtiger Mann namens Cowgill. „Ich bin Bankier", sagte er unwirsch, und genausogut hätte er sagen können: „Ich bin ein Mörder."

Max ging in der Küche auf und ab, hob den Salzstreuer hoch, strich sich übers Haar und versuchte sich mit aller Macht klarzumachen, was seine Frau ihm gerade gesagt hatte. Als er seinen großen Fuß hob und ihn vorsichtig auf den abgewetzten dunkelgrünen Linoleumboden setzte, fand Angela, daß er wie ein wandelnder Baum aussah. Breites, markiges Gesicht. Leicht graue, aber helle Haut, Haut wie Birkenrinde. Die lange Nase und die strahlendblauen Augen wirkten wie natürliche, fast zufällige Maserungen der Baumrinde, die sich überraschend zu einem Gesicht zusammenfügten.

An viel mehr konnte Max sich nicht erinnern, doch jener denkwürdige Tag mußte irgendwo dicht unter seiner Schädeldecke gespeichert sein. Er brauchte nur die Hände zum Kopf zu heben und auf sein noch immer dichtes graues Haar zu legen, schon stieg der Schmerz wieder in ihm auf. Diese gräßliche kleine Schule mit dem schlechten Sherry und den verkniffenen Ärschen von Lehrern, wo er ein ganzes Jahr ausgehalten hatte und seine Frau verlor! Angela war zart, zerbrechlich, aber von exquisiter Schönheit gewesen. Man hätte kaum glauben mögen, daß sie wirklich krank war, doch sie wurde immer stiller, blasser, kleiner und schwächer. „Ich komme mir vor wie die Cheshire-Katze, die immer mehr verblaßt, bis sie nicht mehr zu sehen ist", sagte sie zu ihm, als sie im Krankenhaus lag, offensichtlich erleichtert darüber, daß sie nun nichts mehr zu tun brauchte und einfach im Bett liegen durfte. „Ich werde nur mein Lächeln zurücklassen, sonst nichts." Und genau das hatte sie getan: Ihre Tochter Elizabeth hatte das Lächeln der Mutter. Von all den Jahren kamen Max nur noch wenige scharfumrissene Erinnerungen in den Sinn, wie Splitter unter dem Fingernagel.

Er erinnerte sich an einen Jungen namens Hoskins. Er war klein und verschlagen, roch wie ein nie gelüfteter Küchenschrank und obendrein leicht nach Käse. Max konnte Hoskins nicht leiden, doch aus irgendeinem Grund, hinter den Max nie kam, war der Junge sehr anhänglich. Er hatte ein sehr schmales, mit Sommersprossen gesprenkeltes Gesicht, und sein dichtes, dunkles Haar war stumpf und wirkte ungepflegt. Ein listiger Bursche war er, dieser Hoskins, er lungerte herum und hatte die Angewohnheit, die Luft mit einem zischenden Geräusch einzusaugen, und jedesmal, wenn er das tat, konnte Max seine weißen, scharfen Zähne sehen. Von Hoskins gingen etwas Penetrantes und eine geradezu skrupellose Grausamkeit aus, aber was Max noch mehr verunsicherte, war die Tatsache, daß Hoskins aus der Sympathie und Bewunderung, die er für ihn empfand, keinen Hehl machte. Und dann stand Hoskins plötzlich neben ihm. Eines Tages, nicht lange nach Angelas Tod. Er trug einen Hockeyschläger wie ein Gewehr über der Schulter.

„Mögen Sie Kaninchen, Sir?"

„Ich habe noch nie eins probiert, Hoskins."

„Hab fünf gekillt, Sir, ganz allein. Gestern. War ein bißchen jagen."

„Mit einer Flinte?"

„Nein, mit Frettchen, Sir."

Später am Nachmittag entdeckte Max das Kaninchen auf der Stufe vor seiner Haustür. Eine dünne Schicht aus getrocknetem Blut bedeckte die drei Barthaare und bildete einen filigranen rubinroten Fächer. Die Augen waren offen, das Fell war kalt. Max trug das steife Tier ins Haus, legte es auf den Küchentisch, und plötzlich verspürte er aus unerklärlichen Gründen den Drang, mit einem Greifzirkel den Schädelumfang des toten Kaninchens zu messen.

Er erinnerte sich auch an einen Jungen namens Touche. Oder hieß er Tooth? Nein, Tooth hieß er auf keinen Fall. Ein Bursche mit gebräunter, schimmernder Haut, kastanienfarbenem Haar und dunkelbraunen, fast schwarzen Augen. Er wirkte absolut androgyn. Dabei hatte er nichts Mädchenhaftes an sich. Er war durchaus ein Junge, doch ging von ihm keine männliche Ausstrahlung aus. Er paßte weder so recht in die eine noch in die andere Kategorie, und in der Klasse von lauter nett anzuschauenden Fünfzehnjährigen bestach er durch seine überirdische Schönheit. Touche beobachtete Max still aus der Mitte des Klassenzimmers – und sein Blick, fiel Max auf, hatte etwas vom blinden Starren eines Kleinkindes, eines Säuglings.

Am meisten wunderte sich Max darüber, wie er selbst auf den Jungen reagierte. Er spürte, wie sein Glied steif wurde. Max hatte im Englischunterricht noch nie eine Erektion gehabt, er hatte gegenüber Personen seines eigenen Geschlechts noch nie die geringste sexuelle Regung verspürt. Es gefiel ihm nicht. Er billigte es nicht und konnte doch nichts tun, hier, mitten am Nachmittag, schmerzhaft gegen die Schreibtischkante gedrückt, während er versuchte, der schläfrigen Klasse den Unterschied zwischen fingiert und fiktiv zu erklären.

„Ich gebe euch ein Beispiel. Vielleicht begreift ihr dann den Unterschied. Angenommen, ich weiß von einem Mann, daß er Anglikaner ist. Ich gehe zu ihm rüber und sage: ‚Sie sind Jude, stimmt's? Das sehe ich Ihnen an. Sie gehören dem jüdischen Glauben an.' In dem Fall würde ich ein fingiertes Argument vorbringen, das ich mir zurechtgelegt habe, um einen bestimmten Zweck zu erreichen. Um mit ihm ins Gespräch zu kommen. Oder um mit ihm zu streiten. Oder ihn zu beleidigen. Würde ich euch aber erzählen, daß ich als Geheimagent in das Occam College eingeschleust wurde, damit ich eine fremde Macht über die Geheimnisse des englischen Erziehungssystems informiere, dann wäre das eine fiktive Geschichte. Seht ihr den Unterschied?"

„Sir, was haben Sie im Krieg gemacht?" Warum löste diese Frage, die überraschenderweise der sonst so schweigsame Touche stellte, an diesem Nachmittag in den hinteren Bankreihen soviel Heiterkeit aus? Max antwortete nicht gleich darauf, weil er nicht aufblicken, Touche nicht ansehen konnte. Seine zehn Finger lagen gespreizt auf der Tischplatte, die Kante schmerzte ihn, aber sein Glied war so steif, daß ihm nichts anderes übrig blieb, als sich gegen den Tisch zu pressen. Langsam hob er die Hände und sah die Abdrücke seiner schwitzenden Finger auf der polierten Platte. Die Klasse wartete.

„Nichts Besonderes, leider. Als Historiker habe ich mich für Kultur, Sprache und ethnische Gruppierungen interessiert. Beruflich hatte ich mit Anthropologie zu tun. Wenn ihr es genau wissen wollt: Ich habe den Krieg in einer Forschungsabteilung verbracht."

„Haben Sie jemanden gekillt, Sir?"

„Vermessungen", sagte Max so beiläufig wie möglich. Er mußte sich vorbeugen, die Hände zu Fäusten ballen und sich auf die Fingerknöchel stemmen, bis er vor Schmerz fast aufschrie. „Tut mir leid, daß ich euch enttäuschen muß." Er spürte, daß Touches dunkle Augen auf ihm ruhten. Er haßte den

Jungen, und er haßte sich selbst, aber am allermeisten haßte er dieses ebenso unberechen- wie unvermeidbare, verräterische Symptom seiner eigenen schändlichen Schwäche. „Statistische Erhebungen. Langweiliges Zeug, das könnt ihr mir glauben."

Dann endlich stellte ihm jemand eine Frage, auf die er antworten konnte. Es war Touche, und seine Frage lautete einfach: „Wieviel verdienen Sie, Sir?" Vor Erleichterung über diese offenherzige Frage sagte Max es ihm auf den Penny genau. Betretenes Schweigen machte sich im Klassenzimmer breit. Noch nie zuvor hatten die Jungen erlebt, daß ihnen ein Erwachsener die Höhe seines Einkommens verriet. Sowohl die Frage als auch die schamlose, geradezu exhibitionistische Antwort hatten etwas Unanständiges, ja Obszönes. Niemand sagte etwas – außer Touche.

„Mein Vater verdient mehr in einer Woche."

In der Rückschau wurde ihm bewußt, daß in jenem Augenblick sein Stichwort gefallen war. Es löste in Max den Drang, ja die grimmige Entschlossenheit aus, es im Leben zu etwas zu bringen, dieses Wort, das aus dem Nichts auftauchte und gegen seinen Kopf prallte, so wie bei hoher Geschwindigkeit eine Fliege gegen die Windschutzscheibe klatscht, daß Blut und Flügel nur so spritzen. Und kleben bleibt. Hartnäckig. Ein Wort nur, das in Max an jenem Vormittag als Antwort auf Touches Antwort aufgestiegen war und an das er sich jetzt nicht mehr erinnern konnte, an das er sich jetzt nicht mehr zu erinnern brauchte, weil er in die Welt hinausgegangen war und es befolgt hatte. Es hatte aus nur zwei Silben bestanden.

Max hängte also den Lehrerberuf an den Nagel (wann war das eigentlich gewesen? Irgendwann in den späten fünfziger Jahren?) und entfloh der engen Welt der Pauker. Mit Sicherheit war dies nach Angelas Tod gewesen – wobei ihn dieser zweifellos in seinem Entschluß bestärkt hatte. Er war auch vor all den Fragen geflohen, obwohl er sich nun nicht mehr genau erinnern konnte, um was für Fragen es sich damals eigentlich handelte – außer in seinen Träumen, aus denen er erwachte, weil ihm so war, als hätten ihn Unbekannte zu einem Verhör gerufen.

Manchmal ertappte er sich dabei, wie er das Wort, das zu seinem, Max Montfalcons, Lebensmotto werden sollte, immer wieder vor sich hinsagte: „Killen!"

Max hatte sich selbständig gemacht, war, wie man so sagt, Geschäftsmann geworden. *Montfalcon Holdings*. Das Startkapital hatte er sich durch den Verkauf persönlicher Wertgegenstände verschafft: Erinnerungsstücke, Schmuck. Er hatte ganz klein angefangen, indem er eine Konditorei- und Teigwarenfabrik im westlichen Mittelengland aufkaufte, die Firmenleitung feuerte und das Werk modernisierte, einfach weil ihm diese Schritte logisch erschienen, und dann war doch tatsächlich ein Kerl dahergekommen und hatte ihm angeboten, den Laden für das Doppelte von dem abzukaufen, was er selbst reingesteckt hatte! Danach war Max nicht mehr zu halten gewesen.

*Montfalcon Holdings* – „Was er hat, hält er", hieß es über ihn in der City. Jemand nannte ihn sogar einmal den „Piranha im Aufsichtsrat". Das war allerdings nicht ganz richtig, denn er hatte ebensowenig einen Aufsichtsrat wie Personal, Stellvertreter oder Vertrauensleute. Er kaufte und verkaufte. Max' Art, Geschäfte zu machen, sollte in den siebzigern und achtzigern in Mode kommen, doch in den sechziger Jahren hatte sie noch keinen Namen. Er machte einfach nur Geschäfte. Und kaum hatte er mal wieder eins abgeschlossen, machte es in den einschlägigen Kreisen die Runde, daß Montfalcon der „Firmenkiller" wieder einmal zugeschlagen hatte. Ihm hatten seinerzeit eine kleine Brauerei in Northampton, ein Speiseölkonzern in Coventry, eine Gesenkschmiede sowie eine Gießerei in Solihull, eine Fabrik für Damenbinden bei Cheltenham und schließlich eine kleine Hotelkette in Dorset gehört.

Letztere hatte ihm am meisten Kopfzerbrechen, aber auch Spaß bereitet. Nachdem Max einmal in Poole in einer der Herbergen der Kette abgestiegen war, stand für ihn eins unumstößlich fest: Die Gäste hätten von den Besitzern eigentlich dafür bezahlt werden müssen, und zwar anständig, daß sie auch nur eine Nacht in diesem schmuddeligen, tristen Sammelbecken für Heimatlose und Versager verbrachten. Die Tatsache, daß die Hotelgäste jedoch keine Entschädigung verlangten, sondern auf geradezu rührende Weise dankbar für ein Dach über dem Kopf zu sein schienen, und daß die Hotelbesitzer es versäumten, aus dieser verblüffenden Demutshaltung Kapital zu schlagen, gab für Max den Ausschlag. Als er in die Hotelbranche einstieg, bekamen Gäste, die den Zimmerservice anriefen, ein abweisendes, knurriges „Was wolln Sie?" zu hören, falls sie überhaupt eine Antwort erhielten. Als er die Hotels zum Verkauf bot, wurden derartige Anrufe augenblicklich mit den Worten beantwortet: „Hallo, ich bin Sharon und im Haus für den Service zuständig. Was kann ich für Sie tun?" Er hatte darauf spekuliert, daß kleine Investitionen für eine neue Küche, eine bescheidene Renovierung, Kellner, die sich regelmäßig rasierten, und Bettwäsche, die spätestens jeden zweiten Tag gewechselt wurde, Reisenden wie eine Revolution vorkommen mußten. Und so war es. *The Hotelier* verkündete: „Poole gibt die Marschrichtung vor!", und *The Caterer* ging sogar noch ein Stück weiter: „Dorset auf dem Weg ins einundzwanzigste Jahrhundert!"

Max stieg so unauffällig aus, wie er sich eingekauft hatte, und die ganze Zeit über hatte ihm niemand auch nur eine einzige Frage gestellt. Still, erfolgreich, unsichtbar und klein. An Wachstum war Max nicht interessiert. Ihm reichte es, wenn er sah, daß alles funktionierte und ihn die anderen in Ruhe ließen. Gott, wie frei man sich dabei fühlte! Es erfüllte einen mit Stolz, Engländer zu sein!

Als sein Schwiegersohn in spe (was für eine schreckliche Aussicht!), ein gewisser Albert Turberville, für den sich Lizzie aus Gründen entschieden hatte, die Max beim besten Willen nicht nachvollziehen konnte, einmal seinen ganzen Mut zusammennahm und ihn fragte: „Worin genau besteht eigentlich Ihre Arbeit, Mr. Montfalcon?", antwortete Max schlicht und einfach:

„Bestand."

„Na gut, bestand."

„Ein bißchen hiervon, ein bißchen davon."

Albert war zwar schon seit Jahren dem lärmenden Spektakel im britischen Unterhaus ausgesetzt, erinnerte sich jedoch noch gut genug an das Leben davor, um zu begreifen, daß Mr. Montfalcon ihm damit sagen wollte, er solle sich gefälligst um seinen eigenen Dreck kümmern. Albert war allerdings ein zäher Bursche, das mußte man ihm lassen, und so versuchte er es mit einer anderen Masche: Er fragte seine Frau. „Wo kommt dein Vater eigentlich her?"

Elizabeth stutzte und dachte nach. Von ihrer Mutter hatte sie die blauen Augen, das goldblonde Haar und die zarte Pfirsichhaut geerbt. Sie erinnerte sich jedoch kaum noch an Angela. In ihrem Leben hatte es immer nur ihren Vater gegeben. An eine Schule erinnerte sie sich vage, vor vielen Jahren, irgendwo in Oxfordshire. Und an ein großes Haus an einem Fluß in Henley. Dort war sie aufgewachsen. Und dann war da in Hampstead Garden Suburb das herrschaftliche Haus mit dem viel zu großen Garten und den beiden portugiesischen Hausmädchen gewesen. Ihr Zuhause war immer dort, wo ihr Vater war. Er war ein verschlossener, sehr empfindsamer, fordernder und zugleich träumerischer Mann, und vielleicht sehnte sie sich in ihrem Herzen nach etwas ganz anderem. Vielleicht flog sie deshalb auf Albert, so rosig und rundlich, so unkompliziert, unbekümmert und gesetzt. Ein helles Köpfchen war er mit Sicherheit und mit achtundzwanzig Jahren das jüngste Unterhausmitglied. Die Zeitungen sagten ihm eine „glanzvolle Laufbahn" voraus, als könnte man eine glänzende Zukunft voraussagen wie das Wetter, wie einen außergewöhnlich heißen Juni oder einen schönen Dezember.

„Daddy kommt aus Harwich."

Albert warf den Kopf in den Nacken und lachte schallend. „Was du nicht sagst!"

„Was ist daran so komisch?"

„Aus Harwich!"

„Du benimmst dich wie ein drittklassiger Komödiant. Ich verstehe nicht, was du an Harwich so schrecklich lustig findest."

„Ich bin kein Experte für Dialekte, aber egal ob Norwich, Ipswich oder Harwich – ich glaube nicht, daß die Leute da so reden."

„Wie denn?"

Statt einer Antwort schüttelte sich Albert nur vor Lachen und hielt sich den Bauch.

„Willst du damit etwa sagen, daß mein Vater kein Brite ist?"

„Lizzie, um Gottes willen, willst du mir allen Ernstes weismachen, daß dir das nie aufgefallen ist?"

„Er ist so britisch wie du, Albert Turberville!"

„Meine Familie ist mit Wilhelm dem Eroberer hierher gekommen."

„Da haben wir's! Ein französischer Bastard bist du! Daddy hat in London die Grundschule besucht und in den dreißiger Jahren in Oxford studiert. Wenn du vorhast, billige, alberne, fremdenfeindliche Witze über Menschen zu machen, deren Aussprache sich für deine Gehörtrichter merkwürdig anhört, dann geh zum Teufel! Die Pakistanis sind dir bestimmt auch ein Dorn im Auge."

„Nun mal langsam!" Jetzt wurde auch Albert wütend. Wo er sich doch damit brüstete, sich für ein gutes Verhältnis zwischen den Rassen einzusetzen! Geradezu verbissen hatte er sich darin. Nicht umsonst hatte man ihm, was mittlerweile Gott sei Dank vergessen war, zu Beginn seiner parlamentarischen Laufbahn den Spitznamen „Albert die Dogge – der Hund von Turberville" gegeben.

Am Tag seiner Hochzeit paßte er seinen Schwiegervater ab und versetzte ihm einen Seitenhieb. Über die Champagnerflöten hinweg beäugten sich die beiden ausgiebig. Während der gesamten unerträglichen Zeremonie versuchte Max sich einzureden, daß alles nur ein böser Traum sei, daß Elizabeth es sich anders überlegen und er aufwachen würde und der dicke Kerl mit dem rosa Gesicht neben seiner hübschen Tochter verschwunden wäre.

„Soviel ich weiß, haben Sie sich eine Zeitlang als Lehrer versucht." Albert schenkte ihm dabei ein warmes, wohlwollendes Lächeln, als hielte er den Lehrerberuf ebenso wie Wohltätigkeit oder Hungerhilfe für eine verdienstvolle Beschäftigung. „Trifft das zu, Sir?" Das „Sir" feuerte er hinterher, um der Frage mehr Druck und Schlagkraft zu verleihen.

„Sie haben mich ertappt", scherzte Max. „Ich habe Englisch unterrichtet."

„Englisch!" Albert nickte eulenhaft.

„Das überrascht Sie wohl. Ich habe mich besonders für den Sprachgebrauch interessiert. Der große Fowler war mein Vorbild, das heißt ist. Haben Sie mal in seinem Werk gelesen?"

„Nicht, daß ich wüßte."

„Kann ich nur empfehlen."

„Ich werde mal einen Blick reinwerfen."

„Tun Sie das. Ich bin sicher, daß das Unterhaus in seiner Bibliothek ein Exemplar von seinem Werk *Moderner englischer Sprachgebrauch* stehen hat. Wenn ich mir allerdings die Parlamentsberichte in den Zeitungen ansehe, kann ich mir nicht vorstellen, daß die Abgeordneten es oft konsultieren."

„Ich nehme an – Sir –, Sie haben mit dem Unterrichten aufgehört, weil es sich nicht gelohnt hat. Hat wohl nicht genug eingebracht, was?"

„Nein, nein, das nicht", erwiderte sein frischgebackener Schwiegervater. „Zuviele Fragen."

Was für ein bunter Haufe sich zur Hochzeit einfand! Die ehrenwerte Mrs. Angus Watts, diese kleine, leicht reizbare Person, die sich ihren giftigen Pekinesen wie einen Dudelsack unter den Arm klemmte und überall mit sich herumtrug. Beim Sprechen pfiff sie durch die Zähne, und es hieß, sie sei eine entfernte Cousine der Königin; mehrere Kollegen von Albert aus dem Parlament, darunter auch Jimbo Mandeville mit einer Krawatte der Charterhouse-Schule, die sich entsetzlich mit seinem geröteten Teint biß, denn er war einer von jenen Engländern, deren rotes, schwabbeliges Gesicht aussah, als würde es gerade aus einer Gußform für Wabbelpudding kommen; Erica Snafus von der Labour-Partei in einem knappen schwarzen Chanelkostüm und mit langen weißen Zähnen; ein paar Freunde von Braut und Bräutigam, alle mit demselben Schnauzbart, breiten Rockaufschlägen und blumigen Krawatten und junge Frauen in sehr kurzen Röcken oder sehr weiten Hosen. Wie Gastarbeiter, sagte sich Max, die von irgendeinem merkwürdigen Planeten auf die Erde herabgefallen sind und keine Ahnung haben, wie lächerlich sie auf uns Menschen wirken.

Wenig später sollte es Albert sein, der seinen Augen kaum traute. Wen begrüßte Max Montfalcon denn da so herzlich? Mit wem unterhielt er sich so angeregt? Es war kein Geringerer als der alte Ralphie Treehouse, in politischen Kreisen eine legendäre Gestalt. Erstaunlich, daß er noch am Leben war! Treehouse – der Star aus dem Außenministerium, Minister unter drei verschiedenen Regierungen. Ein klassisch gebildeter, homosexueller Lebemann. Worüber redeten Max und er nur so ernsthaft? Wahrscheinlich über den jungen von F., einen gemeinsamen Freund aus der Studienzeit. Und danach? Danach unterhielten sie sich vermutlich über Max' Erfolge. Als Albert sich an sie heranpirschte, hörte er, wie Treehouse sehnsuchtsvoll von „drüben" sprach. Max erwiderte, ein Leben „drüben" sei nichts für ihn, vielmehr habe er des öfteren erwogen, sich irgendwo in Wales zur Ruhe zu setzen. Daraufhin schüttelte Treehouse seinen wuchtigen Kopf und schürzte die vollen Lippen. Wales sei unter Umständen nicht weit genug weg, meinte er lächelnd. Wenn jemand erst mal zu schnüffeln anfange, sei Wales nicht weit genug weg. „Drüben" wäre besser. Lieber nicht zu lange warten. Max sah ihn fragend an. „Weißt du, mit Amerika konnte ich mich noch nie anfreunden. Ich weiß auch nicht, warum."

Während Treehouse Erica Snafus beäugte, die sich leichthin über widersprüchliche Prognosen für das letzte Vierteljahrhundert ausließ, sagte er gelassen: „Und ich weiß nicht, warum du nicht weißt, warum."

Aber Max hielt die Stellung. Mitte der siebziger Jahre zog er sich in sein großes Haus zurück und saß die achtziger aus, doch in all der Zeit wuchs in ihm die Überzeugung, daß ihm etwas fehlte, und seltsamerweise verspürte er Heimweh. Innerlich nahm er Abschied von Oxfordshire und Hampstead Garden Suburb, von Harwich und all den Orten, wo er seinerzeit ein neues Leben begonnen hatte, denn er hatte zunehmend das Gefühl, daß es an der Zeit war, heimzukehren. Er war nun ein alter, steifgliedriger Mann, dem das Gehen schwerfiel, und nichts erinnerte mehr an den freibeuterischen Unternehmer, an den Firmenplünderer, wie man derartige Beutejäger heutzutage mit einem bewundernden, fast radioaktiven Strahlen in den Augen zu nennen pflegt, und noch weniger an den Englischlehrer, der er einst gewesen war. Und absolut nichts mehr an all die anderen Laufbahnen, die er früher einmal, wie er meinte, erfolgreich absolviert hatte, die jedoch im Lauf der Zeit in den nebeligen Gefilden seines Gedächtnisses verschollen waren.

Kurzerhand hatte er den jungen Jeb Touser von Touser & Burlap angerufen und sich von ihm hinsichtlich der Durchführbarkeit seines Vorhabens beraten lassen. War sein Besitz abtretbar? „Ich möchte ihn meiner Tochter übereignen. Kann ich das? Soll ich das?"

Jeb Touser trug am liebsten Tarnfarben wie Grün, Beige und Schwarz. Aus seinen Ohren wuchsen Haare wie Glühdrähte. „Natürlich können Sie das tun, Mr. Montfalcon. Ob Sie es tun *sollen,* ist eine ethische Frage, die nur Sie allein entscheiden können."

An einem Montagvormittag trommelte Max die Familie im Haus seiner Tochter zusammen. Albert erschien mit mürrischer Miene. Innocenta trug lila Klamotten, die davon kündeten, daß sie eine Jüngerin von Bhagwan Shree Rajneesh war. Das heißt, eigentlich sollte es Lila sein, doch es war zu einem blassen, bräunlichen Rosa verfärbt, denn die Färberei, so teuer sie auch war, hatte noch nie gute Arbeit geleistet, und zudem waren harte Zeiten angesagt im besetzten Haus in Clerkenwell, wo sie mit einem Burschen namens Nigel lebte, dessen Familie in

Lincolnshire mehrere Tausend Morgen guten Ackerlandes besaß. Nigels Sippe war ehrbar, aber verarmt. Nigel selbst gehörte ebenfalls der Sekte an, aber er war nur noch halbherzig bei der Sache. Bhagwans Verhaftung Mitte der achtziger Jahre hatte seinen Glauben stark angekratzt. Erst vor kurzem hatte er sich, bei jungen Leuten keine Seltenheit, über Nacht vom Rebellen zum strenggläubigen Jünger gewandelt. Er wollte Innocenta heiraten und in Lincolnshire mit ihr leben. Innocenta hatte die laubgrünen, mit dem Stich ins Kupferfarbene geschminkten Augenlider hochgeklappt.

„Leben? Wovon?" hatte sie gefragt.

Als wollte sie ihre Ablehnung unterstreichen, zog sie sich an diesem Vormittag ein Paar Doc Martens an, deren abgewetzte Spitzen unter den Klamotten hervorschauten und ihr das plumpe, verwegene Aussehen einer Vogelscheuche mit Klumpfüßen verliehen. Albert saß in einem dunkelblauen Anzug mit roter Krawatte auf dem Sofa; seine schwarzen Budapester waren auf Hochglanz poliert. Sie schienen wie ihr Träger darauf zu brennen, sich möglichst schnell wieder verdrücken zu können. Albert war mehr als übel gelaunt. Er konnte sich nicht erklären, warum Elizabeths Vater auf diesem Treffen bestanden hatte. Es würde bestimmt nur Ärger dabei herauskommen, da war er sich sicher. Er trug ein blaues, gestreiftes Hemd mit weißem Kragen und weißen Manschetten, weil er anschließend auf einer Sitzung im *Central Office* erwartet wurde, denn er war Vorsitzender eines kleinen Ausschusses, der Untersuchungen über die Arbeitslosigkeit in marginalen Wahlbezirken und deren Auswirkung auf die Chancen der Regierung beim nächsten Urnengang anstellte. Elizabeth hatte sich hübschgemacht: Bluejeans und ein seidenes, feuerwehrrotes Oberteil mit hochgeschlossenem Kragen. Lässig saß sie auf dem Klavierhocker und dachte, ihr Vater mache trotz seiner reichlich achtzig Jahre eine sehr gute Figur. Ein bißchen zu mager vielleicht, aber andererseits war seine hohe Gestalt noch nie füllig gewesen. Mit seinem Silberhaar war er noch immer ein gutaussehender Mann. Von Max Montfalcon ging etwas Hoheitsvolles aus. Elizabeth bemerkte, wie er den

Daumen im Hosenbund einhakte und mit den Fingern geistesabwesend auf den Hosenschlitz klopfte, aber sie schrieb dies einer von den harmlosen kleinen Marotten zu, die manche Menschen sich im Alter zulegen. Sie konnte nicht ahnen, daß er dies tat, weil ihm seit einiger Zeit eine leichte Inkontinenz zu schaffen machte, eine sogenannte „Intermittierende Inkontinenz", wie sein Hausarzt es nannte, oder das „Tropfender-Wasserhahn-Syndrom". Max klopfte also auf seine Hose, um sich zu vergewissern, daß die Einlage, die er zwischen die beiden Unterhosen geschoben hatte, noch fest an ihrem Platz saß.

Max gab seiner Enkelin einen Kuß, und sie verschränkte ihre Finger mit seinen.

„Großvater, das hier ist Nigel. Ein Freund. Macht es dir was aus, wenn er dabei ist? Er will mich heiraten und mit mir nach Lincolnshire ziehen, wo seine armen Schwestern und seine Mutter mit ein paar Pferden leben. Wovon sollen wir uns ernähren? Von Gras?"

„Er wird gleich eine freudige Überraschung erleben", sagte Max.

Er stellte ihnen Jeb Touser vor. Weidengrüner Seidenblouson und schwarze Wollhosen. „Der typische Buchhalter", dachte Albert verdrossen, als er die Rayban-Brille und die italienischen Slipper bemerkte. Dabei sah Touser eher wie einer von den Leibwächtern aus, die man immer an der Seite hitziger amerikanischer Prediger sieht. Er hatte Aktenkoffer, Flipcharts und ein Sortiment Leuchtmarker in Pink, Grün und Gelb dabei.

Während Touser eine mit Zahlen gespickte Übersicht gab, saß Max neben Elizabeth und hielt ihre Hand. Sein Schwiegersohn wurde mit den Jahren nicht eben attraktiver. Er betrachtete Albert, der in der für die hinteren Reihen des Unterhauses typischen Lümmelpose mit zurückgelehntem Kopf auf dem Sofa saß, und er sah, daß die Haut unter dem Kinn im Laufe der Zeit weich und schlaff geworden war und bei jeder Kopfbewegung hin und her schwabbelte. Albert ging in allen Richtungen auseinander. Wie konnte ein Mann, dessen Körper die Unentschlossenheit schlechthin versinnbildlichte, so selbstsicher auftreten? Offenbar hatte sein Körper kapituliert, weil er sich nicht entscheiden konnte, welche Form er annehmen wollte.

Anschaulich und knapp setzte Touser den anderen Max' Vorhaben auseinander. Max hatte beschlossen, sich von seinem gesamten Vermögen zu trennen. Touser zeigte ihnen eine Aufstellung. „Nach meinen Schätzungen liegt der Gesamtbetrag zwischen einer Dreiviertelmillion und anderthalb Millionen Pfund."

Max warf ein: „Ich habe das große Haus satt, wißt ihr? Ich habe es satt, alleine zu leben."

„Deshalb möchte Mr. Montfalcon seiner Familie, also Ihnen, einen Vorschlag unterbreiten. Er beabsichtigt, Ihnen dieses Geld zu übereignen, alles bis auf einen kleinen Betrag, der monatlich an ihn zu zahlen ist."

„Für Tabak", sagte Max. „Das verdammte Haus in Hampstead ist mir einfach zu groß, Liebes." Er drückte Elizabeths Hand und blickte lächelnd in ihre blauen Augen. „Und euer Haus hier, na ja, das ist ja ganz nett, aber ziemlich ungemütlich. Wir sind doch eine Familie! Warum werfen wir nicht alles, was wir haben, in einen Topf?"

„In einen Topf, Daddy?" fragte Elizabeth. „Das verstehe ich nicht."

„Wenn ich mich nicht irre, schlägt er vor, daß er mit uns zusammenzieht." Albert hatte sich kerzengerade aufgesetzt. „Sind das anderthalb Millionen netto?"

„Ja, nach Abzug der Steuern", bestätigte Touser. „Außerdem wäre da noch der Erlös vom Verkauf der Häuser. Das macht noch einmal rund eine Million. Dies sind vorsichtige Schätzungen."

„Was für Häuser?"

„Wenn ich mit euch zusammenziehe, könnt ihr kaum in diesem Haus wohnenbleiben", erklärte Max. „Nehmt das Geld und sucht euch irgendwo was Großes, Schönes. Vielleicht oben am Highgate Way. Einen Flügel, das heißt einen Teil des Hauses bekomme ich, eine in sich geschlossene Wohnung mit separatem Eingang, Küche und allem Drum und Dran. Wir werden zwar unter einem Dach wohnen, uns aber nicht auf den Füßen herumtreten." Er wandte Elizabeth das Gesicht zu. „Ich möchte nach Hause, Lizzie. Ich möchte wieder bei dir sein."

„Steuerverpflichtungen, Kapitalertragssteuer etcetera. Das macht bei so einem Haufen Geld ganz schön viel aus", bemerkte Touser. „Aber es ist immer noch weniger als die Erbschaftssteuer auf das gesamte Vermögen. Außerdem könnte man dem Fiskus noch ein Schnippchen schlagen, indem man halbe-halbe macht."

„Halbe-halbe? Wie ist das zu verstehen?" wollte Albert wissen.

„Ich ziehe natürlich nur zu euch, wenn ihr es wollt." Max strich über Elizabeths Haar. „Damit steht und fällt die Abmachung: allseitiges Einvernehmen. Wir alle müssen es wollen."

„Wie können wir sicher sein, daß du es wirklich willst, Opa?" Aus Innocentas Frage sprach pure Ungläubigkeit.

Sie kramte in ihrer Tasche, als hoffte sie, darin eine Signalflagge oder Tute zu finden, mit der sie Alarm schlagen könnte. Max hörte die Angst in ihren Worten, aber er führte sie darauf zurück, daß sie sich ihrer eigenen unsicheren Lage bewußt war. Fern von daheim, zwischen dem Teufel und dem tiefen blauen Meer. In ihren Klamotten sah sie aus wie ein Flüchtlingskind. Geflickte Fetzen. Max nahm sich vor, bei Gelegenheit mit ihr über die Gefahren des Flüchtlingsdaseins zu sprechen. Er war seltsam gerührt: Er hatte einen Weg gefunden, Innocenta zu retten.

Er wußte, wie dies zu bewerkstelligen war. Es war, als hätte er eine alte Gabe wiederentdeckt. Er war der Gebende, sie die Nehmenden. Vorausgesetzt, sie erfüllten die Selektionskriterien. Wie in alten Zeiten.

Max ließ den Blick durch den Raum schweifen. Lizzie zitterte und versuchte, durch ihren Tränenschleier hindurch zu lächeln. Alberts Schuhe waren auf militärischen Hochglanz poliert. Wie stolz er auf sein dichtes, kastanienbraunes Haar war! „Rapunzel" rief man ihm von den Bänken der Opposition zu, wenn er den Kopf in den Nacken warf. Alberts Körper schien nach einer

Uniform geradezu zu schreien. Max erinnerte sich an Körper wie seinen: Brust und Taille gingen in gerader Linie ineinander über, die knappsitzende Uniformjacke erinnerte an das enganliegende Mieder eines Mädchens, die Schuhe waren blitzblank. Albert wirkte irgendwie nordisch. Nein, nicht nordisch – teutonisch. Wie deutsch Engländer doch sein konnten, selbst wenn sie vorgaben, normannischer Abstammung zu sein. Das Blut schlägt eben durch.

„Ich schlage vor, daß ich jeden einzelnen von euch frage, ob er wirklich will, daß ich zu euch ziehe."

Innocenta holte eine rote, dreieckige Tattwa-Karte aus ihrer indigofarbenen Umhängetasche aus Peru und studierte sie. Sie ließ sich in das leuchtende astrale Tor hineinziehen, so daß es einladend vor ihren Augen zu schweben schien. Es war groß genug, um hindurchzugehen. Rot für Feuer. Rot für Gefahr. „Armer Opa. Sie werden dich bei lebendigem Leib auffressen."

„Nun frag uns schon", sagte Albert barsch. Ganz der Ausschußvorsitzende.

„Wir gehen ein klein bißchen zu schnell voran", sagte Touser. „Lassen Sie mich Ihnen die Aufteilung erklären. Mr. Montfalcon schlägt vor, die hier zur Debatte stehende Summe zu gleichen Teilen zwischen seiner Tochter, Mrs. Elizabeth Turberville, und seiner Enkelin Innocenta aufzuteilen. Von dieser Bedingung hängt die Vereinbarung ab."

„Bedingung?" Albert wurde hellhörig. Er kreuzte die Füße, und dabei klickten die Absätze der glänzenden Schuhe leise aneinander wie scharfe Messerklingen.

„Sind Sie mit dieser Teilung einverstanden, Mr. Montfalcon?" fragte Touser.

Max nickte, würdigte Albert dabei jedoch keines Blickes.

Nigel, der junge Mann aus Lincolnshire, warf Innocenta einen schmachtenden, hingebungsvollen Blick zu. Sie schob die Tattwa-Karte zurück in die Tasche und fuhr sich mit der Hand über die Augen. Er hatte keinen blassen Schimmer, was ihr so zu schaffen machte. Mit verschränkten Armen saß sie da und starrte ein an der gegenüberliegenden Wand hängendes Gemälde an, auf dem eine Bohrinsel in der Nordsee dargestellt war. Ein Konsortium dankbarer Spekulanten aus Norwegen hatte es ihrem Vater geschenkt. Ihr Kopf war zur Seite geneigt, ihr Blick frostig und starr. Nigel hatte noch nie zuvor in seinem Leben eine Millionärin gesehen, und schon gar nicht eine, die sich noch wenige Stunden zuvor nicht einmal die U-Bahn-Karte für die Fahrt von Clerkenwell nach Belsize Park leisten konnte. Noch an diesem Morgen wäre er bereit gewesen, sie zu heiraten, obwohl sie total blank war. Jetzt mußte er sich, nicht ohne einen Anflug von Verachtung für seine eigene Bestechlichkeit, eingestehen, daß er für anderthalb Millionen ihr zuliebe sogar über glühende Kohlen gegangen wäre. Innocenta hatte seine Gedanken wohl erraten, denn plötzlich riß sie sich aus der grimmigen Betrachtung der von berghohen Wellen, so grün wie ihre Augen, umspülten Bohrinsel los und sprang auf.

„Nun mal langsam! Du bist ja verrückt, Opa! Du hast ein eigenes Haus und bist ein freier Mensch. Außerdem schwimmst du in Geld, und jetzt willst du plötzlich alles verschleudern und zurück nach Hause? Nach Hause? Was stellst du dir darunter vor? Irgendeine schäbige, dumpfige Kellerwohnung, in der dein einziges Vergnügen darin besteht, einmal die Woche auf die Post zu gehen, um deine Rente abzuholen?" Sie ging quer durch den Raum auf Max zu, der steif und trotzig dasaß, ließ sich auf die Knie sinken, streckte die Hände aus und umschloß sein Gesicht. „Du bist ein freier Geist, Opa. Du bist ein Adler, ein wildes Wesen. Du bist für mich der beste Mensch auf der Welt. Du kommst und gehst, wann es dir paßt. Du kannst nicht nach Hause. Es gibt nämlich kein Zuhause."

„Wie lautet die Bedingung?" fragte Albert.

Max umfaßte Innocentas Hände und schob sie sanft fort. „Daß ihr mich haben wollt. Wir müssen uns alle genau überlegen, worauf wir uns einlassen. So lautet die Abmachung, die große Abmachung. Ihr kriegt mein ganzes Vermögen, und ich kriege ein Zuhause."

„Welche von euch liebt uns wohl am meisten?" Innocentas Frage schien an das Klavier gerichtet.

Max beachtete sie nicht. „Max Montfalcon wird früher oder später sterben. Wir beide sind doch sozusagen zusammen erwachsen geworden, Lizzie. Warum sollten wir nicht eine Weile, zumindest meine letzten Tage, gemeinsam verbringen? Du mußt es allerdings auch wollen. Du mußt mich haben wollen. Also, Lizzie, was sagst du dazu?"

Jeb Touser, der stabführende Finanzberater, zeigte mit einem Leuchtmarker auf Innocenta. „He! Welche von euch liebt uns wohl am meisten? Das ist doch aus ‚König Lear'."

„Erraten", sagte Innocenta.

Elizabeth saß auf dem Klavierhocker und weinte. Sie machte sich nicht einmal die Mühe, die Tränen wegzuwischen. Untröstlich schüttelte sie den Kopf, und dabei glitt ihr blondes Haar langsam von einer Seite zur anderen. Max sah das gerne. Nach einer Weile beruhigte sie sich und seufzte laut. „Na gut, Daddy, einverstanden. Wir können es so machen, wenn du es unbedingt willst. Wir werden schon ein Haus finden, in dem wir zusammen leben können."

„Ich schlage vor, daß wir eine schriftliche Vereinbarung treffen. Tut mir leid, wenn das berechnend klingt", sagte Albert, aber er sah nicht so aus, als ob es ihm leid täte. „Solche Dinge hält man am besten schwarz auf weiß fest. Dann weiß jeder, woran er ist."

„Die Unterlagen sind vorbereitet. Sobald Sie einen gemeinsamen Wohnsitz gefunden haben und einziehen, tritt die Übertragung des Vermögens in Kraft", sagte Jeb Touser.

Max sah seinen Schwiegersohn mit sichtlichem Widerwillen an. „Die Reihenfolge ist falsch, Albert. Zuerst müssen wir uns klar werden, woran wir sind."

„Na gut..." Albert ließ sich die Angelegenheit durch den Kopf gehen. Er war ein bedächtiger Mensch und zudem Vorsitzender von wer weiß wie vielen kleinen Ausschüssen, und deshalb legte er sich seine Worte sorfältig zurecht. „Ich sehe wirklich keinen Grund, warum die Sache nicht funktionieren sollte. Wenn wir uns alle richtig ins Zeug legen, dann... ich meine, warum sollte es nicht klappen?"

Max beugte sich vor und küßte Innocenta mitten auf die Stirn. „Und wie steht es mit dir, mein Liebling?"

Innocenta schüttelte nur den Kopf.

„Dein Schweigen bringt uns nicht weiter. Na komm, gib dir einen Ruck", drängte Max.

Innocenta stand langsam auf. Sie schien tief in Gedanken versunken. Dann ging sie quer durch den Raum auf Nigel zu.

„Okay."

„Okay was?"

„Ich mach mit."

„Sorry, ich kapiere nicht ganz. Was machst du mit?"

„Die Sache mit Lincolnshire. Das fruchtbare Land und so weiter. Deine Mutter und deine Schwestern. Die Pferde. Mit einem Wort: ja."

„Moment mal", sagte Nigel. Er legte ihr die Hände auf die Schultern und warf Max über ihren gesenkten Kopf hinweg einen beschwörenden Blick zu.

„Verstehe", sagte Innocenta frostig und mit dünnen Lippen.

„Ich will dir nur noch eins sagen: Überleg es dir genau. Du mußt das ganz allein entscheiden."

„Ich überleg es mir ja gerade, und weißt du, was ich finde? Du bist eine richtige Flasche, Nige, zu nichts zu gebrauchen. Als wir heute morgen hierher gefahren sind, hättest du mich genommen, wie ich bin, und jetzt flippst du fast aus, weil ich vielleicht eine Million Pfund kriege, mit der man wer weiß wieviel Dünger für den Acker in Lincolnshire kaufen kann. Entscheiden soll ich? Soll ich etwa zusehen, wie mein Großvater über den Tisch gezogen wird? Was du vorhast, ist absolut idiotisch, Opa. Kapierst du denn nicht, was du da anrichtest? Du lieferst dich Leuten aus, die dich nicht lieben und die dich nicht verstehen." Sie warf ihrem Vater einen bedeutungsschweren Blick zu. „Sie mögen dich noch nicht einmal."

„Ich glaube nicht, daß du die Richtige bist, anderen eine Lektion in Sachen Liebe zu geben, Innocenta." Albert schien die Sache fast Spaß zu machen. „Mit deinen Stiefeln und dieser ausgedienten Tischdecke siehst du aus wie ein liederliches

Waschweib, und trotzdem hältst du uns hier eine Gardinenpredigt."

Innocenta blickte auf ihre Füße hinab. „Stiefel? Was für Stiefel? Du bist völlig weltfremd, Daddy, du lebst hinterm Mond. Um deine Seele steht es schlecht. Du löst dich langsam auf."

„Alles oder nichts", sagte Max barsch zu seiner Enkelin.

An dieser Stelle schaltete sich überraschend Jeb Touser ein: „Ihre Enkelin ist zumindest konsequent. Das müssen Sie ihr lassen."

„Ich muß überhaupt nichts." Max sprang auf die Füße und zeigte mit zitterndem Finger auf Touser. „Ich möchte Sie daran erinnern, daß ich Sie bezahle, und auch das muß ich nicht, wenn ich nicht will."

„Mr. Montfalcon, wenn Sie Ihre Enkelin von der Vereinbarung ausschließen, bleiben Sie auf der Hälfte Ihres Vermögens sitzen. Was wollen Sie dann damit tun?"

„Ganz einfach", antwortete Max schnippisch. „Ich gebe sie Lizzie. Ja, Lizzie soll alles kriegen."

Mit trotzigem Klicken steckte Touser die Kappen zurück auf die Leuchtmarker. „Hier stimmt doch eine Kleinigkeit nicht: Noch vor einer Minute war Ihre Enkelin Ihr ein und alles. Herrgott, sie liebt Sie! Und jetzt lassen Sie sie fallen wie eine heiße Kartoffel."

„Das reicht! Noch ein Wort, und Sie können Ihren Papierkram zusammenpacken!"

„Meinen Papierkram? Gott im Himmel!" rief Touser. „Das geht zu weit!" Jeb Touser, der in seiner kurzen Laufbahn als Investmentberater noch nie einen Kunden abgewiesen oder ihm widersprochen hatte und dem alle nachsagten, er würde es im Anlagegeschäft für reiche Senioren einmal weit bringen, machte zackig auf dem Absatz kehrt und drehte zwanzigtausend Pfund den Rücken, als ginge es um einen Penny. Und das alles nur, wie er später im *Drum and Monkey* in der Threadneedle Street seinen Freunden mitteilte, wegen eines Mädchens mit den größten grünen Augen, die er je gesehen hatte: „Gefrorenes Irland, in doppelter Ausführung, sag ich euch"; ein Mädchen, das ausgesehen habe, als wäre sie von den Hare Krishna in der Oxford Street ausgerissen, nur nicht so blaß.

Und Innocenta? Sie wurde von der Abmachung ausgeschlossen. Ihre Mutter meinte, das sei nicht schlimm, weil Innocenta eines Tages sowieso alles erben würde, was ihr gehörte. Ihr Vater hingegen sagte, ihr sei eine strenge Lektion erteilt worden.

Und Nigel? Der kriegte Tausende von Morgen Ackerland in Lincolnshire, und seine Mutter und Schwestern kriegten einen bekehrten Sohn und Bruder zurück. Für ihn war Schluß mit diesem ganzen asiatischen Quatsch.

Max kriegte eine geräumige hübsche Wohnung in einem großen Haus in Highgate.

Elizabeth kriegte ihren Vater zurück.

Und Albert wiegte sich doch tatsächlich einen Monat lang in dem Glauben, daß nun alles in Butter sei.

Nachdem sie sich in Greyacres, ihrem neuen Heim im georgianischen Stil auf dem Highgate Hill, eingerichtet hatten, verstieg sich Albert sogar dazu, den, wie er es nannte, „rundum geglückten Deal" mit einem Gläschen Cognac in Max' prachtvollem neuen Zuhause zu begießen: Schlafzimmer, Küche, Wohnzimmer, zwei Bäder – eine Zimmerflucht; Tapeten mit silbernen Streifen auf dunkelblauem Grund; Möbel aus Stahl und Glas, etwas streng für Alberts Geschmack, doch trotz der leicht aggressiven Ausstrahlung durchaus elegant.

„Es ist eine Abmachung", berichtigte ihn sein Schwiegervater. „Das Wort ‚Deal' entstammt der Umgangssprache, und man sollte es lieber meiden, auch wenn es für eine Vereinbarung oder einen Tauschhandel steht."

„Fowler, stimmt's?" Albert hoffte, daß aus seiner Frage höfliches Interesse herauszuhören sei.

„Himmel noch mal, Daddy!" sagte Elizabeth. „Mr. Fowler ist doch nicht der Liebe Gott! Heutzutage machen die Leute Deals am laufenden Band. Sie treffen keine Abmachungen."

„Vielleicht nicht in der Welt, in der du verkehrst, liebste Lizzie, aber in meinem Buch tun sie das nach wie vor."

„Auf welche Auflage berufst du dich eigentlich?" wollte Albert wissen.

„Auf die vierunddreißigste. Überarbeitet, natürlich."

„Natürlich", wiederholte Albert und murmelte leise in sein Cognacglas hinein: „Was für ein Schlamassel!" Ihm dämmerte nämlich erst jetzt – und es half nichts, daß er sich mit aller Macht dagegen sperrte –, daß er mit einem ausländischen Greis unter einem Dach lebte, der angeblich aus Harwich stammte und sein Leben nach Fowlers Werk *Moderner Englischer Sprachgebrauch,* neubearbeitete Auflage von 1934, ausrichtete.

# 3

## Eine Spinne im Bad

Nach dem Umzug mauserte Elizabeth Turberville sich zu einer passionierten Gastgeberin. Nie zuvor hatte sie sich in dieser Rolle gesehen. Nun ließ sie zum erstenmal in ihrem Leben ihre und Alberts Beziehungen spielen. Sie erfüllte das Haus mit Leben und genoß das Gefühl, ein besonderes Geschick dafür zu besitzen, bis zu zwei Dutzend der feinsten und geistreichsten Leute unter ihrem Dach zu versammeln.

In den vergangenen Jahren hatte Lizzie Turberville an ein paar Abendgesellschaften auf dem Land teilgenommen und die Gastgeberinnen mit ehrfürchtigem Staunen gemustert. Alle wohnten sie in Häusern mit Namen wie ... Court oder ... Hall und hatten die Wände ihrer Salons mit chinesischen Tapeten beklebt, an deren verblüffender Unscheinbarkeit selbst die hohen Preise nichts zu ändern vermochten. Wenn das fahle englische Sonnenlicht auf die gelben Mauern der Verbotenen Stadt fiel, beschlich einen ein höchst ungutes Gefühl. Man betrachtete das Durcheinander von zierlichen Jockeys und spreizfüßigen Stammgästen bei dreitägigen Reitturnieren, ehemaligen Ministern mit bedenklich vollem Haar und überraschend hochgewachsenen, kantigen Ehefrauen, die ständig Dinge sagten wie: „Um Himmels willen, Roddy, hör schon auf!" Man war nicht wenig verwundert, um nicht zu sagen verblüfft, schon einige Monate, nachdem Elizabeth und Albert sich in Greyacres eingerichtet hatten, nicht nur die gleichen Gäste, sondern auch die gleiche Anzahl in dem neuen Zuhause auf der Kuppe von Highgate Hill anzutreffen.

Schlagartig war Elizabeth in aller Munde und machte in den Klatschkolumnen von sich reden: „Politik und Krabbenbrot im stillen Highgate", hieß es in den Zeitungen. Dazu Elizabeth

(Zitat): „Ach was! Ab und zu lade ich ein paar Gäste ein, aber ich gebe keine Gesellschaft. Ja, bei uns verkehren Parlamentarier aus beiden Lagern, aber sie begegnen sich als Freunde, nicht als Politiker."

Elizabeths Einladungen erfreuten sich großer Beliebtheit, und sie machte davon nicht viel Aufhebens, was die Gäste zu schätzen wußten. Als Max einmal im Hausmantel nach oben kam, um wie ein kleiner Junge, dem man erlaubt hatte, ausnahmsweise ein paar Minuten länger aufzubleiben, bevor man ihn ins Bett steckte, einen Blick auf die illustre Runde zu werfen, fand er, daß Lizzies Freunde, sogar die ganz jungen, durch die Bank wie x-mal aufgemöbelte Antiquitäten aussahen. Wenn das Licht auf ihre Gesichter fiel, sah man, daß die Haut von teuersten Bindemitteln und schmerzhaften Lackschichten mühsam zusammengehalten wurde.

Da waren Professoren aus Cambridge mit Namen wie Moggridge, die alles über Marktwirtschaft wußten und von Gattinnen begleitet wurden, die lauthals verkündeten: „Ich pfeif' auf John Maynard Keynes, wenn ihr mich fragt!" Da waren Porträtmaler, die ihre weißen Katzen mitbrachten. Da waren junge Frauen wie Lady Debbie, die ihre Literaturagenten mitbrachten. Da waren Schauspielerinnen, die halb in London, halb in L.A. lebten, am Arm bekannter pakistanischer Kricketspieler auftauchten und im Nu wieder verschwanden, um Clubs wie *Poison Ivy* und *Wankers* aufzusuchen.

Elizabeth hatte keinen thailändischen Koch. Sie beschäftigte kein italienisches Hausmeisterehepaar. Sie ließ keinen Partyservice kommen. Sie machte, was sie wollte, und sie machte alles selbst. Man erzählte sich, einmal habe sie ein komplettes Abendessen für dreißig Personen beim *Green Dragon* in Highgate Village bestellt und es direkt aus den braunen Tüten zusammen mit chinesischem Reiswein und Krabbenbrot aufgetischt. Kein Geringerer als Lord Figgs, der Haupteinpeitscher der Opposition, hatte es als „verdammt guten Schmaus" bezeichnet.

Sogar Albert hatte es geschmeckt, und das wollte etwas heißen! Albert sagte: „Bravo, mein großes Mädchen!" und zog sich in eine Ecke zurück, um mit der Herzogin von Rutland darüber zu diskutieren, welche Haltung das Verteidigungsministerium gegenüber Argentinien einnehmen sollte. Lizzie versuchte, ihren Vater dazu zu bewegen, sich unter die Leute zu mischen. Sie sagte: „Daddy, Lord Gribble wollte heute abend vorbeischauen. Du weißt schon, der verrückte Föderalist, der uns am liebsten an Europas Bauch gekettet sehen würde. Er kommt gerade von einem Treffen mit dem deutschen Bundeskanzler, und ich weiß doch, wie sehr du den deutschen Kanzler haßt. Warum schaust du später nicht mal rein und plauderst ein bißchen mit Jimmy Gribble?"

Nachdem Max jedoch bei seinem ersten Besuch in der „Oberwelt" festgestellt hatte, wieviele Beulen und Macken Lizzies Freunde hatten, sogar die jüngeren, und auf welch stümperhafte Weise zusammengeflickt und enttäuschend unansehnlich die Reichen waren, lehnte er ab: „Nein, nein, Lizzie! Ich möchte mich nicht in dein Leben hineindrängen. Du willst doch sicher nicht, daß ich alter Mann euch im Weg bin, und damit hast du ganz recht. Ich an deiner Stelle würde Menschen wie mich nicht zu meinen Parties einladen. Ich bin glücklich hier unten in meinen eigenen vier Wänden."

Alles begann im Badezimmer, auf ganz einfache, harmlose, dem Anschein nach freundliche Art und Weise, wie es sich für Badezimmer schickt, diese Örtlichkeiten voll keuschem Porzellan und hübschem Email, voll Dämpfen, Düften und Seifenwasser, in denen nur dann und wann eine Spinne flink aus dem Abfluß krabbelt und wie in Panik die turmhoch aufragenden, schier unerklimmbar erscheinenden weißen Wände hinaufeilt. Die Eiger-Nordwand der Spinnen. Verhängnisvolle Keramikalpen. Tod in der Schweiz. Arme Kreaturen, die an einem so reinlichen Ort ihr Verderben wittern.

Max stand in seinem schneeweißen Badezimmer und betrachtete die steilen Wände der glänzenden Wanne. Erst jetzt, nachdem er bereits einen ganzen Monat im neuen Haus gewohnt hatte, ließ er auf nette und beiläufige Art die Bemerkung fallen, daß er ein wenig Hilfe beim Ein- und Aussteigen gebrauchen könnte, wohlgemerkt: *könnte*.

„Oh, Daddy, das hättest du mir früher sagen sollen!" Elizabeth war peinlich berührt. „Wie hast du es denn bisher gemacht? Wie hast du dich beholfen, wenn du die Wanne überhaupt nicht benützen kannst?"

„Mit dem Waschbecken", erwiderte Max knapp. „Wieso? Rieche ich?"

„Natürlich nicht, du Dummer. Es ist nur...oh, ich wünschte, du hättest es mir früher gesagt!"

Elizabeth kaufte für ihn eine kleine Plattform aus weißem Plastik, mit deren Hilfe sich Behinderte raffinierterweise in die Wanne hinablassen und auch wieder herausheben können. Die Vorrichtung nannte sich Badewannenlift. Voller Argwohn beäugte Max die neumodische Erfindung. „Großer Gott!" schimpfte er. „Ein Bathyskaph für ältere Herrschaften! Was würde wohl Jacques Cousteau dazu sagen?"

„Probiere es lieber erst mal aus. Wie wär's, wenn ich dir die Wanne einlasse und du ein schönes Vollbad nimmst? Du springst einfach rein und probierst den Stuhl aus."

Fünf Minuten später rief wütendes Gebrüll sie zurück ins Badezimmer. Da saß er, ums Gleichgewicht ringend, auf dem Wannenlift und sah aus wie ein indischer Fakir; er trug ein Paar altmodische himmelblaue Badehosen, schwebte, die Knie bis an die Brust gezogen, über dem dampfenden Wasser, und auf seinem Gesicht lag ein zugleich leidvoller und verärgerter Ausdruck. „Komm ruhig rein! Ich bin nicht nackt! Das verdammte Ding funktioniert nicht!"

„Immer mit der Ruhe", sagte Elizabeth beschwichtigend, und schon glitt ihr Vater, der noch immer wütend dreinblickte, sanft ins Wasser hinab. Das Ganze sah aus wie eine ziemlich seltsame und exzentrische Seebestattung.

Auch in den folgenden Tagen wurde es nicht besser. Entweder kam er nicht runter oder, wenn er es doch endlich geschafft hatte, kam er nicht mehr hoch. Außerdem fing er zu fluchen an, sobald das Wasser abkühlte: „Verdammt, ich erfriere!" Also eilte sie wiederum ins Badezimmer und mußte feststellen, daß er diesmal auf jede Form, nämlich auf die Badehose, verzichtet hatte und sich offensichtlich nicht daran stieß, daß er seinen mageren, sehnigen, knochigen Körper ihren Blicken darbot.

„Du mußt nur leicht den Hintern anheben, Daddy, der Stuhl besorgt dann den Rest."

„Glaubst du etwa, das hätte ich nicht schon versucht? Das verdammte Ding klemmt. Elender Pfusch ist das, wenn du mich fragst. Kein Wunder, daß uns die Japaner haushoch überlegen sind. Kannst du dir vorstellen, wie es ist, wenn man auf einer Art tragbarem Campingstuhl sitzt, der nicht runtergehen will, wenn er soll, und nicht hochkommt, wenn du es willst? Was wäre, wenn die Nachbarn mich sehen könnten? Was wäre, wenn ich mich jetzt selbst sehen könnte? Was wäre, wenn du in die Zukunft schauen – auch du wirst älter, meine Liebe – und dich selbst sehen könntest, wie du in einem dampfenden Badezimmer auf einem Wannenlift hockst und darauf wartest, endlich ins Wasser oder ins Vergessen – die Reihenfolge ist egal – einzutauchen?"

Elizabeth griff ins lauwarme Wasser, und gleich darauf sah sie, wie ihr Vater, von dessen mit schütterem grauem Haar bewachsener Brust das Wasser nur so herabströmte, mit verschränkten Armen langsam auftauchte, als würde ein seit langem verschollenes Schiffswrack gehoben. Er sah ihr in die Augen und sagte betrübt: „Tut mir leid, daß ich dir zur Last falle, Lizzie."

Es kam noch schlimmer. Mit jeder Maßnahme, die sie ergriff, um seinen Kräfteschwund auszugleichen, spitzte sich die Lage zu.

Eines Morgens eröffnete er ihr, er habe Probleme, wenn er auf die Toilette gehen wolle. „Sie ist zu niedrig. Die hat man wohl für Pygmäen gebaut. Ich bin aber über eins achtzig, falls ich nicht geschrumpft bin." Also kaufte sie ihm einen erhöhten Toilettensitz, damit er sich nicht so verrenken mußte. Als nächstes beanstandete Max, daß sämtliche Steckdosen in die Fußleiste eingebaut waren. „Ich hätte als Zwerg auf die Welt kommen sollen", klagte er. Daraufhin ließ sie sämtliche Steckdosen höher legen, damit er sich nicht bücken mußte. Dann bereitete ihm sein Rücken Schwierigkeiten, und er blieb bis mittags im Bett liegen. „Ich komme nicht hoch, Lizzie. Ich bin wie festgeschnallt." Sie hängte eine Strickleiter über sein Bett, an der er sich hochziehen konnte, wenn ihm der Rücken wehtat. Max lächelte grimmig. „Das Trapez für greise Artisten. Werd bloß nie alt, Lizzie. Alte Menschen sind wie Wellensittiche, sie fallen ständig von der Stange oder ziehen sich zitterig daran hoch."

„Du darfst dich nicht gehenlassen, Daddy", ermutigte sie ihn anfangs noch. „Pack das Alter bei den Hörnern."

„Ich fürchte, meine Liebe, es hat mich gepackt."

Bald schon führte sie einen regelrechten Krieg. Die „Hilfsvorrichtungen für ältere Menschen", die sie im Katalog von „Alles fürs Alter" ausgesucht hatte, kamen ihr wie Panzer, Pontonbrücken und Artilleriegeschütze vor, eigens dazu entworfen, dem Feind, das heißt dem allmählichen körperlichen Verfall, zu Leibe zu rücken. Sie wiegte sich sogar in dem Glauben, diese Geräte könnten ihr zum Sieg verhelfen – bis sie sich selbst als ihre Feinde entpuppten. Max' Inkontinenz verschlimmerte sich zusehends. Neuerdings hörte sie immer öfter, wie er fluchend das Bett verließ und zur Toilette stolperte. Stets um dieselbe Zeit, gegen vier oder halb fünf morgens, rief er zum erstenmal nach ihr. Bis sie sein Schlafzimmer erreichte, war er jedoch schon verschwunden, und sie fand nur noch ein klatschnasses Bett vor. Also ging sie dazu über, den Wecker auf eine frühe Morgenstunde zu stellen in der Hoffnung, Max vor der Überschwemmung zu erreichen. „Okay, Daddy", murmelte sie, wenn sie in sein Schlafzimmer schlüpfte und im Dunkeln seine Schulter berührte, „auf geht's!" Betrat sie sein Zimmer, bevor er von selbst aufwachte, verwünschte sie sich jedesmal dafür, daß sie es war, die ihn weckte. Murrend ließ sich Max von ihr aus dem Bett ziehen. Hatte er das Bett jedoch zuvor durchnäßt, kam er ihrer Aufforderung bereitwillig nach. Fühlte sie allerdings, daß das Laken noch trocken war, machte sie sich auf noch mehr

Vorwürfe gefaßt. Diese brachte Max spätestens dann vor, wenn er auf der Klobrille saß, losjaulte wie eine Heulboje und einen hohen Pfeifton ausstieß, der erst dann langsam schwächer wurde, wenn Max endlich Wasser ließ. Verzweifelt, aber fest davon überzeugt, die Situation vielleicht dadurch verbessern zu können, daß sie es ihm ersparte, jedesmal vom Schlafzimmer zur Toilette eilen zu müssen, erstand sie einen Nachtstuhl aus Korbgeflecht mit eleganten, silbern eingefaßten Rändern und abnehmbarer Sitzfläche aus feuerresistentem Schaumstoff. Doch es half alles nichts: Sein an ein Düsentriebwerk erinnerndes Geheul hielt minutenlang an. Albert stöhnte und zog sich das Kissen über den Kopf. Nach einer Weile verebbte das Geheul zu einem Murmeln, und Max, der auf seinem Nachtstuhl saß, Max, die inkontinente Boeing, pinkelte geräuschvoll in die Plastikschüssel.

Manchmal saß er im Dunkeln und redete in einer Sprache, die sie nicht verstand, von Ereignissen, mit denen sie nichts anfangen konnte, während sie die Matratze trockenrieb, ein neues Laken aufzog und die Kissen aufschüttelte.

„*Pańskie jutro, a żydowskie zaraz.*"

„Was redest du da, Daddy?"

Die Stimme aus dem Dunkel klang schwach und wie von weither. „Das ist ein polnisches Sprichwort. Jemand hat es in der Nähe von Krakau aufgeschnappt. Es gab da nämlich mal einen Mann, der durchs Land zog und polnische Sprichwörter sammelte. Die Bauern hatten einen überaus reichen Fundus."

„Und was bedeutet es?"

„Adel morgen, Juden sofort."

„Warum sollten die Polen so etwas sagen?"

„Weil es ihnen Spaß machte. Sie waren Antisemiten, weißt du, und hatten jede Menge solcher Sprüche. Man hätte wahre Sammlungen anlegen können, und soweit ich weiß, hat das auch jemand getan. In Krakau."

„Was hattest du denn in Krakau zu tun?"

„Ich war noch nie in Krakau."

„Du hast schon wieder ins Bett gemacht, Daddy."

„Polen war der reinste Saustall, das muß mal gesagt werden. Ein rassischer Heuhaufen voller ethnischer Splitter."

„Nadeln."

„Was?"

„Komm schon, Daddy, leg dich wieder ins Bett. Du wolltest Nadeln sagen, nicht Splitter. Bei Heuhaufen denkt man automatisch an Nadeln."

Es gab Abweichungen, in den Gesprächen ebenso wie in Max' Verhalten. Seine Blase konnte nur phasenweise das Wasser nicht halten, und ihm selbst war von Zeit zu Zeit nach Abwechslung zumute. Es kam vor, daß er aus dem Bett oder Sessel sprang und zu seinem Nachtstuhl eilte, und dies mit beachtlichem Tempo, wenn man bedachte, daß er vorsichtshalber schon einmal die Hosen herunterließ und auf seinen altersschwachen Beinen durchs Zimmer hoppelte, wobei diese im Hosenbund gefangen waren, weil er sich wie ein unförmiger Reif um seine Knöchel gelegt hatte. Trotzdem bewegte er sich geschickt und außerordentlich flink mit schlurfenden Schritten vorwärts. Offenbar kam es ihm darauf an, den Nachtstuhl ohne Zwischenfälle zu erreichen, triumphierend hineinzupinkeln und seine Tochter an der Freude über die erfolgreiche, ach so kurze Entsorgung teilhaben zu lassen. Und wie sie sich freute!

Etwa zur selben Zeit begann Max, der im übrigen mit seinem Los keineswegs unzufrieden war, sich ernsthaft Sorgen um Prinz Philip zu machen. Allerdings stellte er sich nicht die üblichen Fragen über den Prinzgemahl. Wer waren seine Eltern? Wo war er aufgewachsen? Was hatte Earl Mountbatten ihm in seiner Jugend bedeutet? An solch mysteriösen Themen ergötzte sich die Leserschaft von *Feudal,* zu deren getreuen Abonnenten Max über viele Jahre gezählt hatte. Doch galt sein Augenmerk nicht solchen Dingen. Er war vielmehr auf ein Photo gestoßen, das Prinz Philip in einem Boot auf einem Fluß zeigte. Der Prinzgemahl sah darauf, obwohl er einen bequemen alten blauen Pullover trug, so wütend aus, als hätte ihn eine Hornisse gestochen. Max bemerkte, daß die Mundwinkel des

Herzogs grimmig nach unten gezogen waren, während er die Angelrute behutsam wie einen Dirigentenstab in der rechten Hand hielt. Auf der Brustpartie des alten blauen Pullovers war eine Möwe oder ein Brachhuhn (oder ein Albatros? Nein, ein Albatros war es bestimmt nicht) zu sehen.

Der Gipfel war, wie sich am Ende des Tages herausstellen sollte, daß das Auto am Flußufer nicht etwa dem Herzog gehörte. Besitzer des ärgerlichen und zudem falsch geparkten Fahrzeugs war der Mann, dessen Schnappschuß Max nun aufmerksam in *Feudal* betrachtete. Kein Wunder, daß Prinz Philip vor Wut schäumte! Max hoffte, daß der Hobby-Photograph, ein übereifriger Polizist, von seinen Vorgesetzten gehörig gerüffelt worden war. Wahrscheinlich gehörte er zu Sergeant Pearces Leuten: Immer erwischten sie den Falschen.

Während Max das hagere, erzürnte Gesicht des königlichen Anglers studierte, der drauf und dran schien, einen seiner typischen knappen Aussprüche wie „Hören Sie, lassen Sie den Quatsch!" oder „Finger weg!" von sich zu geben, setzte er alles daran, einen Hinweis auf dessen griechische Abstammung zu entdecken. Fehlanzeige! Sofern überhaupt jemals hellenistische Einflüsse auf das Äußere oder das Wesen des Prinzgemahls abgefärbt hatten, waren sie seit langem verschwunden. Philip, der Herzog von Edinburgh, war so britisch wie Max Montfalcon.

Max hatte dem Prinzen wiederholt geschrieben, um ihn in dieser Hinsicht zu beruhigen. Dessen Privatsekretärin hatte ihm auf seine Briefe geantwortet, ihm für seine Anteilnahme gedankt und ihm beteuert, Königliche Hoheit sei stolz auf die britische Herkunft.

Während aus den Wochen, die Max bei seiner Tochter in dem großen Haus auf dem Hügel in Highgate verbrachte, das er ihr von seinem Geld im Gegenzug für – ja, wofür eigentlich? – „ein Zimmer, Verköstigung und ab und zu ein bißchen Fürsorge...?" gekauft hatte, während aus den Wochen also Monate wurden, ergriff Elizabeth jede Gelegenheit beim Schopf, um sich die endlose Plackerei zu erleichtern. Albert hatte sie mit all ihrem Alltagskram sich selbst überlassen; er verbrachte immer mehr Zeit im Unterhaus, und wenn er gelegentlich nach Hause kam, sagte er nur Dinge wie: „Verdammter Mist! Hier stinkt es zum Gotterbarmen! Ich habe zwar schon von ungepflegten alten Leuten gehört, aber das hier ist eine Zumutung!"

Die Finten, die Max sich einfallen ließ, waren heimtückisch und grausam zugleich, denn schienen sie anfangs ein kleines Vorrücken in Richtung Altersschwachsinn zu verheißen, ließ die Enttäuschung nicht lange auf sich warten, und bald glaubte Elizabeth, daß sie selbst noch wahnsinnig würde. Zum Beispiel erreichte Max den Nachtstuhl manchmal ohne Zwischenfälle. Ein andermal jedoch ließ er neben dem Bett eine Urinpfütze zurück, bevor er eilig lostaperte. Oder – und dies war bereits mehrmals passiert – er hinterließ auf seiner Rennstrecke eine Fährte aus kleinen, runden, glänzenden Kotkügelchen wie von einem Kaninchen. Wenn seine Tochter die Bescherung übellaunig beseitigte, einen Waschlappen zur Hand nahm und den gummiartigen Ringmuskel seines Afters kräftig einseifte (Max konnte sich nämlich angeblich nicht mehr selbst waschen), behauptete ihr Vater standhaft, er habe die Fäkalien nicht gesehen, und stritt ab, daß er überhaupt eine derartige Bescherung angerichtet hatte. Da sie nicht zulassen konnte, daß er sich ungewaschen wieder ins Bett legte, spielte es keine Rolle, ob sie ihm glaubte oder nicht. In gewisser Weise war sie zu seiner Marionette geworden, mit der er spielte. Er hatte sie in der Hand. Elizabeth schloß also die Augen, biß die Zähne zusammen und gab sich alle Mühe, ihn nicht zu hassen. Er war ihr Vater. Sie konnte doch ihren Vater nicht hassen.

Albert wurde mittlerweile nicht mehr wach, wenn sie um halb fünf aufstand, um Max aufs Klo zu setzen und dadurch ein Unglück zu verhindern. Er schlief einfach weiter, wie er es viele Jahre zuvor getan hatte, als sie aufgestanden war, um die kleine Innocenta zu wickeln. Ja, tatsächlich: es war, als hätten sie wieder ein Baby im Haus, nur daß Max kein Säugling war. Und dieser störrische, verschlagene, unbarmherzige Mensch, dessen

Blase so schrecklich leckte, war ihr einst aus Gründen, an die sie sich nicht mehr recht erinnern konnte, als ein hochgewachsener, gutaussehender, fescher, liebenswerter, entzückender Daddy erschienen! Ein Gefühl zorniger, verbitterter Ungeduld wuchs in ihr heran.

In der Anfangszeit hielt Elizabeth hartnäckig an ihrer alten Gewohnheit fest, „besonders gelungene" Parties zu veranstalten, so wie von einem gewissen Mr. Kipling in der Werbung behauptet wurde, er backe besonders gelungene Kuchen. Doch ging die Zahl ihrer Gesellschaften zurück und schrumpfte schließlich auf eine pro Monat zusammen. Der Streß zeigte Wirkung.

„Heute nachmittag hätte ich meinen Vater fast erwürgt", erzählte sie ihrer Freundin Nancy Drummond, während beide genüßlich die Rindfleischstückchen in der scharfen Sauce aus schwarzen Bohnen aufpickten, die sie sich zum Abendessen hatten kommen lassen. „Es ist, als hätten wir ein Kind im Haus, ein ziemlich verzogenes, boshaftes Kind, das mich an den Rand des Wahnsinns treiben will. Jede Nacht muß ich dreimal zu ihm runterrennen. Ständig macht er ins Bett. Eine Bescherung nach der andern."

„Mit unserer Mutter haben wir was Ähnliches durchgemacht", sagte Nancy. „Zum Schluß mußten wir sie in ein Heim stecken, obwohl wir das natürlich nicht wollten. Außerdem hatten wir ihr versprochen, es nicht zu tun. Aber was blieb uns übrig? Wenn du willst, gebe ich dir Namen und Adresse. Es ist gleich um die Ecke. Schaut es euch doch mal an. Vielleicht wäre es gar nicht so schlecht, wenn ihr ihn mitnehmt. Laß ruhig durchblicken, daß du mit dem Gedanken spielst, ihn ins Heim zu stecken."

„Soll ich ihm drohen, entweder du bist artig, oder du landest im Heim?"

„Es soll nur eine Warnung sein", sagte Nancy beschwichtigend. „Das kann manchmal nicht schaden."

„Seit neuestem redet er manchmal polnisch", sagte Elizabeth.

„Oh Lizzie, du Arme! Ich weiß genau, wie du dich fühlen mußt. Mutter hat am Ende nämlich behauptet, sie könne Kroatisch. Dabei war sie damals noch klar im Kopf. Sie wohnte schon in dem Heim, von dem ich dir erzählt habe. Gott sei Dank haben sie dort sehr nachsichtig reagiert. Wenn sie Kroatisch reden will, dann müssen Sie sie lassen, meinte der kleine Mann, der das Heim leitet. Sonntags haben sie Mutter immer in eine Kirche geschickt, in der die Messe auf Kroatisch gelesen wird, aber sie hat kein Wort verstanden."

„Ich glaube, Albert hat ein Verhältnis."

„Das ist nicht dein Ernst!" Nancy konnte sich nicht vorstellen, woher Albert die Energie für eine Affäre nehmen sollte.

„Aber das ist mir so egal wie sonstwas. Ich habe Albert allmählich auch satt", sagte Elizabeth. „Ich wünschte, er würde mit ihr durchbrennen, egal, wer sie ist. Zuhause ist er sowieso zu nichts zu gebrauchen."

„Soll ich mal ein Wörtchen mit ihm reden?"

„Über seine Affäre?"

„Über deinen Vater."

„Gern, wenn du nichts gegen einsilbige Antworten hast. Wundere dich aber nicht, wenn er sich ein Kissen über den Kopf zieht. Das macht Albert immer, wenn Daddy mich nachts zum dritten Mal weckt, damit ich das Laken wechsele."

Nancy konnte bei Albert anfangs nicht viel ausrichten. „Du meinst, irgendwann verdrischt sie den alten Knaben?" fragte er.

„Ich glaube, vorher spießt sie dich auf", sagte Nancy genüßlich. „Du stehst bei ihr nämlich nicht gerade hoch im Kurs."

Albert dachte nach. Er überlegte, inwieweit Elizabeth über Max' Geld verfügen konnte. Dann zückte er sein Notizbuch.

„Wie heißt das Heim, in dem deine Mutter so glücklich war und Kroatisch reden durfte?"

Elizabeth kam bald dahinter, daß ihr Vater den Bogen raushatte, wie er sie schikanieren konnte. Er schien sich vorgenommen zu haben, sich immer neue harmlose, zugleich jedoch todsichere

Methoden auszudenken, um ihr auf die Nerven zu gehen und sie zu demütigen. Ihr das Leben zur Hölle zu machen. Sie nach seiner Pfeife tanzen zu lassen. Aus reinem Selbstschutz, später aus Notwehr und auch, weil sie ihn einfach nicht mehr ertragen konnte, ging sie nach einer Weile dazu über, ihn mit ähnlichen Tricks zu gängeln.

Sie ließ ihn die ganze Nacht in seinem durchnäßten Bett liegen. Da lag er dann, bis der scharfe Ammoniakgeruch auch die letzten Winkel im Haus durchdrungen hatte und Albert sagte: „Um Himmels willen! Hier riecht's wie in einer Latrine! Tu doch was, Lizzie!"

Max beklagte sich in seinem nassen Bett über ihre Undankbarkeit. „Das habe ich nun davon, daß ich dir alles gegeben habe! Ich hoffe nur, daß du nie durchmachen mußt, was ich zur Zeit durchmache. Ich hoffe, du wirst nie alt und krank und der Gnade deines eigenen hartherzigen Kindes ausgeliefert sein."

Statt einer Antwort streckte sie die Arme aus, packte die Matratze und kippte ihn auf den Fußboden. Ein mehrfaches trockenes Knacken war zu hören, aber sonst gab er keinen Laut von sich. Es klang, als wäre ein Sack Brennholz zu Boden gefallen.

Noch Tage danach hatte er blaue Flecken von den Knien bis zu den Schultern. Er hatte sich bei dem Sturz die Wange aufgeschürft, die seither von einer kurzen, dunklen, ziemlich häßlichen Schramme verunziert wurde, doch Max betrachtete sie offenbar als kleines Wahrzeichen für seinen Triumph, denn immer wieder klopfte er leicht darauf und betastete sie. In den Tagen nach dem Sturz war er sogar recht gut gelaunt und fing wieder an, über Polen zu reden. „Weißt du, wir haben nachgewiesen, daß es im Weichselgebiet seit Urzeiten germanische Siedlungen gab. Darüber ließen die Töpferwaren und Grabbeigaben, die man fand, keinen Zweifel. Die Germanen waren im Osten der dominierende Volksstamm gewesen. Die Schädel, die wir untersuchten, wiesen die typische langgezogene Form der Nordwesteuropäer auf, und alles, was wir wollten – und das mußt du mir glauben, Lizzie – alles, was ich wollte, war, die ursprünglichen Gegebenheiten in Polen zu rekonstruieren."

Doch Lizzie hörte ihm nicht zu. Sie ging zu Bett, und im Traum sah sie Max, wie er auf seinem Wannenlift saß und über einer tiefen, tiefen Wanne voll Wasser schwebte. Sie sah, wie der Stuhl nach unten glitt und Max, der immer noch vor sich hin redete, langsam hinabsank; sie sah Blasen aufsteigen, Sprechblasen wie in einem Comic-Heft, und sie stellte sich vor, wie jedes seiner Worte an die Oberfläche stieg, bis die Blasen immer weniger wurden und schließlich ganz ausblieben. Bei Tisch hatte Max seit einiger Zeit erstaunlicherweise Schlagseite nach links, das heißt überwiegend nach links. Trotzdem bestand er weiterhin darauf, ohne fremde Hilfe zu essen, doch die Koordinierung von Auge und Hand, mit der es bei ihm selbst in seinen besten Zeiten nicht sonderlich gut gestanden hatte, verschlechterte sich schlagartig. Er saß da, Messer und Gabel oder Löffel in der Hand, und protestierte: „Das kann ich durchaus noch alleine, Lizzie. Ich bin vielleicht alt, aber noch lange kein Tattergreis. Ich komme alleine zurecht, vielen Dank." Mit diesen Worten begann er zu essen und bekleckerte dabei sein Kinn, seinen Kragen oder sein Revers mit Ei, Fisch und Fleisch.

„Wenn du weiterhin so schief sitzt, Daddy", warnte sie ihn mit ruhiger Stimme, „dann fessele ich dich an den Stuhl und füttere dich höchstpersönlich."

Statt eine Antwort zu geben, fütterte Max nun sein Ohr. Der Dotter des weichgekochten Eies rann über das Ohrläppchen und in den Hemdkragen.

„So, jetzt reicht's!" Ihre Stimme klang so gelassen und fern, daß es ihr vorkam, als gehörte sie nicht ihr, so vernünftig, so wunderbar ruhig. Ehe Elizabeth sich versah, steuerte sie auf den Küchenschrank zu. Ein Seil kam nicht ernsthaft in Frage, und dennoch spielte sie einen Augenblick mit dem Gedanken, die Strickleiter zu verwenden, die über seinem Bett baumelte. Statt dessen nahm sie jedoch die Rolle weißer Haushaltsschnur, die sich in der Hand wächsern anfühlte, wickelte sie ab und lauschte mit sichtlicher Befriedigung dem trockenen Knistern.

„So", sagte sie noch einmal. Sie schlang die Schnur um seine

Arme und Schultern. „Ich habe dich gewarnt. Behaupte bloß nicht, ich hätte dich nicht gewarnt!"

In diesem Zustand fand Albert ihn vor, als er abends nach Hause kam. Max war so gut verschnürt, daß es aussah, als steckte er in einer Art eigens für ihn angefertigtem Korsett oder einer Zwangsjacke. Kerzengerade saß er vor seinem nun eiskalten Ei, und der Dotter, mit dem er sich zuvor bekleckert hatte, war mittlerweile an Ohr und Nacken zu einer goldenen Kruste geronnen. Lediglich seine unentwegt blinzelnden Augen verrieten, daß er bei Bewußtsein war.

Nach diesem Vorfall stand für Albert fest, daß andere Saiten aufgezogen werden mußten. Max' Kommentar, als Albert ihn von seiner aus Schnüren bestehenden Zwangsjacke befreite, zeugte von verblüffend klarem Verstand: „Ich mache mir große Sorgen um Elizabeth. Glaubst du, sie wird langsam alt?"

„Nein, Max, sie ist nur mit ihrem Latein am Ende."

„Viel Latein kann sie dann aber nicht."

Sie schoben ihn in den Fond von Alberts silbernem Jaguar. Elizabeth blickte starr durch die Windschutzscheibe und tat so, als wäre sie unsichtbar, als säße Max nicht hinter ihr im Auto, als wäre alles nur ein böser Traum.

„Das erinnert ein bißchen an die guten alten Zeiten", sagte er, als sie vor dem dreigeschossigen, im viktorianischen Stil aus roten Ziegeln erbauten Haus an der Kreuzung zwischen dem St. Margaret Drive und der Lord John Road, gegenüber der Knabenschule, vorfuhren. Max gab vor, in ein Heft von *Feudal* vertieft zu sein. Eine buntkarierte Wolldecke war über seine Knie gebreitet, die rote Krawatte unter dem Adamsapfel zu einem dicken Knoten gebunden. Plötzlich fragte er Albert: „Bist du für Euthanasie?"

Albert warf seiner Frau einen Blick zu. Sie schloß die Augen. Von ihr war kein Beistand zu erwarten. „Ja, unter bestimmten Umständen. Bei unerträglichen Schmerzen. Oder wenn der Patient im vollen Besitz seiner geistigen Kräfte ist und den Wunsch nach Erlösung äußert. Und dann unter ärztlicher Aufsicht. Fachkundig, aber human."

„Was ist das hier für ein Haus?"

„Es heißt Haus Seelenfrieden, Max, und ist eines von diesen Seniorenheimen."

„Von mir aus kann es heißen, wie es will."

Max grinste im Rückspiegel. „Das Problem mit der Euthanasie ist, war und wird immer sein, daß es von dem Moment an, wenn man sie legalisiert, jemanden geben muß, der die Arbeit macht. Damit geht der Ärger los. Man richtet also eigens Zentren ein, und wer macht die Arbeit? Du? Ich? Sie?" Mit schwungvoller Geste zeigte er mit dem Daumen auf Elizabeth, die zu einer Salzsäule erstarrt war. „Jemand muß es tun. Jemand, der eigentlich Menschen heilen soll, wird damit betraut. Einer muß entscheiden: Links, rechts. Nein, ja. Ganz effizient, o ja. Er muß sie abservieren. Und genau da liegt das Problem. Natürlich kann man so etwas machen, die Frage ist nur, wie lange? Schlimm ist es für die, die töten müssen. Das ist ganz schön hart, glaubt mir. Das Problem haben nicht die Sterbenden, sondern immer die Lebenden. Laßt uns jetzt heimfahren."

„Erst, nachdem wir uns das Heim angesehen haben", sagte Albert unbeirrt.

„Glaubst du, Mitglieder der Königlichen Familie machen hier ab und zu Besuch?"

„Das können wir drinnen fragen", sagte Albert, und es klang, als würde er zu einem kleinen Kind sprechen. Elizabeth war darauf gefaßt, daß er hinzufügte: „Aber nur, wenn du schön brav bist."

„Vielleicht kommt die Prinzessin von Wales irgendwann mal vorbei. Vor einiger Zeit hat sie in New York Babies von drogensüchtigen Negerfrauen besucht. Wieso sollte sie dann nicht auch ihren Landsleuten ab und zu einen Besuch abstatten?"

„Ja, warum nicht? Leider kenne ich den Terminkalender der Prinzessin von Wales nicht." Zu seiner Erleichterung entdeckte Albert einen Parkplatz.

„Ich muß auf die Toilette."

„Drinnen gibt's bestimmt eine."

„Dann brauche ich keine mehr. Unsere primitiven Vorfahren haben ihre Alten und Sterbenden einfach an einem Berghang ausgesetzt. Manche mögen das grausam finden. Aber ich sage euch, das war verdammt noch mal menschlicher, als sie in irgendwelche Gettos für greise Menschen zu stecken. Sagt mal, wer nimmt hier die Selektion vor?"

„Selektion?" Albert, der damit beschäftigt war, den Jaguar zwischen zwei rote Ford Escort zu zwängen, konnte mit der Frage nicht viel anfangen. „Wovon redest du, Max?"

„In Anstalten wie dieser gibt es immer jemanden, der die Selektion vornimmt."

„Was soll denn selektiert werden?"

„Wer am Leben bleibt und wer stirbt."

„Gehen wir rein und schauen uns ein bißchen um. Kann ja nicht schaden." Albert stieg aus und öffnete Max die Tür. Vom Licht der kleinen Deckenlampe im Wageninneren angestrahlt, saß der alte Mann mucksmäuschenstill auf der Rückbank. Er öffnete den Mund, griff hinein, nahm die Zahnprothese heraus und legte sie in den Schoß. Mit der Spitze des angefeuchteten Zeigefingers strich er über einen Backenzahn. Als Elizabeth das leise Quietschen von feuchter Haut auf Plastik hörte, verkroch sie sich tiefer in ihren Mantel. Am liebsten hätte sie laut geschrien.

# 4

## Der Neue

Als Albert und Elizabeth es schließlich doch geschafft hatten, Max zum Aussteigen zu bewegen, verlangte er zu ihrer Verblüffung nach seinem Koffer.

„Das ist doch nur eine Trockenübung, Max", sagte Albert beschwichtigend. „Ohne jegliche Verpflichtung für beide Seiten." Offenbar schien ihm das Wort „Verpflichtung" fehl am Platz. Er fügte nämlich rasch hinzu: „Die Entscheidung liegt bei dir. Übrigens hast du keinen Koffer mitgenommen."

„Doch", sagte Max. „Bist du so nett und holst ihn raus, Lizzie? Er ist im Kofferraum. Daneben liegt eine blaue Stofftasche, aber um die kümmere ich mich selbst. Den Koffer können wir ruhig der Anstaltsleitung überlassen."

Sie stellten den Koffer aus dunkelrotem Leder, der an den Kanten so abgewetzt war wie ein alter Kricketball, in der Eingangshalle von Haus Seelenfrieden ab. Alle starrten ihn an, denn Max hatte mit weißer Farbe daraufgeschrieben: Max Montfalcon, geb. 1909, Greyacres, Highgate, London N6.

„Würden Sie meinen Koffer in den Gepäckraum schaffen lassen, nachdem ich ausgepackt habe?" fragte er Cledwyn Fox.

„Vielleicht haben Sie ja gar keinen Gepäckraum?" schaltete sich Elizabeth ein, der die voreilige Bitte ihres Vaters peinlich war.

Mr. Fox sah sie verwundert an. „Selbstverständlich haben wir einen! Ohne geht es nicht."

Großer Gott! dachte Albert. Ein bis an die Decke mit den Koffern und Taschen der lieben Dahingegangenen vollgestopfter Raum!

Max schien beruhigt. „Wußte ich's doch. Bei Anstalten wie dieser gehört so etwas dazu."

Wenig später wurde ihnen der Tee von einer breitschultrigen Schwester serviert, die ihnen Mr. Fox als die Nachtschwester vorstellte, eine hochgewachsene, ziemlich vierschrötige Frau mit einem Lächeln so dünn wie eine Sicherheitsnadel. Lizzie fielen die starken Muskeln ihrer Unterarme auf, gehärteter Stahl in einer Hülle aus Haut. Trotzdem meinte sie der Schwester anbieten zu müssen, ihr mit dem Koffer ihres Vaters behilflich zu sein.

„Es ist mir ein Vergnügen, Mrs. Turberville. Das Werk Gottes wiegt ebenso leicht, wie Gottes Liebe umfassend ist."

„Umfassend oder unpassend?" hakte Max nach.

Die Schwester richtete ihre verwirrend dunkelgrünen Augen auf Max, der stocksteif in der Ecke stand und heftig schluckte. „Sie sind wohl der Neue?" Sein Adamsapfel über dem Krawattenknoten pochte wie eine Halsschlagader.

„Setzen Sie sich, Mr. Montfalcon", sagte die Nachtschwester resolut. In einer Hand hielt sie den Koffer, mit der anderen hob sie einen schweren grünen Ledersessel an, als wäre er aus Pappe, und stellte ihn neben Max vorsichtig auf dem Boden. „Gott segne Sie und beschütze Sie in unseren Reihen." Max machte es sich in dem Sessel bequem. Mr. Fox legte ihm eine grüne Wolldecke über die Beine, und die Nachtschwester verschwand mit dem Koffer. Daß sie die Stofftasche anrührte, hatte Max nicht zugelassen. Er preßte sie an die Brust, legte die Wange daran und wiegte sie sacht wie ein Baby hin und her.

Mr. Fox rieb sich die Hände. „Unsere Rhodesierin sprüht mal wieder vor Witz und Verve. Sie ist tüchtig und energisch und voller Spannkraft. Ein Prachtexemplar mit einer Moral wie eine Siedlersfrau. Ein Mensch wie sie lebt von der Wiege bis zum Grab von einer Kost, die fast ausschließlich aus rohem Fleisch besteht, und das tut seine Wirkung, glauben Sie mir! Eine Karnivore und Heilige ist sie, unsere Nachtschwester! Damit wären wir bei dem, was ich die Spielregeln von Haus Seelenfrieden nenne. Also dann, gut zugehört! Haus Seelenfrieden bietet für jeden Geschmack etwas. Den Fleischessern ebenso wie den Körnchenliebhabern. Bei uns ist jeder willkommen. Wir hüten uns, unsere Gäste zu bevormunden. Bei uns darf geraucht und getrunken werden, außer auf den Zimmern. Man darf Menschen für ihre Lebensgewohnheiten nicht bestrafen. Bei uns kommen sie auf ihre Kosten. Wir sind bemüht, die neuesten Errungenschaften in den Alltag einzubauen. Unser Küchenchef ist stets über die aktuellen Diätprogramme aus Amerika auf dem laufenden. Wer es wünscht, dem verabreicht er eine Diät mit einem niedrigen Gehalt an Kilojoules. Bis zu vierzig Prozent weniger Kilojoules, jedoch ohne Gefahr der Unterernährung. Eine an Mineralstoffen und Vitaminen besonders reiche Kost. Ein Regime mit einem niedrigen Gehalt an freien Radikalen."

„Radikale?" Albert schrak kurz aus seinem düsteren Dämmerzustand auf. Er fühlte sich, als würde er in einem Meer aus widersprüchlichen Empfindungen treiben. Einerseits verabscheute er insgeheim diesen zappeligen, listigen Waliser, und andererseits war er mit diesem Heim durch und durch einverstanden. Hier konnten sie Max loswerden. Haus Seelenfrieden war die Lösung.

„Radikale sind Zellen mit einem hohen Anteil an reaktivem Sauerstoff."

„Entschuldigen Sie, daß ich gefragt habe", murmelte Albert. Elizabeth warf ihm einen strengen Blick zu.

„Wir rücken den freien Radikalen mit Beta-Carotin und Vitamin E zu Leibe. Das ist das A und O der modernen Weltanschauung auf dem Gebiet der Gesundheit. Heutzutage glauben die Menschen an einen gesunden Lebenswandel, wie sie einst an Gott geglaubt haben. Wir in Haus Seelenfrieden lehnen es jedoch ab, in Diätfragen eine Aufpasserrolle zu spielen. Wir behandeln Gesundheitsagnostiker genauso wie Gesundheitsapostel. Wünscht jemand Braten mit Soße? Dann soll er Braten mit Soße haben. Haus Seelenfrieden bietet also für jeden Geschmack etwas, und das sind keine hohlen Worte. Welche Speisen bevorzugt Ihr Vater?"

Albert lag die Antwort auf der Zunge. Am liebsten hätte er gesagt: „Geben Sie ihm bloß keine Eier", aber ein rascher Blick auf Lizzie hielt ihn davon ab.

Die Nachtschwester kam zurück. Elizabeth fiel auf, daß sie ungewöhnlich robuste braune Schuhe mit dicken Kreppsohlen trug. Wie Gummiboote sahen sie aus, und sie bewegte sich in ihnen völlig geräuschlos. „Ich habe Mr. Montfalcons Koffer verstaut. Seine elektrische Heizdecke ist eingeschaltet. In seinem Zimmer ist es schön warm, und er kann jederzeit nach oben gehen."

„Gott segne Sie, Schwester", sagte Cledwyn Fox.

„Gott segne Sie, Mr. Fox", entgegnete die Nachtschwester und entschwand genauso lautlos, wie sie gekommen war.

„Möchten Sie einen kleinen Rundgang in Ihrem neuen Zuhause machen, Mr. Montfalcon?" fragte Cledwyn Fox und steckte sein aprikosenfarbenes Hemd mit knappen, flinken Bewegungen in den Hosenbund.

Doch Max hatte die Augen geschlossen und sah aus, als wäre er eingeschlafen.

„Lassen wir ihn schlafen. Hier entlang, Mr. und Mrs. Turberville." Mr. Fox sprang auf, so geschmeidig, so behende und so vor Energie sprühend, daß man bei seinem Anblick unwillkürlich lächeln mußte. Immer wieder blinkte der goldene Ring in seinem Ohr, während er auf ihrer Besichtigungsrunde mit tänzelnden Schritten vorausging.

„Wir haben nie mehr als zwanzig Gäste auf einmal. Allerdings bleibt es nur selten lange bei dieser Zahl – aus Gründen, die Sie sich denken können. Wie würde die Nachtschwester sagen? ‚Denn wir kennen nicht den Tag und nicht die Stunde...' Soll ich Ihnen sagen, was für Gäste wir haben, Mr. und Mrs. Turberville? Es sind Menschen wie Sie und ich – wenn wir Glück haben. Ich betrachte sie gewissermaßen als Veteranen des Daseinskampfes. Manchmal auch als Astronauten oder Tiefseetaucher, die die ihnen vertrauten Sphären oder die Tiefe des Meeres verlassen mußten. Glauben Sie etwa, sie brauchen unser Mitleid? Gott bewahre! Wissen Sie, was sie brauchen? Die richtige Ausrüstung! Sie sind Forschungsreisende, die sich in ein neues Lebensalter vorwagen, und müssen sich in einer völlig neuen Umgebung zurechtfinden. Unsere alten Herrschaften sind zugleich unsere Vorreiter, Mrs. Turberville, genau das sind sie. Wissen Sie, was ich empfinde, wenn ich meine Gäste sehe? Ich sage es Ihnen: Dankbarkeit, das empfinde ich. Wohin sie uns heute vorausgehen, werden wir ihnen schon morgen folgen."

Elizabeth kam es so vor, als würden sie von einer Grille geführt, von einer walisischen Grille, denn Mr. Fox zirpte nur so und hüpfte vor ihnen her, während sie von der Küche zum Fernsehraum und von dort aus zur Waschküche und den Toiletten gingen. „Blitzsaubere sanitäre Einrichtungen – darauf legen wir größten Wert." Ein wandelnder, sprechender Prospekt.

Albert zeigte auf die Fernsehkameras, deren dunkle Köpfe schlank und glänzend aus Ecken und Winkeln und von Schränken herablugten. „Werden die benutzt?"

„Unsere Augen und Ohren, Mr. Turberville."

Und so gingen sie weiter, immer dem fidelen Mr. Fox hinterher, der hüpfte, sprang und hopste, und dessen kleiner Po in einer Art und Weise wackelte, die Albert die Röte ins Gesicht trieb, während Elizabeth es eher niedlich fand.

Neunzehn „Kunden" oder „Gäste" oder „Senioren" befanden sich zur Zeit in Haus Seelenfrieden. „Jedenfalls bei der letzten Zählung. Mrs. Greengross hat uns letzte Nacht überraschend verlassen." Ein dreistöckiges Haus. Ein Garten mit hohen, ziemlich düster wirkenden Buchen. Ein von Zypressen gesäumter Zaun. Überall modernste technische Vorrichtungen. Sensoren in der Bettwäsche, die automatisch die elektrischen Heizdecken einschalteten. Klingeln, die daran erinnern sollten, die Tabletten von den eingebauten Pillenspendern einzunehmen, die neben den Spezialbetten für Pflegefälle aus den Wänden schnellten. Eine Anzahl motorisierter Rollstühle, wobei der Stolz der Flotte das Modell Gazelle war, gefolgt von der etwas kleineren Antilope und dem schlichten kleinen Standardmodell Schildkröte. Für jeden das Richtige, je nach Bedarf. Überwachungskameras auf jedem Treppenabsatz filmten die Gäste, während sie sich auf den Stufen und in den Biegungen abmühten, für den Fall, daß sie ausrutschten und stürzten. Alles, um Mr. Fox' Worte zu gebrauchen, „sehr hübsch und hochmodern."

Schon bald wurde Elizabeth fast schwindelig bei der Aufzählung all der Namen, Begriffe und Gebrechen. Da gab es beispielsweise eine spindeldürre ältere Dame namens Lady Divina mit blonder Perücke und einem Hausmantel aus rosa Seide, Ökofreak der ersten Stunde, wie Mr. Fox ihnen mitteilte. Dann war da die alte Maudie, die immer, wenn sie Mr. Fox sah, in Tränen ausbrach und versuchte, ihm die Hand zu küssen. Er legte ihnen gegenüber große Geduld an den Tag, und Elizabeth schämte sich ein wenig, weil sie sich über ihren Vater so oft geärgert hatte, doch ihr Gesicht hellte sich auf, als sie sich sagte, daß Cledwyn Fox sich bestimmt besser um Max kümmern würde, als es ihr selbst je möglich gewesen wäre. Sie waren ganz angetan von Imelda, der kleinen philippinischen Schwesternhelferin. Sie machten die Bekanntschaft von Reverend Alistair, Margaret und Sandra, sprachen jedoch nicht mit ihnen, da alle drei zu schlafen schienen, obwohl sie kerzengerade in ihren Sesseln vor dem Fernseher saßen. Mr. Fox stellte sie ihnen vor, als wären sie wach, und ermunterte Elizabeth und Albert, sich ganz normal zu verhalten. Elizabeth kam sich albern vor, als sie den Schlafenden einem nach dem anderen die schlaffe Hand schüttelten. Albert stellte sich da besser an, er beugte sich zu den Schläfern hinab und sagte aufgeräumt: „Albert Turberville. Sehr erfreut, Sie kennenzulernen." Das tat er auch immer im Wahlkampf und ging auf eventuelle Erwiderungen überhaupt nicht ein. „Die meiste Zeit des Tages befinden sie sich in einem komaähnlichen Zustand", erläuterte Mr. Fox. Sie lernten auch zwei dicke, ziemlich ungepflegte Männer kennen, und einem von ihnen stand der Hosenschlitz offen. Elizabeth hätte schwören mögen, daß er die Hand in der Hose hatte und sie rasch herauszog, als Mr. Fox beim Betreten des Zimmers hüstelte. „Unsere Malherbe-Zwillinge", verkündete Mr. Fox. „Sie gehören schon fast zum Mobiliar. Früher einmal zählten sie zu den renommiertesten Weinhändlern von Manchester." Vom Ende des Korridors drang das Geräusch von Maschinengewehrfeuer und das Krachen explodierender Bomben herüber. „Klingt sehr echt, kommt aber aus dem Mund von Major Bobbno." Mr. Fox lächelte milde. „Er führt noch immer Krieg."

„Die meisten Menschen haben Hemmungen, über Inkontinenz zu sprechen", sagte Mr. Fox wenig später. „Wir nehmen da kein Blatt vor den Mund. Sie kann streßbedingt sein oder von bestimmten Medikamenten herrühren. Wir gehen auf verschiedenerlei Weise dagegen an: Beratung. Übungen. Hilfsvorrichtungen von der Gummihülle bis zum Katheter. Und natürlich jede Menge Toiletten. Eine für je zwei Gäste. Damit liegen wir weit über der empfohlenen Relation von eins zu vier. Nachtstühle nach Bedarf. Übungen zur Stärkung der Beckenmuskulatur. Bei unseren psychisch gestörten Patienten ist es meistens damit getan, daß wir sie daran erinnern, regelmäßig die Toilette aufzusuchen. So kann man nicht selten einem Malheur vorbeugen, ohne spezielle Behandlungsmethoden anzuwenden."

„Diese Kameras", sagte Albert auf dem Rückweg zu Mr. Fox' Büro, „Sie wissen doch wohl, daß die nicht erlaubt sind?"

„Das wußte ich nicht."

„Überwachungskameras sind vom Gesundheitsministerium verboten worden. Sie stellen einen Eingriff in die Privatsphäre dar."

„Das ist mir neu", sagte Mr. Fox mit dünnem Lächeln.

„Mein Mann ist Parlamentarier", klärte Elizabeth ihn auf.

„Ach so...", sagte Mr. Fox, und es klang, als hätte man ihm soeben ein kleines, jedoch nicht sonderlich bedeutendes Geheimnis verraten. „Möchten Sie einen Blick in die Hausordnung werfen, Mr. Turberville? Sie wird Ihnen vielleicht etwas hart, aber gerecht erscheinen."

Die Nachtschwester ließ den grellen Lichtkegel der Taschenlampe über den Berg aus Koffern wandern, die im Keller von Haus Seelenfrieden übereinandergestapelt waren, in einem Raum, der nur spärlich von einer fleckigen Neonröhre an der Decke erhellt wurde. Ein Haufen Lederknochen, dachte Max. Ein Ossuarium für Gepäckstücke. Als er dies zur Nachtschwester sagte, die stämmig und mit finsterer Miene neben ihm stand, meinte sie, sie kenne dieses Wort nicht. In Rhodesien habe man es nie benutzt.

„Und falls doch, dann nicht in meiner Gegenwart. Mein Vater hatte eine Kneipe, Mr. Montfalcon. Die Wörter, die die Männer dort gebrauchten, waren kürzer."

„Knochenlager", sagte Max.

„Das lag an der Trinkerei. Männer und der Alkohol! In Haus Seelenfrieden herrschen in bezug auf Alkohol ziemlich strenge Vorschriften."

„Knochenlager", wiederholte Max.

„Ach so, Knochen." Der Strahl der Taschenlampe bohrte sich in den dämmrigen Kellerraum. Der Hügel aus Leder glänzte matt. Es war, als würde er atmen, den Duft von Jahrzehnten verströmen: Rind, Schwein, Kroko und Ziege. Ein Kalvarienberg aus toten Tierhäuten. Jedes Stück – Tasche, Köfferchen, Handkoffer, Koffer, Schrankkoffer – war sorgfältig mit deutlichen Lettern beschriftet.

„Sie werden ihren Besitzern immer ähnlicher, einstigen und jetzigen", erklärte die Schwester. „Das ist wie bei Hunden. Viele Koffer kenne ich in- und auswendig. James Maclemman, geboren 1904: Schweinsleder und Silber, Prince of Wales Drive, Brighton. Dilys Jones, 1922: cremefarbenes Segeltuch mit roten Schnallen, The Crescent, Gwent. Mabel Greengross – die gute Mrs. Greengross. Sie hat uns gerade verlassen, Mr. Montfalcon. Von ihr ist der scheußliche Kunstlederkoffer mit dem Gurt."

Max erschauerte.

„Wir lagern sie hier bis zu dem Tag, an dem unsere Senioren sich von uns verabschieden", sagte die Nachtschwester. „Die Besitzer erhalten eine Empfangsbestätigung. Wir legen den alten Herrschaften immer wieder nahe, nicht ihre besten Koffer mitzubringen, aber wie Sie sehen, hören sie nicht auf uns. Alte Menschen hängen nun mal an ihrem besten Stück. Man könnte meinen, sie wollten auf eine Kreuzfahrt um die ganze Welt gehen. Und hier liegen sie dann, die Koffer, im Dunkeln, und warten auf den großen Tag."

„Ich habe meinen selbst beschriftet", sagte Max.
„Ich weiß."
„Damals war das so üblich."
„Damals?"
„Ja, damals."
„Die NVs erheben nie Anspruch darauf, aber wehe uns, wenn wir ein Stück verlieren! Dann sind sie wie der Blitz hier und verlangen den Dior-Koffer von ihrer Mummy oder die lederne Truhe von ihrem Daddy."
„Die NVs?" fragte Max verdutzt. „Die nächsten Verwandten?"
„Goldrichtig geraten. Bei uns steht es aber auch für ‚nichts versprochen', weil diese Leute nämlich nie ihr Versprechen halten, verstehen Sie?"
„Undankbarkeit", murmelte Max. „Schärfer als ein Schlangenzahn."
„Das können Sie laut sagen! Sollen wir Ihren Koffer auf den Haufen werfen? Kommen Sie, lassen Sie mich das machen."
„Na gut." Max sah zu, wie sie den Lederkoffer routiniert hochhievte und mit Schwung auf den Lederhügel beförderte.
„Guter Wurf", sagte Max.
„Es gibt da einen Trick. Der Schwung muß aus der Schulter kommen. Wie wenn man eine Sense schwingt."
„Was zum Himmel machen Sie damit? Ich meine mit den Gepäckstücken, die niemand mehr haben will?"
Die Nachtschwester beharkte den düsteren Raum mit dem Finger aus Licht. „Die werden von Zeit zu Zeit verkauft, bei der Kofferauktion von Haus Seelenfrieden. Traurig, aber wahr. Wir haben einfach nicht genug Platz. Und wenn sich die NVs nicht darum kümmern, warum sollten wir es tun? In der Regel verkaufen sich nur die neueren Stücke. Altmodische Taschen und Schrankkoffer will keiner haben."
Max nickte. „Platzmangel ist in Anstalten wie dieser schon immer ein Problem gewesen. Die persönliche Habe nimmt mehr Platz ein als die Menschen selbst."

„Lauter Krempel – nichts wird man schwerer los", sagte die Nachtschwester mit leicht verbittertem Unterton. „Soll ich Ihre Reisetasche auch obendrauf werfen, Mr. Montfalcon?"

Max schüttelte den Kopf und preßte die Tasche an die Brust.

Diese grimmige, besitzergreifende Anhänglichkeit an einen geliebten Gegenstand hatte die Nachtschwester schon öfter beobachtet. Das erlebte man bei Kindern, aber auch bei älteren Menschen, wenn sie umzogen. Egal, was in der Tasche war, es mußte etwas Besonderes sein. Er sah aus, als wäre er bereit, dafür einen Mord zu begehen.

Beim Verlassen des Gepäckraums fragte sie ihn: „Sind Sie hier aus der Gegend?"

„Ja, aus Highgate", antwortete Max. „Aber erst seit kurzem. Vorher habe ich in Hampstead Garden Suburb und in Harwich gelebt."

„Ich komme aus dem ehemaligen Rhodesien", sagte die Nachtschwester. „Sie wissen schon, aus dem Land, das es nicht mehr gibt. Ich war dort, aber angeblich gibt es das Land nicht mehr."

„Aha", sagte Max. „Bei mir ist es andersrum: Daß es Harwich noch gibt, glaubt mir jeder, aber nicht, daß ich von dort komme. Das ärgert mich."

„Das kann ich Ihnen nachfühlen", meinte die Nachtschwester.

Albert studierte die Hausordnung. „Warum benutzen Sie nur das weibliche Fürwort, wenn von Ihren Patienten die Rede ist? Hier zum Beispiel: ‚... für schuldhaft verursachte Schäden wird sie nicht zur Verantwortung gezogen, sofern sie an gewissen psychischen Gebrechen leidet, die in der Folge näher beschrieben werden...'"

„Das ist eine Frage der Statistik, Mr. Turberville. Die Männer geben zwar am Morgen und am frühen Nachmittag des Lebens den Ton an, aber die Zeit von der Teestunde bis zum Abend gehört ‚ihr'. Die meisten alten Menschen über fünfundsiebzig in Großbritannien sind Frauen, etwa zwei Drittel. Ab achtzig sieht es für uns Jungs noch schlechter aus. Drei Viertel aller Menschen über achtzig sind Frauen. Und erst ab neunzig! Nun, die Zahl Neunzig ist fast gänzlich den Frauen vorbehalten. Wie alt ist Ihr Vater eigentlich?" fragte Mr. Fox.

„Einundachtzig", antwortete Elizabeth.

„Der Glückliche", sagte Mr. Fox. „Wenn man es mit der Bedeutung des Wortes ‚Glück' nicht allzu genau nimmt. Willkommen an Bord, Mr. Montfalcon. Klingt Ihr Name nicht eine Spur französisch?"

„Er ist englisch!" erwiderte Max, der in einem nagelneuen Rollstuhl saß, mit keckernder Stimme.

Albert Turberville trat verlegen von einem Fuß auf den anderen. Er bückte sich und kratzte sich unter dem zerknitterten Hosenbein an der Kniekehle, wie er es immer tat, wenn man ihm eine Frage stellte, die er als Abgeordneter vielleicht eines Tages im Unterhaus würde beantworten müssen.

„Ich bin in England geboren und aufgewachsen", sagte Max. „Später bin ich in Churtseigh zur Schule gegangen", verkündete er mit Nachdruck. „Das liegt in Surrey, wie Sie bestimmt wissen. Eine hervorragende Internatsschule mit langer Tradition, und ich bin überzeugt" – er funkelte seine Tochter an – „daß es sie immer noch gibt. Der Direktor, ein Australier, war ein geweihter Priester. Ich war *victor ludorum,* dabei war die Konkurrenz verdammt hart, das kann ich Ihnen sagen. Alle glaubten schon, Collingwood hätte den Sieg in der Tasche, aber dann habe ich ihn im Schießen ausgestochen. In Churtseigh hat Schießen seit jeher Tradition. Aus der Schule sind nicht weniger als drei Meisterschützen hervorgegangen. Drei! Im Ersten Weltkrieg. Wenn ich mich recht erinnere, ist damals in der Gegend von Churtseigh das geflügelte Wort vom ‚erschossenen Schützen' aufgekommen, eine Abwandlung vom ‚gebissenen Beißer'... Mitte der dreißiger Jahre war ich in Oxford." Max strahlte. „Mit Binkie Beaumont und der ganzen Truppe. Und Julian Trefoil, dem Historiker und späteren Sir Julian. Sicher haben Sie von ihm schon gehört. Ralphie Treehouse war auch dabei, und natürlich Matthew Babish. Soweit ich weiß, war er der einzige, der in klassischer Philologie zwei Fächer mit der höchsten Note bestand, danach beim Geheimdienst eine Blitzkarriere machte und sich dann, bei Ausbruch des Krieges, als allererster nach Moskau absetzte. Zugegeben, Oxford konnte es als Brutstätte von Verrätern nie mit Cambridge aufnehmen, aber was immer wir taten, das taten wir mit Stil. Und wir taten es als erste!"

Mr. Fox betrachtete den alten Mann. Selbst mit über achtzig war er noch ein Prachtkerl: weit über eins achtzig groß, mittlerweile jedoch so hager, daß sich die Knochen rund und deutlich unter der Haut abzeichneten. Die Knochen machen am Ende immer das Rennen, das Skelett tritt als Sieger hervor. Mr. Fox mußte an die Überreste ausgewickelter Mumien im Britischen Museum denken, bei denen sich die Haut wie dünnes Papier über die Knochen spannt. Das Fleisch war innerhalb der Hülle verwest, doch die rettende Trockenheit, die konservierende Austrocknung täuschte selbst da noch Leben vor, wo es seit langem keines mehr gab. So etwas Ähnliches hatte er auch bei den Überresten von Moorleichen gesehen, die man aus dem Torfmoor geborgen hatte und die seltsam knochig und doch zugleich so biegsam ausgesehen hatten. Sein Blick fiel auf Max' Augen, die, obwohl etwas blaß und feucht, noch immer groß und verblüffend blau waren. Er hatte einen schöngeformten Kopf mit kräftigem grauem Haar, und er trug einen Anzug. Max Montfalcon stammte aus einer Zeit, in der man stets Anzug trug, wenn man Besuch machte.

„Das ist der richtige Stuhl für Sie, Mr. Montfalcon", sagte Mr. Fox. „Wir haben Stühle in allen Ausführungen hier, und auch wirklich gute Laufgestelle. Die Höhe ist verstellbar. Ich empfehle Ihnen das wirklich recht hübsche Laufgestell Modell Alpha. Man kann es flach zusammenklappen, und wie gesagt, es ist höhenverstellbar. Sehr praktisch, falls Sie beim Herumspazieren ein klein bißchen Hilfe brauchen."

„Mein Vater spaziert nicht viel herum", sagte Lizzie.

„Ich bin ein leidenschaftlicher Spaziergänger", widersprach Max.

Mr. Fox bemerkte, daß Max' Schuhe völlig ramponiert waren. Er hatte sie an den Absätzen und an der Seite heruntergelaufen, und sie gaben seinen Füßen bestimmt keinen Halt mehr, denn sie klafften an den Knöcheln auseinander und sahen aus wie zwei ziemlich nutzlose Lederbandagen.

„Wissen Sie", sagte Max, „so flink, wie ich mal war, bin ich nicht mehr. Früher war ich mal ein schneller Läufer. Ich glaube, ich könnte auch jetzt noch ganz gut rennen, vorausgesetzt, der Sieg rechtfertigt den Einsatz. In Churtseigh brachte man uns bei, daß ein Sieg nur soviel wert ist wie der, der ihn erringt. Der Sieg ist also immer nur soviel wert wie das Spiel selbst, und oft ist das Spiel wichtiger. Deshalb spielt man um des Spieles willen. Eine typisch englische Tugend. Warum sollte ich nicht ‚englisch' sagen? Ich bin alt genug, um das Wort in Ehren zu halten." Max sah seine Tochter herausfordernd an. „Mit einem affektierten Begriff wie ‚britisch' will ich nichts zu tun haben."

„Dieser Begriff hat sich längst eingebürgert", erwiderte Cledwyn Fox sanft.

„Und auch mit dem ganzen Euroquatsch nicht." Max öffnete die Lippen und lachte glucksend und schadenfroh wie ein kleiner Junge. „Das ist alles nur ein von den Deutschen verzapfter Schwindel, nichts weiter!"

„Ich habe mir unter dem Begriff ‚britisch' immer einen geräumigen Regenschirm vorgestellt, unter dem wir alle Schutz finden könnten", hielt Cledwyn Fox mit seiner gewinnenden Mischung aus Zurückhaltung und Bestimmtheit dagegen. „Wir, damit meine ich Waliser, Schotten und Engländer."

„‚Kein Engländer hat sich selbst je als Brite bezeichnet, ohne sich dabei insgeheim ein wenig albern vorzukommen'. Diese Worte stammen nicht von mir", sagte Max, „sondern vom großen Fowler. Sie können sie nachschlagen, falls Sie mir nicht glauben. Fowler kannte sich aus mit Humbug, Heuchelei und Augenwischerei und erst recht mit Versuchen, seinem Nächsten eins auszuwischen. Seien Sie stolz auf Ihre walisische Abstammung! Trompeten Sie es von allen Dächern! Schluß mit diesem Drang, alles miteinander zu verquirlen, mit diesem Wunsch, in der Einheitssuppe unterzugehen. In diesem Euro-Eintopf!"

Fox blickte fragend zu Elizabeth auf. „Fowler?"

Albert antwortete für sie. „Ein alter Grammatiker. Ein spinneriger Sprachkundler. Er hat vor Jahrzehnten ein Buch geschrieben und in meinem Schwiegervater seinen leidenschaftlichsten Anhänger gefunden."

Max erwiderte nichts, obwohl er genau zugehört hatte. Kaum verstummte Albert, fing Max an zu sabbern. Stöhnend kramte Elizabeth nach einem Taschentuch.

„Wann sind Sie geboren?" fragte Max Mr. Fox, als sein Kinn wieder trocken war.

Der jähe Kurswechsel verwirrte Mr. Fox. Er mußte kurz nachdenken. „Neunzehnachtundvierzig."

„Also wirklich, Daddy!" beschwor Elizabeth ihren Vater. „Ich glaube nicht, daß Mr. Fox Lust auf eine Geschichtsstunde hat."

Doch genau die sollte er bekommen. Man brauchte nur den strahlenden, unbeirrbaren Ausdruck in Max' Augen zu sehen, als er Mr. Fox' Antwort wiederholte: „Neunzehnachtundvierzig! Was für ein wunderbares Jahr! Ich erinnere mich genau daran. Es war ein großes Jahr für unser Land. Wir versuchten, uns selber am Schopf aus dem Sumpf zu ziehen, nachdem wir den Achsenmächten praktisch allein gegenübergestanden hatten. Ein bemerkenswertes Jahr! Denken Sie nur an die Berliner Luftbrücke! Wer hat die sowjetische Blockade in Berlin gebrochen? Wer hat den Deutschen die Kastanien aus dem Feuer geholt? Wir! Und wie hat man es uns gedankt? Keine Antwort ist auch eine Antwort."

„Daddy! Mr. Fox kann doch nichts dafür! Er ist kein Deutscher."

Max überging den Protest seiner Tochter. „Neunzehnachtundvierzig gab es einmal dichten Nebel, Mr. Fox. Er verdeckte hundertvierundvierzig Stunden lang Sonne und Mond. Manchmal sage ich mir, daß dieser Nebel, um im Bild zu bleiben, ein Vetter von dem Dunstschleier gewesen sein muß, der den Leuten heutzutage im Hinblick auf die europäische Einigung den gesunden Menschenverstand verdüstert. Ja, war das ein Nebel im achtundvierziger Jahr! Der einzige andere dunkle Fleck auf der Landkarte bestand aus den ersten farbigen Immigranten aus Jamaika und ähnlichen Gegenden, die bei uns an Land gingen. Ich verstehe die Idee dahinter, aber ich hielt es schon damals für eine schlechte Idee und sagte mir: Die werden sich hier nie richtig einleben. Nicht eingliedern und anpassen. Nie richtige Engländer werden. Oder Waliser." Letzteres war eine Nettigkeit gegenüber Mr. Fox, der Max verblüfft anstarrte. Doch in sein Staunen mischte sich eine Spur Bewunderung. Mochte er auch verrückt sein, der alte Knabe, ein Blatt nahm er jedenfalls nicht vor den Mund.

„Dem Himmel sei Dank, daß es neunzehnachtundvierzig noch andere segensreiche Ereignisse gab! Uns wurde ein Thronfolger geboren. Wußten Sie, daß Sie im selben Jahr geboren sind wie Prinz Charles? Der Prinz von Wales?" (Noch ein Köder für Mr. Fox.) „Im Moment noch. Damals war er ein Baby und dazu auserkoren, der nächste König von England zu werden. Charles Philip Arthur George, in den Zeitungen und öffentlichen Verlautbarungen seinerzeit nur als ‚Seine Königliche Hoheit, das Baby' bekannt. An den Toren des Palastes wurde all jenen treuen Untertanen, die in jener Novembernacht trotz der Kälte klaglos ausharrten – klaglos, Mr. Fox – und auf die gute Nachricht warteten, verkündet, Ihre Majestät habe einen gesunden Prinzen zur Welt gebracht. Achten Sie auf die Wortwahl! Es war nicht einfach nur die Rede vom ‚Thronfolger'. Um wieviel Uhr, wollen Sie wissen? Wenn ich mich recht erinnere – bitte korrigieren Sie mich, wenn ich etwas Falsches sage –, war es um neun Uhr vierzehn morgens. Sofern mir mein Gedächtnis keinen Streich spielt."

Bei dem Wort „Gedächtnis" kam ein junger Bursche herein: butterblondes Haar und blütenweißer Kittel.

„Jack gehört erst seit kurzem zu unserem Team. In ein paar Monaten wird er sich als Pfleger bestimmt unentbehrlich gemacht haben. Bisher läuft alles bestens. Wir sind mit Jack sehr zufrieden. Er ist schnell wie der Blitz und obendrein Amerikaner. Aus Florida. Jack, das hier sind Mr. und Mrs. Turberville, und dies hier ist Mr. Montfalcon. Mr. Montfalcon hat uns gerade alles über Prinz Charles erzählt."

Jack legte die Fingerspitze an die Nase. Das tat er manchmal, wenn er nachdenken und seinem Gehirn auf die Sprünge helfen wollte. Den Anlasser drücken, nannte er es. Irgendwas wollte man nun von ihm hören. Das spürte Jack. Also drückte er noch ein paarmal auf den Anlasser, und dann kam es ihm: „Wow!" sagte Jack.

Lizzie hatte ihn dabei beobachtet, wie er sich an die Nase tippte. Offenbar glaubte er, mit diesem Wort sei alles gesagt. Seine Freude, daß er es endlich herausgebracht hatte, war ihm anzusehen. Das hektische Blinzeln hörte auf, und in seine Augen trat wieder dieses ausdruckslose, gefährliche Glänzen. Es war doch wohl nicht möglich, daß jemand verschiedenfarbige Augen hatte? Aber der Junge hatte äußerst sonderbare Augen. Oder drehte sie langsam durch? Eines dschungelgrün, das andere aquamarinblau, aber vielleicht nur bei bestimmten Lichtverhältnissen. Jetzt eher blau als grün. Kantiger, untersetzter Körper. Sein gutes Aussehen konnte jedoch nicht über seinen, nun ja, seinen schwachsinnigen Gesichtsausdruck hinwegtäuschen. Er mußte etwa zwanzig sein. Mindestens einen Kopf kleiner als sie. Ein gutgebauter Knirps.

„Wow!" sagte Lizzie. „Genau das richtige Wort!"

Jack nahm ihre Hand und schüttelte sie. „Ich komme aus Florida."

„Aus Florida?" Max sah Jack durchdringend an. „Wo immer die Sonne scheint?"

„Tag und Nacht." Jacks Grinsen war Gold wert.

„Ich hatte mal einen Freund in Florida", sagte Max.

„Jeder hat 'nen Freund in Florida. Brieffreund?"

„Daran erinnere ich mich nicht mehr." Max klappte die Kiefer zusammen.

„Das Gedächtnis meines Vaters ist nicht mehr, was es einmal war", sagte Elizabeth.

„Liebe Mrs. Turberville, zeigen Sie mir jemanden, bei dem das nicht so ist", schaltete sich Mr. Fox ein. „Ab vierzig sterben die Zellen ab. Wenn man darauf achtet, nicht allzuviel Alkohol zu trinken, kann man den Verfall hinauszögern. Aber futsch gehen sie trotzdem. Traurig, aber wahr."

„Wahr, aber traurig", platzte Jack freudig heraus. Er war über sich selbst erstaunt. Es war ihm eingefallen, ohne daß er auf die Nase gedrückt hatte. Er fühlte sich echt gut. Er würde helfen, wo er nur konnte. Der arme alte Kerl hatte eine Menge Zellen verloren, das sah er ihm an. Er hatte es sofort gesehen. Jack, der hilfsbereite, der glückliche Jack, der ehrlich um Max besorgt war, trat eilfertig vor. Der putzmuntere Page von Haus Seelenfrieden.

„Soll ich Ihnen die Tasche abnehmen, Sir?"

„Nein!" fuhr Max ihn schroff, ärgerlich an. Ruckartig wandte er sich mitsamt der Tasche von Jack ab, als hielte er ein bedrohtes Kind im Arm.

# 5

## Ein Inspektor macht Besuch

Cledwyn Fox beobachtete Max Montfalcon in den kommenden Monaten mit dem Auge des Fachmanns. In Haus Seelenfrieden trat die Hinfälligkeit des Menschen mit all ihren Erscheinungsformen und Gesichtern zutage: unübersehbares, bisweilen gar schönes Dahinwelken des Fleisches am Knochengerüst, kleine Narben und Runzeln, Furchen und Dellen, die die menschliche Leinwand überzogen. Mr. Fox erkannte die Farben und Tupfer, aus denen sich allmählich das Bild eines Menschen zusammensetzt. Aber es war ihm auch klar, daß das, was Max von sich zeigte, nie und nimmer alles sein konnte. Der alte Mann war zwar wackelig auf den Beinen, doch manchmal richtete er sich auf und spazierte fast ohne fremde Hilfe durch die Gegend. Max litt eindeutig an einer leichten Paranoia. Immer wieder behauptete er, er werde verfolgt. Er sprach von seinem „jungen Freund". Zuerst hatte Cledwyn Fox geglaubt, mit dem „Freund" meine er Jack, der sich hingebungsvoll um Max Montfalcon kümmerte. Doch der alte Mann hatte gewiß nicht Jack im Sinn, wenn er von seinem geheimnisvollen, verschollenen jungen Freund sprach. Für Jack hatte er, sofern er sich überhaupt dazu herabließ, sich mit ihm abzugeben, nur Spott und Hohn übrig.

Schon bald nach Max' Ankunft in Haus Seelenfrieden erhielt er Anrufe am Münzapparat. Mr. Fox hatte nach Lady Divinas Versuch, Edgar den Fußpfleger mit dem Telephonkabel zu strangulieren, in jedem Stockwerk einen Münzapparat installieren lassen. Den Hörer an ein Ohr gepreßt, einen Finger im anderen, rief Max: „Sie wollen mir ein Angebot machen? Meinen Preis können Sie nicht zahlen, junger Freund!" Dennoch hörte er der Stimme aus dem Hörer aufmerksam zu.

Als ihn die Nachtschwester eine halbe Stunde später auf sein Zimmer brachte, sagte er, jemand aus Amerika habe ihm gerade ein Märchen erzählt. Daraufhin meinte die Nachtschwester, sie habe gedacht, die Amerikaner interessierten sich nicht mehr für Märchen, sondern hockten nur noch vor dem Fernseher.

„Doch, sie mögen Märchen, vorausgesetzt, es wird darin jemand umgebracht", sagte Max.

„Wie nett!" erwiderte die Nachtschwester. „Und was war das für ein Märchen?"

„Es war einmal ein Händler", begann Max, „der begegnete einem Burschen, der Diebesgut verkaufte. Da der Bursche nicht seine gesamte Beute verkaufen wollte, heckte der Händler einen listigen Plan aus. Er ermutigte den Burschen, noch mehr zu stehlen. Gleichzeitig warnte er das Opfer. Würde dem Burschen sein Coup gelingen, wäre er möglicherweise bereit, mehr von der heißen Ware herauszurücken. Sollte er jedoch auf frischer Tat geschnappt werden, rechnete der Händler mit einer Belohnung durch das dankbare Opfer."

„Klingt ziemlich böse", meinte die Nachtschwester.

„Es endet tödlich", sagte Max und nickte. „Der Bursche geht nämlich davon aus, daß manche Menschen es nicht anders verdient haben, als von jungen Gaunern wie ihm ausgeraubt zu werden. Das hat er in seinem Kulturkreis so gelernt. Aber es ist nicht immer so. In der Wildnis werden gewalttätige junge Affen nicht selten kurz nach der Geschlechtsreife von älteren Artgenossen unschädlich gemacht."

„Das ist ja sehr erfreulich", sagte die Nachtschwester.

„Wegen so etwas braucht man nicht mehr Gewissensbisse zu haben, als wenn man eine Ratte aufspießt."

„Von Zeit zu Zeit haben wir hier eine regelrechte Rattenplage", klagte die Nachtschwester. „Haus Seelenfrieden kommt eben in die Jahre."

„Ich habe den Schimmel gesehen", sagte Max lächelnd. „Eine dicke grüne Schicht bedeckt die Wände wie Käse."

Max hatte ein Auge für abblätternden Putz, Spinnweben, aufsteigende Feuchtigkeit und Vorhänge, die sich teilweise von der Schiene gelöst hatten. Er blieb sogar extra stehen, um sich ein Stück zerrissenen Teppich anzusehen, den man mit 2-Zoll-Nägeln an die Bodendielen geheftet hatte.

„Sie müßten mal einen Arbeitstrupp auf all das ansetzen."

„Natürliche Abnutzung", hatte Mr. Fox entschuldigend geantwortet. „Wir in Haus Seelenfrieden haben eine schwere Bürde zu tragen."

„Es ist immer dasselbe in diesen Sammellagern", sagte Max und fing an, die Nägel im Teppich zu zählen.

Nanu! dachte Mr. Fox. Was für ein seltsamer Vergleich!

Ältere Leute hatten nun mal ihre eigenen Wehwehchen, ihre Neurosen. Sie litten an leichtem bis schwerem Schwachsinn oder Trübseligkeit und nahmen es mit der Körperpflege nicht mehr so genau. Sie waren wie außerirdische Wesen oder Weltraumforscher: Die Weinhändler-Zwillinge aus Manchester, die „Fünf Inkontinente", ja sogar Lady Divina lebten immer mehr in ihrer eigenen Welt; ebenso wie die „Schläfer", also Reverend Alistair, Margaret und Sandra die Schnarcherin, die den ganzen Tag in ihren Sesseln saßen, Löcher in die Luft starrten und nie ein Wort mit jemandem redeten, sondern einfach nur glotzten und vor sich hindösten. Sie verständigten sich mittels einer seltsamen Form des Bauchredens, und ihre Körper schwebten dabei gleich ausrangierten Raumschiffen durch unerreichbare Gefilde des Weltalls. Sie waren wie Überreste von unendlich fernen Sternen, die ihre kodierten Botschaften ins Leere hinaussandten und auf schier endlose Reisen schickten. Empfing man diese Signale endlich auf Erden, existierten die Welten, von denen sie einst ausgegangen waren, schon seit Jahrtausenden nicht mehr. Körpermusik. Max Montfalcon hörte Stimmen. Die Stimmen erzählten ihm vom Krieg.

Allmählich lebte sich Max in Haus Seelenfrieden ein.

Eines Abends erschienen Albert und Elizabeth mit, wie Max es nannte, „ein paar Erinnerungsstücken aus meinem alten Zuhause. Jetzt, wo ich weg bin, räuchern sie meine Wohnung bestimmt aus und nageln sie mit Brettern zu", sagte er zu Lady

Divina, während sie Albert dabei zusahen, wie er sich abmühte, den schweren Eichenschrank herunterzuheben, den er auf dem Dachgepäckträger seines silbernen Jaguars festgeschnürt hatte. Die Nachtschwester kam ihm zu Hilfe.

„Eine hilfsbereite Sherpa", sagte Mr. Fox zu Albert, der beschämt zusah, wie die Nachtschwester den Schrank die Treppe hinauf zu Max' Zimmer schleppte, wobei ihr Jack auf den letzten Stufen behilflich war.

„Man hat mich ausgeplündert", sagte Max verbittert.

„Na na, Daddy", sagte Lizzie. „So schlimm ist es auch wieder nicht."

Und Albert sagte: „Es war deine Entscheidung, Max, weißt du denn nicht mehr?"

„Dieser Mensch wird nie Verantwortung übernehmen. Aber bestimmen, wohin der Zug fährt, das will er." Anklagend zeigte Max mit dem Zeigefinger auf Albert.

Sie standen ratlos um ihn herum.

„Zug? Was für ein Zug?" fragte Albert.

„Ich lasse die Schlösser an meinem Schrank auswechseln", sagte Max. „Bestimmt haben sie Nachschlüssel machen lassen." Er warf Lizzie einen bitterbösen Blick zu.

„Die Schwester wird sich darum kümmern", sagte Mr. Fox leise.

Mr. Fox hielt Wort und beauftragte die Schwester, mit dem Schlosser in Highgate Village zu sprechen, die Schwester wiederum bat Jack, die Sache in die Hand zu nehmen, worauf Jack antwortete: „Jawohl, Ma'am!" Er hatte vor der Antwort nicht einmal nachdenken müssen.

Im Freundeskreis erzählte Elizabeth, ihr Vater habe sich so schnell eingelebt, wie eine Ente sich ans Wasser gewöhnt. Allerdings seien die Besuche bei ihm etwas bedrückend, nicht zuletzt, weil er jedesmal mit ihr spazierengehen wolle.

„Es ist kalt, Daddy. Du mußt den Mantel anziehen."

„Ich will aber nicht."

„Gut, dann kann ich auch nicht mit dir rausgehen. Was, glaubst du, würde Mr. Fox sagen, wenn ich dich mit einer Lungenentzündung zurückbringe?"

„Pfeif auf Mr. Fox", sagte ihr Vater.

Manchmal aber hatte er bei ihrer Ankunft seinen schweren Wintermantel aus senffarbener Gabardine schon an. „Gehen wir, Lizzie. Bring mich nach Hause, bitte!" Da stand er, einen minzgrünen Schal um den Hals gewickelt, der sein Gesicht bis zur Nasenspitze vermummte. „Ich habe auch meinen Mantel an, siehst du?"

Cledwyn Fox leistete ihr Beistand. „Hören Sie, Mr. Montfalcon, es ist schon zu dunkel, um spazierenzugehen. Schauen Sie mal raus. Es ist so dunkel wie ein Fledermausflügel um Mitternacht."

„Wirklich?" fragte Max überrascht. Er trat ans Fenster und klopfte mit dem Fingernagel an die Scheibe. „Stimmt. Schwarz wie ein Hexenarsch. Na gut, dann gehe ich eben morgen raus."

So kam es, daß Max Montfalcon, der immer auf dem Sprung war, Haus Seelenfrieden zu verlassen, schließlich doch blieb und sogar an Tanzabenden im Ballsaal teilnahm oder mit Edgar dem Fußpfleger über die Neigungen der Regierung plauderte, bei der großen Euro-Mauschelei mitzumischen.

Vermutlich wäre alles so weitergegangen, wäre Albert Turberville nicht eines Tages im Teesalon des Unterhauses eine unerfreuliche Neuigkeit zu Ohren gekommen, und von diesem Augenblick an spukte ihm ständig die Frage „Wie viele?" im Kopf herum mit der Folge, daß er mehrmals überraschend in Haus Seelenfrieden auftauchte und von Max verlangte, ihm die „Wahrheit" zu sagen. Anfangs ahnte niemand den Grund seiner Besuche. Weder Cledwyn Fox, noch Elizabeth und schon gar nicht Max selbst, der nicht den blassesten Schimmer hatte, worauf sein Schwiegersohn hinauswollte: Er habe keine Ahnung. Was ihn das alles angehe? Er erinnere sich nicht. Alberts Gesicht rötete sich, seine Augen quollen hervor, und Max flüchtete sich zum Herzschlag-Klub, weil er hoffte, dort vor ihm sicher zu sein und in Frieden gelassen zu werden.

Die lebhaften Versammlungen des Herzschlag-Klubs waren ein tägliches Ritual, erfreuten sich bei den Heiminsassen großer Beliebtheit und standen jedermann offen, Schlaganfall oder nicht. Zur Teestunde wurde angeregt darüber diskutiert, wer sich beim Ausfüllen der Formulare des Letzten Willens für welche Option entschieden hatte: schmerzfreie Sterbehilfe und/oder Verlängerung des Lebens durch Apparaturen. Jack und Imelda, die kleine Schwesternhelferin, führten nette Theaterstückchen auf wie „Mickey und Minnie gehen auf den Markt". Dazu stülpten sie sich Masken aus Pappmaché über, verkleideten sich und spielten zwei pfiffige, sympathische Mäuse. Ein Stück, bei dem Major Bobbno regelmäßig in Tränen ausbrach, hieß: „Mickey und Minnie verlieben sich".

Jeder wußte, daß Imelda hinter einer der Masken steckte.

„Eine halbe Portion ist die Kleine", meinte die alte Maudie.

„Die ist ja bloß hier, weil sie einen Mann sucht", behauptete George, der muskulöse Liebhaber von Angie, die von ihren Kinder entmündigt worden war, als sie ihnen im Alter von 72 Jahren eröffnete, sie sei lesbisch.

Aber was war mit Jack, der sich hinter der anderen Maske verbarg? „Erzählen Sie uns Jacks Geschichte, Brigadier", befahl Major Bobbno, und dann lehnte sich Max zurück und erzählte die Geschichte von Jack, Florida-Jack, dem Jungen aus Orlando, der in einem Wohnwagenpark aufgewachsen war und bei seiner armen alten Mutter lebte, bis er sich eines Tages aufmachte, um es in England zu Ruhm und Reichtum zu bringen.

„Ein Buch hat er auch schon mal gelesen, aber davon hat er Kopfschmerzen gekriegt!" sagte Major Bobbno.

„Das Essen holte er sich immer beim Chinesen", sagte Beryl die Bärtige.

„Der Todesengel. Das ist er", sagte Lady Divina.

Neben Lady Divina saßen die beiden Malherbe-Brüder in ihren Straßenanzügen, die vor vierzig Jahren in ihrer Heimatstadt Manchester modern gewesen waren. Die Zwillinge auseinanderzuhalten war so gut wie unmöglich. Das hohe Alter – sie waren Ende achtzig – hatte sie verschrumpeln und einander noch ähnlicher werden lassen, als sie es zeitlebens ohnehin gewesen waren. Alte Menschen sehen sowieso alle gleich aus, dachte Max. In den Augen der Jüngeren bilden sie eine sonderbare, runzelige Rasse. Das Alter ist eine Art geriatrisches Asien, in dem es von Eingeborenen wimmelt, die sich irgendwie ähneln. Die Malherbe-Brüder konnte man einzig und allein dadurch unterscheiden, daß bei Joshua der Hosenschlitz stets offenstand. Immer wieder schob er gedankenverloren die Hand hinein, so wie andere geistesabwesend das Ohrläppchen kneten oder an einer Haarlocke zupfen.

„Prahlhans!" pflegte Lady Divina zu sagen, wenn Joshua die Hand wieder einmal im Hosenschlitz versenkte. „Aus einem toten Bau kam noch nie ein lebender Fuchs heraus."

Die resolute Lady Divina ließ sich von ihm nicht beeindrukken. Bevor ihr Geist in die Klauen der Alzheimerschen Krankheit geriet, kannte sie kein Pardon. „Mr. Malherbe, ich habe Bullen von Kerlen gehabt, die mehr Charme als ihr fummelnder Bruder hatten." Wenn sich der Nebel in ihrem Kopf ab und zu, wenn auch selten, lichtete, machte sie lauthals ihrer Besorgnis über die Aufheizung der Atmosphäre Luft oder rief ebensolaut nach ihrer Tochter Doris, welche sie zehn Jahre zuvor klammheimlich vor der Tür von Haus Seelenfrieden ausgesetzt und sich unbemerkt davongemacht hatte, wie eine junge Mutter, die in Panik gerät und ihr Baby auf den Stufen des Krankenhauses zurückläßt. Man hatte Lady Divina auf dem Rücksitz eines Austin Princess gefunden, der vor dem Haupteingang parkte und an dessen Armaturenbrett sich eine auf ziemlich teures dunkelgrünes Büttenpapier geschriebene Nachricht befand: „Ich kann für meine Mutter nichts mehr tun. Ich habe sie fünfzehn Jahre gepflegt, und jetzt bin ich erschöpft! Bitte sorgen Sie für sie. Alle finanziellen Vorkehrungen zur Bezahlung ihres Aufenthalts bei Ihnen sind getroffen. Gott segne Sie." Die Unterschrift lautete: „Doris".

Alt werden, sagte sich Max, bedeutet nicht selten, daß man ausrangiert wird. Deine Verwandten fahren mit dir aufs Land, ignorieren das Verbot, Müll abzuladen, und entledigen sich deiner wie einer durchgelegenen Matratze oder eines ausgedienten Autositzes, aus dem schon bald die Federung wie rostige Rippen herausschaut und die Füllung herausquillt und ins Gras fällt, bis der Wind sie fortweht.

Es war schwer festzustellen, wer zu den sogenannten Dauergästen zählte, denn von langer Dauer war der Aufenthalt bei niemandem, höchstens in den Akten, und alle blieben bis zum Ende. Als Orientierungshilfen erkor Max Überlebenskünstler wie die Malherbe-Brüder aus, Josh und Ted, die, wenn sie abends in ihren altmodischen, jedoch sauberen Anzügen, mit steifen Kragen und senffarbenen Krawatten, im Fernsehraum saßen, aussahen wie ein Paar Zirkusartisten und von denen der eine, nämlich Josh, geistesabwesend in die Hose griff und unablässig mit seinem bislang von niemandem gesehenen Glied herumspielte: Geduld ohne Ergebnis; Begehren ohne Wirkung; Skandal ohne Zündstoff.

Für unerwartete Unterhaltung sorgten die gelegentlichen Besuche von Inspektor Trevor Slack, der Max mehrmals befragte. Mr. Fox registrierte diese Besuche mit leichter Beunruhigung. Die Nachtschwester nahm sie voller Widerwillen zur Kenntnis. Es waren britische Polizisten gewesen, die britische Parlamentarier seinerzeit nach Rhodesien begleitet hatten, und das hatte nur zu Scherereien geführt. Jack reagierte auf das Auftauchen des blassen, beflissenen, blutarmen Beamten mit wachsender Erregung und Angst. Es schürte seinen eigenen Verdacht, aber er wollte sich nicht in Zugzwang bringen lassen.

Inspektor Slack stellte Max jede Menge befremdlicher Fragen, die Max mit: „Keine Ahnung. Daran erinnere ich mich nicht. Wie bitte?" zu beantworten pflegte. Bis sich Slack eines Tages nach einem jungen Mann namens von F. erkundigte. Wie hatte sich von F. gefühlt, als er zum erstenmal von Hamburg nach Harwich reiste? Worauf Max ohne zu zögern antwortete: „Verwirrt."

„Verwirrt? Wieso verwirrt, Mr. Montfalcon?"

„Er kam mit ein paar englischen Passagieren ins Gespräch. Als sie merkten, daß er Deutscher war, erlaubten sie sich einen kleinen Scherz. Sie beschlossen, dem Ausländer eine Lektion zu erteilen. Sie machten ihm weis, aus Gründen der Höflichkeit müsse er jedes Gespräch mit den Worten ‚Fuck off!' beenden.

Das sei ein alter englischer Brauch, erzählten sie dem jungen von F."

„Sie hielten ihn offenbar für einen dummen Deutschen, was, Sir? Aber das war er nicht, oder? Er sprach Englisch nämlich genausogut wie sie."

„Was ihn verwirrte, war, daß die Engländer so wenig Ahnung von ihrer eigenen Geschichte hatten. Von F. wußte, daß es im britischen Königshaus von Ausländern wimmelt, hauptsächlich von Deutschen. Nehmen wir zum Beispiel Albert, den Gemahl von Königin Viktoria. Sein Vorgänger König William sprach nur Deutsch. Und heute haben wir als Konsorten unserer lieben Queen einen griechischen Prinzen. Trotzdem sind sie allesamt Briten wie Sie und ich."

„Und wenn sie es geschafft haben, dann schafft es jeder andere auch, nehme ich an", sagte Inspektor Slack mit samtigweicher, verdächtig freundlich klingender Stimme.

„Wenn sie was schaffen?" fragte Max.

„Als Briten durchzugehen."

„Damit wird aus rechtlichen Gründen schon bald Schluß sein", sagte Max mit leisem, grimmigem Lachen. „Bald geben wir uns alle für Europäer aus, und damit hat sich die Sache. Dann haben überall die verdammten Deutschen das Sagen."

„Wir mögen die Deutschen wohl nicht, was, Sir?"

„Ich habe nichts gegen sie – solange sie bleiben, wo sie hingehören. Hier haben sie nichts zu suchen."

Warum stellte man ihm ständig Fragen? Max Montfalcon lag im Bett und versuchte abermals, sich zu erinnern, wie viele Menschen er umgebracht hatte – angeblich.

Den Gang ein Stück weiter hinunter lag auch Lady Divina in ihrem Bett und rechnete in ihrem hermetischen Hirn aus, wie viele Menschen wohl umkommen würden, wenn die Erwärmung der Erdatmosphäre im Süden Englands klimatische Veränderungen auslöste.

„Verschone uns vor einem zweiten Obervolta", flüsterte Lady Divina, „und vor einem zweiten Bangladesh. Denk nur an

Brighton." Lady Divina hatte einst in Brighton gelebt. Daran konnte sie sich erinnern.

Innerhalb weniger Jahrzehnte würde der Südosten Englands für Getreideanbau zu trocken werden. Was würde man dann dort anbauen? Reis? Wenn sie solche Dinge zur Sprache brachte, malten sich ihre Gesprächspartner Reisfelder über der versunkenen Stadt Brighton aus. Sie selbst sah kräftige rosige Kälber aus England vor sich, die in der grellen Sonne immer röter wurden, sie sah flache Strohhüte und krumme, schmerzende Rücken und hörte geradezu das Klatschen von Händen auf den fleischigen Kälbern, wenn wieder einmal ein Anopheles-Mosquito seinen Stachel tief in den Blutkreislauf Englands bohrte. Unablässig strich sie in ihrem Zimmer den zerknitterten Zipfel der Bettdecke glatt, auf den die purpurnen Initialen D.H. gedruckt waren, und plötzlich schrie sie in qualvoller Angst heraus, was für Max, der langsam in tiefen Schlaf versank, die Antwort auf seine eigene Frage hätte sein können:

„Millionen!"

# 6

## Die Maus kommt nach Haus Seelenfrieden

Laßt uns eine unglaubliche Geschichte erzählen über einen nicht sonderlich gebildeten jungen Amerikaner, einen unentbehrlichen Helfer in der Nachtschicht von Haus Seelenfrieden, der dort seit Max' Ankunft arbeitete, genaugenommen schon ein paar Tage vorher. Im Herbst 1990. Jack war da, als Max aufgenommen wurde. Eine Geschichte über einen Jungen, der schon immer Hummeln im Hintern hatte und irgendwann seinem dürftigen Zuhause im Wohnwagenpark von Tranquil Pines in der Orange Avenue in Orlando, Florida, USA den Rücken kehrte und nach England floh. Dort erlernte er einen neuen Beruf und wurde zur Freude von Cledwyn Fox, der Nachtschwester und dem jungen Dr. Tonks ein tüchtiges Mitglied des Personals im führenden Seniorenheim in Londons Norden. Klingt das nicht wie ein amerikanisches Märchen? Ist das nicht eine Erfolgsstory?

Durchaus, aber wie hieß Jack weiter?

Das wußte niemand genau zu sagen. Keiner glaubte Mr. Fox, als er behauptete: „Jack Daniels, natürlich!"

„Jack London." Das kam von Major Bobbno.

„Jack Frost, der Sohn von Väterchen Frost", sagte die alte Maudie und fröstelte.

„Jack the Ripper", schlug Lady Divina vor.

Als Jack zu Ohren kam, daß man sich in Haus Seelenfrieden Gedanken darüber machte, wer er war, grinste er übers ganze Gesicht, so daß alle Zähne zu sehen waren, stülpte sich den Mauskopf über und gab ihnen ein Rätsel auf: „Zuerst war ich Straßenkehrer, danach ein Spermium, und dann machte man mich einen Kopf größer. Wer bin ich?"

Darauf wußte niemand eine Antwort. Max dachte lange und gründlich nach, dann sagte er: „Die Erkundigungen, die ich in dem einen Jahr, seit man mich hier eingesperrt hat, über Jack brieflich sowie telephonisch eingezogen habe, bestätigen folgendes: In geschlossenen, wirklichkeitsfernen Anstalten sind unerwartete Wandlungen an der Tagesordnung. Gefangene können Machtstellungen erlangen. Menschen seines Schlages sind in Lagern nichts Ungewöhnliches."

Nach diesen Worten lehnte Max sich im Sessel zurück, um den Mitgliedern des Herzschlag-Klubs noch einmal die Geschichte von Jack zu erzählen, von Jack aus Orlando, dem geschickten, flinken Jack. Die alte Maudie klatschte in die Hände, und die junge Agnes bat: „Vergessen Sie die ‚Fahrt ins Wunderland der Empfängnis' nicht, Mr. Montfalcon!"

Jack hatte damals einen Job. Er war Straßenkehrer im *Magic Kingdom,* trug einen schwarzweißen Drillichanzug mit einer Art kleinem Schleier, der ihm in den Nacken hing, und sah aus wie ein ausgedienter Fremdenlegionär. Er schlurfte durch die Gegend und klaubte auf den Wegen und Pfaden zwischen dem knapp dreißig Meter breiten, inmitten von 800 000 Plastikblättern verborgenen Baumhaus der Schweizer Robinson-Familie und dem Schlupfwinkel der fröhlichen Piraten aus der Karibik, die nach Herzenslust brandschatzten und plünderten, Kaugummipapier und Zigarettenstummel auf. Ja, da saß er, der stets sturzbetrunkene alte Graubart in scharlachroten, hautengen Reithosen, in einer Hand eine Flasche, in der anderen ein quietschendes Ferkel. Ein Ferkel? Klar! Schaut ihn euch doch selbst an, den munteren alten Knaben mit dem Dreispitz auf dem Kopf und dem Ferkel unter dem rechten Arm.

Die Sache war die, daß im *Magic Kingdom* (es erstreckte sich über knapp fünfundsechzig Quadratkilometer und hatte bereits mehrere hundert Millionen Besucher angezogen), alles ein hübsches Stück kleiner war als im wirklichen Leben, wie Jack zu seiner Überraschung feststellte. Der Kristallpalast war ein zwerghafter Abklatsch des längst verschwundenen viktorianischen Wunderwerks, das Baumhaus nahm sich eher harmlos aus, und sogar die Welt der Piraten mit ihren Geschützen und

Gelagen war geschrumpft. Nur die herumlaufenden Tiere – Mäuse, Enten, Hunde und Bären – hatten ein wenig Statur.

So hätte es für Jack bis in alle Ewigkeit weitergehen können.

„Wäre es das bloß!" seufzte die alte Maudie jedesmal, wenn Max von der einzigen Phase in Jacks Leben erzählte, in der der Junge eine geregelte Arbeit gehabt hatte. Worauf Major Bobbno zu ihr sagte: „Kopf hoch." Das sei schließlich das *Magic Kingdom*, und dort sei alles möglich.

Die Lagerleitung wurde auf Jack den Straßenkehrer aufmerksam, berichtete Max, und versetzte ihn ins „Spermatozoa", wo er mit einer nagelneuen Uniform ausstaffiert werden sollte. Im *Magic Kingdom* wurden treuergebene Angestellte nämlich belohnt. Auf Jacks Reise sollte es aufwärts gehen.

„Wäre es das bloß!" seufzte die alte Maudie wiederum, und Josh Malherbe forderte sie auf, den Rand zu halten.

Ein behinderter Software-Verkäufer aus Tucson wurde bei seinem ersten Besuch wie von Geisterhand aus dem Rollstuhl gehoben, und schon befand er sich auf der „Fahrt ins Wunderland der Empfängnis", einer simulierten Reise der Spermien in die Vagina und durch den Eileiter bis hin zum stürmischen Rendezvous mit der weiblichen Eizelle, einer Reise, auf die zu verzichten schwangeren Frauen, Kindern sowie Personen mit Herzbeschwerden nachdrücklich empfohlen wurde. Wie der Verkäufer an der Sperre und den Wachmännern am Eingang vorbeikam, wird immer ein Rätsel bleiben. Doch leider vermochten die zahlreichen Warnungen wie „Hände, Beine und Kleidungsstücke während der Fahrt auf keinen Fall aus dem Waggon hängen lassen" den hilflosen Verkäufer nicht vor Schaden zu bewahren.

Das Neue an der „Fahrt ins Wunderland der Empfängnis" ist, daß den Fahrgästen in den rasend schnellen, achterbahnähnlichen Wagen der Eindruck vermittelt wird, sie seien Spermien, die im Wettlauf miteinander auf die Eizelle zueilen. Rings um sie her hasten andere Spermien, eine milchigweiße Schar, von denen viele menschliche Gesichter und Namen wie Butch,

Freddy und sogar Jumpin' Jack haben, durch die dämmrige scharlachrote Röhre dem fernen Ei entgegen, von dem das pulsierende goldene Leuchten einer warmen, lockenden Sonne ausgeht. Die aus Fiberglas gefertigten Hochgeschwindigkeitsspermien Butch und Freddy, die wie zwei albinofarbene Kometen aussehen, überholen blinzelnd und winkend das Gefährt, in dem man reist, und fallen wieder zurück. Der Verkäufer war von einem oder mehreren der vorbeiflitzenden Spermien gerammt worden, möglicherweise von Alec, der ein Baseball-Käppi mit der Aufschrift „Hier komme ich!" trug, oder von Wayne mit seinem Motto „Klein, aber schnell".

Welches genau es war, spielt keine Rolle. Die verstümmelten Reste des unseligen Opfers lagen auf dem blauen Plastikboden des Wagens, als dieser am Ende der Reise von Floridas Sonne empfangen wurde und alles loskreischte.

Schon im nächsten Augenblick, erzählte Max, schrillten in der gesamten Anlage die Alarmglocken. An dieser Stelle hätte die alte Maudie jedesmal am liebsten gesagt: „Und das sollten sie auch!", aber ein strenger Blick von Josh Malherbe ließ sie verstummen.

Jack fiel also dem CRD (Chef vom Reinigungsdienst) ins Auge, und so wollte man ihn, wie es im *Magic Kingdom* hieß, „einen Kopf größer machen". Und so geschah es. Nun trug er wattierte weiße, dreifingrige Handschuhe, einen Plastikkopf mit einer schwarzen, olivförmigen Nase zwischen schwarzen, ovalen Augen unter zarten, japanisch anmutenden Brauen, die in das Plastik hineingepreßt waren, eine grüne Fliege, rote Hosen, eine weiße Weste und Schuhe so groß wie Boote. Er schwitzte fürchterlich, denn bei der Anprobe drüben in der Kopfausgabestelle nimmt man zwar sehr gewissenhaft Maß, doch wird es einem in so einem schweren Mausekopf heiß, und es ist alles andere als leicht, durch den grinsenden Mund zu atmen. Aber wenn man es im *Magic Kingdom* zu etwas bringen will, so heißt es, müsse man „den Kopf hochtragen". Jack hätte seinen Kopf sicherlich lange Zeit fröhlich hochgetragen. Mit der Hitze müsse man eben fertigwerden, und das Atmen ginge von ganz alleine, hatte man in der Kopfausgabestelle zu ihm gesagt. Außerdem konnte man es nur so zu etwas bringen.

Doch es sollte nicht ewig so weitergehen, sagte Max. Eines Tages wurde hinter dem Magischen Wasserfall, dem sogenannten Nebelvorhang, eine junge Frau aus Delaware überfallen. „Ich drehte mich um, und da stand er. Ich glaube, er sagte kein Wort, jedenfalls kann ich mich nicht daran erinnern, weil alles so schnell ging. Ich biß ihm ins Ohr, aber er war stärker als ich. Ich weiß noch, daß er irgendwie nach ... ja, nach Käse roch und einen sehr heißen Atem hatte. Was hätte ich tun sollen? Ich lag einfach nur da und starrte in das Gesicht, das mich schwachsinnig angrinste."

Nach diesem Vorfall wurde Anzeige erstattet, aber für die Polizei ergab sich da ein Problem: Formal gesehen handelte es sich nämlich nicht um eine Vergewaltigung, denn wie wollte man in der Anzeige formulieren, daß ein Nager mit einer Menschenfrau kopuliert hatte? Natürlich hätte man auf schwere sexuelle Belästigung ausweichen können, was im Staate Florida dieselben Konsequenzen nach sich zog wie Vergewaltigung, doch den Täter dingfest zu machen, war schier unmöglich, weil im Erlebnispark tagaus, tagein ganze Scharen von einander zum Verwechseln ähnlichen Mäusen herumlaufen.

Jack der Absteiger. Sie nahmen ihm den Kopf weg, verstießen ihn aus dem *Magic Kingdom,* schickten ihn zurück in seinen Wohnwagen in Tranquil Pines zu seiner alten, kranken Ersatzmutter, mit der es schnell bergab ging. Um sich aufzubauen, zog er sich ein paar starke Kassetten aus dem Aardvark Videoklub rein.

Schön und gut, aber wer war dieser Jack denn nun?

„Jack der Riesentöter", meinte Max Montfalcon.

Mr. Fox plädierte nach wie vor für Jack Daniels. Daß er Jack wöchentlich auszahlte – bar auf die Kralle, keine Fragen –, stimmte zwar nicht so recht mit den Vorschriften überein, die das Arbeitsamt für derartige Fälle erlassen hatte, doch allein die Vorstellung, sich um eine Arbeitserlaubnis für Jack kümmern zu müssen, erfüllte ihn mit gemischten Gefühlen. Jack war für ihn wie ein Geschenk des Himmels – und göttliche Hilfe soll man nicht durch Papierkram entweihen.

Wegen solcher fast religiöser Beweggründe mißfiel Mr. Fox auch der antiamerikanische Tenor in den Geschichten, die sich die Senioren über Jack erzählten. Schließlich waren nicht alle Amerikaner schlechte Menschen, oder? Und nicht alle Engländer waren schwul. Dafür konnte er sich verbürgen. Mochten die Ausländer doch sagen und glauben, was sie wollten. Den Amerikanern hatte man ein paar wichtige Errungenschaften in Sachen „Letzter Wille" zu verdanken. Sie hatten Gesetze verabschiedet, die Krankenhäuser dazu anhielten, mit neuaufgenommenen Patienten einen gemütlichen Plausch über die Art und Weise zu halten, wie sie zu sterben wünschten. Ein Täßchen Tee und ein Schwätzchen über den Tod. Welche Behandlung wünschten sie sich in der Endphase? Sterben in Würde – darum ging es doch, oder nicht? Abtreten unter ärztlicher Aufsicht. *Med-assist* wurde das jetzt in einigen amerikanischen Krankenhäusern und, wichtiger noch, auch in mehreren Seniorenheimen genannt.

Dr. August Tonks gab gerne zu, daß er von den Verhältnissen in den USA einiges gelernt hatte. „Bei uns bahnt sich unter den Patienten eine gewisse Militanz an, wie ich es nenne. Sie fordern: Gewährt uns Kranken Zugang zu den letalen Mitteln und Verfahren. Warum soll, wenn es um Leben und Tod geht, immer nur der Doktor den Finger am Drücker haben? Noch sechs Monate zu leben, und nichts als Leid und Schmerz? Nein, verdammt, da gehen wir lieber gleich. Gebt uns die Mittel in die Hand, sagen die Patienten zu den Ärzten, dann erledigen wir den Rest. Das gefällt mir. Das gefällt mir außerordentlich. Manche Priester und Pfarrer sagen es doch auch freiheraus: ‚Wir haben die kritische Masse erreicht.' Viele Familien sind empört darüber, wie lange es dauert, bis ihre Liebsten endlich tot sind. Zu lange. Sie sagen: Verdammt noch mal, das ist nicht richtig! Ich respektiere das, Cledwyn."

„Ich respektiere es auch, August", sagte Mr. Fox. „Und ob!"

Sein Respekt war so groß, daß er sogleich alle Senioren zusammentrommelte, um ihnen etwas über die neue Militanz der Patienten zu erzählen. Die Nachtschwester fand sich ebenfalls ein, desgleichen Imelda und Jack, der sich die Lippen leckte und dämonisch grinste. Wie ein Riesentöter sah er eigentlich nicht aus, befand Beryl die Bärtige. Dieses gelbe Haar, dieses kantige Kinn. Eher wie ein Bauernbursche. Mr. Fox versprach, unverzüglich einen Letzten Willen abzufassen, mit dem jeder etwas anfangen könnte. Nachdem Max Montfalcon sich angehört hatte, was Dr. Tonks zu sagen hatte, brummte er:

„Sie finden also, die Leute sollten freiwillig den Abgang machen, wenn die Uhr abgelaufen ist?"

„Nein, nicht erst, wenn die Uhr abgelaufen ist, sondern kurz davor."

„Dann muß ihnen aber jemand einen Schubser geben, ihnen die Entscheidung abnehmen."

„Man muß die Entscheidung schon jetzt treffen, Mr. Montfalcon. Jedesmal, wenn wir einen Patienten vom Dialysegerät abkoppeln. Jedesmal, wenn wir beschließen, ihn nicht künstlich am Leben zu erhalten. Jedesmal, wenn wir die Schläuche für die künstliche Ernährung entfernen. Jedesmal, wenn ein freundlicher Hausarzt seinem leidenden Patienten eine Überdosis verschreibt, die ihm die Familie dann verabreicht. Jeder, der an eine Maschine angeschlossen wird, nimmt einem anderen den Platz weg, den er nachweislich genauso dringend braucht. Hier gilt es, zwischen barmherziger Sterbehilfe und unbarmherzigen Maschinen abzuwägen."

„Das funktioniert nicht", sagte Max. „Glauben Sie mir. Man hat es bereits ausprobiert."

„Nicht, daß ich wüßte", erwiderte Dr. Tonks. „Nur in Amerika steht es zur Debatte. Was sollen wir denn tun, wenn die Bevölkerung immer älter und die Mittel und Kapazitäten in Krankenhäusern und Heimen immer knapper werden?"

„Amerikaner", sagte Max. „Arme Teufel! Früher einmal war es Sache der Jugend, sich gegenseitig umzubringen. Heutzutage können die Alten den Tod per Antrag bestellen. Du erreichst ein gewisses Alter, man stellt fest, daß du krank bist. Und warum? Weil du zuviel Speiseeis gegessen und zu wenig Mineralwasser getrunken hast. Man steckt dich ins Krankenhaus, und dort hast du in doppelter Hinsicht keine Chance. Du hast da diese Krankheit: Das ist der erste Minuspunkt. Du bist alt: zweiter Minuspunkt. Was tun sie, um das Problem zu lösen? Sie lassen dich ein Formular ausfüllen, und du machst einen sauberen Abgang. Irgend jemand hat mal die menschliche Gesellschaft in zwei Hälften unterteilt: Die einen essen Rohes, die anderen Gekochtes. Von jetzt an gliedert sie sich in die Sauberen und die Unsauberen. Warum setzen Sie sich nicht mit einem Patienten zusammen und verlangen von ihm, ein Formular zu unterschreiben, das ihm ein langes Leben garantiert?"

„Das wäre ein Eingriff in die persönliche Entscheidungsfreiheit", antwortete Dr. Tonks. Er sah Jack erwartungsvoll an. „Wie denkt unser Amerikaner darüber?"

Jack dachte nach. Er schloß die Augen. Nach einer Weile sagte er: „Okay!" Das sollte nur der Anfang sein, aber dann kam nichts mehr. Verdammte Scheiße, das gibt's doch nicht, dachte Jack. Er steckte einen Finger ins Ohr und stocherte darin herum. Dann sprach er das Wort aus. Er wollte es nicht allzu oft sagen, denn es war das einzige, das er ständig im Kopf hatte – schußbereit:

„Video", sagte er und nahm den Finger aus dem Ohr.

„Also das ist wirklich eine der brillantesten Ideen, die ich je gehört habe!" sagte Dr. Tonks leise. „Verstehen Sie mich nicht falsch. Ich bin in diesen Dingen nicht für die harte Tour. Unter den Fachärzten für Alterskrankheiten gibt es ein paar Falken, die die Ansicht vertreten, menschliches Leben solle nicht verlängert werden, wenn es nicht mehr produktiv ist. So weit gehe ich nicht. Von dort ist es nämlich nur noch ein kleiner Schritt bis zu der Auffassung, daß menschliches Leben vernichtet werden soll, sobald es nicht mehr produktiv ist, und wir wissen alle, wohin das führt." Dr. Tonk lachte sein warmes braunes Lachen. „Geradewegs in die Vernichtungslager."

„Oh, ganz richtig", sagte Mr. Fox, erleichtert darüber, daß Dr. Tonks dabei nicht an Seniorenheime gedacht hatte.

„Die Lager entstanden in Krankenhäusern", murmelte Max. „Später verlegte man die Krankenhäuser in die Lager."

Dr. Tonks war jetzt voll in Fahrt. Seine Augen blitzten, sein verbindliches Lächeln kam und ging. Er sagte: „Ich kann Ihnen nicht ganz folgen, Mr. Montfalcon. Wissen Sie, ich bin kein Falke. In Sachen Sterbehilfe bin ich allerdings auch keine Taube, wie unsere amerikanischen Vettern es nennen. Ich liege mehr in der Mitte. Wenn ein Patient es verlangt – schön und gut. Aber der Patient sollte darüber aufgeklärt werden, was ihm bevorsteht, vor allem in SS-NL-Fällen."

„Was ist denn das?" fragte Cledwyn Fox.

„Starke Schmerzen, niedrige Lebenserwartung, also unter sechs Monaten."

Wie meisterhaft August Tonks SS-NL-Fälle handhabte, sollte Mr. Fox erfahren, als das Ehepaar Gooch, Elsie und Norman, in Haus Seelenfrieden aufgenommen wurde. Dr. Tonks brühte ihnen eine Kanne Tee auf und plauderte über Letzte Dinge. Anfangs gab Norman Gooch sich ein wenig aufmüpfig.

„Ich möchte nicht sterben, Herr Doktor."

„Das will keiner von uns, Mr. Gooch, aber darf ich Sie bei allem Respekt daran erinnern, daß Sie ein kleines Krebsgeschwür haben? Und dieses Krebsgeschwür befindet sich in einem fortgeschrittenen Stadium, um nicht zu sagen kurz vor der Endphase."

„Ich will so lange leben, bis ich sterbe", sagte Norman Gooch, der klein und bleich in einem grünkarierten Jackett steckte und eine purpurrote Krawatte trug.

„Das ist nicht der springende Punkt, Mr. Gooch", sagte Dr. Tonks. „Der springende Punkt ist: Wollen Sie, daß Ihr Sterben in die Länge gezogen wird?"

„Der Doktor will dir doch nur helfen", redete Elsie Gooch ihrem Mann zu. „Norman ist so dickschädelig wie ein Maulesel, Herr Doktor."

Dr. Tonks schenkte Norman Gooch ein warmes Lächeln. Er drückte ihm die Hand. Norman zuckte zurück. Seit er ein kleiner Junge gewesen war, hatte ihm niemand die Hand gedrückt. „Das Problem ist nur folgendes, Mr. Gooch: Sofern Sie uns nicht gegenteilige Anweisungen geben, sind dem medizinischen Personal die Hände gebunden, falls Sie doch irgendwann wünschen sollten, schon ganz woanders zu sein. Wir Ärzte haben einen Heidenrespekt vor dem Gesetz. Womöglich erteilen Ihre Angehörigen uns ja Weisung, Sie am Leben zu erhalten, komme, was wolle, während Sie, Mr. Gooch, unfähig sind, auch nur ein Wort herauszubringen und in Ihrem tiefsten Inneren darum beten –"

„– abtreten zu dürfen?"

„Sie nehmen mir die Worte aus dem Mund."

Norman Gooch dachte nach. „Mein Hausarzt gibt mir noch sechs Monate. Wieviel geben Sie mir?"

„Ohne Sie zuvor untersucht zu haben, Norman – ich darf Sie doch so nennen? –, möchte ich mich lieber nicht festlegen. Aber wenn Sie einem Mann vom Fach ein offenes Wort gestatten: Aus sechs Monaten werden manchmal nicht einmal sechs Wochen."

„Sechs Wochen nur?" Mr. Gooch lockerte den Krawattenknoten. „Das lohnt sich ja kaum noch, nicht? Warum soll ich warten, bis es so schlimm wird, daß ich es nicht mehr aushalte? Wollen Sie darauf hinaus? Soll ich den Sprung ins kalte Wasser wagen?"

„Norman haßt kaltes Wasser", schaltete sich Elsie Gooch ein.

Dr. Tonks blickte Norman Gooch lange und tief in die Augen. „Das liegt bei Ihnen, Sir, voll und ganz. Sollten Sie sich jedoch dazu entschließen, respektiere ich Ihre Entscheidung. Ich habe hier ein kleines Formular, das auf Leute wie Sie zugeschnitten ist."

„Das erspart uns eine Menge Ärger, stimmt's?" fragte Norman Gooch. Jetzt drückte er Dr. Tonks' Hand.

Dr. Tonks hielt Wort. Ein Kopfnicken zur Nachtschwester, und alles lief wie durch Zauberei. Die Nachtschwester sprach mit Imelda, Imelda sprach mit Jack, und schon vierundzwanzig Stunden später fuhren die Jungs von der Firma Dove im Hinterhof von Haus Seelenfrieden mit ihrem Transporter rückwärts an die Rampe.

„Es blieb nicht mal Zeit, um seine Tasche in den Gepäckraum zu bringen", sagte die Nachtschwester stolz zu Cledwyn Fox, und Mr. Fox antwortete: „Gott segne Sie, Schwester."

„Nein, Gott segne Sie, Mr. Fox."

Und Jack sagte: „Mannomann!"

„Wo blieben wir ohne die Amerikaner?" fragte Dr. Tonks.

Elsie Gooch folgte ihrem Mann eine Woche später. Bei dieser Gelegenheit wurde ein Spruch geprägt, der in Haus Seelenfrieden an Winterabenden, wenn das Taubengurren zum Lichterlöschen aufrief und die Senioren sich im Rollstuhl, mit Laufgestell oder Stock oder am Arm von Pflegern langsam auf den Weg ins Bett machten, noch oft zu hören sein sollte: Die Goochs, hieß es einhellig, seien „getonkt" worden.

# 7

# Geschichten, die seine Mutter ihm erzählt hat

Vor nicht allzu langer Zeit hatte Jack vom Tranquil-Pines-Wohnwagenpark, draußen an der Orange Avenue im Süden von Orlando – er hatte gerade seinen Job im *Magic Kingdom* verloren und lungerte in der Gegend herum –, Kummer mit seiner Ersatzmutter, der alten Marta. Sie lag im Sterben. Es dauerte eine Weile, bis er es überhaupt merkte. Er hatte sich im Aardvark Videoklub ein paar ausgefallene Filme besorgt, und sie nahmen ihn völlig in Beschlag. Nur nicht, wenn er hungrig war.

An dem Tag, an dem sie die alte Marta abholten, hatte sich Jack einen tollen Streifen über wilde Tiere in der Wüste angesehen. Der Film hatte ihm gefallen, weil er ihn noch hungriger gemacht hatte.

Seit Jahren hatte die alte Marta ihm in den Ohren gelegen, daß sie bald sterben müsse, aber er hatte es nicht glauben wollen. Mit dem vollen grauen Haar und den klaren blauen Augen wirkte sie trotz ihrer achtzig Jahre noch sehr rüstig. Sie packte seine Hand – Junge, tat das weh! – und sagte: „Ich habe genug gesehen. Wenn ich nicht weiß, was es heißt zu sterben, wer dann?"

Jack war kein sehr guter Junge gewesen. Auch jetzt war er nicht gerade ein Musterknabe. Zumindest aber versuchte er nicht mehr, andere Menschen umzubringen, und mußte auch nicht mehr wie bisher dreimal im Jahr in die Besserungsanstalt. Bis zu seinem fünfzehnten Lebensjahr gingen fünfunddreißig Straftaten auf sein Konto: Messerstechereien, Schlägereien mit Ketten, Raubüberfälle. Meistens war alles glattgegangen, und so hatte er eines Tages versucht, Miss Priam umzubringen, seine Englischlehrerin drüben an der George Washington High

School, und das nur, weil sie ihn zum Lesen anhalten wollte, obwohl sie wußte, wie sehr er sich damit plagte. Hatte er etwa nicht gesagt: „Hören Sie auf", als sie die Bücher hervorholte und ihm Bilder von Schildkröten vor die Nase hielt? Sie hatte extra Schildkröten ausgesucht, weil sie wußte, daß er den ganzen Tag vor der Glotze saß, in der auch ab und zu Schildkröten zu sehen waren. Hatte er etwa nicht: „Ich kann nicht" gesagt, als sie mit dem Finger auf eine Schildkröte zeigte und ihn aufforderte: „Versuch's doch mal, Jack. Nur einen kleinen Versuch für Miss Priam." Daraufhin hatte er einen Finger ins Ohr gesteckt, die Worte so tief aus dem Kopf herausgezogen, daß es weh tat, und zu ihr gesagt: „Geben Sie mir eine Sechs. Geben Sie mir doch einfach eine Sechs, okay?" Aber sie ließ nicht locker. Also knallte er sie ab. Wer hätte das nicht getan? An diesem Tag hatten sich die Leute mit den Metalldetektoren in der George Washington High School nicht blicken lassen. Deshalb trug er seine Knarre hübsch unter dem Arm. Er verpaßte Miss Priam eine Kugel in die Brust. Hätte man nicht die blöden Buchseiten mit den Schildkröten in die Wunde gestopft, um die Blutung zu stillen, wäre sie abgenippelt. Dann hätte Jack für alle Zeiten in den Knast gemußt, und nicht einmal Marta hätte ihn mit einer Kaution da rausgekriegt. Aber die Schildkröten retteten Miss Priam das Leben, und Marta besorgte einen Anwalt, der vor Gericht beteuerte, daß Jack im Grunde kein böser Mensch sei. Er habe eben nur Probleme mit dem Lesen, und als Miss Priam ihn bedrängt, gebeten und getadelt habe, habe der arme junge Kerl durchgedreht. Marta nahm ihn wieder zu sich nach Hause. Marta holte ihm ein paar Spielfilme, seine Lieblingsstreifen, aus der Abteilung für Erwachsene im Aardvark Videoklub – für jeden Geschmack das Richtige – und setzte Jack auf den Teppich. Von da an blickte er kein einziges Mal zurück. Hoch allerdings auch so gut wie nie.

Marta hatte sich um ihn gekümmert, seit seine Mutter gestorben war. Jack hatte keine Ahnung, wo er selbst gesteckt hatte, als seine Mutter „in den Westen gegangen" war, wie Marta ihm weisgemacht hatte. In Jacks Augen war sie ins Land der

Cowboys gezogen, um in einem Saloon zu arbeiten oder in einem hübschen Kurzwarenladen Knöpfe und Schleifchen oder so was Ähnliches zu verkaufen. In seinen Träumen trug seine Mutter einen Cowboyhut, hatte manchmal eine Gitarre in der Hand und immer weiße Stiefel an den Füßen. In seinen Träumen passierte seiner Mutter nie etwas. Jack war sich nicht sicher, was zuerst dagewesen war – seine Videos oder seine Träume. Sie war der einzige Mensch, dem in Jacks Träumen nichts passierte. Ihr wurde zum Beispiel nie ins Gesicht geschossen, der Skalp abgezogen, bis der nackte Schädel zu sehen und die Zähne blutbespritzt waren, oder ein Schwert in den Bauch gerammt und mit einem Ruck hochgezogen, bis die Eingeweide herausquollen... Nein. Außerdem: Sobald es in Jacks Träumen hoch herging, war er selber der Hauptakteur. Er spulte vor, bis es richtig Action gab, und dann legte er los. Danach spulte er zurück und sah sich alles noch mal an. Aber seiner Mutter geschah in seinen Träumen nie etwas. Wenn er früh am nächsten Morgen aufwachte, war sie nicht da. Wieder nicht.

Statt dessen hatte er Marta, seine Ersatzmutter, die sich schon so lange um ihn kümmerte, daß er sich an die erste Zeit nicht mehr erinnern konnte. Sie war es, die ihn dazu überredete, zur Schule zu gehen. Sie setzte alles daran, damit er in der Schule blieb, schlug sich mit seinem Bewährungshelfer herum, paßte auf, daß bei ihm nicht alles in die Brüche ging, zahlte die Kaution, damit er aus dem Knast kam, als er älter wurde, es noch wilder trieb und eine Zeitlang mit Fat Mansy und seiner Gang herumzog. Sie lieh ihm die ersten Videos aus, und das half ihm tatsächlich, ein bißchen zur Ruhe zu kommen. Ihr war egal, was er sich ansah. Marta konnte nichts schockieren. Sie war viel herumgekommen. Sie erzählte ihm so tolle Geschichten, daß es ihm vorkam, als hätte er sie schon mal als Film gesehen, und als er dann im Aardvark Videoklub danach fragte, meinten sie, sie hätten noch nie so irre Geschichten gehört – und im Aardvark gab es wirklich das Allerbeste. Wie hieß doch gleich der Werbespruch: „Soll's das Beste vom Besten sein? Schau bei Aardvark rein!"

„Ich habe mal mit einem Mann zusammengearbeitet, Jack. War der groß und unglaublich höflich! Er war Arzt, aber auch wieder nicht, also kein Mediziner wie unser Dr. Castro, meine ich. Er sprach sehr gut Englisch, nicht so wie Dr. Castro. Ein freundlicher Mensch war er. Damit du weißt, was ich meine: Er hat da, wo wir waren, nie in der Produktion gearbeitet. Damals lag die Produktionsrate bei tausend Personen in vierundzwanzig Stunden, Jack. Von dem Institut aus, in dem ich für den großen Mann arbeitete, konnte man durch das Fenster die beiden hohen Schornsteine sehen. Ich war Krankenschwester, mußt du wissen, keine Ärztin. Aber um Medizin ging es dort sowieso nicht. Wir waren beide zur falschen Zeit am falschen Ort. Was blieb uns also anderes übrig, als zusammenzuhalten? Eine Schwester aus der Chirurgie, die ein paar Jahre Erfahrung in der Materie mitbringt, weiß manchmal mehr als die Jungärzte. Jetzt fragst du dich bestimmt, wie es sein kann, daß eine Krankenschwester, die eben noch Krankenschwester war, sich vom einen auf den anderen Tag in eine halbe Ärztin verwandelt. Dann mußt du dich aber auch fragen: Wie kann man an einem Tag Arzt und am nächsten ein Mörder sein? Solche Wunder passierten am laufenden Band.

Also, wie gesagt, dieser Mann war nie in der Produktion tätig. Er wollte nur Messungen durchführen, nichts weiter. Vor allem an Köpfen. Aber ich armes Ding, ich war in der Produktion. Ja, wirklich, aber nur, wenn ich mußte. Stell dir vor: Du siehst, wie die Neuen reinkommen. Sie sind alle dünn und krank, manche sogar sterbenskrank. Du sagst dir, wenn sie erst mal im Lager sind, sind sie sowieso in ein paar Tagen tot. Lauter Muselmanen. Die waren nur noch Haut und Knochen und gebeugt, als würden sie nach Mekka beten. Wandelnde Leichen. Wie Zombies. Man mußte eine Auswahl treffen. Alle wußten, daß im Krankenhaus nicht eine einzige Seele mehr Platz gehabt hätte. Man traf also eine Auswahl. Ich auch. Dort, wo wir waren, mußten wir das ständig tun. Manche glauben, sie hätten Leute wie uns ermordet. Ja, das haben sie. Aber wir haben mitgemacht.

Der Riese hatte damit nichts zu tun. Köpfe, Köpfe, Köpfe! Etwas anderes gab es für ihn nicht. ‚Marta' sagte er manchmal zu mir, ‚mein Königreich für einen Kopf!' Das ist ein Scherz frei nach Shakespeare. Der Mann konnte eine Menge Englisch. Stell dir vor, und das dort, wo wir waren! Er hat mir mal das Leben gerettet. Ich bekam Typhus, und man steckte mich zu einer Gruppe, die unter die Dusche sollte. Die Lastwagen fuhren vor. Da ging er hin und sagte zu denen: ‚Laßt sie, es geht ihr schon besser. Seht ihr das denn nicht?' Mir zischte er ins Ohr: ‚Hak dich bei mir unter und geh! Geh oder stirb!' Da ging ich los. Noch ein Wunder. Er war groß und stark, und ich ging an seinem Arm."

Besonders gefiel Jack Martas Geschichte über Morris den Muselmanen.

„Damals, in dem Leben vor diesem, hatte ich mal einen Freund, der hieß Morris. Er war Pathologe."

„Pa-tho-lo-ge!" Jack mochte den runden, braunen Geschmack des Wortes. Er ließ es auf der Zunge zergehen und leckte sich die Lippen.

„Morris starb dort, wo wir waren, und zwar bevor ich den Riesen kennenlernte. Ich machte für Morris vor seinem Tod Aufzeichnungen. Er war Arzt, Jack, und er hatte einen feinen Sinn für Humor. Es gefiel ihm, seinen eigenen Krankheitsverlauf zu verfolgen."

Und wie war der bei Morris dem Muselmanen?

Jack kannte ihn auswendig. Wenn Marta auch nur ein einziges Stadium im Krankheitsverlauf von Morris dem Muselmanen vergaß, half Jack ihr sofort auf die Sprünge.

„Ein Ödem... progressiver Gewichtsverlust... das leichte Ödem weitet sich aus... vermindertes Plasma..."

„Und dann der Tod?" fragte Jack.

„Ja, dann der Tod", bestätigte Marta.

Das war das Ende von Morris dem Muselmanen.

Aber der Riese lebte in Martas Geschichten und auch in ihrem Kopf weiter, und im Geist ging sie mit ihm spazieren und redete mit ihm. Doch jetzt erinnerte sie sich erst einmal an ihr Zuhause.

„Neunzehnhunderteinundvierzig lebte ich in Krakau. Damals pickte man sich ein paar Leute raus, sozusagen päckchenweise. Anfangs schnürte man kleine Päckchen, dann immer größere. Man schaffte sie in die Dörfer der Umgebung oder ins Getto nach Podgórze, auf der anderen Seite der Weichsel. Kleine Päckchen."

An dieser Stelle hielt Jack jedesmal Daumen und Zeigefinger ins Licht, um zu zeigen, wie klein die Päckchen gewesen waren, und Marta sagte dann immer: „Ein bißchen größer, Jack."

„Die Päckchen wurden größer, und irgendwann beschloß man, daß alle abtransportiert werden sollten. Alle aus Kazimierz wurden nach Podgórze verfrachtet. Umgesiedelt, wie sie es nannten. *Wypchnij Żyda drzwiami a on ci kominem wlezie.*"

„Ist das Polnisch?"

„Ja. Es heißt soviel wie: ‚Wirfst du einen Juden zur Tür hinaus, kriecht er durch den Kamin zurück ins Haus'. Es ist ein altes polnisches Sprichwort. Egal, es erklärt, warum alle aus Kazimierz weggebracht wurden. Sechzigtausend insgesamt."

Dann war da noch die Sache mit den Läusen. Eine von den Geschichten, die der Riese Marta erzählt hatte. Der Riese hatte einen gewissen Professor Huppe gekannt. Dieser Professor sammelte Köpfe, machte Gipsabdrücke von ihnen und schickte sie an die große Skelettsammlung in Straßburg. Eines Tages hatte der Professor an einer Leiche Läuse entdeckt.

„Vier Stück", sagte Jack.

„Typhus", sagte Marta.

„Eine Woche drauf war er tot", sagte Jack.

An anderen Tagen erzählte Marta eine andere Geschichte:

„Zuerst die Selektion an der Rampe. Dann fährt der Doktor mit der Ambulanz rüber zu den Duschen. Dann entscheidet er, wieviele Kapseln, und dann prüft er das Ergebnis. Dabei ziehen sie Gasmasken an. Das war so komisch, eben sahen sie noch wie Ärzte aus, aber mit den Gasmasken sahen sie alle aus wie Schweine. Anschließend wurden Formulare ausgefüllt. Wieviele hatte man behandelt? Wieviele Zähne herausgerissen? Die Zahnärzte, diese Teufel, machten sich an die Arbeit. Ein paar

Zähne verschwanden immer, aber was machte das schon, wo doch die Leute, denen sie gehört hatten, auch bald verschwunden waren? Zwei Dinge weiß ich noch über den Ort, wo wir damals waren: Der Doktor, der kein richtiger Doktor war, war ein ziemlich guter Mensch. Und er war reich."

Die besten Träume, fand Jack, waren die, die einen wachhielten. Marta lag im Sterben, aber was Jack viel mehr runterzog, war, daß sie ihm seine Lieblingsgeschichten nicht mehr genauso erzählte wie früher. Sie lag einfach in dem großen Holzbett mit den Engeln auf dem Bild, das zwischen den Bettpfosten hing. Dicke, rosa, weibische Engel, die auf Geigen rumfiedelten und so wabbelig waren, als wären sie aus Versehen in den Ofen geraten und geschmolzen. Das Bild steckte in einem schwarzen Holzrahmen.

Dr. Castro parkte auf dem Abstellplatz für Lastwagen, einem Stück Brachland hinter dem Wohnwagenpark. Dort war die Gefahr etwas geringer, daß jemand mit seinem schönen Ferrari eine Spritztour machte, ihn zu Schrott fuhr, restlos zerschrammte oder in Brand steckte. Um keinen Preis wäre er mit dem Wagen auf den Campingplatz gefahren. Die Jugendlichen dort waren so kirre, daß man sich vorkam wie in Beirut.

Dr. Castro hatte Marta schon behandelt, als sie noch Geld hatte. Nun konnte sie schon seit Monaten nicht mehr zahlen. Trotzdem besuchte er sie weiterhin. Immigranten sollten zusammenhalten. Außerdem lebte die arme Frau mit einem Jungen zusammen, der ein Brett vor dem Kopf hatte und einen Flimmerkasten, wo eigentlich das Herz sein sollte. Ein Hohlkopf war er, ein Taugenichts und Ekel. Ja, Immigranten sollten zusammenhalten und sich gegenseitig vor gebürtigen Amerikanern wie Martas verrücktem Sohn Jack schützen. Dr. Castro schloß den Ferrari ab, umrundete rasch den Burger King an der Ecke und ging den Weg zwischen betagten Pontiacs und Wohnwagen mit kleinen Schornsteinen auf dem Dach entlang. Die rostigen Auslässe von Klimaanlagen klafften wie feuchte Wunden, die nicht heilen wollten.

Martas Wohnwagen stand ganz hinten links, kurz bevor der Weg in ein Stückchen sumpfiges, von Schilfrohr bewachsenes Land mit einem toten, dunklen Tümpel mündete. Drei Dollar fünfzig im Monat. Eine alte Mispel beugte sich über das Dach von Martas Haus. Eine Schar aufgescheuchter Krähen verständigte sich in einem Tonfall, den er nur von Börsenmaklern kannte. Ein Stück weiter hinten rauschte auf der Orange Avenue pausenlos der Verkehr vorbei, in nördlicher Richtung nach Orlando, in südlicher an Lake Conway vorbei nach Kissimee. Ein Rauschen wie am Ozean.

Ja, Immigranten sollten zusammenhalten. Erst an diesem Morgen hatte Dr. Castro erfahren, daß sein Antrag auf Mitgliedschaft im Clear Lake Country Club abgelehnt worden war. „Nicht, daß wir etwas gegen Hispanos oder ethnische Gruppierungen hätten", erklärte ihm die Sekretärin des Clubs unumwunden. „Es ist nur so, daß ein paar unserer Mitglieder auf ihr Recht pochen, ab und zu ein wenig Englisch zu hören. Sie sind amerikanische Staatsbürger und wollen sich in ihrem eigenen Land nicht wie Ausländer vorkommen." Sobald sein, Dr. Castros, Land befreit wäre und man den Diktator, seinen Namensvetter, gestürzt hätte, dann, so hoffte Dr. Castro inständig, würden sich auf der Insel lauter gebürtige Amerikaner niederlassen: Leute, die nichts anderes als Pizza aßen, davon träumten, bald jemanden umzubringen, alles glaubten, was sie im Kino sahen, und nur Englisch sprachen. Die ganze Insel ein Country Club für Amerikaner, zugeschnitten auf ihre speziellen Bedürfnisse. Wäre das nicht großartig? „Jede Wette!" sagte sich Dr. Castro. Sein Englisch machte rasch Fortschritte, und trotzdem schleppte er immer ein dickes schwarzes spanisch-englisches Wörterbuch mit sich herum.

Behutsam klopfte Dr. Castro an die klapprige Tür von Martas Wohnwagen, neigte langsam und würdevoll den Kopf mit dem glänzenden schwarzen Haar und trat ein. Jack lümmelte vor dem Fernseher auf dem Boden und fragte sich, wie Giraffenfleisch schmeckt. Er sah Bilder von der Besetzung Kuwaits und davon, wie hungrige irakische Soldaten Tiere aus dem Kuwaiter Zoo aßen. Das war echt scharf. Die Kameras zeigten den Kadaver einer halbverzehrten Giraffe in Nahaufnahme. Der tonnenförmige, nackte Brustkorb glänzte in der Sonne. Jack mußte an *Big Bennies Rib Cage* denken. „Iß, bis du platzt!" hatte Big Bennie gesagt. Und Jack hatte geantwortet: „Klar, Mann!" Jack ignorierte Dr. Castro, und falls er überhaupt hörte, wie er Martas Schlafzimmer betrat, ließ er es sich nicht anmerken. Auch blickte er zwanzig Minuten später nicht einmal auf, als Dr. Castro sich von der Bettkante erhob und mit Hilfe seines englisch-spanischen Wörterbuchs seine Diagnose stellte.

Dr. Castro sah sich im Raum um und erblickte Dutzende von übereinandergestapelten Styroporschachteln mit Essensresten chinesischer Gerichte darin. Die Schachteln waren Mauern in Jacks Leben, sie waren eine Art Chinesische Mauer, die aus chinesischen Speiseresten bestand. Und dann gab es da noch die Video-Mauer, Kassette für Kassette ein nächtlicher Augenschmaus für den jungen Jack. Da war zum Beispiel *Der Zwergenmörder, Teil II* und *KIDS*. Ja, den Streifen kannte Dr. Castro. Er handelte von einem bolivianischen Tierarzt, der sich für Teilchenphysik interessierte, in und um Miami kleinen Kindern auflauerte, sie sich schnappte, ihre Weichteile aufaß und mittels einer Methode, die lediglich einem in einer entlegenen Gegend hausenden bolivianischen Indianerstamm bekannt ist, ihre Köpfe schrumpfte und daraus Handpuppen bastelte, mit denen er auf Kinderparties in der ganzen Stadt auftrat. Seine Puppen waren sehr beliebt. Natürlich nutzte der bolivianische Kopfschrumpfer solche Gelegenheiten, um seine Speisekammer mit noch mehr Kindern vollzustopfen. Seinen größten Triumph verzeichnete er, als ein Kinderhilfswerk eine Serie von Weihnachtskarten herausbrachte, auf denen seine Puppen abgebildet waren. Der Videofilm darüber war eine Saison lang ein großer Renner, und als ein paar Eiferer versuchten, sein Verbot zu erwirken, blockierten Verfechter der Meinungsfreiheit den Zugang zum Rathaus.

„Mit deiner... mit deiner Oma geht es langsam zu Ende. Ihre Zeit ist um. Hörst du mir überhaupt zu, du Ekel?"

Dr. Castro ließ seine schweinslederne Tasche zuschnappen, die schmale, mit Utensilien aus Stahl und Glas vollgepackte Wurst. Als Jack das trockene Klicken hörte, sagte er sich, aha, das ist Dr. Castro, der sein hübsches gelbes Köfferchen voll Messern und Gummischläuchen zumacht. Neun hübsche Spritzen hat er da drin und ein Stethoskop. *Ste-tho-skop!* Allein schon wenn Jack das Wort aussprach, wurde ihm der Mund wässerig. Er wollte Dr. Castros Köfferchen klauen. Seit Jahren wollte er das. Ärgerlich daran war nur, daß er Dr. Castro zuerst würde umbringen müssen, wenn er ihm sein Köfferchen klauen wollte. Der Arzt sicherte es nämlich durch eine Kette am Handgelenk, das kostbare schweinslederne Köfferchen. „Bei den Leuten hier weiß man nie", pflegte Dr. Castro sich zu rechtfertigen, blickte dabei durch das Fenster in das weiche, fließende Licht Floridas hinaus und ließ das Köfferchen mit dem unbezahlbaren Klicken zuschnappen. „Hier hilft einem nicht mal ein Rosenkranz weiter. Wenn hier ein Mann mit einer Dornenkrone auf dem Kopf rumlaufen würde, würden sie ihn glatt überfallen. Jesses, das kannst du mir glauben!"

Dr. Castro rief im Thomas-Jefferson-Memorial-Krankenhaus an. Dann ließ er eine Ambulanz kommen. Er gab den Jungs Anweisungen, als sie mit der Bahre kamen, um Marta, deren Augen geschlossen waren, wegzutragen. Dabei mußten die Sanitäter über den auf dem Boden liegenden Jack hinwegsteigen, der keinen Ton von sich gab.

Er sah sich gerade an, wie eine Frau in einem Kettenhemd einen Börsenmakler kastrierte. Daß er Börsenmakler war, erkannte man sofort, weil die Szene nachts auf dem Parkett der New Yorker Börse spielte und die Kamera zwischen den aufgerissenen Mündern der Händler, die tagsüber während der Handelszeit auf dem überfüllten Börsenparkett wie Bullen beim Brandmarken brüllten, und dem vor Entsetzen zu einem O gerundeten Mund des Mannes schwenkte, über den sich die Frau mit dem Kettenhemd hermachte, in einer Hand ein Jagdmesser, in der anderen den erigierten Penis. Dr. Castro, der schon an der Tür war, stutzte und sagte sich: Ein bißchen überzogen, die Sache mit der Erektion. Diese Randbemerkung eines Mediziners erlaubte er sich im Vorbeigehen, und er freute sich darüber, daß er dies auf spanisch, seiner Muttersprache, gedacht hatte. In so einer Situation einen Steifen zu kriegen! Ich muß schon sagen! In diesem Augenblick schnitt die Frau das pralle Glied am Ansatz ab, und das Blut schoß in einem pilzförmigen Schwall heraus. Obwohl Dr. Castro Arzt war, wandte er sich ab, bevor sie sich die Hoden vornahm. Jack dagegen leckte sich die Lippen und sah zu, wie die Blutkügelchen langsam in die silberne Opferschale purzelten. „Boing! Boing!" frohlockte er. Er hatte sich den Film *Chopper* schon mehrmals angeschaut, und deshalb konnte er für sich in Anspruch nehmen, den lockeren, scherzhaften Unterton des ulkigen Streifens kapiert zu haben, der ihn weniger wegen seiner Obszönität fesselte, sondern vielmehr weil er ihm das wonnige Gefühl gab, Altvertrautes wiederzusehen.

Nachdem Jack eine Zeitlang auf dem Wohnzimmerteppich in der großen Kiste auf Rädern, in der zu hausen er das Privileg genoß, herumgelümmelt hatte, ging ihm das Geld für neue Videos aus. Die Pforten des fernen Aardvark Videoklubs sollte er nie wieder durchschreiten. Den Ellbogen auf einen rosa Lederpuff gestützt, begnügte er sich fortan mit dem Fernseher.

Jack hatte Hunger. Keine Marta. Kein Geld. Keine Filme. Kein Essen. Seit zwei Tagen hatte er nichts gegessen. Keine Meeresalgen mehr für Jack; kein Rindfleisch in Schwarzer-Bohnen-Soße, Mr. Hungs Spezialität; keine Bohnensprossen, kein Huhn mit Zitronengras, kein speziell angebratener Reis, keine von den Köstlichkeiten mehr aus dem *Pleasure Garden* mit dem roten Dach und den buntlackierten Fensterläden, der auf der Orange Avenue, diesem breiten, tosenden Strom aus grauem Asphalt, in eine winzige Nische zwischen der Orlando-Fußklinik und dem Syrisch-Libanesisch-Amerikanischen Klub gezwängt war. Nichts, nicht einmal Krabbenbrot.

Jack fielen die Schätze ein, die Marta versteckt hatte, und er mußte daran denken, wie sie manchmal aus dem Bett gestiegen und im Fernsehraum aufgetaucht war, ein wenig wackelig auf den Beinen, klar, aber Marta, wie sie leibte und lebte. Sie schwankte leicht und hielt sich an der Rückenlehne des Rohrsessels mit dem roten Sitzkissen fest. Und sie trug ihre alte chinesische Stola, die mit den Drachen – „Es waren einmal zwei Drachen, Jack, der eine klein, der andere groß, und ihre Mutter war bei einem schrecklichen Feuer ums Leben gekommen..." – ihr graues Gesicht wirkte im flimmernden Licht des Fernsehers fast blau, und in der Hand hielt sie – ja, was wohl? – etwas, das in rosa Seidenpapier eingewickelt war.

Jetzt, sagte sich Jack, kann ich endlich mal einen Blick unter Martas Bett werfen.

Hätte Marta das gewußt, hätte sie ihn bestimmt umgebracht. Wie hätte sie ihn wohl umgebracht? Hm, ja, wahrscheinlich hätte sie eine Methode angewandt, von der sie ihm mal erzählt hatte. Es war eine seiner Lieblingsgeschichten: Sie hätte ihn gezwungen, einen Graben in der Erde auszuheben, sich davor hinzuknien, und dann hätte sie ihm rasch, aber gezielt (jedenfalls ging er davon aus, daß sie vorher genau gezielt hätte, denn sie könnte ja nicht am Graben auf und ab rennen und rufen: Huch! Ich hab dich nicht richtig erwischt. Gleich versuch ich's noch mal) in den Hinterkopf geschossen. Ein Schuß würde genügen, und er würde zu Dutzenden anderer Jacks in die Grube fallen. Das traute er ihr glatt zu. Genauso wie er ihr die Geschichten abnahm, die sie ihm erzählte: „Als sie uns gegen Ende die Leute aus Ungarn schickten, wurde es einfach zu voll. Mehrere Tausend mußten jeden Tag extra abgefertigt werden. Alle Quartiere waren überbelegt, sie quollen fast über, also mußten wir per Hand weitermachen. Anders wurden wir mit der Ladung nicht fertig. Ich weiß noch, daß dabei ein Mann namens Breitkopf das Sagen hatte. Zuerst mußten sie in aller Frühe einen Graben ausheben, dann knieten sie am Rand nieder – oder sagt man Kante? Egal, jedenfalls knieten sie dicht neben dem Graben nieder, Breitkopf machte sie fertig, und sie fielen einer nach dem anderen in den Graben. Dann wurden sie verbrannt. Allerdings – und das ist wichtig – war damals das

Benzin schon knapp. Was taten sie also? Richtig, sie improvisierten! Sie sammelten das Fett, verstehst du? Das Menschenfett. Sie hatten es schon bei früheren Sonderbehandlungen gesammelt, und zwar kübelweise. Und mit diesen Kübeln fütterten sie das Feuer in den Gräben."

„Knack! Knister! Puff!" rief Jack an dieser Stelle der Geschichte jedesmal.

Jack zog Martas Schätze aus der Dunkelheit unter dem großen Holzbett hervor, in dem sie tagaus, tagein gelegen und zu den rosafarbenen, ihre lautlose Musik spielenden Engeln hinaufgestarrt hatte, bis Jack am liebsten losgebrüllt und auf die Engel eingedroschen hätte, damit sie endlich einen Ton von sich gaben. Er riß das rosa Einwickelpapier auf.

# 8

## Jack geht auf den Markt

Hübsch voll mit allerlei netten Dingen war die noch immer leicht nach „Krebsscheren à la Chinoise" riechende braune Papiertüte aus Mr. Hungs *Pleasure Garden,* die Jack aus dem Versteck unter Martas Bett zutage gefördert hatte. Diese Tüte stellte Jack vorsichtig vor Mr. Kaufmann auf den Ladentisch. Mr. Kaufmann, der ihn herzlich auf dem Kissimee-Flohmarkt begrüßt hatte, stand in eleganter Pose hinter seinem Tisch, der mit lauter „scharfen" Sachen aus alten Zeiten übersät war: Haarschneidern, Nagelknipsern, Skalpellen, Pinzetten, Rasiermessern, Kneifzangen, Schnurrbartscheren, Ohrhaarzupfern, Heckenscheren, Nasenhaarschneidern, Schnappmessern, Operationsbesteck, Zahnarztspritzen. „Hier entlang, junger Mann", sagte Mr. Kaufmann. „Gehen wir in mein Büro, in meine Räuberhöhle. Dort sind wir nicht so auf dem Präsentierteller. Wir lassen alles, was scharf ist, draußen und begeben uns in den *anus mundi."* – „Mensch! Was für ein Anus, Sir?" fragte Jack. Mr. Kaufmann lächelte milde und antwortete: „Langsam, mein Junge, langsam. Erst wollen wir mal sehen, was du mir mitgebracht hast."

Jack hatte alle Flohmärkte abklappern müssen, bis er Mr. Kaufmann fand. Die Gegend von Kissimee bis weit in den Norden von Orange County war mit ihnen gesprenkelt: riesige Orangen aus Plastik, so groß wie Flugzeughallen, vollgestopft mit T-Shirts und Schildern, auf denen beteuert wurde, daß hier keine „mangelhafte Ware" verkauft wurde. Statt dessen bot man Tex-Mex-Snacks, Souvenirs aus Disneyland, Kunsthandwerk aus Florida, Koffer, Klamotten, Kosmetik, Spielzeug und Unterwäsche sowie tausendfach schlechte Fälschungen von Schweizer Uhren feil, ferner Korallen, allzu früh dem armen Meeresgrund entrissen und mit Brachialgewalt zu Halsketten verarbeitet, und mehr oder weniger gelungene Imitationen namhafter Parfums.

Der hagere lächelnde Mr. Kaufmann, dem eine sichelförmige Locke aus festem grauem Haar in die papierweiße Stirn fiel, trug eine Brille mit kleinen, runden, stahlgeränderten Gläsern, auf die das Licht rosa- und lavendelfarbene Reflexe zauberte, als würde ein paar Zentimeter über seiner Nase eine Lightshow abgehen, von der Mr. Kaufmann nichts ahnte. Er trug einen grauen Anzug. Er sah aus, wie man sich einen Geschäftsmann vorstellte.

Aber seine Freunde! Die sahen aus wie Schmetterlinge oder tropische Vögel mit grellbuntem Gefieder und hockten rund um Mr. Kaufmanns pechschwarzen Managerschreibtisch. Mr. Kaufmann schritt die Runde ab. Jack fiel Pinkfarbenes, Bauschiges, mit schwarzem Faden durchwirktes Gold ins Auge. Der japanisch anmutende Freund trug purpurrote Pluderhosen. Als Mr. Kaufmann seine Freunde kurz vorstellte, leckte er jedesmal den Finger ab, bevor er auf einen von ihnen zeigte, so wie man es macht, wenn man die Seiten eines Buchs umblättert – nein, eher wenn man ein dickes Bündel Dollarnoten zählt. Leck und schnipps... „Das hier ist Giuseppe Agliotti. Und dieser Herr? Er heißt Tony Suares. Tony für seine Freunde, nicht? Und das ist Ed Soonono." Leck und schnipps. „Meine Partner und Freunde. Jeder auf seinem Gebiet ein Experte. Madonnenfiguren aus dem Schwarzwald – Agliotti, wer sonst? Alle drei genießen Weltruf, sonst wären sie nicht meine Geschäftspartner. Suares, also Tony für dich, handelt mit erotischen Accessoires aus allen Epochen: Gürtel, Peitschen, aufblasbare Ratten für Leute mit einem ähnlichen Geschmack wie Proust. Nenn ihm einen Gegenstand – Tony bestimmt seine Herkunft, datiert und katalogisiert ihn. Und Soonono? Der ist für Zubehör aus der Rock- und Popbranche zuständig, ebenfalls aus allen Epochen, und je mehr wir uns der Gegenwart nähern, desto reicher, aber kurzlebiger werden diese Epochen. Man könnte den Bandleader der Beach Boys ohne weiteres den Leonardo da Vinci der Popmusik nennen. Tony Suares besitzt sein erstes Surfbrett und Bill Haleys Schmalzlocke, ja sogar die Klobrille, auf der angeblich der große König der Rockmusik, Elvis Presley, in seinem Badezimmer das Leben ausgehaucht hat. Im letzten Fall ist die Echtheit allerdings nicht hieb- und stichfest verbürgt. Habe ich recht, Soonie?"

„Das mit der Echtheit ist 'ne verteufelte Sache", pflichtete Soonono ihm bei.

Mr. Kaufmann klopfte auf einen leeren Stuhl neben sich. „Setz dich, Junge, setz dich und laß sehen, was du mitgebracht hast."

Jack kam der Aufforderung nach und reichte ihm die Papiertüte.

„Aus Mr. Hungs *Pleasure Garden?*" fragte Mr. Kaufmann und zog die spärlichen Augenbrauen über den Brillengläsern wie zwei zarte Federn in die Höhe. „Krebsscheren à la Chinoise?"

Jack war so beeindruckt, daß er nur stumm nickte und grinste, wobei er seine kräftigen weißen Zähne entblößte. „Ich leb davon."

„Wir müssen alle von irgendwas leben, nicht wahr, Giuseppe?" fragte Mr. Kaufmann. „So ist das nun mal."

Er öffnete die Tüte und entnahm ihr drei Päckchen, alle drei fein säuberlich in rosa Seidenpapier gewickelt und mit einem wächsernen gelben Zwirn verschnürt. Behutsam legte er sie auf die Knie. Geschickt wie ein Arzt hob er ein Päckchen hoch, legte es auf den Schreibtisch, knotete die Schnur auf und packte es vorsichtig aus.

Zum Vorschein kam ein Gegenstand, der wie eine riesige Pinzette aussah.

„Eine Eiszange", tippte Soonono.

„Eine Feuerzange", riet Agliotti.

„Schon näher dran, auf jeden Fall wärmer", murmelte Mr. Kaufmann, während er die Zange behutsam mitten auf den großen schwarzen Schreibtisch legte. „Ein Greifzirkel", flüsterte er. „Oh, Jack, was hast du mir da ins Haus gebracht?"

Er griff nach dem nächsten rosa Päckchen und wickelte es so leise aus, daß man alle atmen hören konnte. „Nun, meine Herren?"

„Diesmal ist es einfach", sagte Agliotti.

„Zu einfach", sagte Suares. „Davon gibt's jede Menge. Hier in der Gegend wimmelt es von dem Zeug. Im ganzen verdammten Land wimmelt es davon."

„Spritzen", sagte Agliotti.

„Ganz schön alt und schmutzig, aber immer noch scharf und spitz, die Nadeln. Die sollte man lieber nicht in Umlauf bringen", sagte Soonono.

„Zwei Injektionsspritzen", sagte Mr. Kaufmann. „Zirka neunzehnzweiundvierzig oder dreiundvierzig. Seit damals nicht verwendet worden, möchte ich wetten. Die ganze Zeit über haben sie in ihrem dunklen Versteck auf den heutigen Tag gewartet."

„Unter ihrem Bett", bestätigte Jack.

Mr. Kaufmann hielt die Spritzen ins Licht. Er betrachtete die gläsernen Röhren hoch über seinem Kopf und lächelte glücklich. „Wenn ihr genau hinschaut, könnt ihr an den Glasrändern Ablagerungen erkennen. Am besten lassen wir die Spritzen im Labor untersuchen. Aber ich wette hundert zu eins, daß man Spuren von Phenol feststellen wird. Es ist ziemlich gelblich, seht ihr? Früher einmal muß es ein leicht rosiges Gelb gewesen sein. Es wurde direkt ins Herz gespritzt. Vorher hatten sie jede Menge anderer Stoffe ausprobiert: Benzin, Wasserstoffsuperoxyd, Blausäure. Sogar mit Luft haben sie es versucht, jawohl! Direkt in die Venen, aber das dauerte länger, und deshalb dachten sie sich eine schnellere Methode aus. Eine dicke Spritze wie diese hier und eine schön lange Nadel. So was taugt nicht für intravenöse Injektionen. Sie stießen sie genau hier rein." Mr. Kaufmann tippte sich ein paarmal langsam an die Brust. „In den fünften Rippenzwischenraum, geradewegs ins Herz. Wieviele Personen sie so ‚behandelten', war unterschiedlich. ‚Abspritzen' nannten sie das damals in ihrem Jargon. Die durchschnittliche Rate lag bei rund fünfzig ‚Behandlungen' in rund zwei Stunden. An guten Tagen. Wenn wir in den Spritzen Phenolreste nachweisen können, verfünffacht sich ihr Wert. Oh, was für ein Glückstag!" Er wickelte die Spritzen wieder in das rosa Papier und legte sie behutsam neben den Greifzirkel. „Da stellen sich mir die Nackenhaare auf." Mr. Kaufmann fuhr sich mit der Hand über den Nacken, und Jack machte es ihm nach. Tatsächlich, auch er fühlte, wie sich ihm die Haare aufstellten. „Äußerst selten, solche Spritzen. Sehr zerbrechlich. Es gibt kaum noch welche, und wenn, dann nur in sehr speziellen Sammlungen. Und wir haben zwei! Zwei, die überlebt haben, und noch dazu mit Rückständen! Da kann ich nur noch mal sagen: Was für ein Glückstag!"

Er wickelte das letzte der drei Päckchen aus, ganz sachte und vorsichtig, mit Fingern wie Flügel, dachte Jack. Dabei war das Päckchen sehr flach. Da Jack Stille haßte, die Zeit irgendwie ausfüllen wollte und Mr. Kaufmann ihm immer besser gefiel, machte er ein bißchen Konversation. Mr. Kaufmann hatte Freunde. Also erzählte Jack von seinem eigenen Freund Josh. Seine Stimme brach das Schweigen. Stille, das war wie das graue, kalte Loch, das entstand, wenn er den Bildschirm abschaltete. Stille, das war wie wenn man in tiefster Nacht mit leerem Kopf aufwacht und von der Leere Kopfschmerzen bekommt.

„Mein Freund Josh ist tot", sagte Jack. „Hat sich aus Fat Mansys Katalog einen von diesen Galgen bestellt, die wie echt aussehen. Seidener Strang, Henkerknoten, Plattform mit Falltür – das ganze Drum und Dran. Schwarze Lederjacke und Handschuhe mit abgeschnittenen Fingern. Er hat stundenlang vor dem Spiegel probiert. Nur probiert, okay? Also nicht ernsthaft. Und was ist dann passiert? Eines Nachmittags rutscht er aus, stolpert und stürzt. Wie das kam, weiß ich nicht, auf jeden Fall ist er gestürzt. Seine Freundin Miranda hat ihn gefunden. Er hat am Galgen gebaumelt. Und was macht sie? Sie geht rüber zu Fat Mansys Laden *Guns 'n' Gold,* drüben an der Orange Avenue, und sagt: ‚Wie willst du das wieder gutmachen, du Fettsack?' Und Mansy sagt: ‚Was willst du? Etwa das Geld zurück? Hat er die Gebrauchsanweisung nicht gelesen? Diese Falltüren sind ganz schön gefährlich, wenn man die Gebrauchsanweisung nicht liest.' – ‚Ich bin schwanger', sagt Miranda. – ‚Na sowas!' sagt Fat Mansy. ‚Hätt'st eben besser aufpassen müssen!'"

„Eins würde ich gern wissen", schaltete sich Tony Suares ein. „Macht es den Amerikanern Spaß, andere Leute umzubringen? Ist das ein typischer Wesenszug? Okay, wir wissen, daß sie gern so was lesen, es sich im Kino oder Fernsehen anschauen. Es passiert in ihren Köpfen. Sind sie von Natur aus so? Sind sie so programmiert? So wie die Franzosen Knoblauch lieben und die Briten aufs Wetter fixiert sind?"

„Schwierige Frage, Tony", sagte Soonono. „Schätze, daß sie theoretisch tatsächlich Spaß daran haben, und rein theoretisch würden sie es auch gerne tun, meine ich. In der künstlerischen Umsetzung sind sie allen anderen meilenweit voraus. Schreib mal ein Buch über einen Mann, der Nonnen umbringt und ihnen die Brüste abschneidet, und sie geben dir einen Preis nach dem anderen. Okay, warum auch nicht? Dies ist ein freies Land. Erzähl den Stadtvätern doch mal, du willst Photos von Kindern machen, während du dich an den kleinen Engeln vergehst. Die bewilligen dir sofort einen Zuschuß. Schreib ein Musical über einen Yuppie, der in New York Penner umbringt, und alle sind hin und weg."

Mr. Kaufmann hatte das Päckchen jetzt ganz ausgewickelt. Es enthielt einen großen braunen Umschlag. Jack rutschte das Herz in die Hose. Briefe! Was Geschriebenes! Er hatte auf mehr „Sachen" gehofft. Mr. Kaufmann hingegen schien nicht im geringsten enttäuscht. Er entnahm dem braunen Umschlag einen Stapel Briefe, die mit dunkler Tinte in fahriger Handschrift beschrieben waren. Das weiße Briefpapier war an den Ecken ein wenig schrumpelig und stellenweise vergilbt. Die Briefe fühlten und hörten sich an, als wären sie aus Pergament, sie knisterten in seinen Fingern, bis auf einen, der auf blauem Luftpostpapier geschrieben war. Mr. Kaufmann strich sie mit der Handfläche glatt und lächelte, als wäre er wirklich sehr glücklich.

„Wenn du mich fragst, Tony, hast du die Frage falsch gestellt." Während Mr. Kaufmann dies sagte, las er in den Briefen. Jack war platt. Mr. Kaufmann konnte lesen und gleichzeitig was anderes sagen! Das hatte er noch nie erlebt. „Die Frage lautet nicht: ‚Haben Amerikaner Spaß daran, andere Leute umzubringen.' Ich glaube, das Thema ist längst zu den Akten gelegt. Nein, die Frage lautet vielmehr – und ich glaube, das Urteil darüber ist noch nicht gefällt: ‚Lassen sich Amerikaner gerne umbringen?' Da müssen wir wohl sagen, die Antwort ist nein. Man braucht sich bloß anzusehen, was für einen Aufstand sie machen, wenn eines ihrer Flugzeuge abgeschossen wird. Oder wenn in einem Krieg irgendwo auf der Welt etwas schiefläuft. Oder wenn ein Verrückter mit einem Lastwagen voll Dynamit mitten in eine Kaserne voll Soldaten rast. Dann schreien sie so laut, daß man sie bis Timbuktu hören kann. Wie findet ihr das, Ed? Tony?"

„Hirnrissig?"

Mr. Kaufmann klatschte in die Hände. „Du sagst es, Tony." Er griff sich einen Brief und schlug damit auf die offene Hand. „Schaut euch die Deutschen an. Sie sind anders. Zumindest gab es mal eine Zeit, in der sie anders waren. Das hier ist ein Brief von einem Deutschen. Hört euch das an." Mr. Kaufmann las den Brief vor, mit dem er soeben auf die Hand geklopft hatte, und übersetzte ihn dabei gleich.

*Heute habe ich mich wirklich in die Arbeit gekniet. Ich habe eine Menge Formulare ausgewertet. Danach habe ich Messungen vorgenommen. An einem Vormittag schaffe ich mindestens vierzig Formulare, aber ich hoffe, mit ein wenig Übung kann ich mich bald steigern. Vom wissenschaftlichen Standpunkt aus gesehen, ist die Arbeit faszinierend und wird in Zukunft reiche Früchte tragen . . .*

Mr. Kaufmann lehnte sich hinter dem Schreibtisch zurück und grinste von Ohr zu Ohr. „Formulare?" wiederholte er. „Auswerten?"

Soonono und Suares und Agliotti sahen ihn fragend, aber voller Respekt an. In ihrer prächtigen Kleidung rückten sie näher an Mr. Kaufmann heran, und ihre Spiegelbilder schimmerten auf der schwarzen polierten Schreibtischplatte.

Mr. Kaufmann legte die Fingerspitzen aneinander. „Das sind vielleicht Briefe! Ist euch aufgefallen, wie pedantisch sich der

Verfasser ausdrückt, Ed, Tony, Giuseppe, Jack? Hinter den Formularen, von denen hier die Rede ist, verbergen sich vermutlich Menschen, die sterben mußten, Männer und Frauen. Vielleicht waren viele von ihnen schon tot, mit einer Injektion getötet. Ja, erraten, die Spritzen. Die Formulare stehen für Menschen, die eingeschläfert wurden wie herrenlose Hunde in einem Tierheim. Der Name des Ortes, von dem diese Briefe abgeschickt wurden, ist unkenntlich gemacht worden. Zensur, vermute ich. Aber sie tragen allesamt eine Jahreszahl: 1941. Das ist interessant. Hier ist noch einer. Hört zu:

*Zu guter Letzt hat Berlin auf meine Anfrage wegen Unterstützung doch noch reagiert. Die Vermessungen sind oft schwierig, und Präzision ist von größter Wichtigkeit. Heute ist mir ein neuer Assistent zugeteilt worden, ein gewisser Behrens. Er ist zwar nicht eben sehr qualifiziert, doch voll guten Willens ...*

„Dies ist nur eine annähernde Übersetzung", erläuterte Mr. Kaufmann. „Eine elegantere Version wird nachgeliefert."

„Schätze, das Datum ist wichtig", sagte Soonono.

„Allerdings! Ich vermute, es geht hier um die Anfänge eines damals noch geheimgehaltenen Projekts. Die Chiffre war 14f13. Später ging daraus das sogenannte T4 hervor, und das wiederum war ein Unternehmen, das wir als Euthanasieprogramm für die Zivilbevölkerung bezeichnen könnten. 14f13 fußte auf diesen Vorarbeiten. Es stellte ein militärisches Tötungsprogramm auf breiter Front dar: Zigeuner, Schwule, Juden, Zeugen Jehovas, Spinner, Kranke, Freimaurer, Kommunisten, Katholiken. Aber hier habe ich noch einen harten Brocken für euch."

*April '41*

*Mein Häschen!*
*Die Arbeit macht erfreuliche Fortschritte. Die Frage, die mich, wie Du weißt, stark interessiert, ist, wie man als Wissenschaftler anthropologische oder archäologische Nachweise aus frühgeschichtlichen Zeiten erbringen kann, welche die derzeitigen Untersuchungen unserer Forscher über die*

*Merkmale der verschiedenen Rassen im östlichen Lebensraum untermauern. Bedauerlicherweise hatte eine starke Vermischung der Rassen stattgefunden, und so gibt es, wie die Funde in Grabstätten belegen, große Ähnlichkeiten zwischen den einzelnen Völkern. Die Folge sind klobigere Köpfe, flachere Gesichter, eine auffallende Häufung hervorstehender Wangenknochen, breite Nasen und dickes Haar. Mit anderen Worten: Wir müssen den Menschen unter die Haut gehen, bis ins Mark vordringen, wie ich es einmal nennen möchte, wenn wir in der Lage sein wollen, Unterschiede festzustellen. Bekanntlich wurden die frühen germanischen Siedler in den östlichen Ländern von slawischen Horden überrannt.*

*Die Dringlichkeit dieser Arbeit ist nicht zu unterschätzen. Es gibt Anhaltspunkte dafür, daß das Material, mit dem wir arbeiten, von Tag zu Tag rarer wird. Die Geschichte komplexer ethnischer Entwicklungen nachzuvollziehen, ist eine mühselige Angelegenheit. Blutgruppen müssen ermittelt, Fingerabdrücke gemacht und Studien der Augen, insbesondere der Iris, durchgeführt werden. Das alles hat mit meinem eigenen Interesse für Schädelformen nur am Rande zu tun.*

*Leider muß ich sagen, daß mir Behrens, mein neuer Assistent, nicht von großem Nutzen ist. Er ist ungeschickt und kann anscheinend nicht verstehen, daß man mit dem Material auch nach der Behandlung sehr behutsam umgehen muß. Und Berlin, ach in Berlin verlangt man immer mehr. Zur Zeit werte ich bis zu 250 Formulare pro Tag aus. Das ist eine beachtliche Zahl, wenn man bedenkt, daß mir Behrens eher im Wege umgeht, als daß er mir hilft. Dennoch wird zunehmend Druck auf diejenigen ausgeübt, die für die Auswertung der Formulare zuständig sind. Berlin verlangt mehr und mehr, ganz gleich, ob ich meine Vermessungen abgeschlossen habe oder nicht.*

*Glücklicherweise meint es das Schicksal gut mit mir. Seit heute habe ich Unterstützung aus der Reserve. Marta ist ihr Name. Sie ist ausgebildete Krankenschwester, und obgleich sie über keine fundierten anthropologischen Kenntnisse verfügt, geht sie bei den Vermessungen gründlich und umsichtig zu Werke. Mehr verlange ich nicht.*

*Denk an mich, mein liebes Häschen. Dein großer Tannenbaum schmiedet schon Pläne für einen baldigen Besuch.*

*Es küßt Dich*
*Dein Dich liebender M.*

„Faszinierende Lektüre!" Mr. Kaufmann schob die Briefbögen auf dem Tisch zusammen wie einen Stapel Karten. „Überlegt mal: der lästige Behrens, Berlin, das immer wieder dazwischenfunkt, M. der Vermesser, Marta die Helferin... Was für eine glückliche Familie! Also gut, jetzt laß uns übers Geschäft reden, Jack."

Wenn man sich den armen Jack so ansah, hätte man meinen können, daß er von solchen Dingen nicht viel Ahnung hatte. Man hätte also davon ausgehen können, daß Mr. Kaufmann ihn über den Tisch ziehen würde, denn so war es nun mal im harten Geschäftsleben. Doch Jack, dieser blutjunge Kerl ohne Familie, Geld und Arbeit, dieses faule, unterbelichtete Bürschchen, das von nichts anderem träumte als von Krebsscheren und ab und zu einem Gewaltvideo, war kein Trottel. Er wußte, daß man ihm ein Angebot machen würde, und als es dann kam, sagte er, er wolle nur die drei Briefe von 1941 verkaufen.

„Tausend Dollar das Stück", sagte er und war überrascht, als die anderen einwilligten.

Er bat Mr. Kaufmann, den längeren, auf Luftpostpapier und ebenfalls auf deutsch geschriebenen Brief zu übersetzen. Gebannt hörte er zu und klatschte am Ende in die Hände, denn er staunte, daß jemand auf deutsch denken und gleichzeitig Englisch reden konnte. Jack sagte sich, wenn das Zeug aus Martas Versteck so wertvoll ist, daß Mr. Kaufmann schon für ein paar harmlose Briefe die Tausender lockermacht, muß es davon dort, wo die Dinger herkommen, noch mehr geben.

Mit einem gemessenen Kopfnicken pflichtete Mr. Kaufmann dieser Vermutung bei. Auf dem Luftpostbrief stand eine Adresse.

„Er kommt aus England. Aus London", sagte Soonono.

„Von drüben", sagte Suares.

„Wie wär's mit einer Reise?" erkundigte sich Mr. Kaufmann.

Agliotti bezahlte Jack die drei Briefe aus dem Jahr 1941 mit nagelneuen, leuchtenden Banknoten. „Von den Scheinchen kannst du noch ein ganzes Bündel kriegen", sagte Agliotti, „wenn du deine Sammlung hübsch aufstockst."

„Eine einzigartige Sammlung wäre das!" Die Lightshow auf Mr. Kaufmanns Brillengläsern legte wieder los. „Material von größter Bedeutung. Für solche Sachen würden sich ein paar mächtig feine Leute den rechten Arm abhacken, mein lieber Jack."

An der Schulter oder am Ellbogen? hätte Jack am liebsten gefragt, doch er sagte nur: „Sie machen wohl Witze!"

„Heutzutage wird nahezu alles gesammelt. Es gibt eben sehr ausgefallene Geschmäcker. Ed, kopier den langen Brief für Mr. Jack, und ich mache ihm eine Übersetzung. Einfach einzigartig!" sagte Mr. Kaufmann noch einmal.

„Keine Kopien!" Jack grinste. Er schob die Briefe in die Gesäßtasche seiner Jeans und setzte sich darauf. Keine Kopien – so hieß es auch im Vorspann zu seinen Videos. Das sollte die Raubkopierer stoppen. Dabei sah Mr. Kaufmann gar nicht aus wie ein Räuber oder ein Pirat, jedenfalls nicht wie der „Hoppla-hier-komm-ich-Pirat" mit der Rumflasche oder der Pirat mit dem Ferkel aus dem *Magic Kingdom*. Doch er wollte es nicht darauf ankommen lassen.

„Sie sagen es mir auf englisch", sagte er zu Mr. Kaufmann, „und Sie –" er zeigte auf Agliotti – „Sie schreiben es für mich auf, in großen Druckbuchstaben, nicht in Schreibschrift."

„Kluges Kind." Mr. Kaufmann setzte sein Partylächeln auf. „Okay. Giuseppe, hier hast du Stift und Papier. Auf geht's!"

„Mannomann!" sagte Jack. Mit Marta sollte es bald aufwärts gehen. Er würde ihr Ärzte und Krankenschwestern bezahlen. Ab heute könnten sie sich jeder ein eigenes Zimmer, Krabbenbrot und mindestens sechs neue Videos leisten. Fast hätte er das den Männern gesagt, aber er unterließ es lieber. Er hatte das Gefühl, daß es nicht höflich wäre, und über Jack konnte man sagen, was man wollte: höflich war er, wenn er wollte. Statt dessen erkundigte er sich: „Und was ist Ihre Spezialität, Mr. Kaufmann?"

Mr. Kaufmann hielt den blauen Brief in der Hand, und die Lichter auf seinen Brillengläsern tanzten wie bei einem Triumphzug. Er diktierte, und Agliotti schrieb mit. Als er den Brief aus der Hand legte und den Blick auf Jack richtete, lag in seinen Augen ein beträchtliches Wohlwollen.

„Feuer", sagte Mr. Kaufmann ruhig, „und Wut. Ich bin Spezialist für eine Welt, die in Flammen aufgegangen und zu einem Häufchen Asche verbrannt ist."

„Aha", sagte Jack weiterhin höflich. „Aber was... ich meine, was sammeln Sie?"

„Asche", antwortete Mr. Kaufmann. „Asche aus dem *anus mundi.*"

„Das heißt Arsch der Welt", erklärte Agliotti.

„Giuseppe ist unser lateinisches Wörterbuch", sagte Mr. Kaufmann. „Als Italiener hat er es da leicht, von wegen verwandte Sprachen und so. Außerdem braucht er Latein für seine Madonnenfiguren aus dem Schwarzwald."

„'ne flinke Zunge muß man haben, wenn man in Madonnen macht", sagte Soonono, und alle lachten, obwohl sogar Jack begriffen hatte, daß es ein billiger Witz war.

Mr. Kaufmann gefiel er jedoch, das konnte man daran erkennen, daß sich in seinen Augenwinkeln Lachfalten bildeten und seine dicken Brillengläser blitzten. Jack fühlte sich mit jedem Moment glücklicher. Madonnen, Arschlöcher und dreitausend Dollar – was mehr konnte sich ein Junge wünschen?

„Wer weiß, was er noch alles gehortet hat, dieser Briefeschreiber", sagte Agliotti. „Mein Riecher sagt mir, daß der Kerl ein unverfrorener, kaum zu bändigender, aber ergiebiger Bursche ist und es bei ihm noch verdammt viel zu holen gibt. Fahr die Ernte ein, Jackieboy."

Jack steckte den Finger ins Ohr, um nach Worten zu pulen. Er spürte, wie sie in ihm aufstiegen. Er wollte den Männern sagen, daß er noch nie aus Orange County herausgekommen war, aber er wußte nicht, wie er es ihnen klarmachen sollte. „Fahren?" fragte er schließlich.

„Fahren?" rief Soonono. „Natürlich fährst du nicht, sondern du fliegst."

„Und wohin?" fragte Jack.

„Rat mal." Agliotti grinste. „Sag's ihm, Boß."

„Jack, ich glaube, wir wissen, wo wir suchen müssen." Mr. Kaufmann hielt den blauen Luftpostbrief hoch. „Aufgepaßt!" Mr. Kaufmann richtete einen Finger nach dem anderen auf. Jack verdrehte die Augen. „Erstens: Dieser Brief ist neueren Datums. Zweitens: Es steht eine Adresse drauf. Schau mal, Jack, hier ist sie, eine Adresse in London. Und drittens: Einer von uns macht einen kleinen Abstecher nach England und hört sich ein bißchen um. Wer weiß, was er alles rausfindet!"

Jack unterbrach ihn. Jack hatte genug gehört. Jack war Mr. Kaufmann jetzt ein ganzes Stück voraus. Er sprang auf die Füße, sein gelbblondes Haar flog in alle Himmelsrichtungen und sank langsam zurück auf seinen kantigen Schädel. „Und Sie kaufen sie mir dann ab, ja? Alle? Ein paar haben wir schon, also gibt's drüben in England bestimmt noch mehr. Die warten nur drauf, daß jemand sie findet und herbringt, und dann stecken Sie sie in Ihren *anus* ..." Er kam ins Stocken.

„... *mundi*", half ihm Agliotti der Latinist.

Als Jack nach Tranquil Pines zurückkehrte, stellte er fest, daß Dr. Castros roter Ferrari auf dem Gelände geparkt war. Wie immer wollte er sich auf den rosa Lederpuff setzen, doch da saß schon Dr. Castro und blätterte in seinem Buch. Jack fielen die Skalpelle in Dr. Castros Tasche ein. Bestimmt waren da drin jede Menge glänzender Skalpelle, hinter dem Schloß mit der teuren Messingschnalle. In Jacks Kopf flatterten allerlei Gedanken umher wie ein Vogelschwarm, der durch ein offenes Fenster in einen Raum geflogen ist und nicht mehr hinausfindet. Jack steckte einen Finger ins Ohr, um ihnen den Weg freizubohren. Es klappte nicht. Also öffnete er den Mund. Vielleicht konnten sie ja so ins Freie gelangen. Er mochte keine Gedanken, diese flatterhaften Dinger, die innen an seiner Schädeldecke entlangstrichen. Warum verschwanden sie nicht? Warum diese Qual? Es dauerte eine Weile, bis er dahinterkam, aber am Ende schaffte er es doch. Jack konnte man nicht lange an der Nase herumführen.

„Scheiße, Sie haben ja die Glotze ausgemacht!"

„Ja, du Ekel." Dr. Castro blätterte in seinem Wörterbuch ein paar Seiten weiter. „Du Hasenfuß. Du Tunichtgut. Was du brauchst, ist ein geordnetes, gepflegtes, gemütliches Zuhause. Was geht eigentlich in deinem Hirn vor? Wie kannst du die alte Lady nur so leben lassen, in dieser *merde*, diesem Müll, diesem Misthaufen?"

Jack war keiner, der schnell lockerließ. Er konnte die Dinge sehr wohl auseinanderhalten, ja, das konnte Jack. Er wußte jetzt Bescheid. Er hatte kapiert, was ihm weh tat. Der Bildschirm war so grau und kalt wie abgestandenes Wasser im Eisschrank oder der Winternebel in einem Horrorfilm. Er fing an zu zittern. Er wurde wütend. „Machen Sie den verdammten Fernseher an", sagte Jack, ohne sich zu rühren. Die Hände hatte er in die Taschen seiner Jeans geschoben, aus denen unten uraniumgelbe Socken hervorlugten.

Dr. Castro musterte ihn mit unverhohlener Abneigung. Diese gelben Socken! Er zittert, und er hat dicke Knöchel, sagte sich Dr. Castro, und ihn überkam dabei eine so plötzliche Freude, wie er sie an sich nicht kannte. Er hat einen kantigen Kopf, einen Quadratschädel mit blondem Haar. Dr. Castro rückte seinen Siegelring zurecht, auf dessen Wappenstein aus Onyx ein goldener Adler mit einer Schlange in der linken Klaue eingraviert war. Er prüfte den Knoten seiner Hermès-Krawatte, warf einen Blick auf die Audemar-Picquet-Uhr und ging zur Tür. „Komm, du Ekel. Es geht mit ihr zu Ende. Komm mit ins Krankenhaus. Jesus, hier kommt man sich vor wie in der Vierten Welt, das kannst du mir glauben!"

Dr. Castro nahm ihn in seinem roten Ferrari zum Thomas-Jefferson-Memorial-Krankenhaus mit. Bisher war Jack nur in seinen Träumen mit Dr. Castro mitgefahren, als er sich nämlich ausgemalt hatte, ihn mit Kurare umzubringen. Nasse, zuckende Träume! Ein Kratzer, und schon schlief er ein. Zwischenstopp im Wohnwagenpark, auf Happys oder Dopeys Parzelle. Und die ganze Zeit schlief Dr. Castro brav im Kofferraum, still und stumm wie ein Stein. Ein warmes Gefühl durchrieselte Jack, wenn er nur daran dachte. So ähnlich war es, wenn er an sich herumspielte.

Marta lag im Bett, total verkabelt. Kopf, Arme, ja die ganze Marta war mit Kabeln und Schläuchen an mehr Maschinen angeschlossen als Frankenstein. Jetzt machte sich Jack doch Sorgen. Ob sie ein bißchen Haifischflossensuppe wollte? Oder Huhn mit Zitronengras? Alles, was du willst, Marta!

Er zog einen Umschlag aus der Tasche und wedelte damit herum wie mit einem Wimpel. Er zog ein Flugticket aus dem Umschlag. „Ich fliege nach England, nach London. Heute abend." Jack war selbst ganz beeindruckt. Es klang wie ein Satz aus einem Film oder so ähnlich, wie, sagen wir: „Ich stoße dir das Messer ins Herz" oder „Ich reiß dir den Kopf ab, du Fatzke!" Er sagte es immer wieder vor sich hin: „Ich fliege heute abend!", und die ganze Zeit wedelte er mit dem Ticket vor Martas Nase herum.

Und was tat die alte Marta? Sprang sie etwa aus dem Bett und fiel ihm um den Hals? Brach sie in Tränen aus und sagte zu ihm, er sei der schlaueste Junge auf der ganzen weiten Welt? Den Teufel tat sie. Die alte Marta versuchte sich mühsam aufzurichten. Sie zog den Infusionsschlauch aus dem Arm. Das aprikosenfarbene Kliniknachthemd verrutschte und gab ein Stück ihrer mit Leberflecken bedeckten Schulter frei. Sie öffnete den Mund und entblößte ihr kräftiges Gebiß. „Trottel, Schwachkopf, *schmuck*! Bist wohl unter Martas Bett gekrochen, was?"

„Nein, Marta."

„Lüg mich nicht an, Jack. Woher hast du das Geld? Du warst unter Martas Bett! Du hast alles verkauft, was wir hatten, und was bringst du mir mit? Ein Flugticket!"

Ehe er wußte, wie ihm geschah, schnappte sie das Ticket und warf es aus dem Fenster. Gleich darauf stürmten ein paar Krankenschwestern herein, und Dr. Castro scheuchte ihn hinaus.

Es war das letzte Mal, daß er Marta sah. Das Ticket fand er problemlos wieder. Wütend hatte Marta es mit starker Hand zerknüllt, aber es war noch zu gebrauchen. Und so geschah es, daß Jack, der Junge vom Tranquil-Pines-Wohnwagenpark, der eines Tages auf dem Kissimee-Flohmarkt sein Glück gemacht hatte, an Bord eines Flugzeugs der Northwest Airlines von Orlando in Florida nach Gatwick in England auf der Suche nach Ruhm und Reichtum zwölftausend Meter hoch in den Himmel aufstieg.

Unterdessen heckte Mr. Kaufmann auf dem Kissimee-Flohmarkt einen Plan aus. „Ich brauche Namen, Adresse und Telephonnummer", sagte er zu Agliotti. „Ich werde ihm eine kleine Geschichte über unseren Jack erzählen, der ihm bald einen Besuch abstatten wird. Ich werde dem Kerl, der die Ware hat, ein gutes Angebot machen. Er kann in dieser Partie mit Black Jack ins Geschäft kommen oder mit dem, der die Karten mischt. Mit wem würdest du das Geschäft machen?"

„Keine Frage", sagte Agliotti. „Und Jackieboy? Der findet ihn für uns?"

Mr. Kaufmann nickte huldvoll. „Jack findet ihn – und wir rufen ihn an."

# 9

## Jack fliegt nach London

Die Maschine von Orlando nach London war voll. Rotgesichtige Männer trugen Mäusehüte. Die runden schwarzen Ohren wackelten über ihren Köpfen und gaben ihnen das Aussehen von Hirschen mit stumpfem Geweih. Frauen faßten sich dauernd an ihr blondes Haar und sagten Dinge wie: „Traurig werde ich bestimmt nicht sein, wenn wir erst wieder in Basildon sind, das kannst du mir glauben! Tracy ist auf der Weltraum-Achterbahn dreimal schlecht geworden."

Der Film taugte nichts. Das wußte Jack schon nach anderthalb Minuten. Einer von diesen Filmen über Ehepaare. Sie küssen sich, schreien sich an und heulen, die Zimmer sind voll von Möbeln, Bildern und hellem Lampenlicht. Wenn Jack Leute in ihrer plüschigen Behaglichkeit sah, mußte er an Bären in Höhlen denken und erschauerte.

Er schloß die Augen und ließ seinen eigenen Film ablaufen: *Der Zwergenmörder*. Er handelte von einem zwergenhaften Triebtäter, der im Stadtzentrum von Chicago Jagd auf üppige schwarze Frauen machte, sie knebelte und fesselte und dann auf ihnen ritt wie auf Mastochsen. Alle Spießer waren wegen der Nahaufnahmen auf die Barrikaden gegangen, vor allem wegen der Szene mit der Brandmarkung, die so realistisch dargestellt war, daß man glaubte, den Geruch verbrannten Fleisches in der Nase zu haben. So stand es jedenfalls auf der Schachtel der Videokassette. Empfindsamen Seelen wurde geraten, lieber die Finger davon zu lassen, denn der Film sei eine wirklich gelungene Attacke auf den verruchten Machtapparat der Weißen, mit dem sie die Schwarzen bis aufs Blut ausquetschten.

Jack hatte den süßlichen Geruch von verkohltem Menschenschenkel in der Nase, als die Gummiräder in Gatwick die

Rollbahn küßten und der Kapitän meldete, in London regne es und er danke allen, daß sie mit Northwest geflogen seien.

Eine ältere Frau mit einem Donald-Duck-Hut, einem krummen Schnabel so groß wie ein Surfbrett unter dick getuschten, runden blauen Augen, rosa Bermuda-Shorts und olivfarbenem Anorak mit Pelzkragen wartete gar nicht erst ab, bis er aufstand. Sie schnellte hoch, kletterte über ihn hinweg, wobei sie ihm hart gegen die rechte Kniescheibe trat, und steuerte auf den Ausgang zu. Jack klappte das grüne Auge auf. „Soll ich Ihrer Punze mal einen schnabeln, Lady?"

„Wie bitte?"

„Keine Ursache", sagte Jack und zeigte ihr auch das andere Auge.

Irgendwo in der Stadtmitte von London gelangte Jack an die Oberfläche. Seine Nase kitzelte. Er sah einen Mann, der einen komischen Hut trug und auf einer Säule stand. Als wäre er da raufgesprungen, um einem Angriff von Killerratten zu entgehen! Aber es half nichts, denn dafür hatte er jetzt die Tauben auf dem Hals – fliegende Ratten! Jack ging die erstbeste Straße lang, über die sich ein Bogen spannte, und fand sich auf einer Art rotem Highway mit Gras auf beiden Seiten wieder. Ein See, Enten. Der Highway endete plötzlich an einem hohen schwarzen Eisengitter und einem Ding, das wie ein Brunnen aussah, auf dem goldene Statuen hockten, die alle glänzten. Jede Menge Ausländer standen herum und schnatterten genauso aufgeregt durcheinander wie die Tauben auf dem Platz, auf dem der Mann mit dem Hut stand.

Vom Gitter aus konnte Jack alles gut überblicken. Zuerst hielt er das Gebäude für ein Hotel. Davor standen in schicken kleinen Buden, die wie schmale Hundehütten aussahen, ein paar Typen in roten Jacken und mit witzigen schwarzen Pelzmützen auf dem Kopf. Jack sagte sich, daß dies wahrscheinlich ein spinniger britischer Vergnügungspark im Kleinformat war. Das Haus war ungefähr so hoch wie das Howard-Johnson-Gebäude in Kissimee, schätzte er, aber viel breiter und irre alt. Es hatte dieselbe Farbe wie *Aldo's Pasta Palace* am Apopka Way.

Die Typen in den roten Jacken konnten allerdings keine Türsteher sein. Sie trugen Gewehre und kamen ab und zu aus ihren schicken hölzernen Hundehütten raus, um auf und ab zu stolzieren. Jack drehte sich zu einem kleinen Japaner um, der mit seiner Kamera drauflos knipste.

„Sag mal, weißt du, was das hier ist?"

Der Japaner ließ die Kamera sinken und starrte ihn an. „Das ist ein Palast."

„Mann!" sagte Jack. „Das kannste 'nem andern erzählen!"

Sogar der *Pasta Palace* draußen in Orlando West war ein verdammtes Stück größer, mit Fontänen davor und großen cremefarbenen Säulen. Vier Gänge plus Antipasti, und das alles für nur zehn Dollar fünfzig, inklusive Eintritt. Wenn das kein Palast war!

„Das ist der Buckingham-Palast. Hier wohnt die Queen."

Jack nickte freundlich. Kleiner japanischer Scheißer! Glaubt wohl, der kann mich verschaukeln. Erst kaufen sie das Rockefeller Center und halb Hollywood, verdammt noch mal, und dann verscheißern sie auch noch einen wie mich, der neu in London ist!

Als Jack aus der U-Bahn stieg, empfing ihn am Bahnsteig staubgeschwängerte Luft. Die steile Rolltreppe war außer Betrieb. „Wir bitten, den Betriebsausfall der Rolltreppe zu entschuldigen", stand auf einem handgeschriebenen Schild, das am schwarzen Handlauf angebracht war. „Fahrgästen, denen die Treppe zu beschwerlich ist, empfehlen wir, bis zur nächsten Station weiterzufahren und dort den Zug zu verlassen."

„Beschwerlich!" sagte Jack. Mann, das war keine Mitteilung, das war ein ganzes Buch, verdammt noch mal! Jack hatte einmal ein Buch gelesen. Es hieß *Die Wahrheit über Elvis*. Nie wieder! Tagelang hatte er Kopfweh gehabt. Zwei Stufen auf einmal nehmend, rannte er die Holztreppe hoch. „Scheiß beschwerlich!" sagte er. „Scheiß Schwachsinn!"

Greyacres. Ein altes Haus auf dem Highgate Hill. Alles war hier so alt! Erdbeerfarbener Ziegelstein und ein graues Schieferdach, dem es seinen Namen verdankte. Die Zweige einer Trauerweide hingen wie ganz feines Flechtwerk vor einem großen Panoramafenster.

Jack stieß das Tor auf. Langsam ging er den Weg entlang. Aus der Tasche zog er den langen Brief, der Mr. Kaufmann in solche Aufregung versetzt hatte. Er preßte ein Auge auf den gläsernen Spion in der Eingangstür.

Nichts zu sehen. Also bog er um die Hausecke. Seine braunen Cowboystiefel sanken in den Rasen ein. Jack zog sich sein rotes Halstuch bis über den Mund ins Gesicht, so daß er wie ein – ja, wie? – ein Wegelagerer, ein Bandit oder Bankräuber (oder wie alle zusammen) aussah.

In der Wohnung im Erdgeschoß saß ein alter Mann mit vollem weißem Haar an einem Tisch, vor sich nichts als ein Ei in einem hölzernen Becher. Eine blonde Frau kam mit einem Knäuel weißer Schnur auf ihn zu. Sie drehte um den alten Mann eine Runde nach der andern. Durch das Fenster sah die Schnur wie Spaghetti aus. Die Frau atmete heftig. Jack sah, wie sich ihre Brust hob und senkte. Sie drehte weiter ihre Runden, bis sie den alten Mann so fest verschnürt hatte, daß er so starr dasaß, als wäre er aus Stein. Aus seinem Ohr sickerte etwas und rann ihm seitlich über den Hals. Pures Gold!

Von da an ging Jack regelmäßig in den Garten des Hauses in Highgate, in dem der alte Mann an den Stuhl gefesselt worden war. Es machte ihn richtig glücklich. Er nahm ein Zimmer im Avalon Hotel gleich um die Ecke, klein, finster, billig. „Heiliger Bimbam!" rief Jack und schnalzte mit der Zunge, als er die dumpfige Hotelhalle sah, in der es noch nach Suppe roch, obwohl die letzte Mahlzeit vor vielen Jahren serviert worden war. „Willkommen im Leichenschauhaus!" Nach Greyacres waren es von hier aus nur fünf Minuten zu Fuß.

Jack erlebte in diesen Tagen das Ende der „Großen Abmachung" mit und wartete ab. Er beobachtete Lizzies Kampf mit ihrem Vater. Wenn er unter dem Sims des Wohnzimmerfensters in die Hocke ging, konnte er jedes Wort mithören. Die Blondine mit der Schnur hatte einen Mann. Immer wieder sagte sie laut zu ihm: „Ich bin mit meinem Latein am Ende. Es ist, als hätten wir ein Kind im Haus. Nein, es ist schlimmer. Ein Kind, selbst wenn es krank oder schwierig ist, bessert sich meist, wenn es größer wird, aber bei Daddy wird alles nur noch schlimmer."

Sie nannte ihren Mann Albert, er nannte sie Lizzie. Albert und Lizzie kosteten Jack so manchen Abend. Jack bekam mit, wie sehr Lizzie ihren Daddy liebte, daß sie aber dennoch professionelle Hilfe brauchte. Von Albert erfuhr Jack den Namen von ihrem Daddy. Jack konnte zufrieden sein. „M für Max", flüsterte Jack immer wieder, während er im Dunkeln hockte.

Albert erzählte Jack auch von einem Heim namens Haus Seelenfrieden.

„Je früher du ihn hinbringst, desto besser", sagte Albert zu Lizzie. „Nicht, daß du ihm noch einen bleibenden Schaden zufügst. Du hast verdammtes Glück gehabt, daß er auf dem Wannenlift nicht hopsgegangen ist."

Jack hatte auch verdammtes Glück. Er fand Haus Seelenfrieden problemlos. Er drückte auf den Klingelknopf, einfach so. Und Mr. Fox, der Heimleiter, nahm ihn mit offenen Armen auf. Sein Gebet war erhört worden.

Jack beobachtete Max. Lizzie sagte, sie ertrage seinen Anblick nicht mehr. Also kam jetzt Albert nach unten, um ihn zu baden, das Gesicht rot vom Wasserdampf und ein Handtuch in der Hand, während Max mit schriller Stimme auf ihn einredete und ihm etwas über ein gewisses Ding, das Komma hieß, die Queen und den Gemeinsamen Markt erzählte. Max stolzierte durchs Zimmer, als wäre er so etwas wie ein Raumschiffkommandant und der große Mann namens Albert mit dem rosa Gesicht und dem dunkelblauen Badetuch sein Sklave. Aber wenn dann der Mann, der Albert hieß, nach oben ging, setzte sich Max aufs Bett und vergrub das Gesicht in den Händen.

Eines Abends sah Jack ihm dabei zu, wie er zu Bett ging. Er schlief jedoch nicht gleich ein. Kaum hatten Albert und Lizzie sich aufs Ohr gelegt, stand Max wieder auf, knipste die Nachttischlampe an und holte einen alten Lederkoffer aus dem großen braunen Schrank neben dem Bett. Er packte den Koffer, besorgte sich Farbtopf und Pinsel, und dann sah Jack, wie er mit großen weißen Buchstaben seinen Namen auf beide Seiten des Koffers malte. Die Buchstaben waren so groß, daß Jack sie selbst aus sechs bis sieben Metern Entfernung mühelos lesen konnte: Max Montfalcon, geb. 1909, Greyacres, Highgate, London N6.

So geschah es, daß an dem Tag Ende November, als sich die Pforten von Haus Seelenfrieden öffneten, um den neuen Gast aufzunehmen, an dem Tag, als Max Albert fragte, was er von Sterbehilfe halte, und Lizzie glaubte, sie bekäme einen Schreikrampf, wenn sie auch nur eine Sekunde länger das Geräusch hörte, das der Finger ihres Vaters machte, während er über die Zahnprothese rieb – so geschah es, daß Jack schon bereitstand und ihn erwartete.

Jack wartete. Als die Turbervilles glaubten, alles sei jetzt geregelt, machte er den nächsten Zug. Lizzie öffnete die Tür. Draußen stand der junge Bursche aus Haus Seelenfrieden, der mit dem gelben Haar und dem kantigen Schädel.

„Ja bitte? Was kann ich für Sie tun?"

Jack zog den Brief heraus – fette Schrift auf großen weißen Bögen – und schwenkte ihn wie ein Taschentuch. Erst nach dem dritten Mal streckte sie die Hand danach aus.

Mit spitzen Fingern nahm sie den Brief. Ungläubig schüttelte sie den Kopf. Mit der Nase, nur mit der Nase, wies sie auf die Adresse. *Ihre* Adresse.

„Wen suchen Sie?"

„M-m-max!"

„Sie wissen doch, daß mein Vater nicht mehr hier wohnt. Ist das ein Brief von ihm? Woher haben Sie ihn?"

„Ich wollte ihm nicht weh tun", sagte Jack, und es klang so, daß die Worte von Lizzie hätten stammen können. Er beschrieb mit dem Finger Kreise um seinen Kopf, als würde er sich selbst mit einer Schnur umwickeln. Erst als sie ihn hereinbat, hörte er damit auf.

Sie führte ihn in das in Rosa und Goldtönen gehaltene Wohnzimmer. Während sie ihm vorausging, sagte sich Jack, daß sie eine richtige Lady war in ihrem olivfarbenen, geblümten Rock und der cremefarbenen Seidenbluse, dem verhaltenen, sanften Gang und den anmutig schwingenden Hüften. Jawoll! Eine richtige englische Lady!

„Kommt Mr. Albert bald nach Haus?"

„Mein Mann? Ja. Wie heißen Sie eigentlich?"

„Jack", sagte Jack.

Sie ließ ihn auf dem Ledersofa am Kamin Platz nehmen. Sie bot ihm keinen Tee an. Sie schenkte ihm keinen Drink ein. Sie musterte den Jungen mit dem grellgelben Haar, dem roten Halstuch und den seltsamen, verschiedenfarbigen Augen. Er war wirklich ein merkwürdiges Wesen, eines der merkwürdigsten, das sie je gesehen hatte. Der Schädel hatte eine höchst sonderbare Form, das volle, dicke Haar mit dem aggressiven Glanz hatte etwas Ungesundes. Jack sagte kein Wort. Er nickte nur freundlich, als sie fragte, ob sie den Brief behalten könne, und als sie ihn daran erinnerte, daß ihr Vater seit kurzem in Haus Seelenfrieden wohnte, nickte er wieder und steckte den Finger ins Ohr.

„Also", sagte Lizzie, „kann ich irgend etwas für Sie tun?"

Jack preßte das Wort hervor: „M-m-moneten!"

Sie sah erst den Brief und dann Jack an. „Ich verstehe das alles nicht. Vielleicht sollte ich meinen Mann anrufen."

„Ja, tun Sie das", sagte Jack. „Rufen Sie ihn an." Er stand auf, als sie den Raum verließ. Höflich sein konnte er, unser Jack.

Doch als Lizzie zurückkam, war er weg.

Als wäre ein Mann nach einem harten Tag im Unterhaus, an dem ihm eine nachtragende ehemalige Geliebte obendrein beim Mittagessen Polizeiberichte auftischt, nicht schon genug bedient, fand er bei seiner Heimkehr sein Eheweib auch noch in Tränen aufgelöst.

„Kopf hoch, mein großes Mädchen", sagte Albert Turberville. „Erzähl mir alles noch mal von vorn. Ich habe kein bißchen von dem kapiert, was du mir am Telephon erzählt hast. Wo ist der Kerl?"

„Verdammt, hör auf mit dieser väterlichen Tour!" sagte seine Frau.

Sie erzählte ihm, wie sie die Haustür geöffnet und draußen ‚dieser Junge' auf der Stufe gestanden hatte. „Das hat er mir gegeben, Albert." Sie reichte ihm den Brief.

Albert zog die Vorhänge zu. Er schenkte sich ein großes Glas Whisky ein. Er setzte sich mit dem Brief hin.

*Marta, meine liebe Freundin. Ich schreibe Dir, um Dich um Hilfe zu bitten. Als es damals, in den letzten Tagen, an unserem Arbeitsplatz drunter und drüber ging und Du so tapfer warst, während die Russen immer näher rückten und den geordneten Verhältnissen in der Anlage, für deren Erhalt wir in unserer gemeinsamen Zeit (eine Zeit, derer ich mich, wie ich sagen darf, voller Zuneigung und Stolz erinnere) so hart gekämpft hatten, unbarmherzig und unabwendbar ein Ende bereiteten, hat man im Kamin meines Hauses offenbar gewisse Dinge aus meinem persönlichen Besitz gefunden.*

*Marta, Du kannst Dir vorstellen, wie entsetzt ich war, als ich davon erfuhr. Zu jenem Zeitpunkt befand ich mich in russischer Gefangenschaft, nachdem man mich an der Ostfront festgenommen hatte, wo ich als gemeiner Soldat diente. Du erinnerst Dich bestimmt noch daran, wie ich die Anlage verlassen habe. Du erinnerst Dich noch an die Flüche, die mir der Kommandant und insbesondere Dr. von Hehn an den Kopf warfen. Während Dr. von Hehn es sich mindestens einmal im Monat in Berlin gutgehen ließ, saß ich mit kaputten Stiefeln vor Minsk in meterhohem Schnee. Wie dem auch sei – was spielt das heute noch für eine Rolle? Ich habe es längst vergessen. Trotzdem, ich muß hier anerkennen, daß unsere Wissenschaftler, Archivare und Forscher auf dem Rußland-Feldzug, der unter unseren besten Männern einen so hohen Blutzoll forderte, ihr Bestes gegeben haben. Der arme Dr. Lück fiel im Kampf gegen die* maquisards *in der Nähe von Périgueux. Stelzebind kam in einem U-Boot in der Arktis ums Leben. Der Mediävist Professor Vanille, der bei der Erforschung der Mischrassen in den östlichen Ländern im Jahr 1941 so Großes geleistet hatte, ließ sein Leben im Kampf gegen Partisanen in Warschau. Dr. Max Dollinger starb, als das Mietshaus in Spandau, in dem seine Nichte wohnte, bei einem Bombenangriff der Alliierten auf Berlin zerstört wurde. Sogar der arme unnütze Behrens, der damals, glaube ich, ein Einsatzkommando in Lwow leitete und, wie man mir berichtete, es bis zum SS-Untersturmführer gebracht hatte (hören die Wunder denn nie auf?), wurde von einer in einer Weinkiste versteckten Bombe zerfetzt. Ob Behrens je gelernt hat nachzudenken, bevor er etwas anfaßte? Anscheinend nicht. Aber das ist uns beiden, Dir und mir, ja nichts Neues. Denk nur daran, was für einen Schaden er, wenn auch unabsichtlich, unserem Material in der Anlage zugefügt hat. Wenn man von jemandem behaupten kann, daß er es mit links fertiggebracht hat, den Fortschritt in der Rassenforschung zu behindern, dann von Behrens.*

*Aber ich schweife vom Thema ab – ich bin eben ein alter Mann. Laß mich auf den Gefallen zurückkommen, um den ich Dich bitten wollte. Bei den Gegenständen, die ich im Kamin versteckt hatte (der Krieg hatte mich zu dieser Vorsichtsmaßnahme veranlaßt), handelt es sich um einige Arbeitsutensilien, die man auch als Handwerkszeug bezeichnen könnte, sowie um ein paar Briefe, die ich meiner Frau Irmgard 1941 nach Köln geschrieben habe. Die arme Irmgard ist bei einem Bombenangriff der Alliierten ums Leben gekommen, aber meine Briefe an sie haben überlebt. Launen des Krieges! Diese durch und durch harmlosen, ja nichtssagenden, bisweilen gar sentimentalen Briefe haben für niemand anderen als mich Bedeutung. Solltest Du diese wenigen Erinnerungsstücke über all die Jahre für mich aufgehoben haben, so kann ich Dir gar nicht sagen, wie dankbar ich Dir dafür bin, daß Du sie so treu verwahrt hast. Und wenn Du sie mir nun als Zeichen unserer alten Freundschaft an obengenannte Adresse zurückschicken könntest, wäre dies wie eine Krönung all meiner tiefempfundenen und innigen Erinnerungen an Deine Gutherzigkeit.*

*Selbstverständlich komme ich für jegliche Kosten auf, die anfallen, wenn Du mein Hab und Gut so schnell und sicher wie möglich an mich zurücksendest. Ob es sich um ein paar Pfund (für Dich Dollars) handelt oder in die Tausende geht – ich würde nicht einen Augenblick zögern, liebe Marta. Es wäre mir sogar eine Ehre, Dir die Auslagen doppelt oder gar dreifach zurückzuerstatten.*

*Ich weiß, daß ich auf Dich zählen kann, heute genauso wie damals. Laß bald von Dir hören.*

*Ich grüße Dich voller Hochachtung,*
*M.*

„Was hat das zu bedeuten, Albert? Der Brief trägt unsere Adresse. Offenbar stammt er tatsächlich von Daddy. Aber warum sollte er jemandem in Florida geschrieben haben?"

Albert Turberville gab keine Antwort. Er trank die letzten Tropfen Whisky, dann sagte er: „Lizzie, ich weiß nicht, wie ich es dir beibringen soll."

Aber dann sagte er es ihr trotzdem.

„Doch nicht Daddy!" rief Lizzie, als er geendet hatte. „Bei der Polizei gibt es eine Akte über ihn? Seit Jahren? Und niemand wußte davon!"

„Harwich!" sagte Albert bitter. „Ein schöner teutonischer Witz! Dein Vater hat uns anscheinend all die Jahre an der Nase herumgeführt."

„Ich kann es einfach nicht glauben." Sie nahm den Brief, faltete ihn und legte ihn auf den Tisch, als hätte sie nichts mit ihm zu tun. „Das soll er geschrieben haben? Daddy ist also dieser M.? Aber wer ist dann Marta? Und was will er von ihr zurückhaben?"

„Wo ist der Junge? Der Amerikaner, meine ich."

„Falkenberg!" Elizabeth zog ungläubig die Brauen hoch.

„Montfalcon. Er hat den Namen einfach ins Englische übersetzt. Sauber!" Albert schenkte sich noch einen Whisky ein. „Dieser Junge – hat er noch etwas gesagt? Zum Beispiel, woher er den Brief hat?"

„Warum hat niemand etwas gewußt? Nach dem Krieg wurden doch alle überprüft, oder? Es kann einfach nicht sein, und selbst, wenn behauptet wird, daß es so ist, heißt das noch lange nicht, daß man sich nicht geirrt hat. Ich habe mal irgendwo gelesen, daß man die Leute, die aus diesen Ländern kamen, alle überprüft hat."

„Woher hat der Amerikaner bloß den Brief?" fragte Albert noch einmal.

„Das weiß der Himmel! Dieser Bursche kommt bestimmt wieder."

„Ja, bestimmt", sagte Albert Turberville. „Um Gottes willen, Lizzie, reiß dich zusammen! Falls es dich tröstet: Wir haben genug Zeit, über alles nachzudenken. Eilig scheint er es nicht zu haben, der Junge."

Nichts jedoch, das stand für Albert fest, würde ihn selbst über die Art und Weise hinwegtrösten, wie er ein paar Stunden zuvor von der Sache erfahren hatte.

# 10

## Wie Albert von der Sache erfuhr

Albert Turberville saß im Speisesaal des Parlaments beim Mittagessen – gedünsteter Kabeljau mit Naturreis –, als sich Erica Snafus zu ihm setzte, vorwurfsvoll seine Hände anstarrte und sagte: „Na, Albie, wie geht's denn so?"
Erica gehörte dem PVK an, dem Parlamentarischen Verköstigungskomitee, das entscheidend dazu beigetragen hatte, die Eßgewohnheiten der Parlamentarier zu ändern. Dem weißen Reis war es genauso ergangen wie den Zigaretten. Zwar war es ihr nicht gelungen, alle fritierten Speisen vom Tagesmenü zu verbannen, doch hatte sie sich über Monate für einen abgetrennten Sitzbereich für jene starkgemacht, die ihren Heißhunger auf Pommes frites, Speck oder Pfannkuchen partout nicht zügeln konnten. Jüngere Abgeordnete nannten das PVK in den Bars des Unterhauses auch respektlos „Partei der Verrückten Kühe", eine abschätzige Anspielung auf Ericas Kampagne, mit etwas aufzuräumen, das sie als monströse, gefährliche Fehlentscheidung erachtete: den Beschluß, alle an Rinderwahnsinn erkrankten Kühe zu schlachten und zu begraben. Erica argumentierte, die Tiere müßten exhumiert und eingeäschert werden, weil die schwammige Enzephalitis von Viren hervorgerufen werde, die jahrelang im Erdreich überleben und somit in die Nahrungskette zurückgelangen könnten. Es handele sich um eine tickende Zeitbombe, die die Gesundheit der Nation bedrohe. Als die Regierung vor den enormen Kosten des Unternehmens zurückschreckte, trat Erica dafür ein, Mauern oder zumindest hohe Zäune um die Gräber der toten, von der Gehirnkrankheit befallenen Tiere zu errichten und die Orte mit einem angemessenen Warnzeichen wie beispielsweise einem grünen Kreuz zu versehen.

*Ginge es nach Miss Snafus, würden ganze Landstriche Britanniens bald den Schlachtfeldern an der Somme ähnlich sehen* . . .

hieß es in einer Zeitung mit einer eigentümlichen Mischung aus Entrüstung über die grenzenlose Absurdität des politischen Lebens und pubertärer Schadenfreude darüber, einen geistreichen Kommentar gefunden zu haben. Albert haßte solche obergescheiten Leitartikel in den sogenannten besseren Blättern.

. . . *Will sie etwa auch noch eine Art Kriegsgräberfürsorge für die geisteskranken Wiederkäuer einführen?*

schloß der Beitrag mit einem hübschen Tusch, aus dem das selbstgefällige Sich-auf-die-Schulter-Klopfen wie ein blecherner Trompetenstoß herauszuhören war. Zweihundert Jahre kämpferischer Journalismus, und alles, was sie am Ende herausbringen, ist hämisches Gegreine, dachte Albert verbittert.

Erica Snafus gehörte auch einer inoffiziellen Initiative an, die es sich zur Aufgabe gemacht hatte, die Verabschiedung des Kriegsverbrechergesetzes durch das Unterhaus zu betreiben, zu beschleunigen – oder gar zu forcieren? Labour-Abgeordnete mit langjähriger Erfahrung, war sie eine Frau mit scharfem Urteilsvermögen und zählte zu dem stetig wachsenden Kreis derer, die dafür sorgten, daß etwas geschah. Gemeinsam mit Gavin Pertwee und Herbie Long hatte Erica während des monatelangen Tauziehens um das Kriegsverbrechergesetz unermüdlich versucht, das nachlassende Interesse der anderen Abgeordneten im Hinblick auf mutmaßliche, in Großbritannien lebende NS-Kriegsverbrecher wiederzubeleben.

Als Erica sich nun in der Kantine zu Albert setzte und unverwandt seine Hände anstarrte, legte er Messer und Gabel beiseite und schob die Hände in die Taschen. Erica trug ein graues Kostüm, das zu ihrer Augenfarbe paßte. Das für teures Geld blondgefärbte Haar war in der Stirn zu einem Pony geschnitten. Selbst mit zweiundfünfzig sah sie noch fit und knackig aus. Das Hermès-Tuch aus rosa Seide war mit ineinander verschlungenen Ketten bedruckt, die wie Ankerketten aussahen, golden und griffig. Sie erinnerte Albert an eine Rakete, eine Waffe, eine Art menschlichen Mörser, mit scharfer Munition geladen und schußbereit.

„Ich habe mich gewundert, daß du gestern nicht hier im Haus warst, Albie."

Er zuckte zusammen. Das war ihr persönlicher Kosename für ihn. Albert hatte ihn nie gemocht. Er klang irgendwie nach einem zu kurz geratenen Ausländer.

Albert ballte die Fäuste in den Taschen. „Ich hatte zu tun."

„Wir haben alle viel zu tun, das weißt du. Wirklich schade, daß du nicht da warst."

„Wieso?"

„Tja, wie du mittlerweile bestimmt mitgekriegt hast, haben wir gewonnen. Das Kriegsverbrechergesetz ist durch, und zwar mit großer Mehrheit."

„Das war absehbar. Das Oberhaus wird es bestimmt abwürgen."

„Kann sein. Auf jeden Fall haben wir das Schlimmste hinter uns. Notfalls beruft die Regierung sich eben auf den Parliament Act und schiebt dem Oberhaus einen Riegel vor. Wenn die Lords Ärger machen können, können wir das auch."

„Ihr wollt das Gesetz also durchboxen?"

Erica nickte. Das Licht tanzte auf ihrem Haar. Alberts Kabeljau war inzwischen kalt geworden. Die Hände in den Taschen waren schweißnaß. Erica lächelte, griff über den Tisch und nahm einen kräftigen Schluck von seinem Soave. „Prost!"

Das Ärgerliche an der Liebe ist, sagte sich Albert verdrossen, daß der Schuß früher oder später nach hinten losgeht. Damals, als Erica und er ein Liebespaar gewesen waren, war alles scheinbar bestens gelaufen in Ericas kleiner Wohnung in Majuba Gardens in Islington, im ersten Stock eines viktorianischen Hauses. Schwarz-weiß gekachelte Küche, Blick auf die alte Bäckerei, in der sich nun ein vegetarisches indisches Restaurant mit Namen *Tickety Boo* befand. Wie oft hatte Albert das *Tickety Boo* angegeben, wenn er sich gegen drei Uhr nachmittags vor dem Parlamentsgebäude ein Taxi schnappte, wenig später den Schlüssel unter der den Eingang bewachenden ägyptischen Katze aus Zement mit den achatfarbenen Augen hervorfischte und sich drinnen einen Campari-Orange mixte. Noch besser fühlte er sich, wenn Erica nach Hause kam und die Schuhe von den Füßen streifte. Und am allerbesten, wenn sie sich ins breite Mahagonibett mit der rosa Daunendecke legten, wobei Albert jedesmal darauf bestand, die Socken bis zum allerletzten Augenblick anzubehalten.

So hätte es ewig weitergehen können. Na ja, eine Zeitlang zumindest. Die Taxifahrt nach Islington, der Schlüssel unter der Katze, das breite Bett mit der rosa Daunendecke und er, der immer seine Socken bis zum allerletzten Augenblick anlassen wollte. *Tickety Boo!* Niemand, wirklich niemand, schöpfte auch nur eine Sekunde lang Verdacht.

„Du sentimentaler Kerl!" sagte Erica zu ihm, wenn sie den BH aufhakte, aus dem Höschen stieg, sich neben ihn legte und die Nachmittagssonne in Islington ihren Körper beige und silbrig färbte. Es war, als würde ganz London unter einem niedrigen, schiefen Himmel darauf warten, daß etwas passierte. So war es immer um diese Tageszeit in Majuba Gardens.

Warum sentimental? „Weil du dich bis zum bitteren Ende an irgendwelche Kleinigkeiten klammerst. An etwas Persönliches, einen Talisman. Du hoffst, daß es dich auf deiner Reise ins Unbekannte beschützt. Das ist rührend, ja, fast kindlich. Trotzdem sieht es verdammt albern aus: ein großer, ausgewachsener Mann, der nichts außer ein paar winzigen blauen Socken anhat! Zieh sie aus, Albie, zieh sie endlich aus!"

Immer war sie es, die ihn bestieg. Erica hatte in allen Lebenslagen Oberwasser. Mit den überaus muskulösen Schenkeln und dem durchgedrückten Kreuz war sie die geborene Reiterin, aber, wie sie trocken bemerkte, in ihrem kleinen Heimatdorf, das sich im Einzugsgebiet eines Stahlwerks befand, habe man mit Pferden und Reiten noch nie viel am Hut gehabt.

In einem anderen, früheren Leben sei sie wohl ein Mann gewesen, meinte Erica, und in ihrem nächsten Leben werde sie bestimmt einer.

Nach nahezu zwei gemeinsam verbrachten Jahrzehnten im Unterhaus war es nicht weiter verwunderlich, daß sie beim Liebesspiel in den Rhythmus einer parlamentarischen Debatte verfielen. Eine unerwartete Koalition zwischen Hinterbänklern aus verschiedenen Lagern – was für eine herrliche Schlagzeile! Sir Horace Epstein, dessen Wahlkreis Deeping Wallop Albert geerbt hatte, hatte Albert einst Ratschläge darüber erteilt, wie aufstrebende Politiker es in sexuellen Dingen halten sollten. „Gehen Sie nie mit Ihrer Sekretärin ins Bett. In Wirklichkeit will sie Sie heiraten, aber sie setzt ein Pokerface auf und wird sich hüten, Ihnen das zu sagen. Ihrer Frau wird sie alles brühwarm berichten, wenn sie anders nicht weiterkommt." Und dann hatte er noch gesagt: „Mit einer Frau aus Ihrem Wahlkreis dürfen Sie erst recht nicht schlafen. Insgeheim ist nämlich jeder Wähler davon überzeugt, daß Parlamentarier nie einen Stich machen. Geben Sie den Leuten keine Gelegenheit, sich vom Gegenteil zu überzeugen. Sie verzeihen es Ihnen nie."

Albert hatte Sir Horaces Ratschläge befolgt. Er fragte sich, ob sein Vorgänger die Affäre mit Erica gutgeheißen hätte. Wie hätte er wohl über die Liaison mit jemandem von der Opposition, also aus den gegnerischen Reihen, gedacht? In Alberts Augen hatte dies beachtliche Vorzüge. Erica und er gehörten nicht nur opponierenden Lagern des Unterhauses an, sondern kamen obendrein aus entgegengesetzten Landesteilen, und ihre Lebensanschauungen waren von Grund auf so unvereinbar, daß sie nichts, aber auch gar nichts gemein hatten. Sie waren wie Bürger zweier verschiedener Staaten, und allein die Vorstellung, sie könnten ganze Nachmittage gemeinsam im Bett verbringen, war grotesk. Albert mit seinen glänzenden, aerodynamischen, schwarzen Schuhen aus Italien und seinem muffigen, listig lavierenden Konservatismus. Er hatte dünnes, aber volles Haar, das er, wenn er rhetorisch richtig in Fahrt kam, mit Vorliebe nach hinten strich. Und sie mit ihren Hermès-

Tüchern, ihrer Reizbarkeit und ihrem cleveren, pragmatischen Sozialismus, mit ihrer schwarzseidenen Unterwäsche, die sie auf ihren zahlreichen Auslandsreisen zusammengekauft hatte, und zwar immer am Flughafen, ebenso preisgünstige wie sündige französische Spitze für ihre englischen Formen. Er mit seinen lächerlich kurzen Socken, seinem klammen Haar und den dicken rosa Backen. Nein, eine Affäre zwischen ihnen war so unwahrscheinlich, daß sie *über* jeden Verdacht erhaben war. Genauer: Alberts und Ericas nachmittägliche Schäferstündchen in Islington waren *unter* jedem Verdacht.

Vollführte sie auf ihm etwa nicht wippende Bewegungen, höher und höher, so daß es so aussah, als würde sie gleich aus dem Sattel fallen? Und ähnelte das, durch die halbgeschlossenen Augen betrachtet, etwa nicht dem komischen Ruck, mit dem manche Parlamentarier aufsprangen in der – zumeist eitlen – Hoffnung, die Aufmerksamkeit des Speakers auf sich zu ziehen? Warum schwang sie sich zu solchen Höhen auf? Warum hüpfte sie so oft hoch? Nun, weil sie auf diese Weise mit der Vagina an Alberts kurzem, aber dickem, dankbarem Glied entlangglitt, höher und höher. Und wenn sie dann gemeinsam kamen, in ihrer Ekstase immer zusammenhangloseres Zeug murmelten, während sie sich auf ihm schneller und schneller bewegte und er ihrem herabsinkenden üppigen Schamhaar den Unterleib entgegenstemmte, war dies dann nicht so ähnlich, als würden sie sagen: „Ich beantrage, die Vertrauensfrage zu stellen?" In der Tat war dies die körperliche Umsetzung ihrer zahlreichen Unterhaltungen im Parlament mit allerlei verschlüsselten Botschaften wie „Gewisse Anzeichen weisen darauf hin, daß..." oder „Die Verkaufszahlen aus der Automobilbranche belegen, daß...", mit Andeutungen, Anspielungen oder zögernden Anfragen wie „Was sagen Sie zu den Spareinlagen im vierten Quartal?" Und wenn sie nach dem furiosen, rauschhaften Höhepunkt schweißgebadet, mit feuchtem Haar und gerötetem Gesicht langsam zur Ruhe kam – ließ sie dann nicht den Kopf sinken, wie er es so oft bei ihr gesehen hatte, wenn sie im Unterhaus eine heftige Attacke beendete, in der sie den Mitgliedern der Opposition in einer Art Trommelwirbel vernichtende Statistiken um die Ohren geschlagen hatte, so daß diese wie die Wölfe heulten und der Speaker „Ruhe! Ruhe!" rufen mußte. Mochte er doch rufen, während Erica und er mit pochenden Herzen im verdämmernden Licht des Spätnachmittags nebeneinanderlagen.

Und welche Rolle spielte Albert bei alledem? Nun, obwohl er splitternackt war und sich, soweit sein muffiger, zahmer Konservatismus dies überhaupt zuließ, verausgabt hatte, blieb er an jenen Nachmittagen in Islington, an denen er erst im allerletzten Augenblick die Socken auszog, bis zum Schluß ein Hinterbänkler. Flach auf dem Rücken lag er, der unverbesserliche Tory.

Die Affäre hatte nur eine halbe Legislaturperiode überdauert, weil Albert eines Abends gegen sechs Uhr, als er die Wohnung in Islington verließ, eine Entdeckung machte. Über dem vegetarischen Restaurant, auf dessen Tageskarte Spezialitäten wie Kürbis *au gratin* mit Artischockenpastete, gefolgt von Lycheemousse mit Schellbeerensauce, angepriesen wurden, ging gerade der Mond auf, ein gelber, bekümmerter, fadenscheiniger Mond, der Albert an die alten Zeiten erinnerte, als düster dreinblickende, gewichtige Amtspersonen aus den Ländern hinter dem Eisernen Vorhang dem Parlament einen Besuch abstatteten und brüderliche Grüße überbrachten. Ihre Augen waren wässerig und melancholisch. Der Mond sah aus, als käme er aus Albanien.

Erica hatte die Wohnung wegen einer Ausschußsitzung früher als gewöhnlich verlassen. Ihre Wangen glühten noch, und das schicke grüne Kostüm mit den goldenen Epauletten sah zwar etwas nach Uniform, aber durchaus flott aus. Eine Kanone, diese Frau, dachte Albert. Drahtig, fest, muskulös und mit einer Art Messingglanz, der ihn an ein großkalibriges Artilleriegeschoß erinnerte. Die Sitzung auf dem rosa Daunenbett war an jenem Nachmittag irgendwie danebengegangen. Warum, konnte er nicht genau sagen, aber er hatte gespürt, daß Erica beim Wippen und Hüpfen nicht so bei der Sache gewesen war. Zwar hatte sie sich wie jedesmal über seine Socken lustig gemacht und sich mit routinierter Behendigkeit in den Sattel geschwungen, doch hatte er den wilden, drängenden Elan vermißt und das Gefühl, daß sie sich gegenseitig etwas gegeben hätten. Als er die Hände ausgestreckt hatte, um ihre Brüste zu umfassen, weil er wußte, daß sie das mochte, hatte sie nicht etwa den Kopf in den Nacken geworfen und war in noch schärferen Galopp gefallen, sondern sie hatte ihn an den Gelenken gepackt und seine Arme weggedrückt, bis sie schließlich in einer Folge von Grunzlauten, Zwischenrufen und Einwürfen zum Höhepunkt gelangte.

Was hatte das zu bedeuten? Er überlegte, ob Ericas gedrosselte Leidenschaft vielleicht damit zu tun hatte, daß man die Sitzungen des Unterhauses seit kurzem im Fernsehen übertrug. Die Wirkung war durchschlagend: Die Parlamentarier zogen sich nicht nur besser an, sie benahmen sich auch besser. Nur noch selten gönnten sie sich nach dem Mittagessen ungeniert ein Nickerchen. Sie steckten sich auch kaum mehr die Daumen in die Ohren oder zeigten mit dem nackten Finger auf Mitglieder der Opposition, weil diese die Spareinlagen mit den Autoverkaufszahlen verwechselt hatten. Sie brüllten sich nicht mehr gegenseitig an, weil sich das vor der Kamera nicht gut machte und sie Gefahr liefen, daß die Fernsehzuschauer ihren Speichel fliegen sahen. Die Anwesenheit des Fernsehens wirkte sich sogar auf die Wahl der Schimpfwörter aus. So nannten sich die Parlamentarier neuerdings gegenseitig Kermit oder Noddy oder JR – ein weiterer Beweis für die Macht des Fernsehens. Die Opposition schmähten sie nur noch mit Namen und Bezeichnungen, von denen sie wußten, daß die Zuschauer sie mit den Genannten identifizieren würden, weil sie die Originale aus dem Fernsehen kannten. Wirklich übel. Natürlich hatte Albert dagegen gestimmt. Trotzdem hatten sie die verdammten Kameras reingelassen. Die meisten seiner Freunde aus den hinteren Reihen waren ebenfalls dagegen gewesen, aber Herr und Frau Jedermann hatten ihren Willen bekommen, und für Herrn und Frau Jedermann verkörperten Hinterbänkler nun mal die niedrigste Lebensform.

An jenem schicksalhaften Abend in Islington bückte sich Albert, um wie immer den Schlüssel unter die Katze zu legen.

Ihr starres, achatfarbenes rechtes Auge links von Albert glänzte im billigen albanischen Mondschein leicht spöttisch. „Verfluchte Katze!" schimpfte Albert, richtete sich auf und verpaßte dem Hinterteil der Katze einen kräftigen Tritt. Und so kam es. Vielleicht hätte er sie nicht gesehen, wenn er sich ein wenig später aufgerichtet hätte. Und wenn er sich nicht die Zeit genommen hätte, um der Katze einen Tritt zu verpassen, hätte er es vielleicht nie erfahren. Wenn Erica nicht so früh zurück ins Parlament gemußt hätte, dann ... Wenn auch nur eine von tausend möglichen Kleinigkeiten anders gekommen wäre, hätte er sie überhaupt nicht gesehen. Aber so prallten sie fast zusammen.

„Innocenta!"

„Hallo, Daddy", sagte seine Tochter oder jemand, der ihr zum Verwechseln ähnlich sah. „Was machst du denn hier?"

Diese Frage traf Albert an jenem Abend in Islington mit solcher Wucht, daß er sich gezwungen sah – und nicht zum erstenmal in seinem Leben –, Zuflucht zum wirksamsten aller Ablenkungsmanöver zu nehmen, nämlich Verwunderung und Entrüstung vorzutäuschen.

„Wie zum Teufel siehst du denn aus, Mädchen?"

Darauf fiel Innocenta nun wirklich nichts mehr ein. Der Anblick ihres Vaters bedrückte sie und machte sie wütend zugleich. Sie hatte ihn nicht mehr gesehen, seit sie Max auf seiner Großen Abmachung hatte sitzenlassen.

Sie fragte: „Wie geht's Opa? Ich wette, er hat die Schnauze voll."

„Dein Großvater ist zu dem Schluß gelangt, daß er sich in einer besser auf ihn zugeschnittenen Umgebung wohler fühlt", sagte Albert.

„Was soll das heißen?" fragte Innocenta argwöhnisch. „Wo ist er?"

„Er ist in eines dieser Wohn- und Pflegeheime für alte Leute, besser gesagt für Senioren gezogen. Es heißt Haus Seelenfrieden."

„Ins Altersheim, meinst du?"

„In ein Seniorenheim. Das beste in Londons Norden."
Innocenta lachte grimmig. „Armer Opa. Am Ende ist es ihm doch so ähnlich wie König Lear ergangen. Ihr habt ihn abgeschoben."

„Es war seine Entscheidung", verteidigte sich Albert. „Voll und ganz."

„Ihr habt die Abmachung gebrochen. Aber das Haus habt ihr behalten. Das ist ein ganz schöner Hammer, sogar für jemand, der in die Machtstrukturen der Anderen Welt eingebunden ist."

„Was für eine ‚Andere Welt'?"

„Jede Welt, die sich nicht dem Geheimbund der Aquarier angeschlossen hat. Die Welt, die zurückgeblieben ist. Deine Welt. Die Welt, die den Kontakt zu sich selbst verloren hat."

Albert starrte seine Tochter an. Sie trug ihre Doc Martens und über dem weißen Gewand einen schweren, sportlichen Tweedmantel. In dieser Aufmachung sah sie ein bißchen wie eine Araberin aus. Innocenta kleidete sich weiß, weil der Meister es befohlen hatte. Der Meister, der im fernen Poona weilte, hatte offensichtlich keine Ahnung, wie schwierig es war, sich an seine strenge Kleiderordnung zu halten, wenn er sich ständig eine andere Farbe einfallen ließ. Zuerst hatte alles orangefarben sein müssen. Dann meinte er, zum Meditieren müsse man kastanienbraun gekleidet sein und weiß, wenn man in der Buddha-Halle säße. Innocenta trug eine Halskette aus Holzperlen.

Innocenta hatte viel erlebt. In der Schulzeit hatte sie ständig geschwänzt. Sie hatte Haschisch geraucht. Sie hatte in einem besetzten Haus in der Camden High Street gewohnt. Sie hatte versucht, ihren Vater zu lieben und ihre Mutter zu hassen. Sie hatte mit fünfzehn eine Scheinschwangerschaft und mit sechzehn eine richtige. Sie hatte an ihrem siebzehnten Geburtstag abgetrieben. Sie hatte Aromatherapie und den Samade-Tank ausprobiert. Sie hatte es sogar mit Wohltätigkeit versucht und etwa eine Woche lang für den Haringey Council Essen auf Rädern ausgefahren, bis man feststellte, daß das meiste Essen bei Hausbesetzern in der Camden High Street landete. Da sie zu heftigen Gefühlsaufwallungen neigte, hatte sich Innocenta eine Zeitlang aus höheren religiösen Gründen in Abstinenz geübt und Karezza praktiziert, eine indische Technik, bei der während des Geschlechtsverkehrs der Orgasmus bewußt unterdrückt wird, um das mystische Bewußtsein zu steigern. Sie hatte sich den Geruchssinn ruiniert, indem sie drei Wochen lang kokste. Sie hatte den Wunsch verspürt, Nonne zu werden, und war von den Schwestern des Heiligen Herzens auch tatsächlich aufgenommen worden, weil sie offenbar das Zeug dazu hatte. Doch schon wenig später war sie abgehauen und hatte sich ins Ashram von Poona geflüchtet. Zu dieser Zeit änderte Bhagwan seinen Namen in Osho. Enttäuscht kehrte Innocenta nach London zu ihren Hausbesetzern zurück und schloß sich einem Ableger der Bhagwan-Bewegung an, geführt von einem abtrünnigen ehemaligen Wirtschaftsprüfer, der früher einmal Trevor geheißen hatte, sich aber fortan von allen nur noch mit „Meister" anreden ließ. Der Haken an Trevor war, wie Innocenta sich in klaren Augenblicken bewußt wurde, daß er keinen Schimmer hatte, wieviel Geld alles kostete. Ihre blasphemische Haltung brachte ihr ein, daß mehrere Sektenmitglieder ihr vorwarfen, sie betreibe eine „Ein-Frau-Kirche".

Und nun stand sie in Islington auf der Treppe eines Hauses in Majuba Gardens und beäugte ihren Vater. Sein Gesicht war stark gerötet, und er keuchte leicht, als hätte er gerade Sport getrieben. Sie berührte ihre Halskette.

„Das ist meine *mala*. Einhundertacht Sandelholzperlen und ein Bild vom Meister."

„Darf man erfahren, wohin du in diesem Aufzug gehst?"

„Nirgendwohin, Daddy. Ich bin schon da." Innocenta zeigte auf die Treppe, die zur Kellerwohnung hinunterführte. „Hier ist meine Kirche."

Albert fühlte sich plötzlich überhaupt nicht mehr wohl in seiner Haut.

„Du gehst dort unten zur Kirche?"

„Ja, schon seit Wochen. Das ist die Internationale Meditationskirche. IMK, Zweigstelle Islington. Wir glauben, daß die

IMK für das New Age bedeutet, was IBM für die Andere Welt ist."

„Und was macht ihr da unten?" Albert machte mit dem Kinn eine ruckartige Bewegung. Er wollte einfach nicht glauben, daß sich im Keller eine Kirche befand, eine Kultstätte unter seinem Liebesnest.

„Energy Balancing, Körperarbeit, Orgasmusumleitung, intuitive Massage, Rebirthing und Rückführung."

Albert hob die Hand. „Davon habe ich schon mal gehört. Kostet fünfhundert Pfund im Monat, plus Mehrwertsteuer."

„Sechshundert", sagte Innocenta, „und falls du dich fragst, wie ich mir das leisten kann: ich habe ein paar dicke Schecks von Jeb Touser bekommen. Er meinte, er hätte nach der Großen Abmachung noch mal nachgerechnet, und das Geld stünde mir zu. Erst habe ich gedacht, er spinnt, aber jetzt verstehe ich, was er meint. Von wegen nachgerechnet! Ihr habt Opa in ein Altersheim gesteckt und euch die Beute gekrallt. Schätze, Opa hat meinen Anteil nicht rausgerückt, den Anteil, den er eigentlich Mummy geben wollte."

Albert dachte an das rosa Federbett oben und an Innocentas Internationale Meditationskirche unten. Was im Himmel war Orgasmusumleitung? Er malte sich die Schlagzeilen in den Zeitungen aus, falls die Presse Wind von der Sache kriegen sollte.

Als Albert den Kopf von der Treppe abwandte, die nach unten in einen kleinen Schacht führte, wo über einer grün angemalten Tür ein kleines gelbes Licht flackerte (der unscheinbare Eingang von Innocentas Kultstätte), fiel sein Blick auf die ägyptische Katze. In ihrem Achatauge lag ein abweisender und zugleich überheblicher Ausdruck.

Albert wollte das Gespräch nicht beenden, ohne einen Punkt für sich zu verbuchen. Das war der Parlamentarier in ihm. „Es gibt keine ‚Andere Welt', Innocenta."

Sie sah ihn eindringlich an. „Wenn es keine Andere Welt oder sogar viele andere Welten gibt, wie ist es dann möglich, daß ihr Opa in eine von ihnen verbannt habt? Wenn es nicht jede

Menge anderer Welten gibt, was hast du dann hier zu suchen? Egal. Wo wohnt Opa jetzt? Ich will ihn besuchen."

So konnte es natürlich nicht weitergehen. Das war Albert klar. Er kehrte nie mehr zu dem kleinen Haus in Islington mit der rosa Bettdecke und der schwarzweißen Küche zurück.

Und jetzt saß Erica, von Ankerketten umschlungen, an seinem Tisch und trank seinen Soave. Sie leerte das Glas bis auf den letzten Tropfen, und während er die Hände noch immer in den Taschen versteckte und der Kabeljau mit Reis noch mehr abkühlte und zu einer schrundigen Gebirgslandschaft mit hier glatter, dort gezackter Lava wie nach einem kleinen Vulkanausbruch erkaltete, sagte sie:

„Das einzige, was umfassenden Nachforschungen über bekanntlich in Großbritannien lebende Nazis noch im Weg steht, ist die Ratifizierung des Gesetzes durch das Oberhaus. Danach ist es nur noch eine Frage der Zeit, bis die Jagd losgeht. Natürlich wird man nicht jeden Verdächtigen unter die Lupe nehmen. Wir wissen von gut siebzig noch lebenden Nazis. Das geht aus dem Bericht des Untersuchungsausschusses über Kriegsverbrechen hervor. Voraussichtlich wird man sich aber lediglich eine Handvoll von ihnen genauer vorknöpfen. Drei oder vier. Die Morde, die auf das Konto dieser Männer gehen, wurden in Ländern wie Estland, Lettland und der Ukraine verübt, also auf sowjetischem Territorium, wie es mal hieß. In einem Fall jedoch liegen die Dinge anders: Der Betreffende war in Polen tätig, und er war Deutscher. Er führte in den Lagern sogenannte wissenschaftliche Arbeiten durch, das heißt, er untersuchte Menschen, die zuvor umgebracht worden waren, oder ließ sie eigens für seine Zwecke umbringen. Na ja, ich habe mir gesagt, daß du das wissen solltest. Ich tue das aus reiner Nettigkeit, Albie, damit du nicht behaupten kannst, ich sei ein nachtragender Mensch. Hier, schau dir das mal an."

„Das" war ein kleines Stück Papier, etwa fünfzehn mal zehn Zentimeter, das eng mit folgenden Angaben bedruckt war:

Falkenberg, Maximilian von, geb. 1909 in Potsdam. Verh. m. Irmgard Kassel (Berlin 1939), gest. 1941 in Churtseigh, England. 1924-27 Univ. München, Leipzig, Göttingen, u. a. Rhodes-Stipendiat. 1936-38 Nonce College, Oxford. Fachgebiete: Anthropologie, Völkerkunde, Rassenkunde. 1940-42 in Deutschland und Polen in verschiedenen Anstalten tätig. 1943 Dienst an der Ostfront (Minsk). Späterer Verbleib unbekannt. Vermutlich weitere ‚Rassenstudien'. 1947/8 (?) Einwanderung nach Großbritannien. Seitdem verschollen. Eine Tochter, Elizabeth Augusta, verh. m. Albert Turberville, Mitglied des Unterhauses.

„Das ist Verleumdung!" sagte Albert.
Lächelnd erhob sich Erica Snafus. „Nein, Albie. Ich tue dir nur einen Gefallen."

## 11

## Jack kriegt einen Job

Sie trafen beide, so erzählt man sich jedenfalls, im trüben November in Haus Seelenfrieden ein. Jack genau achtundvierzig Stunden vor Max. Mr. Fox wird es bezeugen. Dr. Tonks wird seine Aussage bestätigen. Warum Jack nirgends in den Büchern des Hauses auftaucht, ist schnell erklärt.

Als Cledwyn Fox eines Morgens die Haustür öffnete und den Burschen erblickte, der auf der Schwelle von Haus Seelenfrieden stand, hatte er den starken, jedoch – wie sich herausstellen sollte – irrigen Eindruck, einen von diesen religiösen Spinnern vor sich zu haben. Sonderbar, wie übermächtig dieser Eindruck war und wie er ihn, Cledwyn Fox, mit jener seltsamen, für erste Eindrücke so bezeichnenden Gewißheit erfüllte, die sich später nicht selten als unbegründet erweist. Wenn er in der Folgezeit über Jack nachdachte, sah er den Burschen im Rückblick stets von der Aura eines frommen Hausierers, eines sektiererischen Eiferers oder bibelfesten Wanderpredigers umgeben. Er hatte etwas von einem falschen und dennoch überzeugenden Heiligen an sich, wie ja auch von Licht, das durch eine Buntglasscheibe fällt, etwas Frommes und Feierliches ausgeht.

Man vergegenwärtige sich, sofern es beliebt, die Szenerie draußen: Nebel steigt vom Weg auf, umhüllt die Baumkronen der Buchen und streicht wie Rauch um die Zypressen. In der Privatschule auf der anderen Straßenseite treffen die Knaben zu zweit oder dritt ein. Ihre sonst so rosigen Gesichter sind genauso grau wie die Mützen auf ihren Köpfen. All dies sehen die Augen eines Mannes, der wenig geschlafen hat. Und dort auf der Schwelle steht ein bunter Junge – rot, blond und blau –, der sagt: „Falls Sie hier noch ein Paar Hände gebrauchen können, bin ich der Richtige für Sie."

Ein Amerikaner in Highgate, um acht Uhr früh. Sauber, kräftig, wohlgemut. Mr. Fox hat eine schlimme Nacht hinter sich. Zwei Angestellte, Dale und Sally, um sie beim Namen zu nennen, sind nicht zur Nachtschicht erschienen. Dale hatte immerhin angerufen, jedoch nur, um in seinem nörglerischen Neuseeländer Akzent zu kündigen. „Ich bin weg, Mr. Fox, ehrlich. Der alte Dale geht zurück zu den Schafen." Trau nie einem Neuseeländer, sagte sich Mr. Fox verbittert. Auf die ist nur Verlaß, wenn es um Rugby oder Lammfleisch geht.

Mr. Fox erkundigte sich nach der Arbeitserlaubnis.

Jack fragte zurück: „Was ist das?"

Mr. Fox freute sich. Ob Jack den Lohn gern in bar haben wolle?

„Wie denn sonst?" fragte Jack, der sich ebenfalls freute.

Das Gesetz schreibt vor, daß tagsüber für je vier Patienten eine ausgebildete Krankenschwester Dienst zu tun hat. Nachts sinkt das Verhältnis Pflegerin/Patienten auf eins zu acht. Anders ausgedrückt: Sobald es dunkel ist, kommt man mit weniger Personal aus, denn man kann damit rechnen, daß die meisten Patienten dann schlafen. Das Problem ist nur, daß es in privaten Anstalten – privater als in Haus Seelenfrieden ging es nirgends zu – keine sich überschneidenden Schichten gibt wie in staatlichen Heimen, wo man zwischen Tag- und Nachtschicht personalmäßig einen netten kleinen Puffer hat. Angenommen, die Tagschicht hat Dienstschluß, und die Nachtschicht tritt nicht vollzählig an: Dann muß man bei einer Schwesternagentur anrufen, und das kann ganz schön teuer werden – falls man kurzfristig überhaupt jemanden bekommt. Fallen mal zwei Pfleger auf einmal aus, bleibt einem nichts anderes übrig, als selber die Ärmel hochzukrempeln. Kein Wunder, daß in kleineren Häusern der „Besitzerverschleiß" grassiert, wie es in der Branche heißt.

Nun war Cledwyn Fox jedoch zu zäh, um sich verschleißen zu lassen, aber die lange Arbeitszeit und die schlaflosen Nächte, wenn mal wieder jemand vom Personal unter einem Vorwand wegblieb, zehrten bös an ihm. Vergangene Nacht war es wirklich sehr spät geworden. Im äußersten Notfall kam er mit einer Nachtschwester, einer Pflegerin und einer Hilfskraft zurecht. Übrigens hatte er den Eindruck, daß bei Personalknappheit allzu leichtfertig Beruhigungsmittel verabreicht wurden. Das war ein Problem, denn sobald die Pfleger nicht mehr hinterherkamen, war ihnen jedes Mittel recht, um die Patienten ruhigzustellen. In Gefängnissen geht es nicht viel anders zu. Der einzige Ort, wo einen die allzu große Zahl der Insassen nachts bei akutem Personalmangel nicht in Bedrängnis bringt, ist das Leichenschauhaus.

Tagsüber schaffte er es einigermaßen, das Personal auf Sollstärke zu halten. Da waren Crispin, Audrey, Cissie, Bert, die Schwesternhelferin Imelda, sowie vier oder fünf Hilfskräfte – und Herrgott, waren sie unter dem strengen Regiment von Mrs. Trump etwa kein prima Team? Die beiden Putzfrauen brauchten nur die Straße zu überqueren, weil sie in der Schule arbeiteten, und sie kamen gern, denn er zahlte ihnen einen Bettnässerbonus, der den üblichen Stundenlohn verdoppelte.

Aber die Nächte, mein Gott, die Nächte! Sie konnten einen wirklich umbringen. Daher widmete Mr. Fox, als ihm nun ein junger Amerikaner mit breitem Grinsen seine Dienste antrug – „Morgens, mittags und abends, mich kann so leicht nichts erschrecken, Boß" –, dem Schutzheiligen der Pflegeheimbesitzer im stillen ein Dankgebet und zögerte nicht eine Sekunde.

„Sie meinen, Sie würden auch nachts arbeiten?"

„Tag und Nacht – und am nächsten Tag auch."

„Der Einführungskurs dauert sechs Wochen. In dieser Zeit bringt Ihnen einer der Pfleger alles bei. Danach gehören Sie zur Seilschaft."

„Seilschaft?"

„Das ist nur so ein Ausdruck. Er bedeutet, daß Sie dann zum Team gehören."

„Klingt gut", sagte Jack und wiederholte das Wort: „Seilschaft... Komisch. Sie haben hier 'ne Menge alte Leute – und dann noch die Seilschaft. Mein Freund Josh, der hatte ein Seil. An dem hat er eines Tages gebaumelt. Tun sie das hier auch?

Ich meine, baumeln hier etwa überall klapprige alte Tarzans rum und schreien?"

Mr. Fox setzte ein strenges Gesicht auf. „Dieses Wort ist hier verpönt."

„Was? Baumeln?"

Mr. Fox senkte die Stimme zu einem Flüstern. „Nein, alt. Abgesehen davon ist mir egal, wie einer redet. Meinetwegen können Sie so grob sein, wie Sie wollen. Ehrlich gesagt braucht man ein ziemlich dickes Fell, wenn man in einem Seniorenheim arbeiten will. Wissen Sie, ältere Leute sind bekanntlich ein besonderer Menschenschlag. Sie leben in einer Welt, mit der wir nicht viel im Sinn haben. Das Inselreich der Grauhaarigen. Von wegen verschrumpelte Tattergreise! Es sind einfach nur junge Leute, die ein langes Leben hinter sich haben, Jack. Überlebende. So, jetzt wollen wir einen kleinen Rundgang durch Haus Seelenfrieden machen, Jack. Anschließend werde ich Ihnen eine Frage stellen. Ich möchte, daß Sie sich die Leute hier genau ansehen und über alles, was Sie sehen, gut nachdenken. Und dann müssen Sie mir eine simple, unverblümte Frage beantworten."

Jacks erste Stunden in Haus Seelenfrieden waren das reinste Fest. Er war von Anfang an gern dort. Seine Freude hätte nicht größer sein können, als Sandra beim Mittagessen plötzlich zu schnarchen aufhörte, aufwachte und Lady Divina mit dem Fischmesser zu erdolchen versuchte. Lady Divina machte Sandra jedoch gekonnt mit einem kräftigen Tritt gegen die Kniescheibe kampfunfähig, und danach waren zwei Pfleger erforderlich, um die beiden Frauen zu trennen. Jack lernte die Schwestern, die Pfleger, die Hilfskräfte und die Senioren kennen, und er bemühte sich, seine Ungeduld zu zügeln – bis Max auftauchte.

Als es Abend wurde in Haus Seelenfrieden, stellte er sich bei der Schwester Zwei vor. Sie saß in ihrem kleinen Büro. Es war der einzige private Raum im Haus und stand ausschließlich den Schwestern Eins und Zwei zur Verfügung. Die Schwester, die Nachtdienst hatte, las in einer Ausgabe von *Unsterblichkeit jetzt*, dem Mitteilungsblatt einer neuen religiösen Bewegung, die sich *Die Weiblichen Jünger Gottes* nannte. Die Nachtschwester gehörte den WJG bereits seit zehn Jahren an, und obwohl es Mr. Fox lieber gewesen wäre, wenn sie Jack in die alltäglichen Freuden und Pflichten eines Angestellten von Haus Seelenfrieden eingeführt hätte, zog sie es vor, über Gott zu sprechen. Den Ausschlag gab Jacks amerikanische Herkunft. Tatsache war nun mal, daß es ohne Amerika keine Weiblichen Jünger Gottes gegeben hätte. Manchmal kam es ihm sogar so vor, als würde es ohne Amerika keinen Gott geben. Jedenfalls hatte jemand mal zu jemandem gesagt – war es Saddam Hussein? – na egal, wer was zu wem gesagt hatte, auf jeden Fall hatte dieser Jemand gesagt, dies sei das „amerikanische Jahrhundert". Und daran war wohl nicht zu rütteln.

„Unsere Zeitschrift wird in Wyoming herausgegeben", sagte Schwester Zwei so stolz, als wäre der Name Wyoming ein besonderes Gütesiegel. „Das ist bestimmt nicht weit weg von der Gegend, aus der du kommst."

„Schätzungsweise ein paar tausend Meilen", antwortete Jack grinsend, obwohl er in Wirklichkeit keine Ahnung hatte, wo Wyoming lag. Der Name war ihm nicht vertraut, und deshalb stand für ihn fest, daß Wyoming nicht zu Orange County gehörte.

„Die ‚Weiblichen Jünger Gottes' sind eine der modernsten und aufgeklärtesten Bewegungen der Welt", beteuerte die Schwester. „Sie beruht auf einer strikten Auslegung des Neuen Testaments und der Worte Jesu, die eindeutig belegen, daß wir auf ein immerwährendes Leben hoffen dürfen – nicht nach dem Tod, sondern jetzt. Jeder Mensch trägt die Unsterblichkeit in sich." Die Nachtschwester war aufgestanden. „Es kommt nur darauf an, das Unsterblichkeitspotential innerhalb der eigenen Zellstruktur zu aktivieren. Wir Weiblichen Jünger Gottes sind der Meinung, daß der Tod als physische Endstation nicht länger hingenommen werden sollte. Der Tod ist das Resultat einer Konspiration bösartiger Zellularkräfte innerhalb des Körpers. Stoppt das Komplott und erlangt Unsterblichkeit!"

„Ich wünsche Ihnen haufenweise Glück", sagte Jack.
„Danke, mein Lieber. Gott segne dich."
„Gleichfalls", sagte Jack.

Aber wen wundert es, daß nicht alle ihn mochten? Oder fast alle. Dieser abartige amerikanische Akzent; diese seltsam ungleichen Augen; zwei verschiedene Farben. Die lebhafte Fröhlichkeit, mit der er auf alles reagierte, das man ihm zeigte oder erklärte, war wie eine Krankheit.

Da war zum Beispiel Bert, der ihm die ersten sechs Wochen zur Seite stehen sollte. Bert zeigte Jack die „Fünf Inkontinente", die einen fünffachen Strahl in fünf große Nachttöpfe unter den hochlehnigen Stühlen lenkten, an die man sie angeschnallt hatte. Angeschnallt? Aber nein, sagte Bert. Das Wort gebe es in Haus Seelenfrieden nicht. „Mach nicht so ein finsteres Gesicht, Junge! Von Zwangsmaßnahmen halten wir hier nichts. Das überlassen wir euch Amerikanern." Nein, das „lederne Zaumzeug", wie er es nannte (Jack bekam dabei eine Gänsehaut), sei einfach nur eine Stütze und diene dem Wohlbefinden des jeweiligen Heiminsassen. Bert steckte voller überaus nützlicher Ratschläge. Was tun im Falle von Tätlichkeiten? „Den Leiter des Hauses rufen", riet Bert. „Schau, das hier ist Major Bobbno", fuhr er fort. „Er entspricht ziemlich genau dem Durchschnittstyp unserer Senioren. Sie haben es entweder mit den Beinen oder mit dem Kopf, wie du bald selbst merken wirst. Das ist der übliche Verlauf. Der Major hat einen Teil seiner Sehkraft verloren und leidet an einer leichten Osteoarthritis. Er neigt außerdem zu kleineren Gewalttätigkeiten. Sogar im Rollstuhl. Komm, ich stelle dich ihm vor. Vorsicht, wenn du dich ihm näherst! Wenn du von hinten kommst, leg ihm die Hand auf die Schulter, damit er gewarnt ist und weiß, daß jemand da ist."

Bert schob Jack vorwärts, hinein in den Bannkreis von Major Bobbno, der im Rollstuhl saß, auf seinem Schnurrbart herumkaute und sich zurechtlegte, wie er eine bestimmte Anhöhe nehmen könnte, auf der sich der Feind, von flankierendem MG-

Feuer gedeckt, verschanzt hatte. In militärischer Pose hatte er sich den langen Stiel einer Greifhand aus Plastik unter den Arm geklemmt.

„Morgen, Major." Bert berührte leicht die Schulter des Majors. „Ich möchte Ihnen einen neuen Mitarbeiter vorstellen. Er heißt Jack."

„Daniels, the Ripper oder London?" wollte der Major wissen.

„London", antwortete Jack wie aus der Pistole geschossen. Das Spielchen machte ihm Spaß.

„Schau mal, seine Schnürsenkel haben sich gelöst. Knie hin und binde sie ihm zu", flüsterte Bert. „Das mag er."

Also ging Jack in die Knie und machte sich daran, die Schnürsenkel des Majors zuzubinden. Da erhielt er einen heftigen Schlag gegen die Schulter. Es tat weh. Grinsend klemmte sich der Major den Rückenkratzer wieder unter den Arm. „Was soll das?"

„Er hat sich nur einen kleinen Spaß erlaubt. Los, mach weiter. Binde ihm die Schuhe zu. Ich behalte ihn im Auge", sagte Bert. „Na, na, Major, das war aber gar nicht nett von uns!"

„Erheben Sie sich, Sir Jack!" kommandierte der Major.

„Er mag dich", flüsterte Bert, „und das ist gut so. Der Alte kann ein richtiger Teufel sein. Aber, Jack, ob du sie nun liebst oder haßt: Wenn sie sterben – das wirst du im Lauf der Zeit selber merken –, ist es sehr hart, selbst wenn du es schon so oft mit angesehen hast wie ich. Da werden Neue eingeliefert, die ihr Leben lang verheiratet waren, und wenn sie dann plötzlich feststellen, daß sie in einem Einzelbett schlafen, hörst du sie nachts weinen. Viel kann man für sie nicht tun. Sie halten deine Hand und erzählen dir, daß sie sich einsam fühlen und zurück nach Hause wollen. Oder sie haben Angst, du könntest sie wie ein Kind oder einen Schwachkopf behandeln. Ich sage dir, mein Freund, für solche Menschen ist die Verpflanzung ein Schock, und den überleben viele nicht. Sie verlassen das Haus, das ihnen vertraut ist, und kommen hierher ins Heim. Der Schock ist so groß, daß es nach ein paar Wochen aus mit ihnen ist. Dann fährt der Leichenwagen rückwärts an die Rampe neben dem

Hintereingang, und weg sind sie. ‚Oh, die ist die Rampe runter‘, sagen dann die andern Senioren. Du wirst schon noch hören, wie sie manchmal über die Rampe reden. Ich weiß, es klingt herzlos, aber es ist nicht so gemeint."

Jack hörte kaum zu. Er beobachtete, wie Major Bobbno sich im Rollstuhl hochstemmte. Als er stand, machte er einen Schritt und schlug lang hin. „Wiedersehen, du Trottel!" sagte Jack, der die Schnürsenkel des Majors zusammengeknotet hatte. „Niemand verarscht Jack! Niemand!"

Jack lernte die alte Maudie kennen, die ständig ihren Mantel anzog und fragte, ob es nicht Zeit sei, nach Hause zu fahren. Wenn Bert dann durchblicken ließ, daß es nach dem Mittagessen ein Biskuitdessert gebe, zog sie den Mantel wieder aus und meinte, zum Essen könne sie schon noch bleiben.

„Sie bleibt auch zum Abendessen. Und zum Frühstück. Und zum Mittagessen. Mit anderen Worten: Sie bleibt da. Aber sie wird immer wieder den Mantel anziehen, um nach Hause zu gehen. So ist es nun mal mit ihr", sagte Bert.

Jack lernte Beryl die Bärtige kennen, und Bert zeigte ihm die ‚Standard-Weckmethode'. „Sie ist wirr im Kopf, verstehst du? Platz also morgens nicht rein und rufe: ‚Aufwachen, hopphopp!', sondern geh leise ins Zimmer und sag zu ihr: ‚Guten Morgen, mein Name ist Jack, und Sie heißen Beryl. Es ist Zeit fürs Frühstück, Beryl.' Wundere dich nicht, wenn sie sich zehn Minuten später nicht mehr an deinen Namen erinnert. Stell dich einfach noch mal vor."

Jack sah die vor dem Fernseher in einem großen Halbkreis aufgestellten Sessel. „Egal, was du dir einfallen läßt", erläuterte Bert, „am Ende landen die meisten doch vor der Glotze. Ob du ihnen Malunterricht, Ikebana oder Senioren-Karate zur Muskelstärkung anbietest – die verdammte Kiste gewinnt trotzdem im Handumdrehen."

Zwei Tage später ging Mr. Fox mit Jack zu Max.

Max saß in seinem Zimmer und las in einer Ausgabe der Zeitschrift *Feudal:* Die Leibesübungen der Prinzessin von Wales. Sonderangebot für die Leser: eine Replik des königlichen Trainingsanzugs. Max roch Jack, bevor dieser das Zimmer betrat. Mit geblähten Nüstern schnüffelte er. Was umgab den Jungen wie eine Wolke? Salzlauge? Soja?

„Das ist Jack, er ist neu hier, genau wie Sie, und deshalb sollten Sie sich kennenlernen", sagte Mr. Fox.

Die beiden Neuen beäugten sich.

Jack streckte die Hand aus. „Eine Freundin von Ihnen hat gesagt: ,Sag Ciao zu dem Riesen und grüß ihn von mir.'"

Ciao? Max überlegte: War das Chinesisch? Chinesisch! Jetzt hatte er es: Glutamat, der Junge roch nach chinesischem Essen!

„Sie haben eine gemeinsame Freundin?" erkundigte sich Mr. Fox freundlich. „Jack kommt von weit her, Mr. Montfalcon. Aus Florida. Er hat sich in der Unterhaltungsbranche umgetan, in einem von den berühmten Freizeitparks. Ihr Arbeitsplatz ist eigentlich die Bühne, nicht wahr, Jack? Und dort tragen Sie keine Uniform, sondern ein Kostüm."

„Nicht Arbeit. Eher Unterhaltung", berichtigte Jack.

„Stellen Sie sich das vor, Mr. Montfalcon! Aus der Arbeit ein Vergnügen machen – das können nur Amerikaner. Im Vergleich zu den Erfahrungen, die Jack noch vor kurzem im Umgang mit dem Publikum gemacht hat, sind wir natürlich nur kleine Fische."

„Fünfzehn bis zwanzig Millionen Leute im Jahr", sagte Jack.

„Der Küchenchef schaffte fünfzigtausend Mahlzeiten am Tag. Fünf Millionen Pfund Fleisch von Montag bis Freitag. Und Jack kennt eine Freundin von Ihnen! Ist die Welt nicht ein Dorf, Mr. Montfalcon?"

„Ich habe keine Freunde", sagte Max.

„Jeder hat einen Freund", sagte Mr. Fox aufgeräumt.

„Sie sind alle tot. Meine Freunde sind ein Stück Vergangenheit."

Jack strahlte ihn an. „Deshalb hören sie nicht auf, Ihre Freunde zu sein. Bloß weil sie gestorben sind."

Als ein paar Tage später Max' Schrank auf dem Dach des silbernen Jaguars eintraf, half Jack der Nachtschwester dabei, ihn in Max' Zimmer an die richtige Stelle zu bugsieren. Zärtlich strich er mit der Hand über das polierte Eichenholz. Max, dem die Geste nicht entging, veranlaßte sofort, daß ein neues Schloß eingebaut wurde.

„Nun denn." Mr. Fox' goldener Ohrring pendelte am Ohrläppchen hin und her wie ein Metronom. Der Countdown lief. „Sie haben unsere Senioren kennengelernt. Jetzt zu der Frage, die ich angekündigt habe: Was sind das Ihrer Meinung nach für Menschen?"

Fleisch gewordene Videos? Besser als alles, was der Aardvark Videoklub zu bieten hatte? Das wahre Glück? Ruhm und Reichtum? Jack sagte kein Wort.

Mr. Fox' Metronom zählte ihn aus. „Wie Sie und ich – so sind sie, Jack. Sie sind wie wir!"

# 12

## Max und das breite Becken

Das Problem ist, sagte sich Max, daß die Leute sich so wenig in Geschichte auskennen.

Nehmen wir den jungen von F., diesen aufgeweckten Deutschen, der in den dreißiger Jahren als Rhodes-Stipendiat nach Oxford gekommen war, direkt aus Göttingen. Einer von diesen Burschen, die man als „Deutsche mit Köpfchen" bezeichnet. Und ein Patriot obendrein. Wie sonderbar und entrückt einem der Bursche jetzt vorkommt. Heutzutage meinen die Leute mit Blick auf den Fall der Berliner Mauer, die Wiedervereinigung Deutschlands sei eine gute Sache. Nun, dem jungen von F. waren die in einsamen, entlegenen Gegenden wie dem Sudetenland lebenden Auslandsdeutschen schon in den Dreißigern nicht ganz geheuer gewesen.

„Ich sage Ihnen, Montfalcon, dieser Hitler macht wirklich was her. Ich meine, der platzt fast vor Tatkraft. Ich habe ihn siebenundzwanzig in München erlebt. Da ist er mit seinen Mannen durch den Englischen Garten marschiert und hat in der Kaulbachstraße aus dem Stegreif eine Kundgebung veranstaltet. Massenweise Leute in Braun, gestiefelt und gegürtet. Der eine oder andere trug dieses komische Schnurrbärtchen. Sie können sich nicht vorstellen, was dieses Braun bei einigen von uns auslöste. Es war so häßlich, so vulgär! Uns wurde fast schlecht. Dabei war uns natürlich klar, daß unsere Reaktion – wie soll ich mich ausdrücken? – irgendwie dünkelhaft war. Jedenfalls konnte niemand bestreiten, daß der Bursche eine Menge Schwung hatte. Und dann das Bild, das er von den verlorenen Sudeten entwarf – das ging ans Herz. Einheit! Danach hungerten die Deutschen. Ich kann nicht behaupten, daß ich dem, was ich an jenem Nachmittag in der Kaulbachstraße und der recht hübschen Umgebung erlebte, eine besondere historische Bedeutung beigemessen hätte. Ganz und gar nicht. Damals wäre ich nie auf den Gedanken gekommen, daß ich dem Anfang vom Ende beiwohnte."

Hier hatte Max seinen jungen deutschen Freund diskret auf die korrekte Bedeutung des Wortes ‚historisch' hingewiesen:

„Ich glaube, Sie benutzen den Begriff ‚historisch' im Sinn von ‚denkwürdig' und meinen ein Ereignis, dem ein Platz in der Geschichte sicher ist. So gesehen war das, was Sie erlebt haben, von historischer Bedeutung. Ich berufe mich hier auf H. W. Fowler, die Koryphäe in puncto englischem Sprachgebrauch. Ihm zufolge bezeichnet der Begriff ‚historisch' einen ganz einfachen Sachverhalt, nämlich die stetige Abfolge und Summe aller Geschehnisse, die wir Geschichte nennen. Die Unfähigkeit, zwischen einem wahrhaft geschichtsträchtigen Augenblick – in diesem Fall der Auftritt des späteren deutschen Diktators, der in einer Münchener Straße vor Parteimitgliedern eine Rede hält – und Momenten zu unterscheiden, die lediglich aufgrund der Tatsache, daß sie längst vorbei und folglich Teil der Vergangenheit sind, betrachtet Fowler als bedauerliche Schludrigkeit. Er nennt so etwas einen geistigen Ausrutscher."

Wie lange all das schon her war! Und was war aus seinem jungen Freund von F. geworden? Sie hatten dieselbe Schule besucht. Von F. hatte sich später immer gern an die unbeschwerte Schulzeit in England erinnert.

„Der Schulweg von Churtseigh nach Guildford. Das prachtvolle Tor mit den je von einem Greif gekrönten Pfeilern. Die lange, geschwungene Zufahrt. Das Wäldchen. Und dann das Haus mit seinen hundert Zimmern, ein richtiger Herrensitz, ein nobles Anwesen. Die Kapelle war zur Wäscherei umfunktioniert, nachdem sie vorher als Kesselraum gedient hatte. Alles war edel, aber leicht angegammelt. Man blickte über Rasenflächen zu einem See in der Ferne. Gut, er war ein bißchen schlammig, aber das machte nichts. In den Wäldchen ringsum gab es ein paar schöne Zedern. Schafe hielten in weiter Ferne das Gras kurz, und rechts vom Haus gab es einen Ziergarten.

Man brachte uns bei, die Teetasse richtig zu halten. Platz zu nehmen, ohne den Tee zu verschütten. Wir trugen graue Flanellhosen und blaue Blazer mit einem Löwen auf der Brusttasche. Die Frau des Direktors hatte ein Wohnzimmer, in dem alles mit Chintz bezogen war. Die Sessel waren bequem, und die Fenster standen häufig offen. Ich war eine Zeitlang Klassensprecher. Wir toasteten im Kamin Muffins. Nie ließen wir uns von jüngeren Schülern bedienen. In der Prüfung fiel ich durch.

Meine Schule in Berlin stammte aus der Zeit vor dem Ersten Weltkrieg. Auf dem Gelände standen außer dem Hauptgebäude sechs Villen. Viele von den Internen waren aus Pommern. Es waren Söhne von Landadeligen. Ein paar richtige Adelige waren auch dabei. Die Schule lag in Dahlem und hieß Arndt-Gymnasium. Wir waren dreißig Jungen in der Klasse, alle ziemlich ungezogen. Wenn wir bestraft wurden, mußten wir die flache Hand mit der Innenseite nach oben hinhalten, und dann gab es Schläge mit dem Lineal. In der Schule ging es kein bißchen frei und locker zu. Sie wurde in preußischem Stil geführt: ‚Guten Morgen, Herr Lehrer!' Ich war kein guter Schüler. Ich haßte die Schule und war heilfroh, als ich von dort wegkam. Die Entscheidung fiel an einem Sonntag, das weiß ich noch, weil mein Vater zur Abwechslung mal zu Hause war. Es war gegen Ende des Frühlings, und mein Vater sagte zu mir: ‚Wir haben jetzt zwei Möglichkeiten: Entweder werden wir Kommunisten, oder wir finden uns mit diesem Hitler ab.' Ich war mit meinem Vater irgendwo in der Stadt unterwegs. Da kam eine Frau auf uns zu und sagte: ‚Gleich geht die Schießerei los.' Auf der anderen Seite des Platzes knallte ein Schuß. Das war irgendwann in den zwanziger Jahren, und es ging vier oder fünf Jahre lang so weiter. Ich erinnere mich an Pferde und Kutschen und auch an die Reitschule am Marstall, die später in eine Tennishalle mit zwei Plätzen umgebaut wurde. Bei uns in der Schule waren Tennis und Schwimmen Pflicht. Gute Manieren brachte man uns auch bei. All das gehörte zur Erziehung eines Sohns aus gutem Hause. Damals wurde das Geld in Deutschland ständig abgewertet. Die Preise waren unglaublich hoch. Eine Million Mark für ein Ei! Einmal in der Woche kam unser Chauffeur mit einem Wäschekorb voll Geldscheinen. Dann flitzte meine Mutter los und kaufte alles, was sie kriegen konnte.

Unser Haus lag an einem Maisfeld, in dem es eines Tages zu einer Schießerei zwischen Kommunisten und der Gegenseite kam. Alle flüchteten in den Keller, aber es entwickelte sich keine richtige Schlacht. Nur ein paar Schüsse fielen. Im Winter lebten die Neureichen in Berlin in Saus und Braus, obwohl es in der Stadt von hungernden ehemaligen Soldaten und Bettlern wimmelte. Jede Nacht gab es an die zwanzig Selbstmorde, mitten in der Charleston-Zeit! Plötzlich kam da ein Mann und sagte: ‚Wir müssen den Vertrag von Versailles vergessen. Ich gebe euch Brot und Arbeit.' Auf der Gegenseite gab es nur Spartakisten und Kommunisten. Es wurde gekämpft und geschossen. Der Mann hatte eine phantastische Überzeugungskraft. Alle sagten: ‚Der ist es!'

Niemand nahm die Sache mit dem Antisemitismus richtig ernst. Das gehörte nun mal zur Politik. Uns gingen erst die Augen auf, als es zu spät war, und selbst dann konnten wir es nicht glauben.

Ich hörte Goebbels reden und schrie mir hinterher vor Begeisterung fast die Kehle heiser. Er war ein großartiger Redner. Vergessen Sie nie, daß Deutschland ein militaristisches Land ist. Seit Friedrich dem Großen ist unser Volk immer nur gedrillt worden. Und unter den diversen Kaisern war die Offizierskaste das Höchste. Ich will Ihnen mit einem Beispiel klarmachen, wie damals bei uns die Dinge lagen: Wenn meine Eltern für meine Schwestern Tanzpartner brauchten, griffen sie einfach zum Telephon und ließen sich acht junge Offiziere schicken. Fünf Minuten vor sieben standen sie vor der Haustür. Drei Minuten vor sieben klingelten sie. Eine Minute vor sieben gaben sie in der Diele ihre Mützen ab. Und um Punkt sieben stellten sie sich meinen Eltern vor.

Der Haß auf die Juden ist so alt wie die Welt. Judenverfolgungen gab es in Rußland, Österreich und später auch in Deutschland. Ich muß sagen, daß sie bis zu einem gewissen Grad gerechtfertigt waren. Was in Deutschland passierte, war nämlich eine Reaktion auf die Ostjuden aus Galizien. Solange sie unter sich blieben, waren sie in Ordnung, aber gegenüber Nicht-Juden, den Gojim, war alles erlaubt. Ich weiß noch, wie Hitler an die Macht kam und wir ins Hotel Adlon eingeladen wurden, um von dort aus den großen und äußerst eindrucksvollen Fackelzug zu beobachten, durchs Brandenburger Tor und Unter den Linden entlang. Das muß zweiunddreißig oder dreiunddreißig gewesen sein. Es war einfach packend und mitreißend.

Der erste Mai neunzehnhundertdreiunddreißig – das war der Tag, an dem für uns eine Welt zusammenbrach. Mein Vater durfte nicht mehr ins Büro. ‚Ich entscheide, wer Deutscher und wer Jude ist', sagte Hitler. Dabei fühlte sich mein Vater doch als preußischer Offizier und Deutscher! Er starb fünfunddreißig in der Schweiz. Verdammt, war das ein schwerer Schlag!

Zu Hause sprachen wir Englisch. Als ich fünf war, hatten wir eine französische Mademoiselle, ein Jahr später eine englische Miss. Sie hieß Miss Natalie, war kräftig gebaut und eine ausgezeichnete Kurzstreckensprinterin. Ich konnte springen wie ein Floh. Ich ging Schwimmen, Schlittschuhlaufen und Skifahren. Aber Ballspiele waren nicht mein Fall. Das brachte mich in England ganz schön in Verlegenheit. Beim Rugby spielte ich zuerst im Mittelfeld und später Dreiviertel. Im Sommer wurde gerudert. Ich saß entweder am Schlag oder war Nummer sieben. Man ließ mich kein bißchen spüren, daß ich Ausländer war.

Wissen Sie, mein Vater war zwar Deutscher, aber anglophil, und wir wurden erzogen wie preußische Prinzen. Zu Hause sprach unser Vater gern und viel Englisch. Ich weiß noch, wie er einmal mit einem Satz Schnitzwerkzeuge von Aspreys aus London zurückkam. Seine Smokinghemden wurden in London gewaschen und gestärkt. Das war nichts Ungewöhnliches. Ich wuchs also in einem Verschnitt aus englischer und preußischer Lebensart auf. Auf der einen Seite locker und ungezwungen, auf der anderen sehr steif und formell.

In England fühlte ich mich von Anfang an pudelwohl. Alle waren freundlich und höflich zu mir. Es war ein angenehmes, friedliches Land. Wir tranken in den Pubs Apfelmost, und niemand fragte einen, wo man herkam. Das war Privatsache. Niemals gab man mir das Gefühl: ‚Du gehörst hier nicht her. Raus mit dir, verdammter Ausländer!' Ich war einfach nur ein Mensch unter anderen. Ich erinnere mich, daß zu unserer Schullektüre *Gullivers Reisen* und die Erzählung des Pfarrers aus Chaucers *Canterbury Tales* gehörten. ‚He fethered Pertelote twenty tyme / And trad hire eke as ofte' – was immer das heißen soll. Ich spielte in *Julius Caesar* mit, aber ich war nur einer der Soldaten, die die Treppe hochlaufen und: ‚Caesar ist tot!' rufen mußten. Anders als in Deutschland blühte ich in der englischen Schule auf wie eine Primel nach dem Regen. Vor lauter Selbstsicherheit und Selbstvertrauen – den Unterschied habe ich nie ganz begriffen – platzte ich geradezu aus den Nähten. Ich sehe mich noch im rußgeschwärzten Bahnhof von Paddington in den Zug steigen. Damals las ich den *Daily Mirror*. Warum? Weil mir ‚Janes Abenteuer' gefielen."

Von F. hatte etwas von einem Spürhund und ein Faible für die Versteckspiele der Geschichte. Andere mochten Spaß daran haben, in modernen Abwandlungen oder Verballhornungen alte sächsische Ortsnamen zu entdecken – der junge von F. interessierte sich brennend für ursprünglich sächsische Siedlungsgebiete, insbesondere inmitten der Lausitzer Sorben oder Wenden. Ortsnamen, zumal slawische auf deutschem Gebiet, machten den Gelehrten in den dreißiger Jahren gehörig zu schaffen. Der junge von F. tat sich auch hier hervor, wie in so vielem anderen. Aber es waren nicht die Geheimnisse um manche Ortsbezeichnungen jenseits der Elbe, die es ihm angetan hatten. Im Frühjahr 1927 machte er Abitur mit der Gesamtnote ‚gut'. Er beschloß, sich weiterhin von seinem Interesse an der Erforschung von Völkerschaften leiten zu lassen, sich zu immatrikulieren und Anthropologie sowie Ethnologie zu studieren, mußte jedoch zu seinem Erstaunen feststellen, daß Leipzig die einzige Universität war, an der man dieses Studium ernsthaft betreiben konnte. Den dortigen Lehrstuhl hatte seit kurzem der bedeutendste deutsche Fachgelehrte seiner Zeit inne, der gerade erst aus Wien zugezogene Professor Otto Reche.

Von F. hatte seine Studien in München begonnen, wo er Fechten lernte und gern mit dem Fahrrad an der quer durch die Stadt fließenden Isar entlangfuhr, aber Leipzig kam seinen wissenschaftlichen Ambitionen dank Professor Reches Vorlesungen mehr entgegen. Trotzdem verbrachte er dort nicht die gesamte Studienzeit. An deutschen Universitäten genossen die Studenten nach dem ersten Semester beträchtliche Freiheit, und so absolvierte der junge von F. die sieben Semester bis zur Promotion an nicht weniger als vier Universitäten.

Das Leben eines deutschen Studenten jener Tage läßt sich schwer schildern. Der junge von F. versetzte seine Freunde in Oxford immer wieder in Erstaunen, wenn er ihnen einen typischen Tag beschrieb: „Nach einer Tasse Kaffee ging es für eine Stunde zum Fechten in die Turnhalle. Danach wurde ein bißchen im Schießstand geübt, meist mit Kleinkalibermunition. Anschließend besuchte man eine einstündige Vorlesung. Philosophie war gleichbedeutend mit Hegel, Poesie mit Hölderlin. Vor dem Mittagessen, so zwischen elf und zwölf, machte ich einen kurzen Ausritt. Nach dem Essen gab es theoretischen Unterricht in den Finten und Kniffen der Fechtkunst. Abends gingen wir meist ins Theater. O ja, ich hatte eine Menge Spaß.

Was es mit den Narben auf sich hat? Meint ihr diese hier? Ach, die stammen von mehreren Duellen. Eine beliebte Zierde vieler deutscher Studenten. Ich habe sie mir bei der Mensur geholt. In Göttingen. Als Mitglied einer alten Burschenschaft. Ja, wir haben uns geschlagen. Richtig duelliert. Die Narben waren zwar kein Muß, aber irgendwann bekam man etwas ab, wenn man sich an die Regeln hielt. Sie bewiesen, daß man ‚satisfaktionsfähig' war, wie wir es nannten. Wie würdet ihr das ins Englische übersetzen? Wie wär's mit *capable of giving satisfaction?* Die Narbe hier auf der Backe, dicht neben dem Mund, verpaßte mir ein gewisser Pfeister. Er mußte einmal Blut lassen, ich zweimal. Die zweite Narbe, die parallel zur ersten verläuft, holte ich mir bei einem anderen Anlaß. Als ich ungefähr ein Jahr später nach München zurückkehrte, wurde ich von einem Burschen namens Brackmann gefordert. Wir waren aneinandergerasselt – ja, richtig geraten, wegen eines Mädchens. Sie hieß Perdita. Eine kleine zarte Blondine mit eisblauen Augen. Ich weiß nicht, ob sie es wert war. Aber das spielt keine Rolle. Es ging um die Ehre. Wahrscheinlich wißt ihr, daß die Mensur in den zwanziger Jahren von der Weimarer Regierung verboten worden war. Aber die Korpsstudenten hatten sie jahrhundertelang praktiziert und ließen sich durch keine amtliche Verfügung davon abbringen. Genausogut hätte man versuchen können, die höllische Sauferei abzuschaffen. Mein Gott, wie oft waren wir voll! Richtige Trunkenbolde waren wir."

Bei seiner Ankunft in Oxford sprach der junge von F. bereits ein wunderbar elegantes Englisch und machte nur winzige Schnitzer. Was für ein liebenswerter junger Mann! Er war sehr groß, an die eins neunzig, trug stets schwarzseidene Socken, hatte eine hohe, glänzende Stirn unter einem Wust blonder Locken und wässrige, meerblaue Augen, die beim Grübeln ganz weich wurden und dann zart, fast weiblich wirkten. Kein Wunder, daß sein Englisch so gut war. Sein Vater, Offizier und Edelmann, hatte eine Fabrik für Sanitärartikel. Kaum zu glauben, aber er war Jude. Dies war für alle eine gewaltige Überraschung, denn die Familie hatte keine Ahnung – bis die Nazis kamen und es ihnen unter die Nase rieben. Doch die Nazis schienen sich ihrer Sache alles andere als sicher zu sein, denn nachdem von F.s Vater 1935 in der Schweiz Selbstmord begangen hatte, ließen sie die ganze Angelegenheit auf sich beruhen. Sie hatten überhaupt nichts dagegen, daß von F. nach Deutschland zurückkehrte, oder doch?

Seine Mutter war zur Hälfte Amerikanerin. Eine reiche Erbin, Daisy Milteagan aus Savannah in Georgia. Das Familienvermögen war mit ‚verderblicher Ware' verdient worden, wie der junge von F. es nannte. Gemeint waren Sklaven. Es ärgerte Max, daß es dem jungen Deutschen offenbar peinlich war, womit seine Sippe ihr Geld gemacht hatte. Nachträglich Dinge, die längst der Geschichte angehörten, moralisch zu werten, fand Max ungehörig. Was passiert war, war passiert.

Der junge von F. traf im März 1936 in England ein. Er hatte in Leipzig mit *summa cum laude* promoviert, und seine Dissertation war vom Prüfungsausschuß lobend erwähnt worden. Ihr Titel lautete: *Das breite Becken: ein sächsisches Vermächtnis*. Obschon das Werk eines sehr jungen Menschen, wurde die Doktorarbeit sogar von dem großen Professor Reche höchstpersönlich gepriesen. Er bedachte sie mit dem Prädikat ‚elegant', und als wäre dies nicht genug, tat er ein übriges, um von F.s Zukunft als Anthropo- und Ethnologe zu sichern, indem er sie als ‚bahnbrechend' qualifizierte.

Daß dergleichen Loblieder nicht grundlos angestimmt wurden, bewies der hohe Grad an Weitsicht, der die Arbeit des jungen von F. auszeichnete. Zweifellos besaß er eine Gabe, die er auch im späteren Leben unter Beweis stellen sollte: die Gabe, schon im voraus Bescheid zu wissen.

In deutschen Ethnologenkreisen braute sich in den dreißiger Jahren ein Sturm zusammen. Untersuchungen sächsischer Skeletteile hatten eine große Anzahl mißgebildeter Hüftgelenke zutage gefördert. Dieses Phänomen ist bei Menschen mit breitem Becken keine Seltenheit. Angeheizt wurde die Debatte im Deutschland der dreißiger Jahre durch die Theorie, daß es in den ostelbischen Gebieten und – schlimmer noch – sogar diesseits der Elbe bereits vor Ankunft der sächsischen Siedler slawische Bewohner gegeben habe und daß sie, wie das häufige Vorkommen breiter Becken belege, schuld seien an einer Verunreinigung der deutschen Erbmasse. Wenngleich diese Debatte nicht offen ausgetragen wurde, bereitete sie den besten Wissenschaftlern dennoch großes Kopfzerbrechen, zumal die meisten unerschütterlich einer Lehrmeinung anhingen, derzufolge es schon in frühester geschichtlicher Zeit zu beiden Seiten der Elbe ausgedehnte sächsische Siedlungsräume gegeben hätte. Von F. vertrat nun die ‚elegante' These, die sächsische Besiedlung sei so umfassend gewesen und reiche so weit in die Vergangenheit zurück, daß der Begriff ‚slawisch' bei genauerer Betrachtung gegenstandslos werde. In seinen eigenen Worten: „Das sächsische Faktum setzte sich gegen die slawische Eventualität durch."

Dank der Pionierarbeit des jungen von F. in diesem Bereich konnten Koryphäen wie Professor Reche später nicht nur schlüssig darlegen, daß das mißgebildete Hüftgelenk nicht etwa ein von minderwertigen slawischen Vorfahren ererbtes Gebrechen sei, sondern zudem überzeugend als eigentliche Erklärung anführen, daß schon vor undenklichen Zeiten Deutsche östlich der Elbe gelebt hätten und es folglich unwissenschaftlich sei, das Wort ‚slawisch' als spezifisch ‚rassische' Kategorie zu verwenden. Fest steht, daß sich der junge von F. im Gegensatz zu seinem früheren Mentor nie zu der Behauptung verstieg, ursprünglich deutsche Siedlungsgebiete jenseits der Elbe seien in der Folgezeit von barbarischem Gesindel ‚verslawt' worden – hier machte er im Englischen bewußt ein hintersinniges Wortspiel mit dem Begriff *enSlav'd*. Nein, von F. gab sich in Wissenschaft und Politik stets gemäßigt. Er wollte sich an die Wahrheit halten. Sollten doch andere aus Grundlagenforschung und solider wissenschaftlicher Arbeit ihre Schlußfolgerungen ziehen, wenn sie dies als Wissenschaftler zu ihren Aufgaben zählten.

Zum Sommerhalbjahr 1936 bezog von F. in Oxford im Nonce Hall Quartier. Das College war zwar Mitte des sechzehnten Jahrhunderts gegründet worden, bot sich dem zwanzigsten jedoch als mitten in der Stadt gelegene Ansammlung ziemlich trostloser, rauchgeschwärzter Bauten aus viktorianischer Zeit dar. Von Nonce aus war der Fluß nicht zu sehen. Der viereckige Hof war selbst im Mai düster und feucht. Das College stand im Ruf, ein Hort philosophischer, logischer und erkenntnistheoretischer Strenge zu sein. Dem lief jedoch eine gewisse politische Radikalität zuwider, insbesondere bei den jüngeren Studenten. Obwohl es ein himmelweiter Unterschied war zwischen den dreißiger Jahren und dem zügellosen Lotterleben, das in den Jahren nach dem Ersten Weltkrieg an den Universitäten eingerissen war, umgab Nonce Hall auch dann noch eine Aura geheimer sexueller Verruchtheit und zumal abenteuerlicher bisexueller Affären, die in der Stadt von Zeit zu Zeit für einen Skandal sorgten und die Gemüter erhitzten. Bezeichnenderweise erfreute sich die ‚neue' Schule für Philosophie, Politik und Ökonomie bei den Studenten großer Beliebtheit. Wichtiger noch als die in einem College üblichen Lebensinhalte – Rudern, Sex und Snobismus – war den Insassen von Nonce Hall eines: Sie wollten unbedingt modern sein.

Der junge von F. stürzte sich in das Oxforder Leben. Er fuhr im Punt auf dem Fluß herum und stellte sich dabei schon bald recht geschickt an, was bei einem Menschen seiner Körpergröße keine Selbstverständlichkeit war. Es galt als ausgemacht, daß Männer über eins fünfundachtzig sich mit der Technik des Stakens meist schwertun. Neben dem Bootfahren frönte von F. auch der Jagd, und zwar in keinem geringeren Revier als Blenheim Castle. Mit von der Partie war Tubby Semple, ein liebenswerter Nichtsnutz, der, soweit bekannt, noch nie einen Finger krumm gemacht hatte und eben deswegen ein gewisses Ansehen genoß. Die Art, wie von F. ihn charakterisierte – „ein Mensch von seichtem Geist, aber liebenswertem Gemüt" –, zeigte vielleicht schon in jener frühen Phase seines Oxforder Abenteuers, daß er sich von seinen englischen Kommilitonen in vielfacher Hinsicht unterschied, und dies sollte während der Jahre, die er in Oxford verbrachte, immer deutlicher zutage treten.

Im Gegensatz zu manchen seiner Kommilitonen schlief er mit einer Anzahl Frauen, mit einigen sogar wiederholt. Da war zum Beispiel Cynthia Pargeter. Er lernte sie im Sozialistischen Klub kennen, dem er beigetreten war. Ihr gestand er, daß er gelinde Zweifel hegte, was die Fähigkeit der Briten betraf, es sich richtig gutgehen zu lassen. Später sollte Cynthia Max erzählen, der junge von F. habe ihr gegenüber einmal die Bemerkung gemacht: „Sie verfügen über ein gewisses Maß an Ernsthaftigkeit, sind aber nicht tiefernst." Was sie Max verschwieg, war, daß sie und von F. zu jenem Zeitpunkt nackt waren und er ihren Körper mit einem Stakkato zarter Küsse bedeckte, wobei er bei den Ohren begann und dann einer geraden Linie folgte, die über das

Kinn und zwischen den Brüsten hindurch verlief (dort richtete er es so ein, daß seine Wangen sich an den Brustspitzen rieben), um im Fell zwischen ihren Beinen zu enden. Des weiteren erzählte sie Max nicht, daß sie dabei auf dem Rücken lag, mit festem Griff seinen prallen Penis umschlossen hielt und von F. auf diese Weise zwang, über ihr einen derart krummen Rücken zu machen, daß er in ihren Augen wie ein riesiger weißer Engerling aussah.

Nach diesem Manöver, das von F. „die Talfahrt beim Küssen" nannte, drang er erst dann in sie ein, wenn sie ihn dringlich darum bat. Die Art, wie von F. und die junge Cynthia Pargeter ihr Liebesspiel betrieben, war geräuschvoll und hemmungslos. Sie rief immer wieder seinen Namen und tat dies um so lauter, je heftiger er als Antwort auf ihre Rufe zustieß. Er flüsterte ihr deutsche Worte zu, und im Augenblick des Höhepunkts raunte er ihr meist zwischen Lauten, die halb wie ein Gebet, halb wie Schluchzen klangen, leise, aber in vollendeter Diktion, ein Bruchstück eines Gedichts ins Ohr. Erst später sollte sie herausfinden, daß die Verse von Hölderlin waren, seinem Lieblingsdichter.

Cynthia verriet Max einige Zeit danach lediglich: „Ich habe nie einen zwiespältigeren Menschen gekannt. Egal, wo sein Körper gerade war – man konnte sicher sein, daß er selber im Geiste ganz woanders war."

In Oxford war es damals herrlich, in Deutschland hingegen sah es schlimm aus. Ralphie Treehouse, ein zwei Jahre älterer Freund, der mehrere Jahre in Deutschland verbracht hatte, gleichfalls Mitglied des Sozialistischen Klubs und später Senkrechtstarter im Auswärtigen Amt, verwies einmal darauf, was für ein unverbesserlicher Deutscher von F. doch sei.

„Er ist ein Teutone vom Scheitel bis zur Sohle", bemerkte er. Spätere Äußerungen fielen noch bissiger aus: „Zeig ihm den Mondschein, und er denkt an Beethoven. Bring das Gespräch auf Deutschland, und er fängt von Goethe an. Wie kann man aber über Deutschland reden, ohne zu wissen, wo es liegt? *Germany? But where is it?* Genau. Wo liegt es? Ich an eurer Stelle würde mich von seinem tadellosen Englisch keine Sekunde lang täuschen lassen. Verdammt, der Mann ist wirklich ein hundertprozentiger Teutone."

Trotzdem mochten ihn alle, besonders Ralphie Treehouse. Es war ungefähr zu der Zeit, als der junge von F. ganz in der Musik Haydns und Beethovens aufging. Er schlief zwar noch genauso oft mit Cynthia, praktizierte aber nicht mehr die „Talfahrt beim Küssen". Tubby Semple putzte er furchtbar herunter, weil er sich ‚über den komischen kleinen Spinner Hitler' lustig machte, und zu Ralphie Treehouse, der bereits zu seinem schwindelerregend schnellen Aufstieg im Außenministerium ansetzte, sagte er, er gräme sich wegen seines Landes, doch Gottseidank gebe es ja die reine, unpersönliche Wissenschaft, die dem Menschen vielleicht doch noch zum Wohl gereichen könne.

Jahre danach sollte Treehouse sich an ihn erinnern: „Er hielt mir das Handwerkszeug seines Berufsstandes unter die Nase: Schublehre und Greifzirkel, die er immer in einem braunen Lederetui mit sich herumtrug. Ich glaube, das Etui stammte aus Argentinien. Wenn mein Gedächtnis mich nicht täuscht, ließ er es sich nicht nehmen, mir in seiner gründlichen Art die Meßmethode zu erläutern, mittels der man mit äußerster Genauigkeit feststellen kann, welchem Geschlecht und welcher Rasse ein Mensch zu Lebzeiten angehörte. Man könne es ganz einfach anhand der Maße ermitteln, betonte er, sogar noch lange Zeit, nachdem die betreffende Person gestorben und begraben worden sei. Durch die Vermessung von Knochen oder Bruchstücken, ja sogar von Splittern verkohlter Überreste könne man tatsächlich bestimmen, ob jemand Indoeuropäer, Afrikaner oder Asiate gewesen sei. Ich glaube, die Methode wurde im neunzehnten Jahrhundert von einem Franzosen namens Bertillon entwickelt. Mir kam das alles ziemlich spanisch vor, aber wenn von F. erst einmal in Fahrt kam, war er nicht mehr zu bremsen."

Von F. wurde *fellow* im Nonce Hall College und hätte für immer dort bleiben können. Mehrmals verkündete er, daß er dies beabsichtige. Aber Hitler hatte andere Pläne mit ihm. So kam es, daß der junge von F. ohne Vorwarnung von einem Tag auf den anderen beschloß, nach Deutschland zurückzukehren. Ende 1938 schiffte er sich in Southampton ein. Seine Freunde waren entsetzt. Nur Cynthia verabschiedete sich von ihm. Die beiden machten einen Umweg über London und gingen in der Tottenham Court Road zu einem Tanztee im Palais de Danse. Danach stiegen sie in ein glücklicherweise menschenleeres Zugabteil und liebten sich beim Schein der Leselampe, die erst grünliches und nach Einbruch der Nacht spärliches weißes Licht verbreitete, ein letztes Mal. Diesmal verzichteten sie auf die gewohnten Finessen und fielen gierig übereinander her, was nicht nur an der verzweifelten Gewißheit lag, daß ihre Zeit abgelaufen war, sondern auch an der grotesken Beengtheit des Abteils. Sie nahm sein Glied in den Mund. Er stellte sie buchstäblich auf den Kopf, und während sie die Schenkel fest an seine Ohren preßte und auf diese Weise die mit gräßlicher Eile über die Schienen ratternden Räder zum Verstummen brachte, trieb er seine Zunge tief in ihre Vagina. „Englischer Kopfstand" sagte er dazu. Als sie danach feststellten, daß in dem verwinkelten Abteil eine konventionelle Stellung beim Beischlaf nicht in Frage kam, legte er sich kurzerhand auf den Fußboden und streckte die langen nackten Beine aus dem offenen Fenster. Vorsichtig bestieg sie ihn und brachte sich, während er mit geschlossenen Augen auf dem Rücken lag, behutsam und ohne Hast zum Orgasmus, indem sie seinen Penis Zoll für Zoll ungefähr in derselben Weise auskostete, wie er es während der „Talfahrt beim Küssen" mit ihrem Körper getan hatte.

Später fragte sie ihn, woran er unterdessen gedacht habe, und er antwortete geradeheraus: „An von Papen. Hindenburg hat mit seiner Ernennung einen schweren Fehler gemacht. Er ist genauso schlimm wie Hitler. Schlimmer, weil er ein Schwächling ist. Trotzdem glaube ich nicht, daß Hitler sich auf lange Sicht durchsetzen wird. Er hat starke Kräfte gegen sich."

Cynthia lachte im Dunkeln. „Ehrlich gesagt wäre es mir lieber gewesen, wenn du mir ein bißchen Hölderlin ins Ohr geflüstert hättest. Ich hatte gehofft, daß du in Gedanken ganz bei der Liebe bist."

Von F. winkelte die aus dem Fenster ragenden Beine an und zeigte ihr die schwarzen Stellen, wo von der Lokomotive ausgestoßene Rußpartikel gelandet waren. „Ich hatte fast das Gefühl, über glühende Kohlen zu gehen. Trotzdem war ich ganz bei der Sache. Zuerst hast du den englischen Kopfstand gemacht, dann war ich das unterlegene Deutschland. Welch köstliche Symmetrie, meine Liebe, und das im Zug nach Southampton!"

Cynthia blickte mit gespielter Strenge auf seinen hageren Körper hinab und sagte spöttisch: „Also wirklich! Weißt du was? Ralphie Treehouse hat recht: Du bist ein unverbesserlicher Deutscher!"

Als in den frühen Morgenstunden unvermutet Max auf dem Pier von Southampton auftauchte, um von F. zum Abschied zuzuwinken, versuchte von F. noch immer, Cynthia klarzumachen, daß er zwar tatsächlich ein unverbesserlicher Deutscher, jedoch kein Nationalist sei. Er hänge an seinem Land einfach nur so wie sie, die hoffnungslose Engländerin, an ihrem. Max erinnerte sich, daß von F. zu ihm sagte: „Machen Sie ihr begreiflich, daß ich nur ein Patriot bin, der in die Heimat zurück und für sein Land kämpfen muß. Was würde wohl Fowler dazu sagen?"

„Er würde sagen, daß Sie im Englischen das ‚a' von *patriot* zu weich aussprechen. Eigentlich behält er das weiche ‚a' dem Adjektiv *patriotic* vor, aber er würde es wohl trotzdem durchgehen lassen. Egal, wie Sie das Wort aussprechen, mit weichem oder hartem ‚a' – Sie sind auf jeden Fall ein Patriot."

Ja, Max erinnerte sich noch genau. Im Geiste sah er, wie das Schiff auslief, und er sah Cynthia auf dem Pier. Sie winkte. Max mußte daran denken, wie sie ihn fragend angeblickt hatte. Er wußte, was für eine stumme Frage sie bewegte, aber er entsann sich nicht mehr, ob sie von ihm eine Antwort erwartete an diesem regnerischen, vom tristen Kreischen der Möwen und dem Läuten der Schiffsglocken erfüllten Augustmorgen. Was hatte er dort zu suchen?

Max blickte durch den sich verengenden Tunnel der Zeit

zurück zu den winzigen Gestalten auf dem Pier von Southampton und kramte verzweifelt in seinem Gedächtnis. Warum war er hingefahren?

Jetzt lag er in seinem dunklen Zimmer in Haus Seelenfrieden, hörte, wie Major Bobbno zum Angriff auf die Anhöhe und die deutschen Linien blies und konnte sich die Frage nicht beantworten. Immerhin wußte er noch, was Fowler zum Thema Patriot/Patriotismus zu sagen hat. „Das falsche Maß", führt Fowler in seiner lehrerhaften und zugleich liberalen Art aus, „hat keinerlei Bedeutung." Für den jungen von F. hatte es wirklich keinerlei Bedeutung mehr: Er war seit vielen Jahren tot.

## 13

## Innocenta greift ein

Wieder einmal kam Max am Arm von Sergeant Pearce heim. Unterwegs eine kleine Diskussion über Kernfusion. Und über das Liebesleben Williams IV.

„Stimmt es, daß er in fremden Betten eine Menge Bälger gezeugt hat?" Sergeant Pearce bugsierte Max in den St. Margaret Drive, und die Jungen, die gerade aus der Schule kamen, begafften den Polizisten und den hageren, hochgewachsenen Greis mit den schlenkernden Armen, der blutroten Krawatte und den ramponierten Schuhen. Obwohl der Sergeant und sein Begleiter für die Jungen auf der gegenüberliegenden Straßenseite ein vertrauter Anblick waren, flüsterten sie sich jedesmal zu: „Mann, der Bulle ist schwer in Ordnung!" Wenn die beiden auftauchten, freuten sie sich genauso, wie wenn sich Beryl die Bärtige in Haus Seelenfrieden oben an einem Fenster blicken ließ. Sie nannten Sergeant Pearce und seinen Begleiter „den Bullen und das Skelett".

„König Wilhelm hatte mit seiner angetrauten Gattin zwei Kinder, leider nur zwei", führte Max aus. „Sie war Deutsche."

„Sieh an, wer hätte das gedacht, Sir! Wer hätte das gedacht. Eine waschechte Deutsche?"

„Durch und durch", versicherte Max. „Beide Königskinder starben im Säuglingsalter. Allerdings zeugte er danach mit seiner Geliebten, einer Schauspielerin namens Dorothy Jordan, noch zehn weitere."

„Bastarde, Sir."

„Richtig, aber gute *englische* Bastarde."

Mr. Fox nahm sie an der Haustür in Empfang. „Sie können den Gefangenen bei mir abliefern, Sergeant. Wie immer Dank für Ihre Hilfe. Was machen wir bloß mit Ihren Ausflügen, Mr.

Montfalcon? Sie können doch nicht einfach so verschwinden. Ihre Verwandten rücken mir jedesmal mit peinlichen Fragen auf den Leib."

„Dies ist ein freies Land", sagte Max.

„Da scheint Ihre Familie aber anderer Ansicht zu sein, Mr. Montfalcon. Ich glaube, ich sollte Ihnen einen Beeper geben. Das ist ein kleiner Apparat, den Sie sich an den Gürtel hängen. Dann kann ich Sie anpiepsen, wenn Verwandte zu Besuch kommen, und Sie können rasch zur nächsten Telephonzelle gehen und sich melden. Ihr Schwiegersohn macht mir ernsthaft Schwierigkeiten. Er findet es offenbar nicht gut, daß Sie allein in der Gegend herumspazieren."

„Auf diesen Inseln haben wir gelernt, für unsere Freiheit zu kämpfen", sagte Max stolz.

„In Haus Seelenfrieden", konterte Mr. Fox behutsam, „genießen wir unsere Freiheit, ohne für sie kämpfen zu müssen. So, jetzt wollen wir mal nach oben gehen. Wir haben Besuch."

Sie saß an Max' Tisch und trug ein aprikosenfarbenes Kleid und eine Art purpurroten Hut, der mit kleinen bunten Glasscherben besetzt war und ihr das Aussehen einer ägyptischen Pharaonin verlieh, wäre da nicht die bauchige Handtasche aus schwarzem Plastik gewesen.

„Hallo, Opa."

„Geh nach Hause, Innocenta."

„Erst nachdem du mir erzählt hast, was überhaupt los ist. Ich will ja nicht übertreiben, aber du hast eine Menge Staub aufgewirbelt, Opa. Mummy und Daddy reden nur noch über Deutschland. Deutschland, Deutschland, die ganze Zeit Deutschland! Bei dem Wort Deutschland hab ich bisher nur daran denken müssen, daß es dort gute Tennisspieler gibt und die ganze Welt Angst vor dem vielen Geld der Deutschen hat. Bist du Deutscher, Opa? Daddy meint, du bist so ziemlich der böseste Deutsche, den man sich vorstellen kann. Für ihn kommst du gleich nach Adolf Eichmann. Woher kommst du?"

„Aus Harwich."

„Ja, ich weiß, das behauptest du immer, aber unter uns gesagt, Opa, ich glaub nicht, daß du dich noch länger hinter Harwich verschanzen kannst. Wußtest du, daß angeblich Polizisten in Polen rumschnüffeln und nach Spuren aus deiner Vergangenheit suchen?"

„Polen war ein rassisches Sammelsurium. Um die einzelnen völkischen Splittergruppen zu unterscheiden, mußte man erst die Spreu vom Weizen trennen."

„Hm. Mummy sagt, du seist in Polen gewesen. Sie meint, sie hätte dich Polnisch reden gehört, als du bei ihr gewohnt hast."

„Lizzie irrt sich. Ich war noch nie in Polen. Sie meint von F., einen jungen Deutschen, den ich vor dem Krieg kannte. Er war eine Zeitlang dienstlich in Polen. In einer von diesen Anstalten. Ich brauche wohl nicht ins Detail zu gehen. Es reicht, wenn ich dir sage, daß er ihre Projekte nie gutgeheißen hat. Er hat sich geweigert, mit dem Strom zu schwimmen."

„Er war also ein guter Deutscher?" fragte Innocenta.

Max zögerte. „Er war kein *böser* Deutscher."

„Laß uns was trinken, Opa."

„Geh nach Hause, Innocenta, und halte dich von mir fern. Hier findet ein Kampf auf Leben und Tod statt."

„Hör mal, wenn dir jemand eine Menge verdankt, dann ich. Ohne dich hätte ich am Ende vielleicht wirklich diesen Nigel geheiratet. Ein schlimmes Schicksal, tausendmal schlimmer als der Tod. Du hast anscheinend keine Gläser. Macht nichts, wir nehmen einfach Tassen."

Die reizende, aufgeweckte Innocenta. Sie zog eine Flasche Whisky aus der schwarzen Handtasche und blickte mit ihrem kreidebleichen Gesicht eifrig zu Max auf, so daß er sah, wie dick die dunkelrote Rougeschicht auf den Wangenknochen war und welche Menge purpurfarbenen Lidschatten sie aufgelegt hatte. Was für ein Anblick für seine armen, alten Augen! Wie gut sie sich auf dem Bildschirm macht, dachte Jack gleichzeitig unten im Observationsraum, am Ende des Korridors. Sogar auf dem kleinen Monitor sah sie blendend aus mit ihrem flammenden Haar und den grünen Augen. Kurvenreich und doch straff wie sie war, hätte Jack sie gern angefaßt. Die Art, wie Max ihre Schulter streichelte und sich ihre silbrig glänzenden Lippen öffneten, wenn sie etwas sagte... Fast hätte man glauben können, daß sie nicht redete, sondern sang.

„Wenn Daddy recht hat und sie hier bald aufkreuzen, um dich zu holen, Opa –", sie streichelte seine Hand, die auf ihrer Schulter lag, „– dann solltest du dich rechtzeitig aus dem Staub machen. Und dabei wirst du ein bißchen Hilfe brauchen."

„Ich war immer ein flinker Bursche", sagte ihr Großvater. „Jedenfalls in meinen besten Jahren."

Als junger Bursche war er ein schneller Kurzstreckensprinter gewesen. Niemand in Churtseigh konnte ihm das Wasser reichen. Das bestätigte ihm sogar der Bischof von London. Max war an einem Palmsonntag zum Bischof gegangen und hatte ihm eine Frage gestellt, die ihn seit langem beschäftigte: „Hochwürden, dies ist eine anglikanische Schule, aber ich bin Lutheraner. Kann ich trotzdem die Heilige Kommunion empfangen?" – „Was hat das eine mit dem anderen zu tun?" hatte der Bischof in seiner aufgeräumten Art erwidert. „Natürlich kannst du! Übrigens sagen die anderen Jungen, daß du nicht Rugby spielst."

„Ich glaube, für Rugby muß man ein angeborenes Talent haben, Hochwürden."

„Unsinn! Komm nach dem Mittagessen auf den Sportplatz."

Und nach dem Essen hatte der Bischof auf dem Rugbyfeld die Zipfel seiner Soutane hinter den Gürtel geklemmt, sich den Ball geschnappt und ihn hoch in die Luft gekickt.

„Prima Schuß, Hochwürden!" hatte der Junge gerufen. Der Bischof hatte sich mit einem großen weißen Taschentuch die Stirn abgewischt und gesagt:

„Wenn ich es kann, kann es jeder. Aber mach du ruhig mit dem Sprinten weiter. Die anderen Jungen meinen, du seist sehr flink auf den Beinen."

Max hätte auf den Bischof von London hören und beim Sprinten bleiben sollen. Das war eindeutig die Sportart, in der er sich am meisten hervortat. Anders verhielt es sich mit dem

Spurten. Fowler räumte zwar ein, daß sich die beiden Begriffe heutzutage fast deckten, wies jedoch zugleich darauf hin, daß „Sprint" im modernen Sprachgebrauch zunehmend im Sinne eines Wettlaufs mit hohem Tempo verwendet wird. Das Wort „Spurt" hingegen werde immer mehr auf die Bedeutung von „kurzfristige körperliche oder geistige Anstrengung" reduziert.

Jetzt verlangte Max seinem Geist einen Spurt ab. Und er verzichtete stillschweigend darauf, in dieser Runde immer eine Nasenlänge vorn sein zu wollen.

„Du könntest etwas für mich tun, Innocenta."

„Sag es mir."

„Erst eine Geschichte. Die von dem armen Jungen, der zum Markt ging."

„Laß mich raten – um die Kuh seiner Mutter zu verkaufen?"

„Nein, das nicht, aber du bist nahe dran. Er verkaufte die Kuh seiner Mutter nicht, sondern tauschte sie gegen etwas ein, das ihm besser gefiel."

„Jack mit der Bohnenranke und der Riese! Du spielst auf das Märchen an, stimmt's, Opa?" Innocenta füllte ihre Tassen nach. „Erzähl es mir!"

Das entscheidende an Geschichten wie dieser sei, meinte Max, daß der Junge die Oberhand über den Riesen behalte. Er klaue ihm sein Gold, plündere ihn aus, bringe seine Freunde um, schlachte die Gans, die goldene Eier lege, täusche seine Frau und störe seine Nachtruhe. Am Ende bringe er ihn sogar um. Das entscheidende an Geschichten wie dieser sei weiterhin, daß der Junge ungeschoren davonkomme. Aber das entscheidende an *dieser* Geschichte sei, schloß Max, daß sie ganz anders ausgehen werde. Er zeigte auf die schlanken schwarzen Spürnasen der neugierigen Kameras. „Und wer beobachtet den Beobachter? Der Dieb in der Nacht?" Von Zeit zu Zeit streichelte er ihre Wange. „Entscheidend ist, ganz nah an ihn ranzukommen." Und als Innocenta fragte: „Wie nahe?", antwortete er lächelnd: „So nahe du kannst."

In Innocentas Augen ging es hier um Leben und Tod. Um Max' Rettung. Aber war er noch zu retten? Ihre Eltern, die

Königin und ihr unerbittlicher Prinzgemahl, hatten den alten Herrn aus ihrem Haus verstoßen. Aber sie, Innocenta, würde nicht zulassen, daß man ihm etwas zuleide tat. „Nur über meine Leiche", murmelte sie, und ihr Großvater sagte: „So weit werden wir wohl nicht gehen müssen."

Bin ich wirklich derselben Meinung? Oder ist Innocenta für mich kaum mehr als ein Köder für meine Falle? Diese Frage stellte sich Max ungerührt. Er hatte beobachtet, wie der Beobachter Innocenta beobachtete. Max liebte Innocenta. Aber Krieg ist Krieg, dachte er. „Du wirst mein Kuckucksei im gegnerischen Nest sein, meine Augen und meine Ohren", sagte er.

Und Innocenta dachte, ja, warum nicht. Schließlich war sie schon so vieles gewesen, von einer strengen Vegetarierin bis hin zu einer Anhängerin von Sri Chinmoy. Und an einem Friedenslauf von Glasgow nach Dover hatte sie auch teilgenommen. Sie war *Raelian* gewesen und hatte Nacht für Nacht auf dem windigen Clapham Common der Ankunft „unserer Väter aus dem All" geharrt und dazu den Stern mit den sechs Zacken und dem hakenkreuzförmigen Sonnenrad in der Mitte getragen. Sie war eine Beschützerin der Wale gewesen. Sie hatte nie wissentlich das Ozonloch vergrößert. Und sie war gegenwärtig eine Jüngerin der Internationalen Meditationskirche, eine ziemlich unzufriedene, denn sie fühlte sich dem Heil ferner denn je. Aber Max mußte gerettet werden, und verflixt, sie, Innocenta, würde das übernehmen.

Doch was mußte zu seiner Errettung getan werden? Als Max es ihr sagte, ließ sie sich ihre Überraschung nicht anmerken, sondern sagte mit fester Stimme: „Wenn ich für dich chinesisch essen gehen soll, Opa, dann gehe ich eben chinesisch essen."

Sie seufzte und stand auf.

„Wir dürfen hier keinen Alkohol trinken", sagte Max.

„Dann lasse ich dir den Rest wohl besser da. Hier ist noch etwas für dich." Sie zog ein dunkelgrünes Fläschchen aus der Handtasche. „Dieses schützende Mittel habe ich extra für dich gemixt. Es enthält Zutaten wie Salz, Myrrhe, eine Prise Wolfshaar, ein paar Körnchen Friedhofsstaub, ein bißchen Quellwasser und ein Quentchen Feilspäne. Wann immer du dich bedroht fühlst, tupfe dir ein bißchen davon auf Stirn und Handgelenke. Ein kleiner Tupfer von Zeit zu Zeit hält lange vor." Sie stellte das Fläschchen neben die Whiskyflasche auf den Tisch. „Ich komme wieder, Opa. Überlaß alles mir."

Nachdem sie fort war, saß Max ungefähr noch eine halbe Stunde lang am Tisch, das Kinn auf die Hände gestützt. Dann grummelte er etwas, reckte sich und stand auf. Er ging zu seinem Schrank und schloß ihn auf. Das Bild auf Jacks Monitor war scharf. Mit langsamen, aber zielstrebigen Bewegungen entnahm der alte Mann dem Schrank eine Schachtel, die wie eine mit rotem Band verschnürte Zigarrenkiste aussah. Die Kamera blickte von der gläsernen Dachluke auf ihn hinab, sie blickte auf Max' grauhaarigen Kopf. Die Kamera war schwenkbar, das wußte Jack. Aber er wollte jetzt lieber keinen Schwenk machen, für den Fall, daß der Alte Lunte roch und hochschaute. Aber zoomen konnte Jack, und genau das tat er. Wie ein Adler stürzte er sich auf Max' Handgelenk, strich er über die Zigarrenkiste, holte er sie ganz nah und scharf heran. Max schenkte sich noch einen Schluck Whisky ein, nahm wieder am Tisch Platz und knotete ganz gemächlich das Band auf, mit dem die Schachtel verschnürt war. Er entnahm ihr etwas, das Jack zuerst für Knöpfe, Würfel oder Bonbons hielt. Aber die Dinger waren schwer, das sah man ihnen an, ja, er konnte es an der Art erkennen, wie der Alte sie zuerst in der Hand und dann wie gewichtige Würfel zwischen Zeigefinger und Tischplatte hin und her rollte.

Sieh an, Jack, was dir da heute abend die Kamera zeigt, ist eine Schachtel voll mächtig schwerer Zähne! Und was ist wohl schwer genug, um Zähne so ähnlich rollen zu lassen wie Würfel? Na, da gibt es nur eines, Jack, mein Junge, und das ist Gold! Der Alte zählte die Zähne. Er mußte sie schon Dutzende von Malen gezählt und über den Tisch gerollt haben, bis sie ein hübsches Häufchen bildeten. Es mußten zwischen dreißig und vierzig Stück sein, schätzte Jack. Kleine und große, aber alle schwer. Während Max das Häufchen weißgoldener Klunker eines aufs andere Mal durchzählte und der Pegel in der Whiskyflasche bei jedem Durchgang um einen Fingerbreit sank, sank auch sein Kopf immer tiefer herab, und aus der Haltung seines Körpers sprach großer Kummer, aber das ganze Ausmaß seiner Qual lag in der Neigung des Kopfes und der Art, wie der rechte Arm auf dem Tisch ausgestreckt lag und die Finger die Schachtel berührten, während der linke Arm eine Art menschlichen Schutzwall bildete, hinter dem das rote Band wie ein Warnsignal leuchtete: Zurück! Keinen Zentimeter weiter!

Wie Max vorhergesagt hatte, klebte Jack im Observationsraum vor den Monitoren geradezu an seinem Sitz. Er bemerkte Innocentas Anwesenheit erst, als sie dicht an seinem Ohr sagte: „Sie müssen Jack sein. Mein Großvater hat mich gebeten, Sie aufzusuchen."

Junge, machte er einen Satz! Er hatte sie Max' Zimmer verlassen sehen, und jetzt war sie hier, wie durch Zauberei! Sie bewegte sich so leise wie in einem Stummfilm, wie im Fernsehen mit abgeschaltetem Ton. Er brachte nur „Ja, Miss" heraus und musterte sie aus den Augenwinkeln: rotes Haar, schrullige Klamotten und ein komischer Kopfputz.

Um cool zu wirken, ließ er per Knopfdruck ein kleines Sortiment betagter Heiminsassen Revue passieren. Lady Divinas Finger umklammerten angstvoll die zerknautschten Zipfel ihrer Bettdecke, während sie hinter geschlossenen Lidern den unabwendbaren Untergang der Malediven miterlebte. Major Bobbno griff nach seiner Gasmaske, während feindliche Giftgasgranaten in unmittelbarer Nähe der Schützengräben krepierten. Max schlief und hielt das Kästchen mit den Klunkern wie ein Kind im Arm. „Nachtdienst in Haus Seelenfrieden", sagte Jack. „Der Countdown bis zum Lichterlöschen läuft. Schlaft schön und laßt euch nicht von Flöhen und Wanzen beißen. He, einen prima Hut haben Sie auf!"

Innocenta nahm das Kompliment dankbar entgegen. „Er bündelt die kosmische Strahlung."

„Im Ernst?" Jack riß vor Bewunderung die Augen auf.
„Ich bin Mitglied der Internationalen Meditationskirche."
„Und ich", sagte Jack, „bin Mitglied vom Aardvark Videoklub."

Jetzt war es nur noch ein kleiner Schritt bis zum *Green Dragon* in Highgate Village, wo sie zwei Abende später speisten, als Jack mal keinen Nachtdienst hatte. Auf Schwalbennestsuppe folgten Hühnchen in Zitronensoße, Karpfen mit Kastanien, Rindfleisch in schwarzer Bohnensoße. Dazu gab es jede Menge Krabbenbrot und kannenweise Tee. Den Abschluß bildeten kandierte Äpfel. Jack trug seine neue Pflegerkluft aus weißem Drillich, Innocenta war in Pechschwarz.

„Zwei Quadrate, die nach einem Schachbrett suchen", sagte Innocenta. Junge, wie Jack darüber lachte! Sie konnte seine Art zu lachen recht gut leiden. Gebannt starrte sie seine ungleichen Augen an. Sein Kopf erinnerte sie an einen von diesen käsigen Radiergummis. Sie hoffte, es war okay, daß sie sein Lachen mochte. Als sie zu Max gesagt hatte, daß sie mit Jack chinesisch essen gehen werde, hatte er lediglich geantwortet: „Schmier ihm Honig ums Maul. Und bleib nah an ihm dran."

Er erzählte ihr von seinem Freund Josh, der sich an einem Henkerseil aus dem Versandhauskatalog aufgehängt hatte.

Sie erzählte ihm von Shree Trevor.

Jack meinte, Shree Trevor sei „ein großer Bluffer".

Innocenta erwiderte, Bluffer seien manchmal besser als langweilige Wahrheitsfanatiker. Sie half ihm beim Lesen der Speisekarte und sah fasziniert zu, wie er, die Zungenspitze zwischen den Zähnen, angestrengt jedes einzelne Gericht entzifferte und sein Finger dabei von einer Silbe zur nächsten wanderte.

„Trevor ist ein Bluffer, da können Sie Gift drauf nehmen", wiederholte Jack. „Wenn der kein Bluffer ist, lecke ich ihn mitten an einem Sonntag in der Innenstadt von Orlando am Arsch."

„Kann mir nicht vorstellen, daß er nach Orlando kommt", sagte Innocenta zuckersüß, „weder an einem Sonntag noch an irgendeinem anderen Wochentag."

„Jeder sollte mal in Orlando gewesen sein." Jacks Stimmung verdüsterte sich. „Ich hab 'ne Bude in Orlando, gegenüber von Fat Mansys *Guns 'n' Gold.*"

Ein richtiger Patriot, dachte Innocenta. Als sie bei den kandierten Äpfeln anlangten, fragte sie ihn, ob er vorhabe, irgendwann wieder nach Hause zurückzufahren.

Klar wolle er das. Sobald er in London alles erledigt hätte. Dann ginge es zurück zu seiner Behausung in Tranquil Pines. Er werde ihr einen Plan zeichnen, gleich hier auf dem Papiertischtuch. „Falls Sie da jemals vorbeikommen, schauen Sie bei mir rein, abgemacht?"

Natürlich versprach sie es ihm. Wozu hätte sie sonst den Plan in die Tasche geschoben? Besser noch, viel besser: Innocenta hatte eine Idee. Sie wußte nicht, was Max davon halten würde, aber hatte er nicht selber gesagt, sie solle ganz nah an Jack rangehen?

Nachdem Max unter so peinlichen Umständen aus Greyacres ausgezogen war, fand seine Tochter Elizabeth nur mit Mühe ihr inneres Gleichgewicht wieder. Anfangs hatte sie schreckliche Gewissensbisse. Dann packte sie die Wut. Seit Albert ihr die Wahrheit über ihren Vater enthüllt hatte, wünschte sie immer häufiger, sie hätte ihrem Drang nachgegeben und ihn unter Wasser gedrückt, als er ihr abends auf seinem Wannenlift mal wieder das Leben schwermachte. Solche Badezimmererinnerungen lösten in ihr längst keine Schuldgefühle mehr aus, sondern erschienen ihr eher als verpaßte Gelegenheiten. Es wäre nicht viel anders gewesen, als hätte sie eine Spinne ertränkt.

Nach wie vor veranstaltete sie gelungene Empfänge und zerbrach sich laut den Kopf über Fragen der Sitzordnung. „Ärgerlich ist", sagte sie einmal zu einem Zeitungsmenschen, „wenn man zwei Personen vor dem Dinner in ein Gespräch vertieft sieht und weiß, daß man sie bei Tisch nebeneinander gesetzt hat." Bei ihr selber zeigten sich im Gespräch Anzeichen einer ungewohnten Bissigkeit. Zu Tony Hyslop, dem Vorsitzenden des Parlamentarischen Sonderausschusses, der sich mit dem Für und Wider einer gemeinsamen europäischen Währung befaßte, sagte sie einmal, er solle vor den verflixten Deutschen bloß auf der Hut sein: „Man gibt ihnen den kleinen Finger, und sie nehmen die ganze Hand."

Am meisten fürchtete sie sich davor, daß es demnächst an ihrer Tür klopfen könnte, und sie war sicher, daß es bald soweit sein würde. Vielleicht wäre es dieser gräßliche junge Amerikaner, der ihr den seltsamen Brief an Marta gegeben und den sie später in Haus Seelenfrieden wiedergesehen hatte. Es konnte aber auch die Polizei sein, die Ermittlungen anstellte über „den Zuzug Ihres Vaters nach Großbritannien bei Kriegsende und seine Tätigkeit in der Zeit davor". Oder es wäre gar ihr Vater persönlich. Bei ihrem letzten Besuch hatte er zu ihr gesagt, sie hätte ihn ins „Lager" gesteckt. Von dort gebe es kein Entkommen, meinte er. Da gebe es Hunde und Elektrozäune. Sie hatte erwidert, er solle nicht albern sein. Er könne Haus Seelenfrieden jederzeit verlassen. Doch das wollte sie sich lieber nicht ausmalen.

Neun Monate lang hatte sie sich an die „Große Abmachung" mit ihrem Vater gehalten. Doch schließlich hatte Max sie zermürbt. Nicht, daß sie ihn gern fortschickten, aber was blieb ihnen anderes übrig? Seit einiger Zeit schien er in Haus Seelenfrieden recht glücklich zu sein. Gut, manchmal verlangte er, daß sie ihn nach Hause zurückholten, und ein paarmal war er sogar zu Hause aufgekreuzt, unerwartet und ungebeten. Einmal fand sie ihn in der Küche, wo er sich gerade Tee aufbrühte. Ein andermal lag er im Bett und schlief, auf dem Kopf eine hellrote, gestrickte Zipfelmütze. Er ließ sich zwar jedesmal nach Haus Seelenfrieden zurückbringen, aber es war gräßlich: Vor Widerspenstigkeit wurde er ganz starr, und sie mußte daran denken, wie sich ihr Kater Marmaduke angestellt hatte, wenn sie in die Ferien fuhren. Hatte der beim Anblick des Körbchens, in dem er zum Tierheim gebracht werden sollte, gefaucht und gekratzt und gejault, ihr Marmaduke! Max hingegen machte sich einfach ganz steif, er verwandelte sich in eine Art Kleiderständer, und sie mußte ihn vor sich her den Gartenweg entlang zum wartenden Auto schieben.

Ihr ganzes Leben schien jetzt nur noch vom Wort „vorher" bestimmt zu sein. Vor dem Umzug in das große Haus in Highgate war Albert, ihr Mann, irgendwie handfester gewesen. Jetzt kam er ihr – ein anderes Wort fiel ihr nicht ein – immer mehr wie ein Luftikus vor. Er war gleichzeitig bei ihr und ganz woanders, ihr träger und schlauer, aber handfester Albert. Früher war er zu Hause immer so verläßlich und liebevoll, obschon auch ein wenig geistesabwesend gewesen, aber wenn sie beide im Bett unter der auf meerblauem Grund mit goldenen Lilien gemusterten Tapete an der Zimmerdecke (seine Wahl) und dem großen ovalen Spiegel (ihr Einfall) ihr etwas verschwitztes, aber befriedigendes Liebesspiel betrieben, was einmal in der Woche geschah, normalerweise am Freitagabend, als stünde es ihm nach der Arbeit im Unterhaus nun frei, seine Aufmerksamkeit anderen Dingen zu widmen, dann war er immer bei der Sache gewesen.

In der Liebe war Albert ganz er selbst, nämlich methodisch und unbeirrbar. Nach der Heirat hatte er eine Zeitlang an *ejaculatio praecox* gelitten. Kurz bevor sein Schwanz in ihre Scheide glitt, war er jedesmal von einem heftigen Orgasmus geschüttelt worden.

Erst drei Jahre nach der Hochzeit hatte Lizzie es selber geschafft, zum Höhepunkt zu kommen. Es passierte an einem Freitagabend, ganz plötzlich, nachdem Albert friedlich an ihrem Busen eingenickt war. Ein paar Schweißtropfen tropften langsam von seinen Brauen auf ihren Hals. Sie bewegte sich, nur ein klein bißchen – und da machte sich unten, ganz weit innen, ein Kribbeln bemerkbar wie kurz vor dem Niesen oder Kichern; es schwoll zu einem heftigen Gewittersturm mit Stereoeffekt an, als hätte jemand die Lautstärke voll aufgedreht, so laut, daß sie sich die Ohren zuhielt. Deshalb hörte sie Alberts verblüffte und ein wenig gereizte Frage nicht: „Um Himmels willen, was ist los, Lizzie?" Selbstvergessen, wie sie war, hörte sie ihn nicht und auch nicht ihren eigenen schrillen, spitzen Schrei, als das Getöse und die nasse Flut über sie hereinbrachen.

Von da an erfolgten Alberts Ejakulationen nicht mehr so verfrüht. Sie lernte, dem sich heftig mühenden, schwerfälligen Körper ihres Mannes Lust abzugewinnen – stehlen ist vielleicht ein passenderes Wort. Als Albert vor ein paar Jahren für kurze Zeit zum parlamentarischen Staatssekretär im Umweltministerium avancierte, leitete er eine neue Phase in ihrem Sexualleben ein: Er forderte Lizzie nun immer öfter auf, sich auf ihn zu setzen, während er selbst reglos dalag, manchmal bis zu zehn Minuten lang. Sein Orgasmus war kaum mehr als ein leichtes Erschauern, als könnte er es sich vor lauter Verantwortung nicht mehr erlauben, seine Energien im Bett zu vergeuden. Immerhin gab er ihr durch sein Verhalten zu verstehen, daß er nichts dagegen hatte, wenn es sie hin und wieder nach einer flotten Spritztour mit ihm gelüstete, statt ständig in einer langweiligen, aber verläßlichen alten Kiste herumzugondeln – vorausgesetzt, sie erwartete nicht zuviel Tempo und Nervenkitzel von ihm.

Nach einer Weile machte sich Lizzie darüber keine Sorgen mehr, sondern richtete es geschickt so ein, daß sie unauffällig auf ihre Kosten kam. Zuweilen brachte sie nicht weniger als drei Orgasmen zustande, wenn sie auf ihrem massigen, blaßrosa Gatten ritt. Sie zerbrach sich nicht den Kopf darüber, wie es möglich war, daß sein kurzer, aber kräftiger Penis, der vorn grimmig-rot wie eine Aubergine und dort, wo er aus dem Schamhaar herausragte, dick und gelblich wie der Stengel eines leicht verdächtigen Waldpilzes war, so lange erigiert blieb. Aber was zum Teufel kümmerte sie das! Das Schaukelpferd reiten oder mit dem Gummiboot fahren – dies waren nur zwei von den Ausdrücken, die sie insgeheim für die allwöchentlichen Exerzitien geprägt hatte.

Innocenta war ein süßes Kind, und nichts an ihr wies auf eine haarsträubende Zukunft hin. Doch das sollte sich bald ändern. Schon als kleines Mädchen war sie schwierig. Von klein auf mochte sie Geschichten über tibetanische Lamas mit seherischen Gaben. Während andere Kinder Bücher über Kaninchen lasen, erzählte sie der schockierten Lizzie etwas über Rebirthing-Techniken. Geradeheraus, wie sie war, fand sie nichts dabei, sich auf den Boden zu legen und die korrekte fötale Körperhaltung vorzuführen. Die Nachbarn beklagten sich regelmäßig, wenn sie ihren Urschrei ausstieß.

Und jetzt, erzählte Albert, sei sie eine religiöse Eiferin geworden, die in einem Keller irgendwo in Islington zum Gottesdienst gehe. Lizzie wollte wissen, wo genau in Islington, aber da regte Albert sich furchtbar auf und sagte, er habe keine Ahnung, er sei noch nie in Islington gewesen, und es würde ihn wohl kaum jemals dorthin verschlagen.

Alberts Stimmung wurde immer schlechter. Er besuchte Max jetzt zweimal die Woche in Haus Seelenfrieden und versuchte, die „Wahrheit" aus ihm herauszuholen. Als Elizabeth einmal sagte, es wäre besser, wenn ihr Vater tot wäre, antwortete Albert, selbst dann müsse jemand den Dingen auf den Grund gehen.

„Arme Lizzie!" Albert setzte sein amtliches Lächeln auf. „Was ist, wenn die Spinne nicht ertrinkt, sondern eines Morgens wieder da ist? Wenn das verdammte Biest aus dem Abfluß gekrochen kommt? Spinnen haben das so an sich, verstehst du?"

Als es schließlich tatsächlich an der Haustür klopfte, rannte Elizabeth ins Schlafzimmer und verriegelte die Tür. Zitternd und mit Kissen über dem Kopf wartete sie fünf Minuten. Albert war im Parlament. Sie befand sich also ganz allein im Haus. Das Klopfen hörte nicht auf, so daß ihr am Ende nichts anderes übrigblieb, als schlotternd und mit eng um die Schultern geraffter Strickjacke zur Tür zu gehen und durch das Guckloch zu spähen. Als sie Innocenta erblickte, war ihre Erleichterung so groß, daß ihre Angst in Freude umschlug.

„Darling!"

„Hallo, Mummy." Innocenta hielt einen kurzen Schlagstock, ungefähr so dick wie eine Fahrradpumpe, in der Hand, ein Geschenk von einer Freundin, die einem Hexenkult anhing. Innocenta hatte nämlich das untrügliche Gefühl, daß sie nun allen Schutz brauchen würde, den sie nur irgendwie bekommen konnte.

„Ich komme nach Hause zurück."

„Oh, wirklich? Wie schön, Darling."

Jetzt hat sie wieder diesen Ich-spreche-mit-einer-Geistesgestörten-Tonfall, dachte Innocenta.

„Bist du eine Hexe geworden?" Lizzie wünschte, Albert hätte ihr Genaueres über Innocentas neue Religion gesagt. Sie beäugte den Schlagstock. „Das muß alles sehr interessant sein."

„Ich hab meine Sachen im Auto", sagte Innocenta.

In diesem Augenblick kam zum Glück Albert nach Hause. Er sprang aus dem silbernen Jaguar und rief: „Mein Gott, Lizzie, jetzt reicht's mir aber! Heute habe ich gehört, daß die Polizei kurz davor steht, den Fall aufzuklären. Du weißt schon, was ich meine. Als Max' Schwiegersohn stehe ich dann im Regen. Ich will jetzt endlich die Wahrheit wissen, und wenn ich sie aus ihm rausquetschen muß! Kannst du dir vorstellen, was für einen Wirbel die Presse machen würde?"

Als er Innocenta sah, brach er ab, rieb sich die Augen und sagte: „Sieh an, die Märchenkönigin mit einem Knüppel! Willst du damit zaubern oder jemanden verdreschen, Innocenta?"

„Sie kommt nach Hause zurück, Albert", sagte Elizabeth. Aber Albert schaute schon woanders hin: Da war er, und er kam hinter Innocenta den Gartenweg herauf!

„Na, wenn das nicht unser junger Amerikaner ist", sagte Albert.

„Ich sagte doch, daß ich meine Sachen im Auto habe", sagte Innocenta. „Mummy, Daddy – das ist Jack."

„Sehr erfreut, Sie kennenzulernen", sagte Jack unbeholfen. Innocenta hatte eine Ewigkeit gebraucht, um es ihm beizubringen. So ähnlich mußte sich Professor Higgins gefühlt haben, als er Eliza Doolittle unterrichtete.

„Wir kennen uns bereits", sagte Elizabeth.

„Wir haben immer noch Ihren Brief. Was sollen wir damit machen?" Albert funkelte Jack wütend an.

„Das hat jede Menge Zeit." Innocenta lächelte honigsüß. „Wir wohnen ja jetzt hier."

„Nur über meine Leiche", sagte ihr Vater.

„Die eine Wohnung gehört Großvater, auch wenn ihr ihn rausgeschmissen habt", meinte Innocenta spitz. „Wir haben uns lange miteinander unterhalten. Er will, daß ich die Wohnung kriege."

„Wenn Innocenta zurück nach Hause will, dann soll es uns recht sein. Mit ihrem neuen – äh – Freund." Elizabeth ging den anderen voran ins Haus.

Jack stellte grinsend fest, daß das Haus so schmuck war wie immer. Auf dem Bild über dem Kamin sprang ein Pferd mit spindeldürren Beinen noch immer über eine Hecke, wobei der Reiter ein paar Zoll über dem Sattel schwebte. Zu beiden Seiten der Kaminöffnung hockten zwei blaue Porzellankatzen. Hinter ihnen türmten sich in den Regalen reihenweise Bücher mit Ledereinbänden in sattem Rot. Eine ganze Scheißwand voll Bücher!

„Jack kriegt das Gästezimmer, ich nehme Opas. Mach nicht so ein saures Gesicht, Daddy! Du wirst kaum merken, daß wir hier sind – du bist so leise wie ein Mäuschen, stimmt's Jack?"

„Was wollen Sie hier?" Albert baute sich vor Jack auf und stemmte die Arme in die Hüfte. „Was sollen diese Briefe und Drohungen? Für so was haben wir in England Gesetze. Ich warne Sie, die Polizei befaßt sich jetzt mit meinem Schwiegervater."

„Ach, der alte Max, der ist drüben in Haus Seelenfrieden." Jack lächelte. „Bis jetzt hat er keinem was gesteckt – noch nicht. Der alte Max und ich, wir verstehen uns."

Albert sagte niedergeschlagen: „Anscheinend führen alle Straßen nach Haus Seelenfrieden."

„Stimmt, Daddy."

Jack fand, daß die Engländer Spinner waren. Alle Straßen führten zum *Magic Kingdom,* das wußte doch jeder.

## 14

## Albert tritt ins Fettnäpfchen

„Rufen Sie nach uns, wenn Sie etwas brauchen, Mr. Montfalcon." Mr. Fox beugte sich über Max und zupfte die blaue, mit extrawarmem Thermalux-Futter ausgestattete Decke Modell „Komfort" auf Max' Rollstuhl zurecht, dann eilte er davon, um sich um Lady Divina zu kümmern, die mal wieder nicht mit ihrem Pillenspender zurechtkam. Albert, der gerade einen seiner zunehmend ärgerlichen Besuche absolvierte, saß grimmig neben dem alten Mann, drückte ihm die zu einem Schalltrichter zusammengelegten Hände ans Ohr und sagte: „Jetzt wollen wir mal Klarheit schaffen!"

Die Tatsache, daß Innocenta und dieser junge Amerikaner jetzt unter seinem Dach wohnten, steigerte Alberts ohnmächtige Wut noch. Er schüttelte Max grob.

Max schlug seine blauen Augen auf und starrte Albert verständnislos an. „Wer sind Sie?"

Max Montfalcon ging das Problem, dem er sich gegenübersah, nämlich daß ihn sein Gedächtnis im Stich ließ, von ihm jedoch genaue Zahlenangaben erwartet wurden, auf eine ganz neue Art an.

Um sich an etwas zu erinnern, braucht man einen Anlaß oder Grund. Sich grundlos ein bestimmtes Ereignis in Erinnerung zu rufen oder sich überhaupt etwas Vergangenes zu vergegenwärtigen wäre müßig, ja buchstäblich gegenstandslos. Man erinnert sich schließlich nicht um der faktischen Genauigkeit willen – jedenfalls verhielt es sich bei ihm, Max, nicht so –, sondern vielmehr, weil man manches nicht vergessen will. Der verborgene Grund für den Wunsch, nicht zu vergessen, gleich ob es sich um schöne, trügerische, unaufrichtige, tiefempfundene oder verlogene Erinnerungen handelt, liegt im Gedächtnis selbst begründet, im Quell des Erinnerns. Es gibt eine Art Regelwerk, das darüber entscheidet, was aus der Vergessenheit aufsteigen darf und was nicht. Und es gibt Gründe dafür, daß manches nicht an die Oberfläche zurück darf, ob man sich ihrer nun bewußt ist oder nicht. Das Erinnerungsvermögen erzeugt letztlich weniger das, was man Geschichte nennt, als daß es ein Wertesystem darstellt, manchmal gar eine Art Wiedergeburt. Oft ist es eine Frage des Willens, ja der Macht. Wie sonst hätte Max sich die Wut seines Schwiegersohns erklären sollen, der nun neben ihm saß und ihn, die Hände an den Mund gelegt, aus unerfindlichen Gründen und mit monotoner Stimme eines aufs andere Mal aufforderte: „Sag mir alles, woran du dich erinnern kannst!"

„Alles fing in Harwich an."

„Harwich! Hör mal, Max, du weißt genausogut wie ich, daß das nicht stimmt."

„Harwich – das Tor zum Kontinent." Max ließ sich nicht beirren. Er sah jetzt alles vor sich. Das gute alte Harwich, eine prächtige Stadt mit bewegter Geschichte, an der Mündung des Stour und des Orwell gelegen.

Albert interessierte sich anscheinend nicht wirklich für Harwich, dabei hätte Max ihm eine Menge faszinierende Einzelheiten über seine alte Heimatstadt erzählen können. Da war zum Beispiel der Electric Palace, Großbritanniens allererstes Kino. Und wenn man bedachte, welchen Beruf Albert ausübte, durfte ihn die Tatsache, daß Samuel Pepys einst Harwich als Mitglied des Parlaments vertreten hatte, eigentlich nicht ungerührt lassen. Doch Albert funkelte ihn nur wütend an – und dann sagte er ein Wort, das Harwich Paroli bot. Als er die zweite Silbe aussprach, zog er die Lippen zurück, so daß seine gebleckten Zähne zu sehen waren. „Po-len!" sagte Albert Turberville. Anschließend fragte er zum wiederholten Male: „Wie viele?"

Mr. Fox kam leichtfüßig ins Zimmer getänzelt und brachte eine Nummer von *Hommage*. Er hatte das Heft aufgeschlagen und zeigte Max ein Porträt, das Winterhalter von Königin Viktorias Prinzgemahl gemalt hatte – prächtiger karmesinroter

Waffenrock, blaugoldene Schärpe. „Seine Augen haben etwas Beunruhigendes, finden Sie nicht auch, Mr. Montfalcon?"

Max studierte das Gemälde grimmig. „Seht ihn euch an. Dieser teutonische Dünkel! Man stelle sich vor, was passiert wäre, wenn Viktoria gestorben und Albert allein weitergelebt hätte!"

„Wir haben gerade eine private Unterredung", brummte Albert.

„Ihr Schwiegervater hat nach mir gerufen –" Mr. Fox beugte sich vor und knöpfte Max' Jacke auf, um Albert den am Hosenbund festgeklemmten Beeper zu zeigen. „Mr. Montfalcon ist jetzt drahtlos mit uns verbunden. Er geht nämlich gern ein bißchen spazieren, und deshalb habe ich ihm so ein kleines Ding verpaßt. Falls er mal Probleme hat, kann er sich bei uns melden. Heute hat er es zum erstenmal benützt. Ich glaube, er hat was dazugelernt." Er beugte sich über den alten Mann. „Recht so, Mr. Montfalcon! Ich bin stolz auf Sie. Das nächstemal benützen Sie den Apparat wohl besser, wenn Sie einen Ihrer Spaziergänge machen. So, ich glaube, wir sind jetzt ein bißchen müde, Mr. Turberville."

„Ich bin aber noch nicht fertig."

„Sehen Sie ihn sich an! Sie kriegen aus ihm nichts mehr raus."

Der alte Mann saß reglos in seinem Rollstuhl. Er hatte sich die Krawatte bis zu den Ohren geschoben. Ein Pfleger kam angeschlurft und fuhr ihn hinaus. „Du meine Güte, Mr. Max, mit dem Schlips unter den Ohren sehen Sie aus wie ein Pennäler!"

„Was hat er im Schrank?" fragte Albert.

Mr. Fox neigte den Kopf zur Seite. „Wertgegenstände. Aber das geht mich nichts an." In seiner aufreizend salbungsvollen Art setzte er Albert auseinander, daß er seine „Gäste" dazu ermutige, all das nach Haus Seelenfrieden mitzubringen, was ihnen besonders lieb war. Solche Souvenirs linderten manchmal den Verpflanzungsschmerz, also den Schmerz darüber, das geliebte Zuhause verlassen zu haben, in einem Einzelbett schlafen zu müssen, nachdem man ein Leben lang mit einem Partner das Doppelbett geteilt hatte; und darüber, Bücher, Bilder, Haustiere und Hausrat verloren und in alle Winde verstreut zu wissen. All dies könne sich so nachhaltig auswirken, daß manche Senioren schon wenige Wochen nach dem Umzug in ein Heim gestorben seien – Verpflanzung mißglückt.

Am nächsten Tag war Albert wieder da mit derselben Frage: „Wie viele waren es, Max?" Und mit derselben Antwort auf die Frage: „Eine Menge!" Während Max seinen Schwiegersohn aus halbgeschlossenen Augen musterte, sagte er sich, daß Albert ein Mann war, der andere niemals zu Wort kommen ließ.

    War dieser laute, ungehobelte Eindringling, der ihn verhörte, etwa ein Klon seines Schwiegersohns? Derselbe blaue Anzug, dieselben Schuhe, dieselben Elefantenfalten in den Kniekehlen der Hosenbeine. Klonen – ja, so lautete das neue Wort. Damals, an der Krakauer Universität, hatte jemand – war es Hippius? Max konnte sich beim besten Willen nicht mehr erinnern – von „menschlichem Baumaterial" gesprochen. Theoretisch könne eines Tages eine einzige Zelle ausreichen, hatte der alte Hippius gelehrt, um identische Kopien eines Originals hervorzubringen. Man stelle sich Polen voll schöner Deutscher vor, alle mit länglichen Schädeln! Solche Vorstellungen waren der Zeit vorausgeeilt. Aus ihnen war nichts geworden, sie hatten sich in Asche verwandelt. Warum wohl? Max erinnerte sich nicht mehr genau. „Asche auf eines jungen Mannes Ärmel." Stammte diese Zeile nicht von T.S. Eliot? Eliot, das spürte er, hätte als Dichter manches Problem jener Zeit begriffen. Egal, jetzt gab es jedenfalls Klone, man konnte also direkt mit dem menschlichen Baumaterial arbeiten. Damit rückte die Möglichkeit immer näher, unbegrenzt viele Kopien des Parlamentsmitgliedes Albert Turberville herzustellen, der nun vor seinem Rollstuhl stand und brüllte: „Wie viele hast du umgebracht?", um sich gleich darauf selbst eine Antwort auf seine Frage zu geben, indem er noch lauter brüllte: „Eine Menge!"

    Max ärgerte sich über den vagen Begriff. Wieviel ist „eine Menge"? Was für eine ungenaue Ausdrucksweise! Engländer sind hinsichtlich Zahlen von bedauerlicher Schluderigkeit. Waren „einige", „eine große Anzahl" oder nur „ein paar" gemeint? Solche Worte verraten im Englischen nie genau, ja nicht einmal annähernd, was sie konkret bedeuten.

Albert stöhnte. Seine Augen waren leicht wäßrig geworden, die fleckige Röte seiner prallen Backen schien abwechselnd zu glühen und zu verblassen. Sein Gesicht war ein Zifferblatt aus Fleisch, und dahinter steckte eine Sprungfeder, welche die Uhr zum Schlagen brachte. Max saß hochaufgerichtet in seinem Rollstuhl. Obwohl er noch immer gern spazierenging, vor allem draußen, saß er meist lieber in seinem Zimmer im Rollstuhl. Mr. Fox hatte für ihn das Modell „Gazelle" ausgesucht: ein bequemer Thron mit einem dicken, weichen Kissen.

Während Max wie durch einen Dunstschleier Alberts pulsierendes Gesicht anstarrte, begann er leichthin und fast geistesabwesend seine Unterleibsgymnastik, die darin bestand, die Schließmuskeln abwechselnd anzuspannen und zu lockern. Er hatte sich gelobt, durchzuhalten, und redete sich gern ein, daß er auf diese Weise eines Tages eine Unterleibsmuskulatur wie aus Gußeisen haben würde, jawohl! Seine Inkontinenz, ohnehin kaum mehr als partiell, hatte sich eindeutig gebessert, seit er mit den Übungen begonnen hatte. Er ließ sich zurücksinken, zählte bei jeder Kontraktion bis vier und lockerte langsam die Muskeln. Da fiel sein Blick auf Alberts Schuhe, und er hatte einen Einfall.

„In bezug auf Mengenangaben sagt Fowler: ,*ein paar, eine Riesenmenge* oder *eine hübsche Menge* sind umgangssprachliche Ausdrücke, aber ein Ausdruck wie *einige wenige* ist lachhaft und ungebildet. *Sehr wenige* hingegen ist zulässig –'"

„Max!" Alberts wütendes Brüllen ließ seine Ohren klingeln. „Wir reden hier über Verbrechen! Abscheuliche, gräßliche Verbrechen!"

„,– denn es bedeutet soviel wie *kaum welche, aber doch einige.*'" Max fand, daß sein Schwiegersohn wie ein Mastodon aussah, ein zottiges Mammut mit einem Kopf wie eine Ampel. Alberts Anzug war überall ausgebeult, und er selbst war grobschlächtig, wabbelig, haarig und muskulös zugleich.

Ein Höllenlärm wie von einem plötzlichen Unwetter oder einem Tiefflieger setzte ein, aber es waren nur die schrecklichen Lausebengels aus der Schule auf der anderen Straßenseite. Sie neckten Beryl, weil ihr am Kinn Haare wuchsen. „Zeig uns deinen Bart, Beryl!" schrien sie. Beryl hatte deswegen manche Träne vergossen. „Ich weiß, daß ich sie wegmachen lassen sollte, aber wissen Sie, Mr. Montfalcon, mein Haar ist alles, was mir geblieben ist", pflegte sie zu sagen und berührte das weiße Haarbüschelchen, das ihr Kinn wärmte. Max ließ die Rollos in seinen Ohren herunter und zog sich in seine strategische Taubheit zurück, weil der Lärm, der anscheinend von Albert kam, schier unerträglich war.

So fand Cledwyn Fox die beiden vor. „Wir reden gerade über den Tod", erklärte Albert.

„Bitte, Mr. Turberville", sagte Mr. Fox leise, „die anderen Senioren... Man kann Sie bis zum Flügel D hören."

„Das ist mir egal. Und wenn man mich im Reich Gottes hören könnte!"

Er hat wirklich das laute Organ eines Unterhausmitglieds, dachte Mr. Fox, eine Stimme, die an eine derartige Lautstärke gewöhnt ist, weil sie als Waffe eingesetzt wird und das Johlen der Opposition übertönen muß. Der Ausdruck „Reich Gottes" hing in der Luft, und plötzlich war Albert die Situation peinlich. Er benutzte die beiden Worte selten, höchstens wenn er betete: „Dein Reich komme" oder „Dein ist das Reich und die Kraft und die Herrlichkeit".

Zwei Gefühle stritten in Alberts Brust, und beide waren äußerst unangenehm. Er wußte nicht, was er schlimmer finden sollte – von seinem sturen, nervtötend stumpfsinnigen Schwiegervater ignoriert oder von diesem tuntigen kleinen Waliser mit dem goldenen Ohrring für fromm gehalten zu werden.

Ein Stück weiter den Flur hinunter fing Lady Divina an zu schreien. Das sich ausdehnende Ozonloch machte ihr mehr als sonst zu schaffen, gab es heute doch nicht nur ein Loch, sondern zwei, jawohl, zwei! Dunstglocken über Kent. Wirbelstürme in Glasgow. Immer mehr Fälle von Hautkrebs. Und die Sahara, die in Afrika ohnehin rasch vorrückte, begann zu galoppieren.

„Die Meere werden ansteigen und uns ersäufen!" rief Lady Divina mit ihrer seltsam weittragenden Flötenstimme. „Der Atommüll, den wir ins Meer geworfen haben, wird aus der Betonummantelung ausbrechen und die Wale vergiften. Sogar in hochgelegenen Straßen wird es bei uns nach totem Fisch stinken..."

„Verdammt, halt die Schnauze, du alte Hexe!" brüllte eine Männerstimme am anderen Ende des Flurs. Sie gehörte Major Bobbno, ehemaliger Offizier bei den Inniskillen-Füsilieren und Boxchampion von Sandhurst, im Ersten Weltkrieg dekoriert und im Zweiten erneut zu den Fahnen gerufen.

„Defätismus in der Truppe! Feigheit vor dem Feind!" schrie Major Bobbno. „Packt euch den Kerl und erschießt ihn! Der ist kein Soldat, sondern ein blökendes Schaf!"

Schwester Trump stürzte in Max' Zimmer. „Bitte, Mr. Fox, kommen Sie! Ich werde mit dem Major nicht fertig. Er hat sich auf ein Knie fallen lassen und will nicht aufstehen, sondern preßt den Stiel der Greifhand an die Schulter wie ein Gewehr und macht ein Mordstheater. Er hat Schwester Daly mit dem Ding geschlagen, und ich fürchte, er hat den Magnet kaputtgemacht."

Am Ende des Flurs bellte Major Bobbnos Stentorstimme Befehle: „Anlegen! Zielen! Feuer!" Es klickte mehrmals laut und vernehmlich, dann brüllte Major Bobbno, der sich in ein Erschießungskommando verwandelt hatte, aus Leibeskräften: „Peng, peng, peng!"

Cledwyn Fox sah Albert Turberville streng an. „Sie sorgen hier für Aufruhr", sagte er knapp. „Ich muß Sie bitten zu gehen."

Doch Albert stand dort wie festgewachsen in seiner Unterhaus-Pose – ungerührt, aufmüpfig, als hätte der Speaker ihn gerade aufgefordert, das Rednerpult zu verlassen. „Sagen Sie mir einen guten Grund, warum ich gehen sollte! Verdammt, ich zahle dafür, daß mein Schwiegervater hier ist, vergessen Sie das nicht! Fast fünfhundert Pfund die Woche!"

„Ich könnte Ihnen eine Menge Gründe nennen, Mr. Turberville, aber einer reicht wohl: Sie stehen in einer großen Urinpfütze."

Max lächelte.

Eines Nachmittags beobachtete Mr. Fox, wie Albert seine ziemlich fetten Beine aus dem Jaguar schwang, den zerknautschten blauen Anzug hinten glattstrich und über die kleine Hilfsschwester Imelda herfiel.

„Wo zum Teufel steckt er? Sagen Sie es mir, Sie dumme Pute, sonst sorge ich dafür, daß es Ihnen genauso ergeht wie Imelda Marcos!"

„Er ist ausgegangen", sagte sie hilflos.

„Wohin?"

„Das wissen wir nicht genau." Mr. Fox hatte sich den beiden leise von hinten genähert. „Imelda, Lady Divina muß trockengelegt werden. Ich kümmere mich um diese Sache."

„Wollen Sie etwa sagen, daß mein Schwiegervater in London herumspaziert? Ohne Begleitung? Und Sie wissen nicht mal, wo er steckt? Was für eine Anstalt ist das hier?"

„Das ist keine Anstalt, Mr. Turberville, sondern ein Seniorenheim, das habe ich Ihnen bereits mehrmals gesagt. Ihr Schwiegervater ist ein notorischer Spaziergänger. Deshalb haben wir ihm einen von diesen Beepern mitgegeben. Demnächst werde ich ihn mit einem elektronischen Suchgerät ausstatten – sobald mir etwas eingefallen ist, wo wir es an seinem Körper so gut verstecken können, daß er es nicht findet. Er würde es glatt abreißen."

„Man sollte ihn einsperren."

„Wie stellen Sie sich das vor? Sollen wir ihn in sein Zimmer einschließen? Ich sagte doch, dies ist ein Seniorenheim und kein Gefängnis."

„Leider", erwiderte Albert Turberville.

Was in aller Welt will er damit sagen? wunderte sich Cledwyn Fox. Doch für weitere Überlegungen blieb ihm keine Zeit, weil Schwester Trump eilig ins Zimmer trat und verkündete, Maudie Geratie „verabschiede" sich gerade. Auch Dr. Tonks schaute kurz herein und sagte: „Ja, Mrs. Geratie verläßt uns nun, und zwar ganz schön schnell. Ich bin sehr, sehr zufrieden mit ihr." Als die Schwester meinte, es sei hauptsächlich Dr. Tonks zu verdanken, daß die alte Maudie soweit sei, zierte sich der Arzt und entgegnete: „Nein, nein, das hat sie fast völlig allein getan." Er trug einen weißen Kittel mit einem Gürtel voll Ampullen und Injektionsspritzen, der wie ein Patronengürtel aussah. „Meine Munition", sagte er dazu.

„Ihre Patienten bleiben offensichtlich nicht lange im Haus", sagte Albert ziemlich bissig. „Sie treiben sich wohl lieber draußen herum."

Mr. Fox zupfte an seiner Unterlippe, eine Geste, aus der gemäßigter Zorn sprach. „Sie haben nicht verstanden. Die alte Dame will keinen kleinen Spaziergang machen, sie liegt im Sterben, Mr. Turberville. Sie verläßt uns. Früher oder später tut das jeder in Haus Seelenfrieden."

Da tauchte, wie herbeigezaubert, Jack auf. Albert bemerkte, daß ein Mickymaus-Kopf unter seinem Arm klemmte. Die Augen waren schwarz, die Nase kugelrund. Schwarz waren auch die zu einem Dauerlächeln erstarrten Lippen, zwischen denen die grellrote Zunge zu sehen war. Das pelzige schwarze Haar bildete vorn ein spitz zulaufendes V, das sich zu den großen, schwarzen, runden Ohren hin verbreiterte. „Hi, Mr. Turberville", begrüßte Jack seinen neuen Hauswirt.

„Jack ist wundervoll", sagte Mr. Fox. „Niemand im Haus ist schneller am Bett eines dahinscheidenden Gastes als unser Jack. Du weißt über die alte Maudie Bescheid, nicht wahr, Jack?"

Der Gefragte hielt einen Daumen hoch. „Schon unterwegs, Chef."

„Ich glaube, er hat eine Nase dafür", meinte Mr. Fox. „Oft weiß er schon, daß einem unserer Senioren bald die Stunde schlägt, bevor die betreffende Person es auch nur ahnt!"

Jack sah Albert an und zwinkerte ihm zu. Dann zog er den Kopf ein und eilte leichtfüßig davon, um den Abgang der alten Maudie nicht zu verpassen.

Jack war im Haus Seelenfrieden ein unentbehrliches Mitglied des Personals geworden. Es war, als hätte er schon immer dazugehört. Die weiße Kluft trug er voller Stolz. „Wenn Marta mich jetzt sehen könnte!" sagte er zu sich selbst, während er einen prüfenden Blick in den Spiegel warf. Die Nachtschwester war besonders zufrieden mit den Fortschritten, die er machte. „Er hat Energie, Kraft und keine Flausen im Kopf", berichtete sie Cledwyn Fox, der bei diesen Worten vor Freude strahlte und von nun an nachts in seinem Bett so selig schlief wie ein Kind. Jack taugte mindestens für zwei.

Niemand wußte, wohin Jack nach Dienstschluß ging. Er hatte durchblicken lassen, daß er irgendwo „untergeschlüpft" war. Weit weg konnte er nicht wohnen, denn er kam zu Fuß zur Arbeit. Er hatte keine Sozialversicherungsnummer, kein Bankkonto, keine feste Adresse und anscheinend auch keine Freunde. Edgar der Fußpfleger hatte ihn einmal zu einer Protestveranstaltung gegen die Europäische Währungsunion eingeladen, und er hatte zu dem Anlaß ein Vermögen für ein Duftwasser ausgegeben. Doch danach war Edgar zwei Wochen lang der Arbeit ferngeblieben und hatte, als er schließlich wieder auftauchte, ein blaues Auge gehabt. Sein pinkfarbener Anstecker mit der Aufschrift „Euromuffel – und stolz drauf!" war arg verbeult gewesen. Edgar und Jack redeten fortan kein Wort mehr miteinander, aber das fiel niemandem weiter auf. Alle fanden Jack einfach toll – ein großartiger Neuerwerb für Haus Seelenfrieden und seine Mannschaft.

Cledwyn Fox begleitete Albert zum Wagen. Ohne um den heißen Brei herumzureden, fragte er: „Kann ich zu Ihnen von Mann zu Mann sprechen?"

Mann? Daß ich nicht lache! dachte Albert.

Cledwyn Fox ahnte, was Albert gerade durch den Kopf ging, und es machte ihn noch wütender. Du männerfeindlicher Mistkerl, dachte er bei sich. Zu Albert sagte er: „Falls Sie mit Haus Seelenfrieden und seinen Einrichtungen unzufrieden sind, bedauere ich das. Ich möchte Ihren Schwiegervater Mr. Montfalcon glücklich sehen und habe große Achtung vor ihm. Er ist ein Gentleman. Aber ich muß auch an die anderen älteren Herrschaften denken – und an mein Personal. Ihre Besuche stiften hier Unfrieden. Bei einigen unserer empfindlicheren Gäste sind bereits Streßsymptome zu erkennen. Haus Seelenfrieden, Mr.

Turberville, ist gleichsam ein schwer beladenes Passagierschiff, und es ist nicht mehr das jüngste. Es ist sozusagen – wie soll ich mich ausdrücken? – schlecht ausbalanciert. Wer zuviel Wellen macht, sollte das Schiff besser verlassen."

„Fordern Sie mich etwa auf, Max wieder mitzunehmen?"

„Ich werde alles tun, um Haus Seelenfrieden vor dem Kentern zu bewahren."

„Indem Sie notfalls einen Mann über Bord werfen?"

„Mr. Turberville, ich stehe in wichtigen Verhandlungen mit ausländischen Kollegen. Es geht darum, einen losen Verbund mit ähnlichen Seniorenheimen drüben auf dem Festland zu schaffen. Natürlich wünschen sich meine Geschäftspartner ein Schiff, das gemächlich durch ruhige Wasser steuert. Wie bei allen Institutionen gibt es auch bei uns gewisse Regeln. Wenn eine ältere Person hier das Leben der anderen nachhaltig stört, kann ich ihre Kinder auffordern, sie aus dem Heim zu nehmen."

„Oder ihn." Blankes Entsetzen packte Albert.

„Sie können Ihren Schwiegervater jederzeit wieder mit nach Hause nehmen, Mr. Turberville. Da Sie sich über seine Neigung, in der Gegend herumzuwandern, solche Sorgen machen, wäre es vielleicht das richtige. Zu Hause könnten Sie ihn im Auge behalten."

Albert erinnerte sich, wie leid ihm Max getan hatte, als er ihn so gründlich verschnürt vorgefunden hatte, daß er nur die blauen Augen bewegen konnte, um ihm zu zeigen, daß er, Max, noch am Leben war. Wäre Elizabeth doch bloß einen Schritt weiter gegangen und hätte ihren Vater umgebracht! An den Rand des Wahnsinns getrieben durch seine unausstehlichen Hinterhältigkeiten, bringt ehrbare Frau ihren alten Vater um... Dergleichen geschah häufiger, als die Leute sich eingestehen wollten.

Aber ausgerechnet er, Albert, hatte Max gerettet. Er hatte Lizzie zur Vernunft gebracht. Er hatte die notwendigen Maßnahmen ergriffen. Und was hatte ihm das eingebracht? Erica Snafus in der Cafeteria des Parlaments: „Ich habe gehört, daß Inspektor Slack und seine Leute die Ermittlungen in Polen fast abgeschlossen haben. Er meinte es ernst, als er versprach, der Sache auf den Grund zu gehen. Man erwartet ihn an einem der nächsten Tage zurück, und dann werden sie sich mit deinem Schwiegervater unterhalten wollen. Wenn du mich fragst, Albie: die Schlinge zieht sich zu. Keine Sorge, dein Geheimnis ist bei mir gut aufgehoben. Was ist los, Albie? Du siehst aus, als hätte dir jemand in die Eier getreten. Na so was! Daß du überhaupt welche hast, überrascht mich."

# 15

## Ich rieche, rieche...

Jack und Innocenta hatten in dem großen Haus auf dem Highgate Hill jeder ein eigenes Zimmer, aber Innocenta fragte sich im stillen, wie lange es dabei bleiben würde. Jack hatte bei sich aus Styroporschachteln, die aus dem *Green Dragon* stammten, eine Trennwand gebaut. In seinem Raum roch es penetrant nach Sojasauce. Er konnte es nicht leiden, von anderen Leuten beschnüffelt zu werden. „Wer bei mir rumschnüffelt, den bringe ich um die Ecke." Innocenta hatte gelacht, weil sie überzeugt war, daß er nur Witze machte. Oder doch nicht? Auf jeden Fall mußte sie Max an einem der nächsten Tage erzählen, daß sie Jack mit nach Hause genommen hatte und ihn beobachtete wie ein Luchs.

Elizabeth unterzog Albert einem nächtlichen Verhör: „Was hat er ihrer Meinung nach getan?"

„Das habe ich dir doch schon gesagt."

„Dann sag es nochmal."

„Dein Vater ist achtunddreißig aus freien Stücken nach Deutschland zurückgegangen. Vorher hat er in Oxford studiert."

„Aber er ist doch Brite!"

„Er war Brite, dann war er eine Zeitlang keiner, und dann wurde er wieder einer. Er hat drei Leben geführt."

„Dann bleiben ihm also noch sechs?"

„Er ist keine Katze, Lizzie. Nein, seine Zeit ist fast um. Sie sind ihm auf den Fersen, und sie werden ihn schnappen. Die Schlinge zieht sich zu. Bald werden sie bei ihm in Haus Seelenfrieden an die Tür klopfen – sobald sie sicher sind, daß es sich bei Maximilian von Falkenberg und deinem Vater um ein und dieselbe Person handelt. Hoffentlich ist er so vernünftig und kratzt vorher ab."

„Warum ist er zurückgegangen?"

„Wegen seiner Eltern. Außerdem glaubte er anscheinend, daß er es seinem Land schuldig war. Egal, kaum war er wieder in Deutschland, verschwand er spurlos. Bis neunzehnhunderteinundvierzig. Dann tauchte er nämlich wieder auf, als Mitglied des Lehrkörpers der Nazi-Universität von Posen in Polen. Die Deutschen hatten Polen besetzt, und ihre Wissenschaftler versuchten zu beweisen, daß ein Teil Polens eigentlich deutsch war, beziehungsweise vor langer Zeit gewesen war, lange bevor es dort Polen gegeben hatte. Deshalb wurden die Anfänge der Besiedlung erforscht, aber man stellte auch alle möglichen Untersuchungen über biologische und genetische Rassenunterschiede an. In wissenschaftlicher Hinsicht war es größtenteils Humbug. Dahinter steckte die Wahnidee der Nazis von der Reinheit der Rasse. Anscheinend hat dein Vater daran mitgewirkt. Ein Jahr später, also zweiundvierzig, verließ er die Reichsuniversität, um in einem namentlich nicht bekannten polnischen Konzentrationslager zu arbeiten, und zwar im Block für medizinische Forschung."

„Und dort hat er diese Dinge getan?"

„Das wird behauptet, ja."

„Also Menschen umgebracht? Wieviele?"

„Das weiß niemand. Man weiß ja nicht einmal, worin seine Tätigkeit bestand. Kann sein, daß er an Experimenten mitarbeitete, bei denen es um rezessive Gene ging, die für die Augenfarbe eines Menschen ausschlaggebend sind. Bei solchen Forschungsarbeiten verwendete man Augen von Gefangenen. Dein Vater interessierte sich auch für die verschiedenen Schädelformen sogenannter reinrassiger Deutscher. Er untersuchte die Unterschiede zwischen germanischen, slawischen und russischen Schädeln. Angeblich wurden zu diesem Zweck Gefangene durch Phenol-Injektionen getötet. Ob er sie selber umgebracht hat, ist nicht bekannt. Das Zeug wurde offenbar direkt ins Herz gespritzt, scheint es. Der Tod trat Minuten später ein."

Elizabeth gab sich noch nicht zufrieden. „Du hast mir noch immer nicht gesagt, wie viele es waren."

„Herrgott, Lizzie, hör jetzt endlich damit auf!"

Aber sie ließ nicht locker. Albert begann noch einmal von vorn. „Man weiß nicht, wie viele, Lizzie. Die Zahl wäre sowieso nur von statistischem Interesse. Allein in Auschwitz sind an die vier Millionen Menschen umgebracht worden! Wie viele er eigenhändig umgebracht hat, ist nicht die Kernfrage. Seine Schuld wäre erwiesen, wenn man ihm nur einen einzigen Mord nachweisen könnte."

„Weiter!"

„Neunzehnhundertdreiundvierzig verschwindet er erneut spurlos. Wir wissen nicht, warum. Als er wieder auftaucht, kämpft er an der Ostfront gegen die Russen. Hier stehen die mit den Nachforschungen befaßten Leute vor einem Rätsel. Manche glauben, daß es sich um eine Strafversetzung handelte. Er konnte sich kaum freiwillig gemeldet haben, weil eine Versetzung an die Ostfront einem Todesurteil gleichkam. Genausogut hätte er sich gleich selber umbringen können."

„Vielleicht wollte er auch dort Schädel vermessen und noch mehr Menschen umbringen?"

„Nein. Die meisten russischen Juden waren entweder schon tot oder geflohen. Max diente an der Ostfront als gemeiner Soldat. Bei Minsk nahm er aktiv an den Kämpfen teil, und als die deutschen Truppen zurückweichen mußten, trat auch er den Rückmarsch an. Er wurde von den Russen gefangengenommen und verbrachte vermutlich die folgenden drei Jahre in einem russischen Kriegsgefangenenlager."

„*Wie viele?*" Elizabeths schrille, bebende Stimme ließ Albert zusammenzucken.

„Das weiß nur er, also frag mich nicht, Lizzie. Die Russen ließen ihn sechsundvierzig laufen, und er kehrte nach Berlin zurück. Dort nahmen ihn aus Gott weiß was für Gründen die Amerikaner unter ihre Fittiche. Vielleicht war er für sie so etwas wie eine wertvolle Kriegsbeute."

„Warum haben die Amerikaner ihn nicht eingesperrt? Wieso haben sie ihn nicht vor Gericht gestellt?"

„Weil er für sie vielleicht kein Verbrecher war. Mag sein, daß sie in ihm nur einen ganz gewöhnlichen, aus russischer Gefangenschaft heimgekehrten Soldaten sahen. Oder sie glaubten, er könnte ihnen nützlich sein, weil er über gewisse Informationen verfügte. Damals waren die Nazis schon nicht mehr der eigentliche Feind, sondern bereits die Russen. Sie kampierten in der amerikanischen Besatzungszone. Max blieb ungefähr elf Monate bei den Amerikanern. Eines Tages tauchte er in England auf. Es besteht der Verdacht, daß der amerikanische und der britische Geheimdienst irgendeinen Kuhhandel machten. Nach Kriegsende zogen etwa zweihunderttausend Menschen hierher, und im Gegensatz zu anderen Einwanderern aus Ländern, die am Krieg teilgenommen hatten, wurde dein Vater nie überprüft. Niemand nahm ihn unter die Lupe, niemand stellte ihm Fragen. Warum nicht? Er kam nicht illegal ins Land, sondern war eines Tages plötzlich da. Sein englischer Name ist zwar nirgends verbrieft, aber man kann ihm auch nicht nachweisen, daß er ihn zu Unrecht trägt. Entweder gibt es in dieser Geschichte zwei Männer namens Max – oder es wird mit falschen Karten gespielt. Maximilian von Falkenberg habe sich anscheinend über Nacht in Max Montfalcon verwandelt. Wird behauptet. Aus einem Deutschen sei ein Engländer geworden. Dein Vater nennt das gern das Mountbatten-Prinzip. Du verstehst doch, was er damit meint, nicht wahr?"

„Natürlich. Battenberg wurde zu Mountbatten. Vater war schon immer ein großer Bewunderer von Lord Mountbatten."

„Max ist von klein an auf Engländer getrimmt worden. Er ist hier zur Schule gegangen und hat hier studiert. Also hatte er es nicht sonderlich schwer: Er wurde so gründlich zum Engländer, daß er sich kein bißchen von einem echten unterscheidet. Es war einmal ein Deutscher, der sich in einen Engländer verwandelte..."

„In einen Engländer aus Harwich", sagte Elizabeth. „Hast du was aus ihm rausgekriegt?"

„Bei meinem letzten Besuch dachte ich, ich würde es schaffen. Aber dann gab es ein Drama. Eine von den alten Krücken machte sich ans Sterben. Alles rannte wie verrückt durcheinander. Die alten Leute regten sich furchtbar auf. Sieht so aus, als wäre Jack jedesmal rechtzeitig zur Stelle, wenn jemand stirbt. Er fragte mich, ob dir der Versuch, Max umzubringen, Spaß gemacht habe. Ich meinte, da müsse er dich selbst fragen. Dann wollte er wissen, ob du sonst schon jemanden umgebracht hast. Er findet das anscheinend ganz normal."

Hatte Jack sie vielleicht auf die Idee gebracht? So wie man sich Grippe oder Hirnhautentzündung holt, wenn man den Erregern zu nahe kommt?

Lizzie fragte Albert, ob er meine, daß Jack vielleicht...?

Statt nachzufragen, was sie damit meine, sagte Albert, Jack würde eventuell dafür sorgen, daß man „den natürlichen Lauf der Dinge" nicht aufhielte.

„Es wäre für alle eine große Erleichterung", sagte Lizzie, „sicher nicht zuletzt für Daddy selbst. Willst du nicht mit Jack reden?"

„Je eher, desto besser. Wir fahren mit ihm irgendwohin, wo wir uns unter vier Augen unterhalten können. Dann klopfen wir mal auf den Busch."

Doch statt dessen hielt Albert eine kleine Ansprache: „Ich mache mir ziemliche Sorgen um meinen Schwiegervater. Wahrscheinlich weiß er selbst nicht, wie sehr er leidet. Wenn Max Montfalcons letzte Stunde schlägt, wäre ich ehrlich gesagt sehr dankbar, wenn man seinen Tod nicht unnötig hinauszögerte."

„Wie dankbar?" fragte der schlaue Jack.

„Die Sache müßte natürlich absolut vertraulich behandelt werden, vorausgesetzt, wir kommen... ähem... zu einer Regelung. Innocenta hätte dafür kein Verständnis."

„Ich kann schweigen wie ein Grab", versicherte Jack. „Übrigens hätten Sie ihn ja beinahe selbst um die Ecke gebracht." Er drehte sich zu Lizzie um, die im Fond des Wagens saß, und warf ihr einen bewundernden Blick zu.

Nach der Fahrt mit Albert und Lizzie fühlte Jack sich prächtig. Er schlüpfte ins Haus. Wirklich, er war leise wie ein Mäuschen, dieser Jack, und er ertappte Innocenta dabei, wie sie gerade sein Zimmer verließ. Aber er regte sich nicht auf, sondern strahlte sie an, legte eine Hand um ihren Hals und sagte: „He, Baby, suchst du immer noch nach dem Schachbrett?" Dabei verstärkte er den Druck seiner Hand, bis Innocenta vor Schmerz die Tränen in die Augen schossen.

Wie glücklich Jack war! Er erlebte hier so viel, und alles war echt. Für Jack war es ein Bedürfnis, zusehen zu können, wenn andere Leute umgebracht wurden. Es war ihm egal, wie es passierte, Hauptsache, er durfte so oft wie möglich zuschauen, wenn jemand abkratzte. Das brauchte er so sehr wie sein chinesisches Essen.

Die meisten Streifen, in denen richtig gekillt wurde, waren noch aus der Stummfilmzeit. Aber dank der rasch fortschreitenden Miniaturisierung wurden die großen technischen Neuerungen allmählich sogar für den bescheidensten Killer erschwinglich. Es war also damit zu rechnen, daß auch hier bald die Tonfilm-Ära anbrechen würde. Der kluge Killer kaufte sich eine von diesen ausgeklügelten Videoanlagen. Es gab einflußreiche Gruppierungen, die notfalls bis zum Jüngsten Gericht für Jacks unveräußerliches Recht kämpfen würden, sich auf Martas Panavision-Fernseher im Wohnwagen auf dem Campingplatz von Tranquil Pines anzusehen, wie richtige Leute richtig umgebracht wurden. Die Zeit in Orlando schien ihm eine Ewigkeit zurückzuliegen, aber immerhin gab es schon damals den einen oder anderen ziemlich fortschrittlichen Video-Verleih, der seine dankbare Kundschaft mit der richtigen Ware versorgte.

Und jetzt war er in England! Er sah sich hier zwar keine Killer-Filme an, aber es ging ihm trotzdem nicht übel. Woran lag das? Klar, ab und zu hätte er gern von zu Hause was Neues erfahren, zum Beispiel über einen Kerl, der eine Menge Leute um die Ecke gebracht und sie dann zum Teil aufgegessen hatte. Leber und Herzen bewahrte er im Kühlschrank auf. Aber andererseits vermißte er diese Dinge gar nicht so sehr. Es war einfach so, daß er sie nicht mehr brauchte, seit er in Haus Seelenfrieden arbeitete. Die alten Leute im Heim stillten seinen Hunger in jeder Hinsicht, chinesisches Essen ausgenommen. Sie heulten, sie starben, und sie mochten ihn.

Und jetzt wollten Leute, die er kaum kannte, daß er ihren Opa aus dem Weg räumte! Nach so langer Zeit hatte er endlich Glück. In all den Jahren hatte er Ware aus zweiter Hand konsumiert, und jetzt bot sich ausgerechnet ihm die große Chance. Jack war verdammt stolz auf sich.

Aber noch war es nicht soweit, noch nicht ganz. Das wußte Jack mit Hirn und Herz, er wußte es seit langem, und dieses Wissen hatte er vielleicht von Marta und ihren Geschichten über Menschenfett, das die Scheiterhaufen der Ungarn einst noch heller auflodern ließ. Möglicherweise reichte sein Wissen sogar noch weiter zurück, nämlich bis zu den Geschichten, die er auf dem Schoß seiner richtigen Mutter (sie trug lange weiße Lederstiefel und brannte eines Tages durch, um sich einer Country & Western Band anzuschließen) gehört hatte. Aus den Geschichten seiner Mutter hatte er eine einzige ernstzunehmende Märchenwahrheit abgeleitet: Man soll keine Henne schlachten, solange sie goldene Eier legt – oder sollte er besser sagen: den Riesen, der goldene Zähne sammelt? Egal.

Jack wartete weiter auf eine Gelegenheit, um sich anzusehen, was Max in seinem Schrank verwahrte. Hinter Max steckte mehr, als man ihm auf den ersten Blick ansah. Jack war gierig darauf herauszufinden, was es war. Max' großer Schrank war wie der Himmel: Alles Gute kam von dort. Von Zeit zu Zeit mußte Jack an das Gesicht von Mr. Kaufmann denken, als er ihm auf dem Kissimee-Flohmarkt seine Schätze zeigte. „Na, Jack, was hast du mir denn heute mitgebracht?" Jetzt hatte ihm diese Mrs. T. das Angebot gemacht, ihren alten Herrn hopsgehen zu lassen, und es sprach nichts dagegen, daß er zuerst alles aus dem Schrank rausholte, was Mr. Kaufmann gebrauchen konnte, dann den Alten abservierte und anschließend die Belohnung der Engländerin kassierte. Das war durchaus in Ordnung. Er war auf dem Weg nach oben. Armer Junge macht sein Glück – nach guter amerikanischer Art. Dafür hätte er ein Paar Siebenmeilenstiefel verwettet, oder wie die Dinger hießen.

Er hatte wirklich allen Grund, zufrieden zu sein. Seit er in Haus Seelenfrieden arbeitete, hatte er nie den Drang verspürt, sich einen Videofilm reinzuziehen. Jack beobachtete Max. Er beobachtete aus einem Fenster im zweiten Stock, wie Max auf der Rasenfläche vor dem Haus seine Übungen machte und sich zu erinnern versuchte, wie das mit dem Rennen funktionierte. Er beobachtete Max auf dem Bildschirm der hausinternen Überwachungsanlage in dem kleinen Raum auf der dritten Etage: Scotch aus einer Teetasse. Ein paar Drinks. Ein paar Tränen. Er beobachtete, wie Max vom Tisch aufstand, zum Schrank ging und eine Flasche gegen das Licht hielt, in der etwas schwamm, das Jack zuerst für kleine Fische hielt, vielleicht auch für schwimmende Murmeln. Er ging mit dem Zoom näher ran.

Von wegen Fische oder Murmeln! In der mit einem Konservierungsmittel gefüllten Flasche schwammen zwölf Menschenaugen. Max ging mit seinen eigenen Augen ganz nah an das Glas ran – er legte den Kopf seitlich auf die Tischplatte und starrte die schwimmenden Augen an. Jack starrte die Augen an, die Max' Augen anstarrten, und Jack fand das Leben in diesem Moment wirklich schön. Vom „amerikanischen Traum" hatte Jack noch nie was gehört. Aber warum sollte er sich was drüber anhören, wenn er ihn gerade erlebte?

Er sah, wie Max nach der mit Backen-, Mahl- und Schneidezähnen vollgestopften Zigarrenkiste griff. Die Zähne waren aus etwas Solidem, Glänzendem – aus Gold! Wie ein Croupier in einem eleganten Kasino rollte er sie auf dem Nachttisch hin und her. Elfenbeinwürfel, Goldnuggets. Und was förderte Max als nächstes aus seinem mit Sicherheitsschlössern ausgestatteten Schrank neben dem Bett zutage? Sechs runde Schädel. Köpfe! Mit leeren Augenhöhlen und starrem Grinsen kullerten sie aus einem ledernen Beutel auf die Resopalplatte von Max' Tisch; sie rollten fast so gut wie elfenbeinfarbene Bowlingkugeln. Mannomann!

Max beobachtete seinerseits den jungen Burschen, der ihn beobachtete, obwohl er mit Jack in all den Monaten, seit dieser in Haus Seelenfrieden arbeitete, kaum ein Wort gewechselt hatte. Max machte zunehmend die Frage der Diebstahlsicherung zu schaffen. Er schickte Edgar den Fußpfleger zum örtlichen Schlosser und ließ die Schlösser des großen Eichenschrankes neben seinem Bett ein weiteres Mal austauschen, diesmal gegen wahre Wunderwerke der modernsten Technik, die, wie ihm der Mann versicherte, nur ein Tresorknacker aufbrechen könnte.

Sein Verdacht, daß jemand nachts in seinen Sachen herumkramte, erhärtete sich immer mehr. Die Tür abzuschließen, kam nicht in Frage. Das hätte gegen die Hausordnung verstoßen. Das Personal mußte jederzeit Zugang zu den Zimmern der Senioren haben. Sie mochten zwar im Grunde junge Menschen sein, die einfach nur bereits ein langes Leben hinter sich haben, wie Mr. Fox unermüdlich versicherte, doch sie brauchten Pflege. Wichtig war ein ausgewogenes Verhältnis zwischen dem Recht der alten Menschen auf eine Privatsphäre und den sich aus der Arbeit des Pflegepersonals ergebenden Notwendigkeiten.

Es gab noch einen anderen Grund, warum man Max nicht unbeaufsichtigt lassen konnte. Die meisten Todesfälle treten nachts ein, vor allem in den ersten Stunden nach Mitternacht. Es ist, als erreichte die Stimmungslage dann den Tiefpunkt. Das Personal von Haus Seelenfrieden wußte das und war darauf vorbereitet. Man wußte auch, daß ältere Menschen oft zu tiefen Depressionen neigen und nicht selten zur Tat schreiten. Eine Reihe von Selbstmorden durch Erhängen hatte der Heimleitung vor ein paar Jahren große Scherereien eingebracht. Die Selbstmordrate steigt bekanntlich mit dem Alter, aber ab dem fünfundsechzigsten Lebensjahr schnellt sie geradezu in die Höhe und erreicht um das vierundsiebzigste ihren Gipfelpunkt. Wer hätte das gedacht?

„Die wenigsten Menschen wissen das", schärfte Mr. Fox seinen Pflegern ein. „Für sie gehören alte Menschen einfach nicht mehr dazu. Es ist ihnen unvorstellbar, daß sie sexuell aktiv sein oder sich umbringen könnten. Dabei tun sie das mit derselben Leidenschaftlichkeit wie jüngere Zeitgenossen."

Der Tod ist für alte Menschen eine allgegenwärtige Realität. Sie sterben so leicht dahin, wie junge Leute sich eine Erkältung holen. Natürlich hat die Wissenschaft beim Sterben wie in so vielen anderen Bereichen des modernen Lebens neue Maßstäbe gesetzt. Dr. Tonks, der seit langem die verschiedenen Formen von Altersschwachsinn studierte, sagte gern: „Mein Wunschpatient spielt vormittags Golf und stirbt am Nachmittag."

Doch wie oft hinkten die Alten hinter den Zielsetzungen der Wissenschaft her! Mochten sie sich noch so mühen, die meisten Insassen von Haus Seelenfrieden brauchten zum Sterben viel Zeit. Manche siechten jahrelang vor sich hin, bei anderen war es eine Frage von Wochen. Das Sterben braucht genau wie die Zubereitung eines Soufflés, das Schreiben eines Gedichts oder das Gebären eines Kindes seine eigene Zeit, und ob lang oder kurz – dem Sterbenden erscheint es immer als halbe Ewigkeit. Selbst wenn der Tod so plötzlich eintritt, wie es immer mehr Mediziner gern sehen, vollzieht sich das Sterben dennoch nie in geordneter, professioneller Weise.

Jack war zur Stelle, als es für die alte Maudie ans Sterben ging. An einem Donnerstagnachmittag erlosch sie allmählich und wurde vom Personal der Tagesschicht zu Bett gebracht. Als Jack seinen Dienst antrat, war sie bereits bewußtlos, fühlte sich klamm an und atmete röchelnd. Auf solche Momente werden neue Pfleger zwar vorbereitet, aber wenn es dann wirklich soweit ist, empfinden sie es meist trotzdem als sehr bedrückend. Jack jedoch war ein Vorbild an Geduld, Takt und Unerschrokkenheit. Er saß an Maudies Bett, vergaß nie, daß er nicht zu laut und vor allem nicht über die Sterbende reden durfte. Denn oft sieht es nur so aus, als wäre jemand bewußtlos, und in Wahrheit bekommt er alles mit, was gesagt wird. Es muß die Qual eines Todgeweihten noch vergrößern, wenn er vernimmt, daß es mit ihm aus ist. Maudie hatte leichtes Fieber und erzählte ein wenig wirr von ihrer einstigen Liebe zu Arnaldo dem Bariton. Es war alles sehr schön, und kurz bevor sie starb, schlug sie noch einmal die Augen auf und sah Jack flehend an. Sie sagte nichts, vielleicht, weil sie nicht mehr sprechen konnte. Aber Jack glaubte zu ahnen, was sie sich wünschte. Wortlos verließ er das Zimmer und holte seine Mickymaus-Maske. Ein kleines Leuchten tanzte in Maudies Augen, ungefähr dasselbe wie an dem Tag, als ihr Blick auf den Nasenring von Edgar dem Fußpfleger gefallen war. Jedenfalls starb sie mit einem Lächeln, die gute Maudie Geratie, und die Maus saß neben ihr.

Getreu den Instruktionen stellte Jack einen Wandschirm vor das Bett. Dann rief er die Nachtschwester. Gemeinsam wuschen sie Maudie und vergaßen auch nicht, ihr die Augen zuzudrücken. „Viele Menschen denken nicht dran", sagte die Nachtschwester anerkennend. „Dabei ist es für die Verwandten so schlimm, wenn ein Verstorbener sie anstarrt. Die Armen! Sie können doch nichts dafür." Als sie fertig waren, drehte Jack die Heizung runter, öffnete das Fenster, verließ den Raum und schloß die Tür hinter sich ab.

Am nächsten Abend legten zwei Ehrengäste des Herzschlag-Klubs eine kesse Sohle aufs Parkett: Jack die Mickymaus tanzte mit der als Ente verkleideten Imelda einen flotten Foxtrott. Na, wenn sich da nicht alle köstlich amüsierten!

Aber es gibt immer einen Spielverderber. Gerade als die Senioren im Takt zu einem Stück von Joe Loss klatschten, das ziemlich laut aus dem Kassettenrecorder der jungen Agnes plärrte, da kam, mit den Armen fuchtelnd und an den Füßen die heruntergelatschten alten Slipper, kein Geringerer als Max Montfalcon in den Raum gestürmt.

„Ich bin bestohlen worden!" Er zeigte mit dem Finger auf die Mickymaus. „Diese Ratte da war es! Ich weiß, wie eine Ratte stinkt!" Er holte aus, um der Maus einen Schwinger zu verpassen, schlug aber prompt der Länge nach hin. Strampelnd lag er auf dem Boden. Mit der Tanzerei war es natürlich aus. „Ich reiße ihn in Stücke! Ich ziehe ihm bei lebendigem Leib das Fell über die Ohren! Ich schicke seine Haut zum Gerben und sein Gerippe in die Knochenmühle! Ich werfe seinen Kadaver den Schweinen vor!"

Gottseidank gab es die Nachtschwester. Sie war zäh wie Leder und gewiß nicht jedermanns Fall, dafür aber in einer Krisensituation Gold wert. Eigenhändig wuchtete sie Max hoch und setzte ihn in einen herumstehenden Rollstuhl. Gleichzeitig befahl sie Imelda: „Weg mit der Maske, Mädchen! Eine Decke für Mr. Montfalcon, und dann ab in die Heia mit ihm! Steh nicht rum und gaffe! Los, ran an die Arbeit!"

Die Nachtschwester schob Max zurück in sein Zimmer. Er hatte eine starke Whiskyfahne. Nicht umsonst war die Nachtschwester in der rhodesischen Hauptstadt Salisbury auf der anderen Straßenseite von Meikle's Hotel aufgewachsen, und das in einer Zeit, als sich die Verunsicherung der Kolonialherren darin äußerte, daß sie sich bis zur Bewußtlosigkeit vollaufen ließen. Ihre Besäufnisse waren meist mit einem Mordsradau verbunden.

Max Montfalcon war sternhagelvoll, daran gab es für die Nachtschwester keinen Zweifel. Ihrem Kennerblick entging auch nicht, daß seine Blase dem zweifachen Druck des Alkohols und seiner Wut nicht standgehalten hatte. „Und hoppla, Mr. Montfalcon!" Sie hievte ihn aus dem Rollstuhl, legte sich seinen Arm um den Hals und bugsierte ihn zum Bett, auf das er sich schwer sinken ließ. Dann klingelte sie nach der kleinen Imelda. Als das Mädchen ins Zimmer trat, befahl sie: „Schwamm und Eimer, dalli dalli!" Still und bleich saß er da, während sie ihm in eine frische Pyjamajacke half. Erst als er den Kopf hob und sie ansah, begriff sie, wie wütend er war. Er hatte den finsteren, rachsüchtigen Blick eines verwundeten Stiers. Imelda kam mit Eimer und Schwamm zurück.

„Es riecht", sagte Max verwundert, fast geistesabwesend. Dabei hob er die Nase und schnüffelte.

„Wonach?" Geschickt pellte die Nachtschwester ihn aus der Hose und reichte sie Imelda.

„Glutamat."

„Ist er betrunken?" fragte das Mädchen flüsternd. „Ist Mr. Montfalcon richtig betrunken?"

Max packte die Schwester am Arm. „Können Sie es nicht riechen? Es hängt noch in der Luft."

„Was riechen Sie denn – Gas?"

„Was?"

„Ob Sie Gas riechen!"

Max richtete seine großen kummervollen Augen auf sie. „Wieso Gas? Ich saß hier an meinem Tisch, und vielleicht bin ich eingenickt, aber sie waren hier, direkt vor mir, und jetzt sind sie weg. Ich kann sie nirgends finden."

„Was ist weg, Mr. Montfalcon?"

„Meine Flasche. Er hat mir meine Flasche weggenommen. Und meinen Beutel und meine Schachtel." Max klammerte sich wie ein Kind an sie. „Sie müssen sie zurückholen! Bitte, helfen Sie mir! Meine Flasche und mein Beutel und meine Schachtel – alles weg!" Er begann zu weinen, und seine Schluchzer hatten etwas von rostigem Eisen.

Die Nachtschwester warf einen vielsagenden Blick auf die halbleere Whiskyflasche. „Die Flasche steht noch genau da, wo Sie sie hingestellt haben, drüben auf dem Tisch. Für heute haben Sie genug gehabt, Mr. Montfalcon, sogar reichlich. Ich weiß wirklich nicht, was ich in meinem Bericht schreiben soll. Sie wissen doch, daß das Trinken auf den Zimmern verboten ist. Wo haben Sie die Flasche her? Also, Mr. Montfalcon, das müßte eigentlich eine Weile vorhalten. Jetzt ab ins Bett mit Ihnen! Genug des üblen Treibens. Sie bekommen jetzt zwei von meinen Bömbchen. Ich glaube, was Sie jetzt brauchen, ist Schlaf."

Aber Max saß nur störrisch da, preßte die Lippen zusammen und schüttelte den Kopf.

„Nun kommen Sie schon, Mr. Montfalcon! Schauen Sie, wenn ich eine nehme, nehmen Sie dann auch eine? Wir legen sie auf einen Löffel, ja?" Die Nachtschwester tat so, als schöbe sie sich mit dem Teelöffel eine Pille in den Mund. „Eine für die Schwester, die andere für Mr. Montfalcon. Mund auf! Ja, so ist es richtig. Und jetzt einen Schluck Wasser zum Runterspülen. Von der Kehle in den Magen rutscht die Pille ohne Klagen."

Max würgte. Ein paar Tropfen Wasser rannen ihm übers Kinn. Die Schwester wischte sie ab. Er ließ zu, daß sie ihn sacht auf die Kissen drückte und zudeckte. „Die Sachen sind für andere Menschen wertlos", sagte Max langsam und deutlich. „Gegen Ende, als alles zusammenbrach, hatte von F. noch einen einzigen polnischen Gehilfen. Er war der letzte von sechzehn, müssen Sie wissen. Sehen Sie, es war so: Anfänglich hatte er nur eine Helferin, die arme Marta. Später waren es sechzehn, alle aus seinem Block. Aber einer nach dem anderen kam dran, egal wie sehr er versuchte, ihnen zu helfen. Am Ende war nur noch einer übrig."

„Die arme Marta?" Die Nachtschwester setzte eine mitfühlende Miene auf. „Als ich klein war, hatte ich ein Kindermädchen, das Marta hieß."

„Manche kamen nicht so schnell dran. Die nordischen Langschädel unter den sechzehn hielten sich am längsten. Blutgruppe A war auch vorteilhaft. Die aus dem östlichen Baltikum und alle anderen Ostischen waren bald weg."

„Die *Ostischen?*" fragte die Nachtschwester verwundert.

„Ja, die urslawischen Typen", antwortete Max gedankenverloren. „Die Urslawen, sie hatten die biologischen Schranken mißachtet."

„Morgen können Sie mir mehr über die Urslawen erzählen. Jetzt ist es Zeit für die Heia."

„Überall diese Verschwendung! Gutes Material wurde vergeudet – Schneider, Klempner, unersetzliche Handwerker. Von F. wies darauf hin, daß die Tötung von Handwerkern im Krieg nur Nachteile brachte. Es nutzte nichts. Der Mann, der die Augen beschaffen mußte, war einer der letzten Gehilfen, über die von F. verfügte. Er war der Typus des nordischen Menschen mit länglichem Schädel und hatte Blutgruppe A, aber er war trotzdem nervös. Jemand, der Forschungen über die Gene anstellen wollte, welche die Augenfarbe eines Menschen bestimmen, hatte von F.s Gehilfen beauftragt, ihm eine Mustersammlung zusammenzustellen."

„Wovon?"

„Frisches Material, sagten sie zu dem Mann, sechs von jeder Sorte. Ein halbes Dutzend braune, ein halbes Dutzend blaue. Aber er konnte nur sechs braune und fünf blaue auftreiben."

„Es fehlte eins?"

„Ja, ein blaues."

„Gut, aber er hat getan, was er konnte."

„Von F. besorgte ein blaues, damit der Satz komplett war."

„Ende gut, alles gut." Die Nachtschwester schob ihm die Bettnässereinlage in die Unterhose.

„Am Ende wurden sie überhaupt nicht verwendet", sagte Max. „Die vom Institut für Rassenhygiene überlegten es sich anders."

„Typisch", meinte die Nachtschwester. „Viel Lärm um nichts."

„Der Gehilfe war von F. absurderweise sehr dankbar. Er schenkte ihm die ganze Sammlung. Der arme Kerl war überzeugt, daß von F. ihm das Leben gerettet hatte. Er ahnte nicht, daß niemand ihn retten konnte." Max fing wieder an zu weinen. Tränen rollten über seine Wangen und suchten sich einen Weg durch das spärliche Brusthaar.

„Er hat es immerhin versucht, nicht wahr? Das ist die Hauptsache. So, jetzt wird geschlafen, Mr. Montfalcon! Kein Wort mehr über Diebe. Hier wird nicht gestohlen, jedenfalls nicht, solange ich in diesem Haus etwas zu sagen habe."

„Aber wo sind dann meine Augen?" fragte Max ins Dunkle hinein.

Sie gab ihm keine Antwort. Natürlich hatte sie seine Worte gehört, aber sie zog es vor, zu schweigen. Die überflüssige Feststellung „in Ihrem Kopf" hätte vielleicht allzu sarkastisch geklungen.

# 16

## Probleme

Sie kamen immer nachts. Das war nicht anders zu erwarten. Sie kamen von Gott weiß woher. Man konnte sie nicht unter Kontrolle halten. Man wehrte sich, verjagte sie, aber sie kamen zurück, manche als Rauch, Flammen, Räder, Schreie. Andere trugen gestreifte Pyjamas. Am schlimmsten waren die Träume, die mit Rechnen zu tun hatten. Man hatte das Gefühl, daß man nie ganz aus ihnen erwachte. Dauernd schlug man sich mit Zahlen herum, schaffte Probleme aus der Welt.

Zehntausend Probleme in einer einzigen Nacht! Und wenn man dann morgens aufwachte, seinen Fowler zur Hand nahm und hinunterging, um mit den anderen zu frühstücken, wurde man von etwas verfolgt, das wie ein Geruch war.

Edgar der Fußpfleger sah es so: „Man ist für seine Träume nicht verantwortlich, Max. Sie kommen und gehen. Man kann nichts dafür."

Das stimmte. Träume konnte man nicht vor Gericht stellen. Wenn wir alle nach unseren Träumen be- und verurteilt würden – wer entginge da dem Galgen?

Zahlen, nichts als Zahlen. Konfusion und technische Probleme. Einer, der nicht dabeigewesen war, konnte nicht verstehen, wie schwierig alles war. Sogar jemand, der es mitgemacht hatte, verstand es nicht. Junge und alte Probleme. Die Alten wurden ausgesondert. Das dauerte nicht länger als fünf Minuten. Fertig. An der Rampe stand einer und nickte: „Du links, du rechts." Junge Probleme wurden manchmal aus Versehen gelöst. Jemand brauchte sich nur unter die Alten oder Schwangeren zu mischen – und so auszusehen wie sie.

Man kam nicht umhin, dies zur Kenntnis zu nehmen, und versuchte, die Leute schon bei der Ankunft davor zu warnen, sich irgendwelchen Hoffnungen hinzugeben. Mag sein, daß man es ihnen weniger mit Worten sagte, sondern es sich inständig in ihrem eigenen Interesse wünschte. Am liebsten hätte man zu ihnen gesagt: „Hört mal, ihr seid hier alle ein Problem."

Übrigens war es ein Irrtum zu glauben, daß alle Intellektuellen zur Sonderbehandlung aussortiert wurden. Tatsächlich war es ungefähr ab 1942 erklärte Politik, möglichst viele Wissenschaftler, Ärzte, Krankenschwestern und Ingenieure zu verschonen. Qualifizierte Menschen waren Mangelware.

Dann war da die Sache mit den Lastwagentransporten: ein groteskes Mißverständnis. Angst und Hysterie waren unter den Neuankömmlingen so groß, daß sie glaubten, jene, die nach der Selektion in die Lager abtransportiert werden sollten, würden in Wahrheit an einen besseren Ort geschafft. Dabei war es genau umgekehrt. Dennoch mußte man immer wieder tatenlos mitansehen, wie kerngesunde, hochqualifizierte „Probleme", die es durchaus verdienten, verschont zu werden, hinter den davonfahrenden, mit Alten, Jungen, Schwachen, Lahmen und Schwangeren beladenen Lastwagen herrannten und das Begleitpersonal buchstäblich zwangen, sie an Bord zu nehmen.

Manch einer vertrat die Ansicht, auf Feinheiten brauche man nicht zu achten. Schließlich würden alle irgendwann selektiert, der eine früher, der andere später. Es sei also keine besondere Gnade, bei der ersten Selektion verschont zu werden. Doch wer so redete, verstand nichts von der überragenden Bedeutung reibungsloser Organisation. Wie sollte man so große Menschenmengen auf Trab halten? Dazu waren Zusammenarbeit, Organisation, Ruhe und Gehorsam vonnöten. Man kam damit viel weiter als mit Beruhigungsmitteln. Die weißen Häuschen mit den weißgestrichenen Holzzäunen rings um die Versuchsanstalten, die allgemeine Atmosphäre von Ordentlichkeit – man konnte tatsächlich zu dem paradoxen Schluß gelangen, daß um so mehr Ruhe und Ordnung vonnöten sind, je größer das Chaos wird.

Zuerst einmal gab es da eine unnötig Unruhe stiftende Prozedur, die darin bestand, daß man den jungen Frauen vorwiegend slawischer Herkunft gestattete, den Ankömmlingen zuzuflüstern, was ihnen bevorstand, während sie ihnen Schmuck und Ringe abnahmen. Die Leute sogen daraufhin witternd die Luft in die Nase, als gäbe es etwas zu riechen. Dann blickten sie zum Nachthimmel auf und gingen durch wie eine Viehherde. Sie wirkten wie Kälber, die wie von Sinnen blökend aus dem Schlachthaus ausbrachen und auf die Straße liefen, wo man sie wieder einfangen und mit scheinbar unnötiger Härte bändigen mußte.

Die ganze Angelegenheit war geheim, das wußte man. Alle wußten es. Es gab eben keine sicherere Art, ein Geheimnis zu wahren, als alle einzuweihen und dafür zu sorgen, daß niemand darüber redete. Ein Geheimnis war schließlich ein Geheimnis, und man hielt sich daran.

Wer nach links treten mußte, mit dem war es sehr schnell vorbei. Meist vergingen von der Selektion bis zur Abfertigung kaum mehr als zehn Minuten. Die vielen Menschen mußten also ständig auf Trab gehalten werden. Pausenlos trafen Tausende ein, und an schlimmen Tagen wurden zwölf- von fünfzehnhundert durch die kurze Bewegung eines Daumens nach links geschickt. Oft pfiffen sich die Diensthabenden dabei ein Liedchen. Unvergessen war ein kleiner Walzer von Chopin, der sich besonderer Beliebtheit erfreute. Immer wieder wurde laut ausgerufen, ob Ärzte oder Zwillinge dabei seien. Unterdessen warteten die Fahrzeuge des Roten Kreuzes mit laufenden Motoren, und aus ihren Auspuffen stieg dünner blauer Rauch in die kalte Nachtluft empor.

Die Rote-Kreuz-Autos und der weiße Kittel, den man trug, hatten eine tröstliche Wirkung. Frisch eingetroffene Probleme hungerten geradezu nach ärztlichem Beistand. Von Anfang an spielten Ärzte in jeder Phase eine entscheidende Rolle, bei der ersten Selektion ebenso wie bei der Endlösung. Jeder Arzt wurde mit den Kriterien vertraut gemacht, nach denen sie entscheiden sollten, wer nach links und wer nach rechts zu treten hatte. Bei jedem neuen Transport traf immer ein Arzt eine Auswahl. Er fuhr natürlich mit einem Fahrzeug des Roten Kreuzes an die Rampe, an der der Zug hielt; er legte Art und Zahl der erforderlichen Behandlungen fest; er füllte hinterher Formulare aus; und schließlich war er bei den Organentnahmen zugegen, die nach jeder Behandlung vorschriftsmäßig durchzuführen waren.

Je komplizierter die Dinge wurden, desto mehr sehnte man sich nach der guten alten Zeit. Damals hatte wirklich noch Ordnung geherrscht. Und es war auch alles angenehmer gewesen, für die Neuankömmlinge ebenso wie für die aufsichtführenden Amtspersonen. Schließlich war man trotz allem ein Mensch. Man bemühte sich um Klarheit, hatte gern ein Ziel vor Augen und hielt die Fäden straff, aber unauffällig in der Hand. Eine große Tür führte in den mit Sitzgelegenheiten ausgestatteten Umkleideraum. Alle Sitze waren numeriert. Sogar Aufbewahrungsscheine für die Kleidung lagen aus. Die Hinweisschilder waren groß und leicht zu lesen, denn nicht jeder stand in der Blüte seiner Jahre, und außerdem wurden Brillen sicherheitshalber in Verwahrung genommen. Nach der Selektion wiesen mehrsprachige Schilder den Weg zu den Duschen. Die Sauberkeit der Räumlichkeiten war frappierend. Alles war blitzblank wie ein Spiegel. Nirgends ein Stäubchen. Dies hielt man für beste wissenschaftliche Gepflogenheit. Unter schwersten Bedingungen leistungsfähig zu bleiben – die Asche fiel überall hin –, ist eine Spielart wissenschaftlicher Untadeligkeit. Etwa nicht? Doch, darauf möchte man wohl pochen.

Aber die Dinge komplizierten sich noch mehr. Die Belegschaft mühte sich wacker, menschlich und tüchtig zugleich zu bleiben. Fragen, die das Personal aller Dienstgrade und Qualifikationen bewegten: Wie sollte man mit den steigenden Zahlen fertig werden? Welche Grenzwerte waren festzusetzen? Und wenn, wie es wahrscheinlich war, keine Obergrenze akzeptiert würde – wie konnte dann ein reibungsloser Ablauf gewährleistet werden? Wie sollte man einen Stau vermeiden, wenn buchstäblich Tausende von Problemen unerledigt blieben, nackt und ohne Bestimmung? Es gab technische Pannen, und man kann sich leicht vorstellen, wie schwierig es wurde, die Hygiene auf dem bisherigen Stand zu halten.

Sachkenntnis und Leistungsfähigkeit, das waren die Leitwerte, die damals das Leben bestimmten. Sogar unqualifizierte Verwaltungskräfte begriffen dies, und deshalb kamen sie mit Verbesserungsvorschlägen, die sich manchmal als nützlich erwiesen, beispielsweise als es darum ging, in den Öfen eine gleichbleibende Temperatur zu halten, obwohl die Zahl der zu Behandelnden enormen Schwankungen unterlag. Von diesen Leuten ging eine Bescheidenheit aus, die einem große Bewunderung abforderte. Bevor sie einem eine Idee unterbreiteten, machten sie sich immer erst selbst klein: „Ich bin kein Fachmann und lasse mich gern eines Besseren belehren, aber ich meine, daß es sich lohnen könnte, Benzol durch Menschenfett zu ersetzen."

Komplikationen also. Und natürlich bereits an der Selektionsrampe die Frage nach der eigenen Qualifizierung. Nur ausgebildete Mediziner sollten dort dabei sein. Verstanden? Jemand hatte ganz unverblümt die Ansicht geäußert: Wer kein Arzt ist, ist für so eine Arbeit schlecht gerüstet. Man hatte dagegen protestiert. Aber Zahnärzte ließ man keine Blinddarmoperationen durchführen. Folglich sollten auch keine Anthropologen für diese Selektionen zuständig sein.

Das Argument verfing, und so wurde man in die anthropologische Abteilung von Block 10 versetzt.

All das war so lange her, so fern. Wieso träumte man dann noch immer davon? Warum träumte man ausgerechnet von diesem Leon Garfinkel, der bestimmt schon seit wer weiß wie vielen Jahren tot war? Es geschah an einem Vormittag: Man erspähte ihn in einer Arbeitskolonne, die man nicht anders als einen Haufen wandelnder Skelette bezeichnen konnte. Es hatte immer etwas schrecklich Deprimierendes, eine Arbeitskolonne in militärischer Formation vorbeimarschieren zu sehen, wo doch die meisten Männer kaum die Kraft hatten, einen Fuß vor den anderen zu setzen. Wer noch ein wenig Mumm hatte, der drückte die hagere, knochige Brust heraus, schlenkerte mit den Armen und wirkte fast unbeschwert. Das war insofern vorteilhaft, als die Aufmerksamkeit von den gebrechlicheren Kameraden abgelenkt wurde, deren klapperdürre Nacktheit noch durch die schlaffen, hin- und herschwingenden Hodensäcke betont wurde.

Aber dann dieser Garfinkel! Der gute alte Garfinkel aus Leipzig! Wie viele ausgedehnte Wanderungen hatte man als junger Mann mit Leon gemacht! Mit Windjacken, kurzen Hosen und Rucksäcken ausgerüstet, hatten sie gemeinsam die östlichen Gebiete der wolhynischen Deutschen abgeklappert. Als Wandervögel schafften sie mit ein paar Äpfeln, einem Schluck Saft und einem Riegel Schokolade ungefähr zwanzig Kilometer am Tag. Bei Woeadimir und Rozyyszcze befragten sie Bauern über volkstümliche Trachten und dergleichen. Der liebe Leon mit seinen dunklen Augen und der flinken, aufgeweckten Art verstand sich bei weitem am besten darauf, das störrische Landvolk dazu zu bewegen, eine lange Liste von Fragen zur Kommunalpolitik zu beantworten. Was für schöne Tage das waren! Später, in Leipzig, war Leon mit Abstand der brillanteste Student seines Jahrgangs. Seine Dissertation mit dem Titel „Die Lautverschiebungen in der Fachsprache sorbischer Imker" war von keiner geringeren Koryphäe als Professor Reche mit dem Prädikat „meisterhaft" ausgezeichnet worden.

Und nun war er plötzlich da! Nackt marschierte er inmitten eines Trupps dieser Muselmanen über das Gelände. Sein Anblick bewirkte, daß man von Kopf bis Fuß von dem übermächtigen Gefühl durchzuckt wurde: „Nein, das kann nicht wahr sein!" Und man beschloß, den Jugendfreund, diesen wunderbaren jungen Mann und Kameraden aus der Wandervogelzeit zu finden und zu retten.

Aber das war nicht leicht. Es bedeutete, daß man alle anderen Blocks abklappern und überall dieselbe Frage stellen mußte: „Wo ist Leon Garfinkel?" Aber ach, die Männer in den Barakken waren schwachsinnig oder stur oder stupide, denn keine Menschenseele wollte ihn kennen. Sie sagten: „Hier gibt es keinen Leon Garfinkel." Oder, was schlimmer war, sie erlaubten sich einen Scherz: „Wir werden hier alle Leon Garfinkel genannt." Oder sie waren alles andere als hilfsbereit und antworteten ausweichend: „Garfinkel ist ein sehr häufiger Name. Verschwenden Sie nicht Ihre Zeit." Oder sie stellten völlig unsinnige Fragen wie: „Hat der Garfinkel, den Sie suchen, Furunkel am Bauch?" Dabei wußten alle, daß kaum eines der wandelnden Skelette keine Geschwüre am Körper hatte, von Schwären und Krätze ganz abgesehen...

Die Ratlosigkeit hatte ein Ende, als ein fetter, bärtiger Kapo beim Verlassen eines Blocks sagte: „Um Gottes willen, Doktor, Sie glauben doch wohl nicht im Ernst, daß Ihnen jemand weiterhilft, wenn Sie einen Block nach dem anderen abklappern und nach einem gewissen Garfinkel rufen? Jeder denkt doch sofort, Sie hätten wer weiß was mit ihm vor. Schließlich sind Sie ein Arzt aus Block 10!"

Wie sollte man einem Kerl wie diesem Kapo klarmachen, daß der gesuchte Garfinkel einfach nur ein Jugendfreund war? Wie ihm klarmachen, daß man nicht so ein Doktor war? Es galt anscheinend als abgemacht, daß man einer von jenen Ärzten war, wenn man in Block 10 eine wie auch immer geartete Tätigkeit ausübte.

So war das also mit den Träumen. Sie entwickelten sich zu einer ausufernden Diskussion mit jemandem, den er nicht sehen konnte. Er zitierte sie nicht herbei. Er wurde aus ihnen nicht schlau. Fest stand nur, daß er sich morgens an nichts mehr erinnerte. Er wußte nur, daß er um vier Uhr aufwachte, immer gegen vier, dann genauso dalag wie jetzt, den stetigen Regen auf die Bohnenbäume fallen hörte und sich freute, Engländer zu sein.

Und dann das Frühstück. Dasitzen, mit einem Ei herumspielen und es sich nicht löffelweise ins Ohr, sondern mit knappen, zielgerichteten Bewegungen geradewegs in den Mund schieben. So saß Max Montfalcon frühmorgens da und hörte sich höflich Lady Divinas Warnungen hinsichtlich des Ozonschwunds in letzter Zeit an.

„Die Amerikaner sind an allem schuld! Die Gasmengen, die wir in die Atmosphäre schicken, fressen uns da oben die

Ozonschicht weg. Was müssen wir tun, um das den Leuten klarzumachen? Mit unseren Kühlschränken und Schaumstoffen, Klimaanlagen und Autos führen wir Krieg gegen uns selbst!" Sie hob eine Hand wie eine Vogelkralle, griff sich eine Scheibe Toast und schwenkte sie über dem Kopf. Die Scheibe flog davon, beschrieb einen Bogen und traf Major Bobbno mitten an der Stirn. „Hübscher Schuß, mein Sohn!" sagte der Major, der Lady Divina gegenüber saß.

Er hob die Toastscheibe auf und aß sie mit zufriedener Miene auf. „Burschen wie dich kann die Armee gut gebrauchen."

Max benutzte die Salzstreuer als Stütze für seinen Fowler. Das tat er immer, wenn das Gespräch auf Umweltprobleme kam.

„Sieh an", sagte die Nachtschwester. „Mr. Montfalcon liest mal wieder in seiner Bibel. Welche Lektion ist denn heute morgen dran?"

„Über Tarnung", antwortete Max. „Das großartige an Fowler ist, daß er Offenheit so schätzt. Er ist sehr schlecht zu sprechen auf Menschen, die ‚man' sagen, wenn sie ‚ich' meinen. Für dieses ‚man' hat er eine Bezeichnung. Er nennt es ‚die getarnte erste Person', und demonstriert, daß die Tarnung in dem Moment auffliegt, wo einer anfängt, ‚man' und ‚ich' zu mischen."

„Geben Sie uns ein Beispiel!" rief Beryl die Bärtige, die sich sehr für Verkleidungen interessierte.

„Gern." Max schlug die Seiten 402 und 403 auf. Er sagte: „Fowlers wirklich großartiges Beispiel für die getarnte erste Person lautet: ‚Ich wußte, daß sich in dem kleinen Kreis persönlicher Freunde, dem man selber angehörte, eine beträchtliche Anzahl von Juden befanden, welche – '"

„Ich auch", sagte Major Bobbno. „Aus Gründen, hinter die ich nie gekommen bin, wimmelte es in den irischen Bataillonen von ihnen."

## 17

### Die Wonnen der Vergänglichkeit

Wie fängt man eine Maus? Vor allem, wenn man nicht mehr allzu flink auf den Beinen ist? Da helfen nur Schläue und List. Zuerst stellst du deine Falle mit dem Köder auf. Dann beobachtest du die Maus sehr aufmerksam. Beobachte sie, wenn sie alte Menschen besucht, die im Sterben liegen. Beobachte sie, wenn sie zu Treffen des Herzschlag-Klubs oder zu Tanzabenden geht. Probiere versuchsweise eine Reihe von Lockmitteln aus. Behalte die Maus im Auge – mit beiden Augen. Aber vergiß nicht, du bist ein alter Mann, und du wohnst im zweiten Stock eines nicht allzu vornehmen Altersheims im Londoner Norden. Die Obrigkeit läßt dich elektronisch überwachen. Die Maus hingegen ist ein flinker junger Nager, der nicht nur schneller auf den Beinen ist als du, sondern obendrein derer vier hat, statt zwei wie du. Außerdem hast du nur begrenzte Möglichkeiten, um herauszufinden, auf welchen Köder der Nager anspricht, geschweige denn, welches die geeignetste Endlösung ist. Sie muß nämlich vernichtend sein, deine Kriegslist. Hier wird nicht gepfuscht. Diese alten englischen Gemäuer beherbergen bedauerlicherweise allerlei Ungeziefer. Haus Seelenfrieden bildet da keine Ausnahme. Du brauchst spät nachts in der Küche nur das Licht anzuknipsen, schon rennt etwas husch husch auf kleinen Beinen davon und nimmt die Reste deines Abendessens mit, deine letzten Krümel. Überbleibsel deines Daseins. Die Pest, vergegenwärtigst du dir, wurde einst von Ratten verbreitet. Was tun? Nun, wenn es einem zu bunt wird, kann man das Ungeziefer ja vom Kammerjäger ausrotten lassen.

Die Zeit lief allmählich ab. Es war den alten Leuten zu Ohren gekommen, daß Mr. Fox sich mit dem Undenkbaren trug: Er plante den Verkauf des Hauses. Dies war der Grund, warum er mehrmals nach Köln gereist war. Max war von Edgar dem Fußpfleger eingeweiht worden. Edgar selbst hatte seine Informationen von einem Cousin, der eine Frau in Brügge kannte, die zufällig nach Köln gereist war. Dort hatte sie einen Mann kennengelernt, der im Gespräch erwähnte, er verhandele mit einem Engländer über den Verkauf eines erstklassigen Londoner Seniorenheims. Er selber vertrete dabei die Firma *Alter ohne Grenzen*.

Das Wort „Engländer" hatte anfänglich manch einen auf eine falsche Fährte gelockt. Edgar entfernte gerade einen ziemlich schmerzhaften Splitter aus Max' linkem Fuß („Was haben wir denn da wieder angestellt, Mr. Montfalcon?"), als er die Kunde weitergab.

„Ich bin auf der Treppe einem Dieb nachgelaufen", brummte Max. „Leider ist er mir entwischt."

„Die Freundin von meinem Cousin aus Brügge hat schnell gemerkt, daß der Mann aus Köln nicht den Unterschied zwischen einem Waliser und einem Engländer kennt. Wir müssen uns wohl darauf gefaßt machen, daß die regionalen Eigenheiten noch mehr verschwimmen und die Identität von immer mehr Ländern im Euro-Eintopf verkocht wird."

„Der Mann aus Köln ist ein Paradebeispiel für deutsche Überheblichkeit: In England leben nur Engländer, und damit basta", sagte Max. „Ich habe nicht vor, unter der deutschen Fuchtel zu leben. Natürlich kann ich nur für mich selber reden, aber ich würde mich nicht wundern, wenn auch die andern im Haus darauf mit äußerst gemischten Gefühlen reagieren."

Und damit hatte er durchaus recht. Eine kleine Abordnung des Herzschlag-Klubs sprach die Sorgen der alten Leute unverblümt aus: „Wir wollen hier nicht von Schwarzbrot und Sauerkraut leben, Mr. Fox. Die Bewohner dieses Hauses halten es für angebracht, daß Sie sich eindeutig zur Zukunft von Haus Seelenfrieden äußern. Deshalb fragen wir Sie: Stimmt es, daß Sie Geheimverhandlungen führen?"

Mr. Fox reagierte verärgert. Er versuchte nicht, sich herauszureden, sondern hob das spitze Kinn, kräuselte die Lippen und verkündete, er werde zum gegebenen Zeitpunkt eine ausführliche Stellungnahme veröffentlichen. Bereits wenige Tage später hing diese am Schwarzen Brett:

> Mit besonderem Vergnügen unterrichte ich hiermit alle Heimbewohner und das Personal davon, daß unser Haus Seelenfrieden demnächst eine lose Verbindung mit dem in Köln ansässigen Unternehmen *Alter ohne Grenzen* eingehen wird.
> Da im Haus bedauerlicherweise gewisse Gerüchte zirkulieren, möchte ich vorab klarstellen, was mit besagter Verbindung *nicht* bezweckt wird:
> – eine Veränderung des Speiseplans
> – die Aufnahme einer größeren Zahl deutscher Senioren
> – Änderungen des Zeitplans (kein ‚deutscher Arbeitstag'!)
> – keine Entscheidungsbefugnis für anonyme deutsche Bürokraten hinsichtlich der Art und Weise, wie britische Senioren ihren Lebensabend verbringen sollten
> – keine Unterwanderung durch deutsches Personal
> Sowohl unsere Gäste wie auch das Personal müßten eigentlich wissen, daß ich eine negative Grundhaltung verabscheue, und deshalb freue ich mich, hier auf einige der Vorteile hinweisen zu können, die uns allen aus der angestrebten Partnerschaft erwachsen werden:
> – eine beträchtliche Verminderung der laufenden Ausgaben für Unterhalt, Bettwäsche, Medikamente, Apparate etc. durch Mengenrabatte, insbesondere bei Bestattungs- und Krematoriumskosten
> – die Gewährleistung betriebsinterner Eigenständigkeit aller von *Alter ohne Grenzen* betriebenen Häuser und des Rechts auf freie Ausübung von Glaubensbekenntnissen, Ernährungsweisen, Bräuchen, Weltanschauungen, Sterberitualen etc.
> – die, wie ich glaube, erstmalige Möglichkeit, daß die Senioren sich frei zwischen Häusern in allen Mitgliedsländern bewegen können. Man könnte also beispielsweise die

Wintermonate im spanischen, das Frühjahr im griechischen und den Herbst in unserem sehr schönen Haus in den französischen Alpen verbringen. In jedem Heim würden die Senioren dieselben Rechte wie daheim genießen und freien Zugang zu allen Einrichtungen haben, einschließlich Herzschlag-Klubs, Tanzveranstaltungen, Fußpflege, gemeinsame Totenehrung etc. Die Bewegungs- und Niederlassungsfreiheit würde in einer Seniorenheim-Satzung festgeschrieben. Die Senioren bräuchten ihre jeweilige Landeswährung nicht umzutauschen, sondern könnten von einem speziellen, nur in den Heimen des Verbands gültigen Zahlungsmittel Gebrauch machen. Obwohl das Projekt noch in den Kinderschuhen steckt, ist bereits ein Name für die Währungseinheit vorgeschlagen worden: Talent. Jedes Mitglied könnte mit einem Vorrat an Talenten von Heim zu Heim reisen und dafür Waren oder Dienstleistungen eintauschen.

Eigentlich hätte diese Mitteilung großartig ankommen müssen, denn sie war gutgemeint. Doch bereits nach wenigen Tagen gab es erste Anzeichen einer Revolte. An den Wänden von Haus Seelenfrieden tauchten krakelige Graffiti auf wie: KÖLNER KOLONISIERUNG? NEIN!

„Sehr witzig!" sagte Mr. Fox bissig und schickte Imelda mit Eimer und Schwamm los, alle Spuren der kränkenden Parolen zu tilgen.

„Ich finde diese deutschfeindliche Haltung ausgesprochen beleidigend", sagte Mr. Fox zur Nachtschwester. „Wann werden die Leute endlich begreifen, daß wir unsere Probleme nicht lösen können, indem wir den Deutschen den Schwarzen Peter zuschieben? Es bringt die Amerikaner ja auch nicht weiter, daß sie Japan zum Sündenbock für alles stempeln."

Doch es gab noch mehr Ärger. Max hielt sich wohlweislich aus allem heraus, wenn man von einer Diskussion mit Edgar dem Fußpfleger über die unionistischen Tendenzen in der Außenpolitik der Weimarer Republik unter Gustav Stresemann gegen Ende der zwanziger Jahre absah. „Schon damals unterhielten sich Deutsche und Franzosen über einen Staatenbund. Stresemann und der französische Außenminister waren ein Herz und eine Seele."

„War das nicht nach der Räumung des Rheinlands?"

„Richtig. Es muß um neunzehndreißig gewesen sein. Von engeren Handelsbeziehungen erhofften sich die Deutschen eine stabilere Wirtschaft und größere Märkte."

„Und die Franzosen hätten den Deutschen gern durch eine föderative Politik die Hände gebunden, stimmt's?" konterte Edgar. „Was ist neu daran?"

Max nickte. „Von Weimar bis zum Vertrag von Maastricht hat sich nichts geändert. Es war und ist ein von den Deutschen verzapfter Schwindel."

Der Herzschlag-Klub war bei seiner nächsten Sitzung gerammelt voll. Sogar die drei Schlafmützen waren da, und man traf besondere Vorkehrungen für die Bequemlichkeit der „Fünf Inkontinente", indem man Imelda auf Katheter-Patrouille schickte. Reverend Alistair wachte lange genug auf, um zu verkünden, in der Bibel stünde unmißverständlich geschrieben, daß ein Stamm sich ebensowenig einem feindlichen Stamm unterwerfe, wie der Löwe sich zum Lamm lege. Und Josh Malherbe erzählte, damals, in seiner Zeit als Wein-Importeur, habe er über ausgezeichnete Geschäftsbeziehungen mit Bordeaux verfügt. Aber es sei doch etwas ganz anderes, gute Handelsverbindungen zu pflegen, als sich Hals über Kopf einem deutschen Konzern in die Arme zu werfen. Major Bobbno sagte daraufhin, er habe in zwei Kriegen gegen die Deutschen gekämpft, und ihnen die Eier an die Wand zu nageln sei die einzige Sprache, die sie verstünden. Beifallheischend sah er zu Brigadier Montfalcon hinüber, doch Max reagierte nicht. Er saß in seinem Rollstuhl Modell Gazelle, die Hände unter der Thermalux-Decke, und dachte über Mittel und Wege nach, die Maus zur Strecke zu bringen.

Schließlich einigte man sich darauf, Mr. Fox zu ersuchen, eine Meinungsumfrage durchzuführen und den Insassen von Haus Seelenfrieden Gelegenheit zu geben, sich für oder gegen den geplanten „Anschluß" zu äußern.

Mr. Fox verwahrte sich gegen das Wort „Anschluß" wegen der betrüblichen historischen Assoziationen. „Jetzt, kurz vor der Jahrtausendwende, bietet sich uns die Chance, uns mit einer Kette gleichartiger, über das gesamte europäische Festland verstreuter Seniorenheime zu verbünden und derart bereichert dem Jahr Zweitausend entgegenzusehen. Wir können natürlich auch einen Alleingang machen. Der Zug fährt bald ab. Springen wir auf oder bleiben wir zurück? Ich habe nicht nur vor, dafür zu sorgen, daß die Bewohner von Haus Seelenfrieden den Zug Richtung Zukunft nicht verpassen, sondern daß sie im Gegenteil Erster Klasse reisen!

Ich will Ihnen eine Vorstellung davon vermitteln, welche Probleme auf uns zukommen, wenn wir dem Sirenengesang Gehör schenken, der uns dazu verleiten will, den Zug fahren zu lassen. Von neunzehnsiebenundachtzig bis zweitausendsiebenundzwanzig wird in Großbritannien die Altersgruppe zwischen sechzig und vierundsechzig Jahren auf rund zehneinhalb Millionen Menschen anwachsen. Dazu kommen etwa fünfeinhalb Millionen Personen über fünfundsiebzig. Und die Zahl der Senioren über fünfundachtzig wird auf reichlich eine Million klettern. Neueren Untersuchungen zufolge wird die statistische Lebenserwartung eines Mannes 78,4 und die einer Frau 81,2 Jahre betragen.

Wie können wir nun all die Senioren versorgen? Der Staat beabsichtigt bereits jetzt, die Mittel zu kürzen. Mehr und mehr Senioren werden um ein Stück von einem immer kleiner werdenden Kuchen kämpfen müssen. Falls die Lebenserwartung weiter steigt – und ich fürchte, alle Anzeichen deuten darauf hin –, dann stehen den älteren Bürgern Großbritanniens harte Zeiten bevor. Mich graust es, wenn ich mir unser Haus zu Beginn des nächsten Jahrtausends vorstelle.

Was nun die geplante Meinungsumfrage angeht, so muß ich Ihnen leider sagen, daß ich deren Notwendigkeit nicht einsehe. Als Leiter dieses Hauses habe ich die Verbindung mit *Alter ohne Grenzen* in Erwägung gezogen. Ein Geschäftsführer hat die Pflicht, sein Unternehmen zu führen, und deshalb stelle ich hiermit fest, daß es sich um eine rein verwaltungstechnische Angelegenheit handelt."

Sie hörten ihm schweigend zu, und die Stille wurde nur durch Reverend Alistairs leises Schnarchen unterbrochen. Oder durch ein gelegentliches Plätschern, wenn einem der Inkontinenten der Katheter herausrutschte und Imelda zur Hilfe eilen mußte.

Offen gestanden erfüllte die Aussicht auf eine künftige Verbindung mit *Alter ohne Grenzen* Mr. Fox durchaus nicht mit ungetrübter Freude. Die Gespräche in Köln hatten ihm die unangenehme Tatsache vor Augen geführt, daß man sich in Haus Seelenfrieden ganz schön ins Zeug legen mußte, wollte man es mit einem der Seniorenheime auf dem Festland aufnehmen, die eine Menge Annehmlichkeiten boten. Haus Seelenfrieden litt Mangel an geschultem Personal – möglicherweise die Folge von Mr. Fox' Weigerung, Mittel für Fortbildungskurse bereitzustellen. Die Baulichkeiten selbst waren alt, und es wimmelte von Ungeziefer, wobei Kakerlaken und Mäuse besonders lästig waren. Die Reparatur des Dachs war seit langem überfällig, und die Einnahmen wurden fast gänzlich von den laufenden Kosten aufgezehrt.

Auch die alten Leute ließen, so sehr er sie schätzte, einiges zu wünschen übrig. Zwar hielten die Preise in Haus Seelenfrieden mit der Inflationsrate Schritt (pro Woche 500 Pfund, Tendenz steigend), doch einige Insassen hatten nicht mit den Preiserhöhungen Schritt gehalten, sondern waren mit den Zahlungen ins Hintertreffen geraten und machten keinerlei Anstalten, aufzuholen. Haus Seelenfrieden war jedoch ein Schiff, das es sich nicht leisten konnte, Passagiere gratis zu befördern. Wenn nur der menschliche Faktor in den Griff zu bekommen wäre, könnte man auch die anderen Probleme bereinigen.

Ein völlig neues Konzept – das war es, was man brauchte. Viele der unrentablen Alten hatten einem neuen Schlag von Gästen zu weichen. Höhere Preise und eine anständige Umsatzsteigerung waren unerläßlich. Die alten Leute mußten einfach verstehen, daß man nicht verpflichtet war, sie durchzufüttern.

Es war ein vertracktes Problem, für das Mr. Fox keine rasche Lösung parat hatte. Als er die Nachtschwester darauf ansprach, versicherte sie ihm, sie werde sich die Sache durch den Kopf gehen lassen. Sie versprach auch, Dr. Tonks zu konsultieren. Dr. Tonks sei ein Mann mit rundum modernen Anschauungen.

Die Nachtschwester leistete in der Folge einen nachhaltigen Beitrag dazu, daß Haus Seelenfrieden von gewissen Problemen befreit wurde. Manch einer begriff dies erst sehr spät, und für einige kam die Erkenntnis sogar allzu spät. Jedenfalls stammte die Idee mit dem Letzten Willen von ihr.

Das sollte man ihr nie vergessen. (Genauer gesagt wurde sie deshalb um ein Haar vor Gericht gestellt und verurteilt, aber erst später, als viele Augenzeugen bereits das Zeitliche gesegnet hatten und die Überlebenden hundert verschiedene Versionen des Tatbestands zu Protokoll gaben – sofern ihr Gedächtnis sie nicht im Stich ließ.)

Niemand soll denken, die Nachtschwester hätte es sich mit dem Konzept des Letzten Willens allzu leicht gemacht. Jack gegenüber äußerte sie: „Potentiell sind wir alle unsterblich, aber wir müssen uns die Unsterblichkeit verdienen. Dazu sind bedauerlicherweise nicht alle von uns in der Lage. Christus kam zu uns, um uns ein reicheres Leben zu bescheren. So steht es in der Bibel. Alles, was wir dazu brauchen, ist ein lebendiges Verhältnis zu unseren eigenen Zellen. Unsterblichkeit? Ja, aber nicht erst im nächsten Leben, sondern schon in diesem!"

Nun war die Nachtschwester jedoch auch ein realistischer Mensch, und deshalb wußte sie, daß viele Mitmenschen nachweislich kein sehr lebendiges Verhältnis zu ihren eigenen Zellen haben. Ihre Zellen seien, wie sie ausführte, „im Grunde bereits tot". Aber was sollte man mit diesen verirrten Seelen anstellen? Ihre Antwort auf diese Frage war der Letzte Wille: „Eine wundervolle Idee, Jack! Ich glaube, der Grundgedanke stammt aus deinem wunderbaren Land. Dahinter steckt die klare Erkenntnis, daß nichts gewonnen ist, wenn man ein nicht mehr lebenswertes Leben verlängert. Ich finde, jeder sollte seinen Letzten Willen bekommen."

Und das bekamen sie, sobald sie mit allen fertig war.

Zuerst einmal entwarf sie die Formulare – in einfachem, klarem Englisch und, aus Rücksicht auf jene mit schwindender Sehkraft, in großen, fettgedruckten Buchstaben. Irgendwann würde es auch Exemplare in Blindenschrift geben, dessen war sie sich sicher. Bei der Arbeit benützte sie den Computer im Büro. Der schlagzeilenartige Titel des von ihr verfaßten Letzten Willens lautete: *Mein medizinisches Testament.* Dann kam in etwas kleineren Buchstaben eine Vorbemerkung: „In diesem medizinischen Testament formuliere ich verbindlich meine Wünsche hinsichtlich meiner ärztlichen Behandlung für den Fall, daß ich eines Tages aus Krankheitsgründen nicht mehr sprechen kann. Hiermit erkläre ich, daß ich zum Zeitpunkt der Unterzeichnung dieses Testaments das achtzehnte Lebensjahr bereits vollendet habe, mich im Vollbesitz meiner geistigen Kräfte befinde und mir über die Konsequenzen der darin enthaltenen Willensäußerungen im klaren bin."

Detailliert listete die Nachtschwester anschließend die Wünsche des jeweiligen Seniors im Fall von schweren Gehirnschäden oder anderen unheilbaren Gebrechen auf, wobei sie Beispiele wie Krebs im Endstadium, Emphysem, fortgeschrittene Alzheimersche und Parkinsonsche Krankheit diskret durch Kursivschrift hervorhob.

... und für den Fall, daß einer dieser lebensbedrohenden Umstände eintritt und laut Diagnose meines Hausarztes sowie weiterer Fachleute für unheilbar erklärt wird, bekunde ich hiermit feierlich, daß ich mir folgende Behandlung wünsche (Unerwünschtes bitte streichen):
1. Herz-Lungen-Maschine
2. künstliche Beatmung (Ventilator)
3. Chemotherapie
4. Chirurgie
5. medikamentöse Schmerzlinderung

Im Falle eines definitiven Komas wünsche ich/wünsche ich nicht lebensverlängernde Maßnahmen.

„Ich habe mich um eine idiotensichere Ausdrucksweise bemüht. Kein Fachjargon über kardiopulmonäre Resuszitation und so weiter. Unsere Gäste wissen, was eine Herz-Lungen-Maschine ist und wie künstliche Beatmung funktioniert. Hier heißt es: Such dir was aus, und schon ist die Sache geritzt! Jedes Kind, dem man einen Kuli in die Hand drückt, kommt mit dem Text zu Rande. Das Schöne ist, es ist kein rechtsbindendes Dokument. Also keine Anwälte."

Mit dem von der Nachtschwester entworfenen Letzten Willen verhalte es sich wie mit dem „Parfüm der Saison", meinte Mr. Fox. Jeder wolle es mal probieren. Immerhin trommelte die Schwester ein Dutzend interessierter Senioren zusammen und machte im Fernsehraum mit Papier und Bleistift einen Probelauf. Mehrere Gehilfen gingen den von Arthritis Geplagten zur Hand und achteten darauf, daß sie nicht versehentlich andere als die unerwünschten Behandlungsmethoden durchstrichen.

Die Reaktion der kleinen Testgruppe machte klar, daß die Vordrucke geringfügig verändert werden mußten, denn vor eine klare Ja/Nein-Wahl gestellt, beispielsweise in puncto künstlicher Beatmung, konnten sich Heiminsassen wie die junge Agnes oder Reverend Alistair einfach nicht entscheiden, sondern saßen mit gezücktem Bleistift unschlüssig da, spielten mit dem Anspitzer oder bekritzelten gedankenlos das ganze Blatt. Manch einer hob auch die Hand und bat, den Raum verlassen zu dürfen. Andere, wie Beryl die Bärtige, brachen in Tränen aus, wollten aber nicht sagen, warum. Die junge Agnes stellte unmögliche Fragen: „Entschuldigung, Schwester, aber kann man die Herz-Lungen-Maschine auch ohne Lunge haben oder scheidet man ohne Beatmung aus dem Spiel aus?"

Worauf die Nachtschwester vielleicht ein wenig barsch antwortete: „Um Himmels willen, Agnes, hier geht es um die letzten Stunden im Leben eines Menschen und nicht um Bingo!"

Am Ende mußte sie die Formulare nochmals ändern, und schuld daran waren die, wie sie sie insgeheim, aber mit erheblichem Grimm nannte, „Schlafmützen, Schwachköpfe und Scheintoten, denen man ein bißchen auf die Sprünge helfen muß". Auf den neuen Formularen waren zwar dieselben Optionen für das Endstadium aufgelistet wie zuvor, doch statt der Aufforderung, nicht erwünschte „Hilfeleistungen" durchzustreichen, offerierte die Nachtschwester nun die unmißverständliche Auswahl zwischen *Ja/Nein* und *Weiß nicht* mit dem Nachsatz: *Zutreffendes bitte umkringeln!*

Dr. Tonks gefiel der Letzte Wille außerordentlich gut. Er unterhielt sich mit den alten Herrschaften darüber. Genauer gesagt hielt er in seiner Eigenschaft als Facharzt für Geriatrie sogar eine kleine Rede: „Ich bin richtig stolz und freue mich riesig über die Art und Weise, wie ihr euch zu eurer Verantwortung bekennt. Ihr wißt ja selbst, daß wir Ärzte nicht allmächtig sind. Auch unfehlbar sind wir nicht, und wenn einer von euch nach einem ziemlich happigen Schlaganfall im Rollstuhl zu uns reingefahren wird, schauen wir ihn uns an und sind ratlos, weil er uns vielleicht nicht einmal mehr sagen kann, wie es mit ihm weitergehen soll. Wie nützlich – nein, ich untertreibe – wie ungeheuer hilfreich ist es dann für einen wie mich, wenn er sich euer Testament auf den Bildschirm holen kann, und zwar sofort, an Ort und Stelle. Blitzschnell weiß man, wie ihr zu der Sache steht: Ja oder nein? Bleiben oder abtreten? Uns liegt nicht an einem längeren Leben um jeden Preis, sondern an einem langen, aber lebenswerten Leben."

Zum Schluß erzählte Dr. Tonks ihnen alles, was er über das Nirvanatron wußte.

„Ein Gerät der Spitzentechnologie, das für fortschrittliche, am Ende des Lebensabends angelangte Patienten interessant sein könnte – jedenfalls hoffe ich das. Es kommt natürlich aus den wunderbaren Vereinigten Staaten..." Hier winkte Dr. Tonks lächelnd Jack zu, der hinten an der Wand stand. Jack winkte und lächelte mit der Miene eines Menschen zurück, der in seiner kräftigen Gestalt wirklich alles verkörpert, was an Amerika gut und schön ist.

„Nun stellt man uns verständlicherweise eine Menge Fragen über das Nirvanatron. Die Leute wollen wissen: ‚Tut es weh?'

Oder: ‚Dauert es lange?' Oder: ‚Ist es teuer?' Auf all diese Fragen kann ich rundweg mit einem Nein antworten. Wäre unsere Regierung nicht so kurzsichtig gewesen, den Import des Geräts zu verbieten, könnten die Menschen es hierzulande selber testen, und dann würden sich eine Menge lächerlicher Gerüchte von selbst erledigen.

Das Nirvanatron ist ein Kasten mit Schläuchen, Kanülen und zwei Flaschen. Man legt sich einfach hin, aber wenn man will, kann man auch sitzen oder knien. Durch einen der beiden Schläuche läuft das Beruhigungsmittel Natriumpentathol. Schon nach ein paar Minuten fühlt man sich wie im siebten Himmel. Der zweite Schlauch erledigt den Rest: Eine Kaliumchloridlösung ergießt sich in den Blutkreislauf und bringt das Herz zum Stillstand. Man braucht lediglich den Beistand einer Person, die die Kanülen sachkundig in die Vene einführt. Alles andere kann man allein bewerkstelligen. Wir können also mit Fug und Recht behaupten, daß das Nirvanatron teilweise vom Patienten selbst bedient wird. Ich will hier natürlich niemandem einreden, daß es keinen anderen Weg gibt. Manchmal scheint mir, daß wir Fachärzte uns allzusehr auf die technischen Aspekte des Ablebens konzentrieren und nicht genug auf die besonderen Wünsche und Bedürfnisse des Dahinscheidenden eingehen. Deshalb biete ich hiermit jedem, der daran interessiert ist, mein eigenes Exemplar des aktuellsten, in den USA erschienenen Ratgebers zur Lektüre an. In aller Bescheidenheit möchte ich behaupten, daß das Buch den bisher kompetentesten Leitfaden in Sachen Sterbehilfe darstellt. Es heißt ‚Die Wonnen der Vergänglichkeit', steht seit Monaten auf der Bestsellerliste, gibt Auskunft über die besten Methoden und das tauglichste Zubehör für Patienten, die kurz vor dem Exodus stehen, und ist üppig illustriert.

Mein Exemplar der ‚Wonnen der Vergänglichkeit' liegt ab heute in Mr. Fox' Büro aus, damit es dort jeder nach Belieben konsultieren kann. Danke fürs Zuhören und viel Glück!"

Mr. Fox hob eine Hand und hielt die Senioren zurück, bevor sie sich am Ausgang mit ihren Rollstühlen, Krücken und

Laufgestellen ineinander verkeilen und einen kleinen Verkehrsstau bilden konnten.

„Vergessen Sie nicht: Meine Tür steht Ihnen immer offen!"

Und die Nachtschwester sagte in einer Aufwallung kaum gebändigter Begeisterung: „Wenn das Nirvanatron eines Tages Einzug in die Seniorenheime hält, dann wird Haus Seelenfrieden den Anfang machen, das können Sie mir glauben!"

„Gott segne Sie, Schwester", sagte Mr. Fox dankbar. „Vielleicht verstehen unsere Senioren jetzt ein bißchen besser, warum ich mich so leidenschaftlich für eine Zusammenarbeit mit *Alter ohne Grenzen* einsetze. Haus Seelenfrieden muß bis zur Jahrtausendwende auf den neuesten und besten Stand gebracht sein, das sind wir allen Senioren schuldig, den Neuankömmlingen ebenso wie den alteingesessenen und dahinscheidenden Gästen."

„Gott segne Sie, Mr. Fox!" sagte die Nachtschwester.

Als Reverend Alistair tags darauf kurz aufwachte, holte er eine Plastiktüte aus dem Wäscheschrank und stülpte sie sich über den Kopf.

„Eine erstaunlich angenehme Methode", meinte Dr. Tonks, „auch wenn es manch einer beim Gedanken daran mit der Angst kriegt. Ich glaube, die ‚Wonnen der Vergänglichkeit' werden sich als der reinste Segen erweisen."

# 18

## Die große Flucht

Früh an einem nebligen Morgen war Max im Garten von Haus Seelenfrieden zu sehen. Er hatte das linke Bein nach vorn geschoben und den rechten Arm nach hinten gestreckt, weil er hoffte, sich auf diese Weise an etwas sehr Wichtiges zu erinnern. Er war bestrebt, das Vergessene neu zu erlernen. (Fowler definiert „bestrebt" als ein Wort, mittels dessen sich „begierig auf" vermeiden läßt.) Max betrachtete sich nicht gerade als Streber. Er würde einfach etwas Neues dazulernen, und damit basta. Der Haken war nur, daß er sich nicht genau erinnern konnte, was er eigentlich lernen wollte. Seit Innocenta ihn mit Tränen in den Augen besucht hatte, war er jeden Morgen in den Garten gegangen.

Innocenta hatte schlechte Nachrichten gebracht:

Albert und Elizabeth hätten wegen einem gewissen Inspektor Slack ein „irres Getöse" gemacht. (Hatte sie Getöse oder Gewese gesagt? Max hatte gewisse Verständnisprobleme, wenn sie in den Jargon der heutigen Jugend verfiel.) „Du weißt schon, Opa, der Polizist, den sie auf dich angesetzt haben."

„Ich bin bereit", sagte Max. „Komm mal mit und sieh mir beim Trainieren zu, Liebes. Es ist soweit, wir können auf Rattenjagd gehen."

Als Max beschloß, sich Jack vorzuknöpfen, kam Innocenta ihm zu Hilfe. Sie glaubte, daß der Erfolg des Unternehmens ganz und gar von ihr abhing. In gewisser Hinsicht stimmte das sogar. Allerdings hatte Max sie nur teilweise in seine Pläne eingeweiht.

Petrolblaue Mütze, aprikosenfarbener Schal, blutrote Wildlederstiefel – Max fand Innocenta sehr schön, als sie mit den neuesten Nachrichten zu ihm kam. Während sie ihm ziemlich verstört gegenübersaß, konnte er gar nicht anders, als sie liebzuhaben.

„Na, was hast du zu berichten?"

„Kaum zu glauben, aber mit elf war Jack anscheinend schon der geschickteste Taschendieb an der Ostküste. Schon mit zwölf hatte er eine Pistole, die er Ladenbesitzern unter die Nase hielt. Ein Jahr später saß er im Knast. Nach zwei weiteren Jahren stellte sich vor dem Jugendgericht raus, daß die Polizei ihn insgesamt schon fünfunddreißig Mal festgenommen hatte. Er haute aus dem Gefängnis ab und raubte im Fahrstuhl eine alte Dame aus."

„Ja, er schlug sie zusammen, riß ihr die Ringe von den Fingern, nahm ihr die Geldbörse weg und verging sich sexuell an ihr", sagte Max.

„Was, er hat sie vergewaltigt?" rief Innocenta entsetzt. Trotz seiner schlechten Augen konnte Max Tränen auf ihren Wangen erkennen. Sie schniefte vernehmlich.

„Nein", antwortete Max, „aber anscheinend nur nicht, weil er nicht genug Zeit hatte. Danach wurde er in eine Besserungsanstalt in Florida gesteckt, und dort lernte Marta ihn kennen. Ein herzensguter Mensch, diese Marta. Nahm ihn mit zu sich nach Hause. Wollte rausfinden, was mit dem Bürschchen los war... Innocenta, ich glaube, du hast mir nicht alles erzählt."

Innocenta schnäuzte sich. „Ich hab ihn die ganze Zeit im Auge behalten, Opa. Bin nah an ihm drangeblieben, genau wie du gesagt hast."

„Weiß er, daß du hier bist?"

„Mummy und Daddy sind mit ihm unterwegs. Sie sind mit ihm im Auto weggefahren. Da braut sich garantiert was zusammen. Ich hab Jack selber mit zu uns nach Hause genommen, verstehst du? In deine Wohnung. Ich hab einfach behauptet, du seist einverstanden. Du hast doch selbst gesagt, ich soll nah an ihm dranbleiben, stimmt's? Außerdem hatten sie dich ja praktisch rausgeschmissen. Ich hab also nur was in Beschlag genommen, das dir gehört."

Max lehnte sich zurück. „Bravo!" Innocenta stand auf und ging im Zimmer hin und her: vom Schrank zur Tür, an der sein Hausmantel und seine Zipfelmütze hingen, und wieder zurück.

„Als er mal wieder Nachtschicht hatte, hab ich in seinem Zimmer ein paar Dinge gefunden, darunter auch Injektionsspritzen. Zuerst dachte ich, au wei, der nimmt harte Drogen. Aber dafür sahen sie eigentlich ein bißchen zu schäbig aus, die Spritzen. Ich hab auch eine Zange gefunden."

Max spreizte die Hand. Er legte Daumen und Zeigefinger an seine Schläfen. „So eine?"

„Ja, genau so eine."

Max lehnte sich noch weiter zurück und spannte die Beinmuskulatur an. Die Sache machte Fortschritte. Allmählich schlugen die Übungen zur Kräftigung des Blasenschließmuskels an, und dasselbe galt für das regelmäßige Fitneß-Training. Er konnte sich jetzt viel schneller umdrehen und aus der Drehung heraus zuschlagen. Einmal hatte die Nachtschwester ihn im Flur dabei ertappt, wie er in die Luft boxte, Ausweichmanöver vollführte und Finten machte. Sie war vor Schreck blaß geworden, als er plötzlich mit beiden Händen ein Knie umklammerte und zu Boden ging. Erst als er sicher angegurtet in einem Rollstuhl saß, beruhigte sie sich soweit, daß sie ihm klarmachen konnte, was für Todesängste sie seinetwegen ausgestanden hatte. „Man ist eben nicht mehr so kregel wie in seinen besten Zeiten, Mr. Montfalcon." Max hatte zerknirscht dreingeblickt, sich jedoch insgeheim gesagt, daß er nur ein Zehntel so kregel wie früher zu sein brauchte, damit er einem gewissen Zeitgenossen eine böse Überraschung bereiten konnte.

Wäre Innocenta nicht so mit sich selber beschäftigt gewesen, wäre ihr aufgefallen, daß ihr Großvater, der sonst so lahm und tatterig war, sich jetzt mit einer kraftvollen und dennoch anmutigen Bewegung aus dem Sessel hochstemmte, ähnlich einem Baum, der sich in Zeitlupentempo aufrichtet. Sie saß an dem blauen Tisch, die Arme auf die Platte gestützt. Er ging zu ihr und sah aus der Nähe die dunklen Flecken an ihrem Hals, die der aprikosenfarbene Schal nur teilweise verdeckte.

„Die Päckchen, die gehören mir, meine Liebe, und da ist noch etwas: eine blaue Stofftasche. Du mußt sie finden und mir bringen."

„Ich hab Angst, Opa. Er wird mir was tun." Sie betastete die dunklen Flecken am Hals. „Gestern hat er mich in seinem Zimmer erwischt und gewürgt. Ich hab keine Luft mehr gekriegt. Wahrscheinlich würde er mich umbringen."

„Uns beide, ohne mit der Wimper zu zucken. Deshalb müssen wir ihm zuvorkommen. Hol meine Sachen zurück. Bring mir die Päckchen und die Tasche wieder. Ich verspreche dir, daß wir danach zusammen weggehen. Irgendwohin."

„Soll ich sie hierher bringen?"

Max lächelte. „Nein, das wäre zu gefährlich. Sobald du sie hast, geh aus dem Haus, such dir eine Telephonzelle und ruf mich an. Ich sage dir dann, wo wir uns treffen."

„Und danach wird alles gut? Wie im Märchen?" Innocenta wischte die Tränen ab.

„Ja, so ähnlich", antwortete Max.

In die Thermalux-Decke Modell „Komfort" gehüllt, saß Max starr in seinem Rollstuhl und wartete – der Mann aus Eis. Er wartete auf Innocentas Anruf.

Als der Anruf kam, war alles schlimmer, als er es sich hätte ausmalen können. Innocentas Stimme klang seltsam ruhig und verhalten, als wäre sie schlaftrunken oder hätte starke Schmerzen: Die Päckchen seien noch da gewesen, wo sie sie letztesmal gesehen habe. Die Stofftasche sei nicht ganz so leicht zu finden gewesen. Sie habe sie schließlich unter Jacks Bett entdeckt.

„Ich streckte gerade die Hand danach aus, Opa, als er zuschlug. Ich weiß, daß er es war, obwohl ich sein Gesicht nicht sehen konnte. Er trug nämlich diese Mickymaus-Maske."

Er habe die Stofftasche genommen, aufs Bett gelegt, sie, Innocenta, gezwungen, auf dem Bett hinzuknien und die Beine zu spreizen. Dann habe er ihr die Hände gefesselt und dazu eine große Rolle gewachster Schnur aus der Küche verwendet. (Max glaubte sich an die Schnur zu erinnern.) Er habe ihr orangefarbenes Kleid zerfetzt, die *mala* zerrissen und die Perlen im Zimmer verstreut. Anschließend habe er seinen Gürtel aufgeschnallt, die Jeans runtergelassen und sie, Innocenta, ohne lange zu fackeln von hinten gerammelt.

Als Max fragte, ob Jack irgend etwas gesagt habe, antwortete Innocenta zögernd: „Nein, gesagt hat er nichts, aber gepfiffen hat er." Sie habe die Melodie erkannt, weil ein ehemaliger Freund von ihr, der im Finanzamt arbeitete, dasselbe Lied bei Weihnachtskonzerten gepfiffen habe. Es heiße „Der Pfeifer und der Hund". Ob Max es kenne? Ja, er kenne es allerdings, antwortete Max leichthin. Dann solle er doch ein paar Takte pfeifen, meinte Innocenta.

„Ja", sagte sie, nachdem er der Bitte nachgekommen war. „Das ist es."

„Bist du verletzt?" wollte Max wissen.

Innocenta sagte, sie blute, aber richtig verletzt sei sie nicht. „Viel schlimmer ist, daß ich nicht an deine Sachen rangekommen bin. Jetzt können wir nicht zusammen weggehen, Opa. Ich hatte schon meine Reisetasche gepackt."

„Macht nichts", antwortete Max tröstend. „Du wirst sie vielleicht schon in den nächsten Tagen brauchen können."

Dann erklärte er ihr in aller Ruhe, was sie zu tun hatte.

Die Erde war aufgeweicht, der Rasen matschig und schlaff. Knöchelhoher Bodennebel umwaberte die Regenrinnen von Haus Seelenfrieden und bedeckte wie Seifenwasser die Wurzeln des Bohnenbaums.

Ab und zu hielt Max mitten in der Bewegung inne: Er schleuderte den rechten Arm vor, schob das linke Bein so weit wie möglich nach hinten und zählte in dieser Haltung bis zehn. Dann holte er tief Luft, machte einen großen, abrupten Satz wie ein verwundeter Grashüpfer und vertauschte dabei die Stellung von Armen und Beinen. Nachdem er dies zwei-, dreimal wiederholt hatte, hielt er sich nach Atem ringend am Zaun fest. Er hatte das Gefühl, daß sich seine Technik allmählich besserte, auch wenn es so aussah, als bewegte er sich kaum.

„Dieser Laden hier könnte ein Lagerorchester gebrauchen", brummte er. Nichts taugte besser dazu als Musik, den Körper anzufeuern, ihm Energie und Stoßkraft zu verleihen, seine Belastbarkeit sinnvoll auszunutzen. „So wurde es gemacht", keuchte Max. „Jawohl, genau so! Wir holten sie jeden Morgen mit Musik raus und brachten sie abends mit Musik zurück – sofern sie überhaupt zurückkamen. Ja, so lebten wir alle Tage."

Seltsam, irgend etwas wollte nicht klappen. Wenn er doch nur dahinterkäme, was es war! Max trug seinen blauen Blazer und einen langen roten Wollschal, den er sich wie einen dünnen Schlauch zweimal um den Hals gewickelt hatte und dessen Enden dennoch unterhalb der Gürtellinie baumelten. Die Mütze war dottergelb, ein Abschiedsgeschenk der alten Maudie Geratie, *requiescat in pace*.

Auf der anderen Straßenseite blieben ein paar Jungen auf dem Weg zur Schule stehen und begafften mit kaum verhohlener Belustigung den hochgewachsenen, hageren Greis mit dem roten Schal und der gelben Mütze, der so abrupt und mechanisch wie eine sich öffnende und schließende Schere unter großen Mühen immer wieder die Position von Armen und Beinen veränderte.

Ausgerechnet da kam Inspektor Slack auf seiner Honda angefahren, hielt an und stieg behende ab. Adrett in einem Pfeffer-und-Salz-Anzug war er in bester Laune. Die Leute, die er nach Polen geschickt hatte, legten sich mächtig ins Zeug.

„Morgen, Mr. Montfalcon." Inspektor Slack war gut genug aufgelegt, um sich einen kleinen Scherz zu gestatten. „Oder sollte ich Sie vielleicht besser Herr von Falkenberg nennen?"

Max fand, daß der Mann, dünn wie er war, etwas von einem Wiesel hatte. „Wie bitte?"

„Schon gut. Ich bin nur mal eben vorbeigekommen, weil ich hoffe, daß Sie endlich bereit sind, sich mit mir über diesen von Falkenberg und sein Leben vor Harwich zu unterhalten."

Mit knackenden Gelenken, aber großer Präzision veränderte Max Arm- und Beinstellung. Der Schal hing wie ein Banner vom Hals bis zu den Knöcheln. Die Mütze war ihm übers rechte Auge gerutscht. „Es gibt kein Leben vor Harwich."

„Was wissen Sie über den jungen von Falkenberg?"

„Daß er tot ist", antwortete Max.

„Ja", sagte der Polizist, „seit vielen Jahren. Komisch, wieviel wir über den jungen Mann wissen. Schulzeit und Studium. Aufenthalt in Oxford. Rückkehr nach Deutschland. Die ziemlich absonderlichen Interessen als Wissenschaftler. Leider wissen wir nicht, was danach aus ihm geworden ist, ich meine nach dem Krieg. Der junge Herr von Falkenberg löste sich nämlich von einem Moment zum anderen in Luft auf, und an seiner Statt trat ein gewisser Mr. Montfalcon auf den Plan. Falls von Falkenberg tatsächlich tot ist, erhebt sich eine Frage: Haben Sie ihn vielleicht umgebracht? Ihn und viele andere mehr? Ist aus unserem deutschen Frosch etwa ein englischer Prinz geworden?"

Edgar der Fußpfleger fuhr in seinem kleinen, mit der zornigen Parole „Europa wEG!" bemalten Lieferwagen vor, gefolgt von der kleinen Lois Chadwick mit ihrem ambulanten Frisiersalon.

„Sind Sie ein Neuer?" fragte Lois Inspektor Slack. Sie sah zu, wie Max langsam einen Arm vorschwingen ließ und gleichzeitig ein Bein nach hinten stellte. „Um Gottes willen, Mr. Montfalcon, wie sehen Sie denn aus?"

„Wir unterhielten uns gerade über englische Prinzen", sagte Max langsam. Er war ein wenig aus der Puste, aber er machte eindeutig Fortschritte.

Lois kicherte. „Wenn man Mr. Montfalcon auf ein Thema wie das Königshaus anspricht, dann hört er den ganzen Tag nicht mehr damit auf. Steckt die Nase ja auch ständig in Zeitschriften wie *Feudal* oder *Hommage*. Ein unverbesserlicher Monarchist sind Sie, Mr. Montfalcon! Aber jetzt muß ich lossausen. Tschü-hüß!"

„Englische Prinzen und deutsche Frösche", sagte Max zu Edgar. „Dieser Gentleman hier fragt sich, wie sich deutsche Frösche in englische Prinzen verwandeln können."

„Ein Kinderspiel", versicherte Edgar, dessen Nasenring im frühen Sonnenlicht funkelte. „Denken Sie an Prinz Albert, dann wundern Sie sich über nichts mehr."

Inspektor Slack wurde allmählich nervös. Mit leiser Stimme warnte er Max: „Die Zeit läuft, Sir. Das Märchen ist fast zu

Ende. Meine Leute sammeln in Polen und Deutschland Beweismaterial."

Überall in Haus Seelenfrieden wurden Fenster geöffnet, denn immer mehr Insassen interessierten sich für das Gespräch, das unten im Garten geführt wurde.

„Hören Sie mal, wer sind Sie eigentlich?" ließ sich eine strenge Frauenstimme hoch über ihren Köpfen vernehmen. „Ja, Sie! Glauben Sie etwa, ich meine Mr. Montfalcon?"

Inspektor Slack blickte zu der Frau auf, die im obersten Stockwerk in einem Fenster zu sehen war. Sie hatte langes, ungekämmtes Haar und trug einen rosa Bademantel.

Nicht zu erschüttern, aber stets höflich war er, dieser Mr. Slack: „Ich bin von der Polizei."

„Was Sie nicht sagen! Also, junger Mann, Sie hätten hier wirklich nicht zu einem günstigeren Zeitpunkt aufkreuzen können! Wußten Sie, daß unter uns eine Person ist, die viele Menschen gefoltert und umgebracht hat? Und daß ich weiß, wer es ist?"

„Tatsächlich, Madam?" Inspektor Slack zückte das Notizbuch.

„Wer ihren Weg kreuzt, der muß sterben!" posaunte Lady Divina. „Es wird mir ein Vergnügen sein, Ihnen unter vier Augen Beweise vorzulegen. Ihr Name und Dienstgrad, Sir?"

Der Inspektor mußte geradezu brüllen, damit sie ihn verstand.

„Wenn Sie mir jetzt bitte den Namen der Person sagen", drängte er.

„Sie ist der Todesengel."

„Aha." Mr. Slack steckte das Notizbuch wieder ein.

„Und ein Dieb ist sie auch", sagte Max. „Ein hinterhältiger, verschlagener, gieriger Dieb."

„Ich suche Sie demnächst auf, um mit Ihnen unter vier Augen zu sprechen", stellte Lady Divina mit unheilschwangerer Stimme in Aussicht. „Jetzt kein Wort mehr davon! Wie Sie sehen, haben die Wände bei uns Ohren."

Nein, sagte sich der Inspektor, die Wände haben keine Ohren, aber dafür haben die Fenster Köpfe. Aus jeder Öffnung in der Fassade von Haus Seelenfrieden schaute einer heraus. Ein Adventskalender in Großformat.

„Ein Polizist!" Die Nachtschwester, noch immer im Dienst, obwohl es höchste Zeit war, Feierabend zu machen, zog pikiert den Kopf zurück und schloß das Fenster. „Das kann für uns verdammt peinlich werden", sagte sie. „Wer weiß, was Lady Divina ihm erzählen wird?" Sie wandte sich Jack zu, der auf dem Fußboden lag und die Letzten Willen der Senioren studierte. „Übrigens frage ich mich, wer heute mit der lieben Lady Divina einen Spaziergang macht", fuhr sie leichthin fort. „Und wer sie danach wäscht."

„Ja, die ist reif für'n Bad", antwortete Jack knapp. „Aber vorher muß ich Beryl verarzten. Heute ist ihr großer Tag. Sobald ich mit Beryl fertig bin, ist Lady D. dran. Die hat sich 'ne Sonderbehandlung verdient."

„Willst du das wirklich übernehmen, Jack?" rief die dankbare Nachtschwester. „Du würdest uns eine solche Last von den Schultern nehmen!"

Dies war also der große Tag von Beryl der Bärtigen. An der Straßenecke sammelten sich Schuljungen und blickten verstohlen zu dem Fenster hoch, wo sie erscheinen würde. Schon erklang der bereits zu einem festen Brauch gewordene Chor der teuflischen kleinen Sängerknaben: „Bitte, bitte Beryl, zeig uns deinen Bart!"

Gewöhnlich passierte dann folgendes: An einem Fenster im oberen Stockwerk tauchte, anfänglich nur schemenhaft zu erkennen wie ein Traum- oder Trugbild, Beryls Gesicht aus dem Halbdunkel auf. Ihr Kopf näherte sich langsam der Scheibe, bis die Nasenspitze das Glas berührte und all die unerwünschte Behaarung auf dem Gesicht der Zweiundneunzigjährigen zu sehen war. Zotteliger, strähniger Bartwuchs bedeckte den Pferdekiefer und die Oberlippe wie eine dunkle Hecke und kringelte sich unter dem Kinn zu weichen grauen Locken. In den Schuljungen erzeugte dieser Anblick unweigerlich eine

Mischung aus diebischer Freude und betretenem Staunen. Ihr Lachen brachte Beryl unfehlbar zum Weinen: Sie stand am Fenster, und über ihre Wangen liefen Tränen, die sich weiter unten gleich kleinen Kaninchen aus Wasser ins haarige Gebüsch schlugen.

An diesem Tag taten sie dies jedoch nicht. Gewiß, Beryl widerstand dem Sirenengesang der Schuljungen aus der Tiefe auch diesmal nicht. O ja, sie trat langsam ans Fenster, doch etwas war anders an diesem Tag. Beryl die Bärtige hatte keinen Bart! Ein Wunder? Ein plötzlicher Haarausfall über Nacht? Eine betrügerische Doppelgängerin? Antwort: Nein, eine neue Beryl, eine wiedergeborene Beryl, eine so gut wie neue Beryl. Und des Rätsels Lösung bestand aus einem Wort mit vier Buchstaben: Jack.

Der Bursche schien buchstäblich seine Berufung gefunden zu haben. Er war es, der Beryl drängte, dem Schönheitssalon in der Hauptstraße von Highgate einen Besuch abzustatten, und der dann mit dem Inhaber beriet, welche kombinierte Behandlungsweise in Beryls Fall die richtige war: ein wohlüberlegtes Zusammenwirken von Rasierapparat, Enthaarungscremes und einem Bleichmittel, mittels dessen der dunkle Schatten des vormaligen Schnurrbarts der fleischfarbenen Oberlippe angeglichen wurde.

Und dann zu Bett: die nun bartlose Beryl unter die Decke gekuschelt, und auf der Bettkante Jack, der sich anschickte, ihr eine Gutenachtgeschichte mit dem Titel „Florida sehen – und lächeln" zu erzählen. Mit Jack ins Reich der Träume, ins Schlummerland.

Sie hielt seine Hand. Er neigte den Kopf zur Seite. „Bereit, Beryl?"

„So bereit wie nie."

„Dann festhalten! Es geht los."

Sie starteten im Comfort Inn, auf halbem Weg von Orlando nach Kissimee, fuhren auf dem Orange Blossom Trail weiter nach Süden, machten am Gatorland-Zoo und im Tupperware-Hauptwerk mit seinem Museum einen Zwischenstopp. Danach ging es in östlicher Richtung weiter auf der Sand Lake Road, vorbei an dem in Pink und Grün gehaltenen Sheraton. Schließlich bogen sie links ab in die Orange Avenue und erreichten nach maximal einer Viertelstunde den Wohnwagenpark von Tranquil Pines.

Ein Stück weiter nach Westen liegt am Highway 4 das *Magic Kingdom*. Es ist lustig, leicht und locker. Ein wunderbarer Unterschlupf für einen Urlaub, für ein heimliches Stelldichein. Beryl und Jack: ein fabelhaftes Paar, zwei Menschen auf der Flucht, zwei weitere Touristen, die Floridas Sonne entgegengeflogen sind.

Für März waren die Tage herrlich warm. Die mittlere Temperatur lag bei reichlich zwanzig Grad. Beryl und Jack, die in Gatwick bei London gestartet waren, bestaunten nach der Landung auf dem Airport von Orlando erst einmal die Alligatoren in den Wassergräben. Dann mieteten sie im Büro von Alamo Rent-A-Car einen hübschen grauen Buick mit schwellender, portweinfarbener Polsterung. Sie fanden das Comfort Inn, und es wurde seinem Namen voll und ganz gerecht. Beryl trug einen pinkfarbenen Rock und ein T-Shirt mit der Aufschrift: DAS LEBEN IST RISKANT – FANG MIT DEM NACHTISCH AN! Jack trug hellblaue Jeans, dunkelblaue Stoffschuhe, ein kanariengelbes Polohemd und eine meerblaue Baseballmütze. Sie waren nicht wiederzuerkennen.

„Ist es so ähnlich wie Lourdes?" fragte Beryl. „Werden dort auch Leute geheilt?"

Jack dachte kurz nach. Er hatte keine Ahnung, wo Lourdes lag, aber er sagte trotzdem: „Ja, wie Lourdes, aber mit Karussell und Achterbahn."

Ein schönes Land, dieses Florida, bestens geeignet für wirklich junge, im Herzen jung gebliebene und nach einem langen Leben noch immer junge Leute. Wer an Märchen glaubt, fliegt nach Orlando, weil in Florida Platz für Träume und Phantasie und Einfallsreichtum ist. Florida ist vielleicht die einzige neue Welt, die von der Neuen Welt übriggeblieben ist. In der Alten Welt werden alte Menschen einfach noch älter. Hier trainieren sie in Jimbo's Fitneß-Center für Senioren, und selbst die gebrechlichsten können dort ihre Muskelmasse um bis zu zwanzig Prozent vergrößern.

„Immer schön die Brustmuskulatur trainieren! Sieht doch schon ganz prima aus."

„Danke, Jimbo."

„Keine Ursache, Mrs. Beryl."

In der Alten Welt haben Märchen eine schlechte Presse, genau wie alte Leute. In Märchen wimmelt es von bösen Riesen, armen Kindern, gemeinen Königen, schwachen Vätern, habgierigen Brüdern, paranoiden Stiefmüttern, häßlichen Hexen und schwatzenden Kröten, die von einem die ekligsten Dinge verlangen.

In Florida kann man sich von King Kong umarmen lassen, und keiner regt sich darüber auf. Sogar sein Atem ist parfümiert und riecht nach Banane. Man braucht sich nicht zu schämen, weil man nicht mehr der oder die Jüngste ist. Alle leben im Es-war-einmal-Land, in dem alle Reisen ein Happy-End haben, der Kunde sich bereitwillig neppen läßt, das Glück dem Gutversicherten lacht, die Straßen mit Staubsaugern gereinigt und die Telephone desinfiziert werden.

Und so kam es, daß die bartlose Beryl am Ende ihres Großen Tages mit einem Lächeln auf den Zügen entschlief.

In Haus Seelenfrieden konnten die Senioren eine weitere Form des Dahinscheidens in ihre Liste eintragen. Einige von ihnen tauften sie „die Mickymaus-Variante".

Dankbar empfing Mr. Fox die Kunde oben in seinem Büro. Er schlug sich mit allerlei Problemen herum: Die letzte Besprechung mit Herrn Gunther in Köln war übel verlaufen. Herr Gunther hatte ihm auseinandergesetzt, daß Haus Seelenfrieden für *Alter ohne Grenzen* zwar eine willkommene Neuerwerbung darstellen könnte, gäbe es da nicht gewisse Hindernisse. Haus Seelenfrieden sei einfach zu kopflastig. Bei diesem Wort hatte sich Herr Gunther mit dem Zeigefinger an die Stirn getippt.

Mr. Fox hatte geantwortet, sein Personal strenge sich mächtig an, um mit der Kopflastigkeit fertigzuwerden. Die Leute arbeiteten bis zum Umfallen und müßten oft improvisieren, denn sie seien unzureichend ausgerüstet, doch seien sie stets mit ganzem Herzen bei der Sache.

Das bezweifele er nicht, hatte der junge Herr Gunther geantwortet. Sie machten ihre Arbeit bestimmt gut, müßten sie aber noch besser machen.

Nun saß Cledwyn Fox allein in seinem Büro, sah zu, wie Max Montfalcon unten im Garten seine befremdlichen Leibesübungen verrichtete, und mußte sich eingestehen, daß Herrn Gunthers gnadenloser Befund durchaus Hand und Fuß hatte. Immer mehr Menschen wurden geboren – und lebten länger. Der derzeitige Bevölkerungszuwachs lag bei rund zwei Prozent im Jahr. Wenn das so weiterging, würde der individuelle Lebensraum bis gegen Ende des nächsten Jahrtausends auf ein paar Quadratmeter schrumpfen. Fünfzig Milliarden im Jahr 2100, fünfhundert Milliarden ein Jahrhundert später! Bei einer Hochrechnung bis zum dritten Jahrtausend verminderte sich der Lebensraum pro Person auf ein paar Quadratzentimeter. Selbst wenn es möglich wäre, eine Menge Leute mit Raketen zu einem anderen Stern zu schießen, müßten Stunde für Stunde ungefähr zehntausend Personen die Erde verlassen, damit die Aktion überhaupt zu Buche schlug.

Eine künstliche Verlängerung des Lebens über die von der Natur vorgegebene Dauer hinaus war einfach nicht mehr vertretbar. Es galt, ein paar unbequeme Entscheidungen zu treffen. Da war das von Dr. Tonks formulierte Prinzip einer kurzen, aber glücklichen Existenz. Gewiß, gegen ein gewisses Maß an individueller Freiheit war nichts einzuwenden, doch letztlich konnte man der Problematik nur durch umfassende Maßnahmen beikommen. Die Bilder vom Nirvanatron hatten Herrn Gunther gefallen, doch hatte er sich ziemlich geringschätzig über die dürftige amerikanische Fertigungsqualität geäußert. So etwas könne man in Düsseldorf besser, meinte er.

Die beklemmende Spannung, sagte sich Mr. Fox, griff allmählich auf die Senioren über. Kleine Anzeichen von Aufmüpfigkeit machten sich bemerkbar. Immer mehr Insassen büxten aus. Ein

Kölner Manager sprach sich nachdrücklich dafür aus, in allen Seniorenheimen die Bewegungen geistig behinderter Insassen elektronisch zu überwachen. Mr. Fox ergriff daraufhin entsprechende Maßnahmen.

Anderen Symptomen war schwerer beizukommen. Major Bobbno hatte sich auf Anraten von Dr. Tonks eine Reihe von Injektionen eines Präparats mit männlichen Hormonen verschreiben lassen. „Regelmäßig verabreichte Hormongaben regen Kreislauf und Herztätigkeit an", versicherte der Arzt.

Theoretisch mochte das richtig sein, doch unglücklicherweise zeitigten die Spritzen bei dem alten Haudegen noch eine andere, unerwünschte Wirkung: Er sprang aus Schränken, in denen er sich versteckt hatte, und jagte den jüngeren Schwestern einen Schrecken ein. Oder er ging im Flur in Stellung und wartete darauf, daß irgendein Frauenzimmer vorbeikam. Dann stieß er sein Laufgestell beiseite und rief: „Aufgepaßt, Mädels, hier kommt Bobbno!" Dabei schwankte er bedenklich.

Allein Max Montfalcon wirkte ruhig wie immer. Die Leibesübungen taten ihm zweifellos gut. Der Tag kam, an dem er sein Training abschloß. Er war bereit. Vorbereitung, Vorausplanung – das war der Schlüssel zu militärischem Erfolg. Leinen los! Das war der Tag: J-Day. Jack war fällig.

Max saß in seinem Zimmer und lauschte dem Lärm, den die „Fünf Inkontinente" veranstalteten. Er hörte, wie Bert nach Hilfe rief. In einem Anflug von Trotz hatten sie ihre wasserdichten und kochfesten Unterhosen ramponiert und mit einer Rasierklinge die Katheter durchtrennt. Nun rief Bert nach Jack, damit er ihm half, mehrere ruinierte Quadratmeter des guten Teppichbodens zu entfernen. Max lächelte und ging zu seinem Schrank.

Der alte Scheißkerl fiel über ihn her, als er, Jack, im Flur um eine Ecke bog, im Arm einen Haufen klitschnassen Teppichboden und auf die Wucht von Max' Angriff gänzlich unvorbereitet. Max schwang einen „Glockenschläger", einen Fechtdegen, dessen Name vom glockenförmigen Handschutz herrührte und der einst in deutschen Burschenschaften verwendet wurde. Der junge von F. hatte ihm die Waffe hinterlassen. Max wünschte, er hätte einen sehr viel älteren Stoßdegen gehabt, weil der eine stumpfe Klinge besaß und häßliche Wunden schlug, wenn man ihn dem Gegner in Arm oder Rumpf stieß. Ja, er verursachte schlimme innere Blutungen, der Stoßdegen, und deshalb war er nach dem qualvollen Tod eines Göttinger Studenten im Jahre 1767 geächtet worden. Als Max von F.s alten Duelldegen zur Hand nahm, wurde ihm erst richtig klar, worauf er sich unten im matschigen Garten eigentlich vorbereitet hatte. Nein, die ganze Beinarbeit hatte nichts mit Lauftraining zu tun gehabt. Vielmehr hatte er sich an die sogenannte Glacé-Stellung beim Fechten zu erinnern versucht: der linke Fuß war wie festgenagelt, während der rechte kleine, trippelnde Schritte vollführte. Obwohl alles so weit zurücklag, hatte Max nichts vergessen, sondern nur nie daran gedacht, es sich ins Gedächtnis zurückzurufen.

Eines Tages hatte ein gewisser Glanning behauptet, von F. sei kein Arier. Satisfaktion wurde verlangt und gewährt, dem Verleumder eine bittere Lektion erteilt. Niemand durfte ungestraft die Ehre des Hauses von Falkenberg in den Schmutz ziehen!

Jack fing den Schlag mit dem rechten Arm ab. Der Teppich bewahrte ihn vor größerem Schaden. Seine Schreie und Imeldas Gekreische alarmierten das restliche Personal. Es war nicht leicht, Max zu entwaffnen. „Lassen Sie das Ding los, Mr. Montfalcon!" brüllte Bert eines aufs andere Mal. „Sonst wird noch jemand verletzt!"

Einer war bereits verwundet: Jack lag auf dem Boden, und das Blut, das aus seinem Arm sickerte, hatte eine leicht grünliche Färbung – jedenfalls kam es Max so vor. Riesentöterblut.

Max ließ sich wegführen. Er ließ den Degen los. Die Ehre war wiederhergestellt. Morgen war der erste Dienstag des Monats. Ein Tag voll unterhaltsamen Zeitvertreibs in Haus Seelenfrieden. Max freute sich. Er hatte etwas in Jacks Augen gesehen und war zufrieden.

Und Jack? Was empfand er, während er dort lag und blutete? Also, zuerst einmal hatte er Hunger. Klar, er spürte auch, daß er verletzt war. Aber so komisch es klingt, stärker als alles andere war sein Heimweh. Allerdings ging noch etwas anderes in ihm vor, als er, auf dem nassen, stinkenden Teppichboden ausgestreckt, zusah, wie das Blut aus ihm herausfloß – und fast auch das Leben, hätte die Schwester den Arm nicht abgebunden. Doch was ging in ihm vor? Jack öffnete und schloß zuerst das blaue, dann das grüne Auge. Vor seinem Mund bildete sich langsam eine Speichelblase. Sein Haar war blutverschmiert. Jetzt wußte er endlich, was mit ihm los war. Klare Sache: er hatte eine Stinkwut.

## 19

### Tätscheltag

Der erste Dienstag des Monats wurde in Haus Seelenfrieden Tätscheltag genannt. Die „Freunde von Haus Seelenfrieden" kamen dann in einem Lieferwagen angefahren und brachten zwei Hunde mit, Petal die Corgi-Hündin und Denis den Rottweiler. Klein die eine, groß der andere, wurden sie an die Betten der Senioren geführt. Jeder kam an die Reihe – als es sie noch alle gab –, von der jungen Agnes über die Malherbe-Zwillinge bis hin zu Beryl der Bärtigen, ja sogar die fast im Koma Dahindämmernden wie Reverend Alistair, Margaret und Sandra die Schnarcherin. Bei den drei Schlafmützen mußte man eine Hand nehmen und sie zu Denis' breiter, gefurchter Schädeldecke führen, oder zum dichten, warmen Fell, das Petals hübschen goldenen Nacken bedeckte.

Die Reihen der Senioren hatten sich inzwischen erheblich gelichtet. Dennoch wahrte man in Haus Seelenfrieden die Tradition, war Denis' und Petals Rundgang auch im Nu beendet.

Dr. Tonks hielt viel vom Tätscheltag. „Er senkt den Blutdruck und fördert bei Menschen, in deren Leben es niemanden zum Liebhaben und Streicheln gibt, die Bereitschaft zu interaktiven Beziehungen. In amerikanischen Haftanstalten hat man entsprechende Untersuchungen durchgeführt. Gefangene, die an einem Experiment mit Streicheltieren teilnahmen, stellten viel leichter Beziehungen zu Mitmenschen her. Ich kann dies nur voll und ganz befürworten!"

Mit seinem Enthusiasmus stand er jedoch ziemlich allein auf weiter Flur. Mr. Fox, der Hunde verabscheute, schloß sich am Tätscheltag immer im Büro ein. Und die Hunde selber waren auch alles andere als begeistert. Denis der Rottweiler runzelte perplex die Hundestirn, wenn sich die Hände der Alten auf seinen Schädel herabsenkten, und seine hungrigen Augen waren starr auf die tatterigen Finger gerichtet. Die Nackenmuskeln schwollen ihm an wie Fahrradschläuche, und aus den Tiefen seiner Kehle drang verhaltenes Knurren. Denis trug einen Maulkorb, seit Major Bobbno ihn eines Tages mit dem Rückenkratzer traktiert hatte. „Dir werd ich's zeigen, du großes schwarzes Untier! Sitz, sag ich!" Petal die Corgi-Hündin hatte die Angewohnheit, sich nach jeder Tätscheltour ärgerlich zu schütteln, so daß auf ihre nähere Umgebung ein kleiner Schneesturm feiner Haare niederging.

„Noch Tage danach finde ich Hundehaar zwischen den Laken", beschwerte sich die Tagesschwester.

Am Ende dieses ungewöhnlich kurzen Tätscheltages wurden Denis und Petal in die Kofferkammer gesperrt, wo sie auf die Rückkehr ihrer Herrchen warten mußten.

Max ignorierte den Hundebesuch einfach. Er weigerte sich, Denis und Petal zu streicheln, und notierte in seinem Zimmer voller Genugtuung: „Die Lagerleitung hat nach den Fluchtversuchen der letzten Zeit verstärkte Hundepatrouillen angeordnet."

Es fiel ihm immer schwerer, zwischen Schläfrigkeit, Tagträumen und bruchstückhaften Erinnerungen zu unterscheiden. Die Zufahrt zu der alten Schule in Churtseigh, wo er sich aufs College vorbereitet hatte, machte doch einen Linksschwenk um das große Gebäude herum und führte dann auf den Wald zu, vorbei an der Stelle, wo die hübschen Zedern standen? Waren es nicht sieben Bäume gewesen? Oder, fragte Max sich nun, beschrieb der Weg etwa eine Rechtskurve? Am liebsten hätte er den jungen von F. gefragt. Er hätte sich bestimmt erinnert.

Max achtete auf seine Ernährungsweise. Bloß kein Fleisch! Man wußte ja, was für ein Problem die Diebereien in den Sonderabteilungen der Lager darstellten. Ständig wurde Fleisch gestohlen, und zwar ausgerechnet von den Leuten, die eigentlich darauf aufpassen sollten. Kein Wunder, daß der eine oder andere Mediziner sich gezwungen sah, bei Experimenten auf Menschenfleisch zurückzugreifen, statt tierisches Gewebe zu verwenden. Das Fleisch von Lagerinsassen wurde kurzerhand in den Dienst der Wissenschaft gestellt! Eine schreckliche Maßnahme, aber kaum verwunderlich, wenn die Wachmannschaften das Tierfleisch stahlen.

Kein Fleisch also. Obst, Schokolade – und Geduld. Seit Max mit blanker Waffe auf Jack losgegangen war, hatte er sich seinen kleinen Plan genau zurechtgelegt. Er hatte etwas in Jacks Augen gesehen. Etwas, das nichts zu tun hatte mit dem verästelten Netz blutgefüllter Äderchen, die ihn vage an die Kanäle auf dem Mars erinnerten und damit auch an die Zeit, als bedeutende Astronomen noch an Leben auf dem Mars glaubten, über die Idee bemannter Raumfahrt spotteten und ihren Spott mit zahlengespickten Spekulationen des Typs untermauerten, der von Wissenschaftlern gern zur Rechtfertigung und Ausschmückung ungesicherter Erkenntnisse herangezogen wird. Nun wußte Max nicht nur, was von Jacks Kopf zu halten war – genauer gesagt seinem Hirn –, nämlich daß es in ihm nicht mehr lebendige Intelligenz gab als in den Kanälen des Planeten Mars, sondern er war, als er Jack einige Zeit nach dem Überfall mit dem Degen erstmals wieder im Flur begegnete und Jack die Flucht ergriff, auch schlagartig zu einer brillanten Einsicht gelangt: Aus dem Leuchten – nein, dem matten, trüben und irgendwie schmutzigen Glimmen in Jacks düsteren, dumpfen Augen sprach ANGST!

Jack jedoch würde Max bis ans Ende der Welt verfolgen, denn er war von dem Wunsch besessen, ihn umzubringen, so wie viele Amerikaner von dem Wunsch besessen sind, reich zu werden. Er mußte allein schon an dem Alten dranbleiben, weil er überzeugt war, daß Max etwas mit Innocentas Verschwinden zu tun hatte. Und er mußte den alten Scheißer auch im Auge behalten, weil er sonst nie sicher sein konnte, daß er ihm nicht irgendwo auflauerte, um ihn fertigzumachen. Gut aufpassen, Jack, einmal reicht!

Drüben in Greyacres saß Lizzie Turberville im Salon über der ehemaligen Wohnung ihres Vaters mit einer Besucherin beim Tee. „Was war das? Haben Sie das Geräusch gehört?" fragte sie.

Sie und ihre Bekannte stellten behutsam die Tassen auf die Teller zurück und lauschten angestrengt. Wie von weit her hörten sie ein kratzendes Geräusch, als trieben hinter den Fußleisten Mäuse ihr Unwesen. Manchmal vernahmen sie auch eine leise murmelnde oder summende Stimme, langgezogen und verhalten wie fernes Meeresrauschen. Dann sahen sich Lizzie und ihr Besuch über den Rand der Teetassen hinweg verständnisinnig an: „Aha, das ist er also", sollten die Blicke besagen. Er – das war Jack, von dem Lizzie zwar erzählt, den man aber noch nie zu Gesicht bekommen hatte. Dieser Jack saß dort unten in Max' ehemaliger Wohnung, ließ seine Würfel über die mit grünem Filz bespannte Tischplatte kullern und setzte innerlich voll auf noch so einen Gewinn wie den ersten; oder er beäugte von ganz nah die übereinandergetürmten Augen, die seinen Blick träumerisch erwiderten, und freute sich auf weitere angenehme Überraschungen im Zimmer des alten Mannes mit seinem verschlossenen Eichenschrank und den ruhelosen Nächten.

War es Zufall, daß Lady Divina, deren Letzter Wille im Büro der Nachtschwester archiviert war, eines Abends ganz aus eigenem Antrieb gegen neun Uhr ihr Zimmer verließ (sie trug einen rosa Morgenmantel und darunter ein langes weißes Nachthemd, bestickt mit blauen Schafen, die neben einem roten, von grünen Gänseblümchen umgebenen Heuschober grasten) und auf Badezimmer Nr. 3 in der zweiten Etage zusteuerte? In der Hand hielt sie einen Kulturbeutel und eine Duschhaube. (Letztere sollte sich später als erstaunlich nützlicher Gegenstand erweisen.)

    Gegen neun Uhr fünfzehn zog Lady Divina, die inzwischen ein warmes Bad eingelassen hatte, Morgenmantel und Nachthemd aus, setzte die Duschhaube auf (Gott sei Dank!), schnallte sich auf dem Wannenlift fest und ließ sich langsam ins Wasser gleiten.

    Weiß der Himmel, warum Lady Divina ohne Vorwarnung und sachkundige Betreuung auf diese Weise ihre letzte Reise antrat. Hatte sie denn nicht verkündet, sie lasse sich nie wieder in ein Badezimmer oder unter eine Dusche zerren, nicht einmal mit nackter Gewalt? Ein Rätsel, ein Wunder! Oder, wie Mr. Fox sich ausdrückte, ein heimlicher Segen.

Denis und Petal, noch immer in der Kofferkammer eingesperrt, hoben die Köpfe und heulten, als Lady Divina gefunden wurde. Für sie als Naturfreundin sei es ein bewegender Anblick gewesen, meinte die Nachtschwester hinterher.

Lady Divina lag, fest an den Wannenlift geschnallt, eine Handbreit unter Wasser und sah, von der Duschhaube einmal abgesehen, wie eine ältliche Ophelia aus. Für Wiederbelebungsversuche war es zu spät. Dennoch versuchte es die Nachtschwester eine Weile mit künstlicher Beatmung. Wozu hatte sie das schließlich gelernt? Außerdem hatte Lady Divina in ihrem Letzten Willen verfügt, daß nichts unversucht bleiben sollte. Doch wie gesagt, jeder Versuch kam zu spät.

Die Todesursache war nicht Ertrinken, wie die Nachtschwester korrekt voraussagte, sondern Herzversagen. Welch glücklicher Umstand, daß Lady Divinas Haar so schön trocken geblieben war, weil sie jede Strähne sorgsam unter die Duschhaube geschoben hatte! Sie mußten ihr also nur das Nachthemd anziehen, sie ins Bett befördern und nach Dr. Tonks schicken. Auf Dr. Tonks war immer Verlaß. „Eine schöne, saubere Art zu sterben", sagte er mit seinem typischen Bübchenlächeln. „Erstklassige Arbeit!"

Höllische Angst hatte Jack, und eine Stinkwut dazu. Sein bandagierter Arm pochte vor Schmerz. Ein einziger Gedanke füllte seinen Kopf aus, daß er fast platzte: den Opa abservieren, Hackfleisch aus ihm machen, das wollte er und nichts anderes. Klar? Zuhause wäre alles ganz leicht gewesen. Zuhause – das war *Guns 'n' Gold* in der Orange Avenue. Gründlich Hackfleisch aus ihm machen, und bingo! – wieder hätte einer ins Gras gebissen. Wie viele jedes Jahr? Vierundzwanzig? Fünfundzwanzig? Nein, Tausende. Auf einen mehr oder weniger kam es also nicht an.

Aber dies hier war England, und der alte Knabe war ein Irrer. Jack hatte ein flaues Gefühl im Magen. Er fühlte sich nicht wohl. Das gewohnte Essen fehlte ihm. Ob das Wasser nicht in Ordnung war? Er hätte nie von dem Scheißwasser trinken sollen. England war ein altes Land, in dem es nur altes Wasser gab.

Abends gegen neun klingelte das Telephon. Max sagte leise, fast entschuldigend: „Lizzie? Ich habe ein kleines Problem... Bist du noch dran, Lizzie? Kannst du mich hören, Liebes? Die Polizei war hier. Dummerweise interessiert man sich für meine Andenken aus den Kriegsjahren. Frag mich nicht, warum. Außer mir kann niemand etwas mit dem Zeug anfangen, aber sie wollen es trotzdem sehen. Das peinliche ist nur, daß ich es nicht finden kann. Dabei bin ich mir sicher, daß ich alles mitgenommen habe, als Albert und du mich freundlicherweise hier in Haus Seelenfrieden untergebracht habt. Es war alles in der alten Stofftasche. Sie ist blau, du kennst sie. Jedenfalls ist sie weg, einfach nicht mehr da. Wer weiß, vielleicht habe ich sie doch nicht mitgenommen, sondern in meiner Wohnung gelassen – ich meine natürlich bei euch, in eurem Haus. Würdest du mal nachsehen? Die Tasche müßte eigentlich leicht zu finden sein. In dem alten blauen Stoffbeutel müßten zwei Päckchen stecken, die in rosa Servietten eingewickelt sind. Vielleicht ist alles im Wäscheschrank? Du weißt schon, welchen ich meine. Wenn dir die Sucherei lästig ist, sag es mir, dann soll die Polizei eben selber nachschauen. Das ist schließlich ihre Aufgabe, oder?"

Lizzie brauchte nicht lange zu suchen. Innocentas Zimmer war völlig leergeräumt. Es sah aus, als hätte Innocenta nie darin gewohnt. Unwillkürlich fragte sich Lizzie, ob sie nicht vielleicht alles geträumt hatte. Auch in Jacks Zimmer gab es kaum Anzeichen dafür, daß es einen Menschen beherbergt hatte. Eine Anzahl leerer Styroporschachteln, zu einer diagonalen Trennwand übereinandergestapelt; und der hartnäckige, leicht schimmelige Geruch von altem Krabbenbrot. Die Päckchen fand sie im Wäscheschrank. Die blaue Stofftasche lag unter dem Bett.

Mit dem Greifzirkel, der in einem Lederetui steckte, und den beiden Spritzen konnte sie nicht viel anfangen, jedenfalls nicht gleich. Doch als sie die blaue Stofftasche auspackte, fing sie an zu schreien und hörte nicht mehr auf, so daß ihre Putzfrau die Treppe heruntergestürzt kam, um nachzusehen. Sie fand Lizzie umgeben von rosa Päckchen, einer Zigarrenkiste, einem Lederbeutel und einer Flasche, die dem Anschein nach mit runden Bonbons gefüllt war.

Als sie sich ein wenig beruhigt hatte und nicht mehr so zitterte, rief sie Albert an.

„Das kann ich nicht glauben!" sagte ihr Mann. „Augen?"

„Und Köpfe, Albert, nackte, grinsende Schädel! Außerdem eine Schachtel voll Zähne mitsamt Plomben. Das müssen die Dinge sein, nach denen die Polizei sucht. Was sollen wir tun?"

„Tun? Mein Gott, Lizzie, zuerst einmal müssen wir das Zeug loswerden! Geh zu dem alten Knacker und gib ihm alles zurück!"

„Wie ist es überhaupt hierher gekommen? Glaubst du, daß Jack es ihm weggenommen hat?"

„Und wenn schon! Meinst du etwa, das Zeug hat sich auf die Socken gemacht und ist ganz allein zu uns gelaufen? Vielleicht war Max abends mal in seinem Zimmer. Setz dich sofort ins Auto und fahr mit den Sachen nach Haus Seelenfrieden."

„Jack behauptet, Daddy hätte ihn mit einem Duelldegen verwundet."

„Dir kann man wirklich alles erzählen! So etwas ist deinem Vater vielleicht wirklich zuzutrauen, aber die Zeit, in der er andere Menschen umbringen konnte, ist längst vorbei. Außerdem glaube ich diesem Jack kein Wort. Ein verdammter Ami ist er! Alles nur heiße Luft."

„Daddy sagt, die Polizei sei bei ihm gewesen."

„Das überrascht mich nicht. Der Inspektor legt ein ganz schönes Tempo vor. Überall im Land kann es bei gewissen älteren Herren kontinentaleuropäischer Herkunft, wie ich es mal nennen will, darunter Ukrainer, Balten und Weißrussen, jederzeit an der Tür klopfen. Ich habe Max gewarnt. Wahrscheinlich werden sie ihn noch nicht mitnehmen, sondern erst die Berichte aus Polen abwarten. Behauptungen aufstellen ist leicht, Beweise herbeischaffen viel schwerer. Wir müssen diese Dinge ihrem rechtmäßigen Besitzer zurückgeben. Kann sein, daß wir in der Familie einen Massenmörder haben, Lizzie, und wir wollen doch nicht, daß es so aussieht, als hätten wir seine Beute versteckt, oder?"

„Nein, aber ich möchte wissen, wie die Sachen in Daddys Wohnung gelangt sind."

„Wer weiß", erwiderte Albert düster, „vielleicht hat jemand die Sachen in seinem Auftrag bei uns versteckt. Gut möglich, daß der alte Mistkerl uns etwas anhängen wollte."

Sie saß ihrem Vater in Haus Seelenfrieden in dem kleinen Besuchszimmer gegenüber, und es kam ihr vor, als wären Jahre vergangen, seit Albert und sie ihn dort nach dem Scheitern der „Großen Abmachung" zurückgelassen hatten. Max hatte die blaue Stofftasche auf den Knien und hielt sie mit beiden Händen fest.

„Wie du siehst, habe ich den Mantel angezogen. Ich kann also das Haus verlassen. Du selbst hast immer gesagt, daß ich ausgehen darf, wenn ich den Mantel anziehe."

Ja, er hatte den Mantel an, seinen gräßlich grünen, haarigen Mantel, den sie überhaupt nicht leiden konnte. Und er hatte sich auch die scheußliche gelbe Zipfelmütze über beide Ohren gezogen. Sein Gesicht war teigig und grau, er blinzelte nervös, an der Nase hing ein schillernder Tropfen, und an seiner Unterlippe klebten ein paar Tabakkrümel. Er hatte sich nicht rasiert. Und sie, sie brachte nichts anderes heraus als: „Ich hätte wohl besser nicht kommen sollen."

Max saß im Sessel, die großen Hände im Schoß, und drückte die Tasche an sich. Als kleines Mädchen hatte sie diese Hände geliebt, Hände mit breitem Rücken, langen, sich verjüngenden Fingern und glänzenden Nägeln. Ihr Vater hatte immer besonders auf seine Fingernägel geachtet und war der einzige Mann in Lizzies Leben, der sich regelmäßig eine Maniküre gönnte. Dazu suchte er einen gewissen Herrn Otto Kelner auf, der in Euston einen kleinen Salon betrieb. Max besaß ein eigenes Maniküre-Set, das er im Badezimmerregal über dem Rasierzeug verwahrte. Es handelte sich um ein Etui aus weichem schwarzem Leder, in dem in kuscheligen Betten aus scharlachrotem Samt allerlei Knipser, Zangen, Scheren, Nagelfeilen aus Stahl und Schmirgel sowie Nagelhaut-Cremes ruhten. Otto Kelner war Deutscher – erst jetzt begriff Lizzie die eventuelle Tragweite dieser Tatsache und erschauerte.

„Stimmt es, was von dir behauptet wird? Ich meine, daß du einer von den Lagerärzten oder Wissenschaftlern warst und mitverantwortlich dafür bist, daß viele Menschen vergast worden sind? Daß du an der Rampe gestanden hast, als die Juden in Viehwaggons ankamen? Stimmt das alles? Und was ist mit den Injektionen? Hast du den Leuten Phenol gespritzt, wie behauptet wird? Waren es wirklich zwischen dreißig und sechzig am Tag, und das Woche für Woche? Antworte mir!"

Max, der die ganze Zeit den Kopf geschüttelt hatte, hielt damit inne und blickte zu ihr auf. „Samstags nicht. Nicht an Samstagen und Sonntagen."

„Wieso nicht? Warum nicht auch am Wochenende? Soll das heißen, daß du dann frei hattest? Durftest du nach Hause zu Irmgard, deiner ersten Frau? Du hast mir nie von ihr erzählt. Sie war doch immerhin Mummys Vorgängerin. Hast du die Wochenenden mit Irmgard verbracht? Bist du zu ihr nach Hause gefahren?"

„Wir führten Messungen durch, stellten Vergleiche an, machten Notizen. Aber bei der Auswahl des Materials durften wir nicht mitreden. Wir nahmen einfach, was sie uns zuteilten. Ob wir jemanden gerettet haben? Was tut das schon zur Sache? Ich erinnere mich nur noch, daß der junge von F. damals zu mir gesagt hat, er hätte zu Beginn seiner Tätigkeit in Block 10 des Hygieneinstituts nur einen einzigen Assistenten gehabt, einen strohdummen Kerl namens Behrens. Als er fortging, gab es sieben Assistenten. Hat von F. jemanden gerettet? Nein, hat er nicht, wie diese kleinen Schätze hier beweisen. Er hat sie aufgehoben, damit sie ihn an sein Versagen erinnern. Nach seinem Tod gelangten sie dann in meinen Besitz."

„Warum hatten eure Leute an Wochenenden frei?"

„Das war ganz normal. So hatten sie Zeit für ihre Familien. Vielleicht gingen sie auch zu einem Fußballspiel. Sogar Ärzte und Pfleger brauchen ein bißchen Freizeit. Hier schrumpft das Personal manchmal auf eine Handvoll Leute zusammen – eine Schwester und ein paar Aushilfen. Auch Mr. Fox verdrückt sich am Wochenende von Zeit zu Zeit."

„Mr. Fox? Daddy, worüber redest du eigentlich?"

„Er hat ein Landhäuschen, glaube ich. Irgendwo in Wales."

„Ich will mich nicht über Wales unterhalten. Es geht um Deutschland."

Max stand auf, trat ans Fenster und spähte vorsichtig auf die Straße hinab. Zufrieden stellte er fest, daß er offensichtlich nicht bespitzelt wurde, drehte sich zu seiner Tochter um und schenkte ihr ein liebevolles, unbekümmertes Lächeln, ein so aufrichtiges Lächeln, daß sie sich zusammennehmen mußte, um nicht seinem Zauber zu erliegen.

„Wir dürfen den unglaublichen Streß nicht vergessen, Lizzie, vor allem wenn jemand stirbt. Dann versucht jeder, unter unmöglichen Bedingungen gute Arbeit zu leisten. Alle fühlen sich verantwortlich. Die Patienten geben sich die größte Mühe, es dem Doktor rechtzumachen. Kaum tauchen ein paar Ärzte zur Visite auf, schon strengen sie sich an, ein bißchen aufrechter zu stehen und weniger zu husten. Nicht nur die Inkontinenten haben eine schwache Blase, Lizzie. Wir nehmen uns alle so gut es geht zusammen. Manchmal geschehen sogar kleine Wunder. Auf keinen Fall wollen wir die Ärzte enttäuschen. Unter uns gesagt geraten Sterbende dadurch in eine ziemlich unangenehme Lage. Wenn Dr. Tonks sich nach ihrem Befinden erkundigt, ist ihnen klar, daß er von ihnen keine ehrliche Antwort erwartet. Jeder versucht ihm so zu antworten, wie er es ihrer Meinung nach gern hat. Eine falsche Antwort wäre verhängnisvoll. Wenn er zu den Kugelschreibern in seiner Brusttasche greift, kann er mit dieser beiläufigen Handbewegung über Leben und Tod entscheiden. Rot bedeutet Leben, blau, daß man erledigt ist. Mit stummen, flehentlichen Blicken versuchen die Sterbenden Dr. Tonks klarzumachen, daß sie alles tun, um ihm die Arbeit zu erleichtern. Alle Menschen versuchen, sich bei ihrem Arzt anzubiedern. Entweder strengen sie sich an, gesund zu werden – sofern der Doktor dies überhaupt von ihnen erwartet –, oder sie entschuldigen sich, daß ihr Sterben so langwierig, mühsam und unappetitlich vonstatten geht. Dabei hoffen sie die ganze Zeit, daß der Herr Doktor ihnen versichert, sie müßten gar nicht sterben. Aber niemand verläßt Haus Seelenfrieden lebend. Früher oder später kommen wir alle auf die Rampe."

Max stand auf. Zu Lizzies Entsetzen ging er, die Stofftasche in der Hand, quer durchs Zimmer. Er versuchte, den Kopf in ihren Schoß zu legen. „Rette, mich, Lizzie! Laß mich nicht sterben! Schau, ich habe den Mantel angezogen. Nimm mich mit, bitte!"

Sie stieß ihn weg und stürzte, ohne sich noch einmal umzusehen, zur Tür. Als sie nach dem Autoschlüssel kramte, hörte sie die Stimme ihres Vaters: „Nimm dich vor Jack in acht, Lizzie! Er will jemanden umbringen, vielleicht schon morgen."

Mr. Fox rief Saul Tusker in Dover an, um ihn zu beauftragen, ein paar Männer loszuschicken und Lady Divina an der Rampe abzuholen. Zu seiner Überraschung erklärte Mr. Tusker, das sei leider nicht möglich: „Tut mir leid, das erledigen die Amerikaner. Diese Kundin haben sie uns weggeschnappt, die verdammten Amis!"

„Um Himmels willen, wovon reden Sie?" fragte Mr. Fox.

Wenig später traf Mr. Middler ein. In einem großen weißen Jeep fuhr er rückwärts an die Rampe heran. Verglichen mit den roten Aufklebern an Türen und Motorhaube hätte das Rote Kreuz geradezu bieder gewirkt. Alles signalisierte Schnelligkeit und Effizienz.

Mr. Middler, ganz in Weiß gekleidet, trug eine schnurdünne schwarze Krawatte mit einer Messingspange in Form eines angreifenden Büffels, eine altväterliche Mütze und PVC-Stiefel. Er nahm die Mütze ab, kratzte sich am graumelierten Lockenkopf und sagte: „He, Mann, hab ich mich in der Adresse getäuscht oder ist das Haus Seelenfrieden? Wo brennt's denn hier?" Da erblickte er Mr. Fox, der am Fuß der Laderampe stand, streckte die Hand aus und ging mit großen Schritten auf ihn zu: „Jesse Middler von der Firma *Ewigkeit* in Cola, Südkalifornien. Freut mich, Sie kennenzulernen." Er warf einen Blick auf einen Zettel. „Wo ist denn unsere Kundin, diese Lady Divina? So spricht man ihren Namen doch aus, oder? War sie 'ne richtige Lady? Irre. Na, dann woll'n wir mal. Zeit ist Geld. Können wir die Kundin jetzt auf die Bahre packen und an der Rampe verladen?"

„Kundin?" fragte Mr. Fox verblüfft.

„Klar. Sie hat mit der *Ewigkeit* einen Vertrag geschlossen. Muß ungefähr vor einem Jahr gewesen sein. Ich soll die gute Lady Divina auf die Bahre legen, in den Transporter schieben und mit einem Konservierungsmittel besprühen. Das Zeug wirkt nur kurzfristig, aber es hält die Leiche immerhin solange frisch, daß wir es bis zum Depot am Flughafen von Gatwick schaffen, wo wir unsere Kunden für den Flug vorbereiten."

„Sie wollen Lady Divina ins Ausland bringen?"

„Ja, aber nicht gleich. Erst muß sie im Depot eingefroren werden. Sie kriegt flüssige Konservierungsmittel gespritzt und kommt anschließend in die Tiefkühlkammer. Es dauert ungefähr drei Tage, bis ein Kunde richtig hartgefroren ist und in die Röhre geschoben werden kann."

„In die Röhre?" wiederholte Mr. Fox fasziniert.

„Ja, in einen Stahlzylinder. Sieht ein bißchen aus wie eine große Thermosflasche aus Nirosta. Wir befördern sie per Luftfracht nach Cola, drüben in Südkalifornien, und legen sie dort in ein Spezialkühlfach voll flüssigem Stickstoff. Auf diese Weise hält sie sich bis zu dem Tag, an dem wir technisch so weit sind, daß wir unsere Kunden wiederbeleben und reparieren können."

„Wie lange wird das Ihrer Meinung nach dauern?"

„Kommt drauf an, wie gut wir es lernen, kaputte Zellen wieder heil zu machen. Wir machen nicht gerade Riesenfortschritte, aber in dreißig bis fünfzig Jahren, spätestens in anderthalb Jahrhunderten sollten wir die Sache eigentlich ganz gut im Griff haben. Vielleicht können wir dann sogar aus einer einzigen Zelle eine Neuauflage von einem Menschen klonen. Wenn das, was von jemandem übriggeblieben ist, nicht mehr repariert werden kann, nehmen wir uns einfach ein Stückchen und fabrizieren daraus eine Kopie von ihm. In den Verträgen der Firma *Ewigkeit* wird ausdrücklich versichert, daß wir niemanden auftauen, solange wir nicht in der Lage sind, ihn wieder ganz in Ordnung zu bringen. Was haben unsere Kunden also zu verlieren? Besser als Beten funktioniert unsere Methode allemal, und billiger ist das ewige Leben wirklich nicht zu haben, verdammt nochmal!"

„Was passiert mit Lady Divina?"

„Oh, wir nehmen uns nur ihren Kopf vor, alter Knabe. Neurosuspension nennen die Wissenschaftler das, und die Sache hat 'ne Menge für sich. Die gesamte graue Gehirnmasse bleibt dabei nämlich erhalten, und wenn die mechanistische oder behavioristische Sichtweise stimmt, ist der Kopf das Wichtigste am Menschen – oder sind Sie anderer Meinung? Übrigens wirkt sich das natürlich auch auf den Preis auf: Eine Neurosuspension kostet rund fünfunddreißigtausend, eine Ganzkörperbehandlung hunderttausend Dollar."

Mr. Fox fragte sich, ob Lady Divina diesen Leuten erzählt hatte, daß sie an der Alzheimerschen Krankheit litt. Selbst wenn – wen scherte es? Schließlich verfügte man über einen zeitlichen Spielraum von bis zu anderthalb Jahrhunderten und mußte während der Zwischenlagerung mit keiner ernsthaften Störung rechnen, einen Atomkrieg einmal ausgenommen. Lady Divina konnte also getrost der Erlösung von der Alzheimerschen Krankheit entgegenschlafen, vielleicht sogar einer Wiederauferstehung mit einem neuen, geklonten Körper. Vor allem jedoch konnte sie, in der südkalifornischen Stadt Cola von der Firma *Ewigkeit* in einem von flüssigem Stickstoff umgebenen Kühlzylinder sicher verwahrt, gleichsam jene bedrohlichen Entwicklungen überspringen, vor denen sie so lautstark gewarnt hatte. Egal, was mit der Ozonschicht passierte – sie, Lady Divina, bräuchte weder Wärmetod noch Treibhauseffekt zu fürchten, während die Erde wie ein blaues Ei in der kosmischen Bratpfanne briet.

Hupend und mit rotierendem Blaulicht auf dem Dach seines Leichentransporters rauschte Mr. Middler in Richtung Flughafen davon. Mr. Fox winkte so lange, bis das Fahrzeug seinen Blicken entschwand, dann ging er zurück ins Haus, in dem eine Ruhe herrschte wie seit Jahren nicht. Er setzte sich hinter den Schreibtisch und dachte nach. Verdammt, in den vergangenen beiden Wochen war wirklich ganze Arbeit geleistet worden! Gerade wollte er auf einen Knopf drücken und durchgeben, man möge ihm eine Aufstellung aller Abgänge der jüngsten Zeit bringen, als der St. Margaret Drive plötzlich von zuckenden Lichtern und gellenden Sirenen erfüllt war. Für den Bruchteil einer Sekunde glaubte er, Mr. Middler sei zurückgekommen, weil er etwas vergessen hatte.

Das Licht war blau, und blau waren auch die Uniformen. Schon hämmerte Inspektor Slack unten an die Tür von Haus Seelenfrieden und verlangte, eingelassen zu werden.

Cledwyn Fox fühlte sich, als würde das Dach über ihm einstürzen.

Inspektor Slack hatte einen Haftbefehl gegen Max Montfalcon. Die Berichte aus Polen waren zwar alles andere als zufriedenstellend, aber von stümperhaften Untergebenen ließ er sich keinen Stein in den Weg legen. Er war gekommen, Max Montfalcon abzuholen und zu verhören.

Inspektor Slack, ständig auf der Jagd nach Gesetzesbrechern, stürzte sich auf Haus Seelenfrieden wie ein Geier aufs Aas. Die Tatsache, daß es sich bei dem flüchtigen Wild, dem er nachstellen mußte, um schwerhörige, zahnlose, bettnässende und an Gedächtnisschwund leidende Tattergreise handelte, die sich von dieser Welt jederzeit ohne Erlaubnis verabschieden konnten, machte ihm schwer zu schaffen. Nach Verabschiedung der Kriegsverbrechergesetze hatte er gegenüber Presse und Öffentlichkeit gelobt, daß er, Trevor Slack, das Übel an der Wurzel packen werde.

In Anlehnung an Mach, die Maßeinheit für Geschwindigkeiten jenseits der Schallgrenze, hatte Trevor Slack einst, als er über die Lichtgeschwindigkeit nachgrübelte, kurzerhand den Namen Einstein in ein neues Längenmaß für Reisen durchs Weltall umfunktioniert: Einstein, Zweistein, Dreistein, wobei ein „Stein" zehn Lichtjahren entsprach.

Doch ach! das Gehirn altert. Von Trevor Slack konnte niemand behaupten, er konsumiere überdurchschnittlich viel Alkohol – er genehmigte sich höchstens einundzwanzig Drinks pro Woche und befand sich im Vollbesitz seiner Geisteskräfte –, noch hatte man ihn je eine Zigarette rauchen oder einem anderen schädlichen Genußmittel zusprechen sehen. Er legte vielmehr jeden Morgen eine Meile im Laufschritt zurück und machte allabendlich Gymnastik, doch wie gesagt: Das Gehirn altert. Zellen werden schwach, schwinden dahin und sterben ab, ähnlich wie Haut schlaff und schrumpelig wird. Dieser unabwendbare, fortschreitende Verfall gehört nun einmal zum Dasein. Dies hätte sich Inspektor Slack vielleicht vergegenwärtigen sollen, bevor er sein Tempo gleichsam bis auf Lichtgeschwindigkeit steigerte, um in Haus Seelenfrieden das Übel an der Wurzel zu packen. Er hätte sich auch an Max Montfalcons unerklärliche Belustigung bei ihrer letzten Unterredung erinnern sollen. Und er hätte sich ein klein wenig auf das vorbereiten sollen, was er in Haus Seelenfrieden entdecken (oder nicht entdecken) würde. All dies hätte er tun sollen, doch verflixt! das allmähliche Absterben des Gehirns hinderte ihn daran.

Als Cledwyn Fox meldete, Max Montfalcon sei spurlos verschwunden, glaubte Inspektor Slack ihm anfangs nicht. „In Frankreich ist es in letzter Zeit mehrmals vorgekommen, daß Kriegsverbrecher von Pfarrern versteckt wurden", sagte der Inspektor. „Ich hoffe, Sie machen nicht denselben Fehler. Ich habe einen Durchsuchungsbefehl und könnte das ganze Haus auf den Kopf stellen lassen."

Genau das tat er dann, und zwar gründlich. Das alte und ziemlich baufällige Haus aus der viktorianischen Ära bekam seine wütende Entschlossenheit derart zu spüren, daß es erbebte. Dachziegel fielen herunter, Gips bröckelte auf den Inspektor und seine Leute herab, während sie sich einen Raum nach dem anderen vornahmen.

Slack hatte gehofft, die Insassen von Haus Seelenfrieden würden ihm bei der Suche nach Max Montfalcon zur Hand gehen, doch da hatte er sich gründlich getäuscht. Die meisten von ihnen waren tot, und es gab beunruhigende Hinweise darauf, daß sie keines natürlichen Todes gestorben waren.

Das Personal, die Überlebenden dieses Massensterbens, war verstört. Immer wieder fiel ein Name: Jack. Was warf man ihm nicht alles vor! Er habe einige Heimbewohner in der Badewanne ertränkt und anderen eine Überdosis eines Beruhigungsmittels verabreicht. Besonders schaurig sei eine bestimmte Hinrichtungsmethode gewesen (dieser Ausdruck sollte in der Folgezeit immer wieder in der Presse zu lesen sein), die darin bestanden habe, daß besagter Jack Heiminsassen die Zunge mit einem Spatel heruntergedrückt und sie dann gezwungen habe, eine Unmenge Wasser zu schlucken. Auch Sandra die Schnarcherin und die junge Agnes seien auf diese Weise umgekommen.

Bemerkenswert war, daß die der Ohnmacht nahen Senioren sich offenbar zur Wehr gesetzt hatten, denn unter ihren Fingernägeln fand man Hautreste. Die Nachtschwester beschuldigte Jack, den alten Leuten Insulin und Valium in tödlichen Dosen gespritzt oder andere Mitglieder des Personals genötigt zu haben, dies zu tun. Als Inspektor Slack fragte, ob sie oder einer ihrer Untergebenen jemals versucht hätten, Jack davon abzubringen, wies sie den indirekten Vorwurf empört von sich: „Mein Bestreben war immer, Leidenden Erleichterung zu verschaffen und Freude zu verbreiten, wo Kummer herrscht." Sie berief sich auf neueste Statistiken aus den USA, denen zufolge das Leben alter, an Krebs leidender Menschen nur in den seltensten Fällen durch therapeutische Maßnahmen verlängert werden könne. Dergleichen sei Zeitverschwendung. „Ich habe ein reines Gewissen. Gott ist mein Zeuge!"

Die kleine Hilfsschwester Imelda gab zu, daß sie gesehen hatte, wie Jack mit mehreren Senioren die „Wasserkur" machte.

Dabei habe jemand den „Patienten" die Nase zugehalten und die Zunge heruntergedrückt, während Jack ihnen Wasser in die Luftröhre kippte. Die Kur sei in jedem Fall tödlich ausgegangen.

Auch die wenigen alten Leute, die mit dem Leben davongekommen waren, sagten aus, in Haus Seelenfrieden habe bis vor kurzem ein junger Mann namens Jack gearbeitet. In den Akten tauchte jedoch nirgends dieser Name auf.

Wer sich genauer erinnerte, sprach von einem strohblonden jungen Mann mit einem grünen und einem blauen Auge. Major Bobbno beteuerte: „Verschlagen wie ein Paschtune war der Kerl, und von Hygiene hielt er ungefähr soviel wie ein afrikanisches Warzenschwein. Morgens stolzierte er durchs Lager und schlug mit dem Löffel an einen Blechnapf. Führte sich auf wie einer, der sich für was Besseres hält. Arrogantes Bürschchen. Polacke, nehme ich an." Hier hielt Major Bobbno inne und veranschaulichte seine Worte, indem er sich den Rückenkratzer unter den Arm klemmte und die Beine wie beim Stechschritt bewegte. „Am gemeinsten war er zu den russischen Gefangenen. Die armen Schweine!"

Das Personal machte widersprüchliche Aussagen. Die Tagesschwester bestritt sogar rundweg, daß es im Haus jemals einen gewissen Jack gegeben habe. „Massenhysterie!" schnaubte sie. „In Heimen wie diesem ist so etwas nichts Ungewöhnliches. Bei uns geht es so ähnlich zu wie in einem Frauengefängnis, wo die Gefangenen irgendwann alle zur gleichen Zeit die Regel kriegen. In kleinen Gemeinschaften kommt es in Streßsituationen immer wieder zu Anfällen von Hysterie. Jedenfalls habe ich hier nie einen jungen Mann gesehen, und schon gar keinen mit grünen, blauen oder roten Augen. Oder einen Kerl mit einem schwarzen Schnurrbart, der auf einem Besen ritt."

Inspektor Slack sah sich einstweilen außerstande, seinen haarsträubenden Verdacht zu untermauern. Max Montfalcon hatte sich aus dem Staub gemacht.

An einem der nächsten Tage war in einem Boulevardblatt zu lesen, Dr. Tonks habe gesagt, er sei „erschüttert". In einer anderen Zeitung stand, er sei „schockiert", in einer dritten, er sei sich „keiner Schuld bewußt", denn er hätte niemals gutgeheißen, daß einer der Senioren mißhandelt wurde. Doch dann fragte er: „Glauben Sie etwa, es ist schön, mit voller Hose und leerem Hirn dahinzuvegetieren und seinen Angehörigen zur Last zu fallen, verdammt nochmal?" Im Gegensatz zu den anderen zog er nicht über Jack her. Als Inspektor Slack ihn nach dem geheimnisvollen jungen Mann befragte, antwortete er: „Jack? Von dem halte ich nichts. Ich bin Wissenschaftler."

Man fand Lizzie Turberville im Garten ihres Hauses in Highgate. Sie hing am Ast eines Apfelbaums und war nur mit einem schwarzen, spitzenbesetzten Höschen bekleidet. Laut Sergeant Fyffe, einem fünfunddreißigjährigen, blonden und recht kunstsinnigen Untergebenen von Inspektor Slack, sah sie aus wie eine Figur auf einem surrealistischen Gemälde von Dalí. Oder hätte er besser Max Ernst sagen sollen? Oder Magritte? Allerdings stieß er sich daran, daß man der Toten, die am knarrenden Ast des Apfelbaumes schaukelte, einen schwarzen Beutel über den Kopf gestülpt hatte. Ein abstruser Einfall, dieser Beutel, schauerlich und bestechend zugleich.

Genau besehen erfüllte der Beutel auch einen kosmetischen Zweck, denn jemand hatte so oft mit einem stumpfen Gegenstand, vermutlich einem Hammer, auf Lizzie Turbervilles Gesicht eingeschlagen, daß es nicht wiederzuerkennen war. Die nackte Brutalität des Mörders ließ vermuten, daß zwischen ihm und seinem Opfer eine in psychologischer Hinsicht problematische Beziehung bestanden hatte. Todesursache waren zwei Messerstiche ins Herz. Erst danach war Lizzie Turbervilles Kopf mit Schlägen traktiert worden. Diese sinnlose, willkürliche Untat war gräßlicher und unverständlicher als alles, was der Sergeant in seiner bisherigen Laufbahn erlebt hatte. Man hätte meinen können, daß der Täter nach dem ersten Schlag, durch den wahrscheinlich nicht nur Lizzies Nasenbein und Wangenknochen zertrümmert wurden, sondern auch ein Auge aus seiner Höhle sprang, erst richtig in Fahrt gekommen war. Vielleicht hatte er beim Anblick des eben noch so glatten und ruhigen, nun jedoch schrecklich entstellten Gesichts völlig durchgedreht und solange zugeschlagen, bis der Kopf seines Opfers kaum noch dem eines Menschen ähnelte.

Der schwarze Samtbeutel – er stammte aus Deutschland, war wahrscheinlich Anfang der vierziger Jahre hergestellt worden und zur Aufbewahrung von Schmuck bestimmt – hatte zwei Bändchen, die der Mörder unterhalb des zermatschten Schädels zugezogen und säuberlich zu einer Schleife, genauer gesagt zu einer Fliege von grotesker Förmlichkeit gebunden hatte. Die Fliege war es, die den jungen Sergeanten Fyffe zwischen Dalí und Magritte schwanken ließ, doch schließlich entschied er sich für Dalí. Ausschlaggebend war die vermeintliche Verspieltheit dieses kleinen Details, und die Tatsache, daß das Schamhaar des Opfers sorgfältig ausrasiert war, allerdings nicht ganz, sondern nur auf der rechten Seite, bestärkte ihn in seiner Vermutung.

Eine ganz schön ausgefallene Art zu morden! Alles deutete darauf hin, daß der Täter ein Mensch mit schweren sexuellen Problemen war. „Bestimmt ein Perverser", meinte Sergeant Fyffe, vermied dieses Wort jedoch in seinem Bericht. Hätten er und seine Vorgesetzten ein bißchen besser über die Zustände in Amerika Bescheid gewußt, wäre ihnen das Rätselraten um die „Frauenleiche mit der Fliege", wie es in der Presse hieß, erspart geblieben, und sie hätten begriffen, daß es sich um eine getreue Nachahmung eines der Morde aus dem Videofilm *Mädchengeil* handelte, der seinerseits auf einem enorm populären Song der Rap-Gruppe *Die Witwentröster* basierte, in dem es unter anderem heißt: „Ich schneid dich aus dem Höschen / und rasier dir 's halbe Döschen."

Hätte sich der junge, kunstbeflissene Sergeant Fyffe wider alle Wahrscheinlichkeit mit derartigen Dingen ausgekannt, wäre ihm sicher der Verdacht gekommen, daß der Killer irgendwo unter seiner Kleidung das Schamhaar seines Opfer versteckt hatte. Dann hätte Fyffe sich nicht darüber gewundert, daß Jack unter dem Hemd einen kleinen braunen Lederbeutel mit sich herumtrug. Die Witwentröster hatten ihrem Song mit dem fetzigen Rhythmus nämlich folgenden Refrain verpaßt: „Ich trag am Hals 'ne Strähne / von deiner Frauenmähne." Es war jedoch kaum damit zu rechnen, daß der Song eines Tages in England groß rauskam. Keiner der Kriminalbeamten, die nach dem Mörder der Frau mit der Fliege fahndeten, hatte auch nur einen blassen Schimmer von amerikanischer Kultur.

Die Stofftasche auf dem Schoß, saß Max hinten in Mr. Middlers rasender Ambulanz, neben sich die aufgebahrte Leiche von Lady Divina, die noch immer die rosa Duschhaube trug.

Max malte sich matt lächelnd aus, wie Lady Divinas Augen und Lippen sich am Tag der Wiederauferstehung öffnen würden und wie sie in einem neuen Jahrhundert des neuen Jahrtausends eine neue Welt erblicken würde, an der es jede Menge auszusetzen gäbe: schlimmere Hitzewellen denn je; stetig sinkender Wasserspiegel der großen nordamerikanischen Seen; alle paar Wochen tropische Wirbelstürme über den Malediven, die wie Atlantis längst versunken wären; Malaria in Dorset; Ringelwürmer und Sumpffieber im tiefsten Wales.

Max lachte im Dunkeln leise in sich hinein. „Die werden ihr blaues Wunder erleben, wenn sie sie aufwecken!"


„Kann ich bitte Ihre Tickets sehen?"

Ein hochgewachsener alter Herr mit dichtem grauem Haar, das je nach Beleuchtung bisweilen einen leichten Blaustich annahm. Er trug einen alten grünen Mantel, ebenso betagte Lederslipper und kurze weiße Socken, über denen ein Stück käsig-blasser Haut herauslugte. Den Kopf bedeckte eine lange, hin- und herschwingende Zipfelmütze aus gelber Wolle, und um den Hals hatte er sich eine rote Krawatte gebunden, deren riesiger Knoten genau unter dem Adamsapfel saß. Der Mann hatte eine altmodische Stofftasche bei sich. Das Mädchen an seiner Seite hatte große, silbrig glänzende Augenschatten, ein kalkweiß geschminktes Gesicht und schwarzes Haar, das noch vor kurzem rot gewesen war. Tatsächlich, es war Innocenta, und interessanterweise hatte auch ihr volles, rabenschwarzes Haar manchmal einen bläulichen Schimmer.

„Ich könnte gar nicht zurück", hatte Max sich gesagt, „weil ich mich nicht erinnere, woher ich komme. Aber ich kann dorthin fahren, woher er kommt." Und so standen Innocenta und er nun in einer langen, gewundenen Schlange zwischen ein paar hundert Passagieren, die wie sie einen Flug nach Orlando gebucht hatten. Weit vor ihnen, in fast nebeliger Ferne, saßen die Girls der Northwest Airlines hinter den Abfertigungsschaltern und lächelten. Sicherheitsbeamte gingen an der Menschenschlange entlang und kontrollierten Pässe.

„Bei den amerikanischen Fluglinien hat man anscheinend eine Heidenangst, daß jemand eine Waffe oder Bombe an Bord schmuggeln könnte", meinte Innocenta.

„Wenn die meisten Passagiere Amerikaner sind, haben sie allen Grund dazu", gab ihr Großvater bissig zurück.

Ein dunkelhaariger Kontrolleur verlangte ihre Ausweise und prüfte sie mit pedantischer Gründlichkeit.

„Können Sie sich noch mit anderen Papieren ausweisen?"

Innocenta reichte ihm ihren Führerschein, Max gab ihm eine ziemlich ramponierte Karte aus grauem Papier. Sie war mit dunkelroter Tinte in einer Sprache vollgekritzelt, mit der der junge Mann nichts anzufangen wußte.

„Was ist das, bitte?"

Max richtete sich zu voller Größe auf und lächelte verträumt. „Sieht sie nicht schön aus? Solche Karten trugen in Deutschland Studenten bei sich, die einer schlagenden Verbindung angehörten. Sie waren eine Art Ausweis der Burschenschaft. Korpsstudent zu sein war gleichbedeutend mit Selbstsicherheit, Selbstbeherrschung und Selbstlosigkeit. Man hatte garantiert schon einmal mit dem kalten Stahl eines gegnerischen Degens Bekanntschaft gemacht, bei einer Mensur, einem richtigen Zweikampf. Dabei lernten die Studenten, sich mit Würde und Anstand zu schlagen. Sie benutzten einen Degen, den sie ‚Glockenschläger' nannten, weil er einen glockenförmigen Handschutz hatte. Die Mensur wurde in der Weimarer Republik zwar verboten, aber viele Studenten hielten sich nicht daran. Sie tranken genauso weiter wie immer und hatten nur Frauen im Kopf. Doch das ist wohl überall auf der Welt so."

„Sehr interessant, Sir", sagte der junge Mann vom Sicherheitsdienst, „nur könnte ich die Karte leider selbst dann nicht als Ausweispapier akzeptieren, wenn Sie mir beweisen würden, daß Sie sie als junger Mann unterschrieben und sich mit dem Glockenschläger in der Faust duelliert haben."

„Ich glaube, ich habe einen Fehler gemacht", sagte Max. „Zwischen dem jungen Mann, der die Karte unterschrieb und dabei nicht nur an die Ehre seiner Burschenschaft, sondern auch an die seines Landes glaubte, und dem älteren Herrn, der vor Ihnen steht, gibt es keinerlei Verbindung, Sir."

„Wieso haben Sie mir dann die Karte gegeben?"

„Ehrlich gesagt habe ich vergessen, warum." Wieder lächelte Max geistesabwesend. „Hier, nehmen Sie! Dies ist mein Rentnerausweis."

Dreimal schlug der Metalldetektor bei Max Alarm. Erst legte Max seinen Füller, dann, als das elektronische Auge wieder schrill protestierte, auch das silberne Feuerzeug, eine Anzahl Münzen, die Taschenuhr und die beiden goldenen Ringe auf das bereitstehende Tablett, doch als er durch die Schranke schritt, wurde er erneut zurückgepfiffen.

„Haben Sie vielleicht metallene Schuheinlagen?" fragte der genervte Beamte.

Max schüttelte den Kopf, zog jedoch die Schuhe aus und ging auf Socken durch die Kontrolle – unbeanstandet. „Halleluja!" sagte der Uniformierte. „Jetzt sind Sie sauber, alter Knabe."

Innocenta kaufte Max ein Paar weiße Tennisschuhe. Soweit Max sich erinnern konnte, hatte er noch nie Tennisschuhe mit goldenen und purpurroten Pfeilen gesehen. Oder mit orangefarbenen Schnürbändern. Innocenta riet ihm, sie nicht zuzubinden. „Dafür sind sie nicht gemacht. Außerdem ist es garantiert besser für deine Füße." Sie zeigte ihm, wie man die Schuhe aufpumpte. „Du mußt hier drücken. Das ist eine eingebaute Pumpe. Du kannst soviel Luft in die Schuhe pumpen, wie du willst. Sie passen sich der Form deiner Füße an. Ja, so ist es gut! Jetzt gehst du auf einem Luftkissen."

Max ging hinter ihr her zum Flugzeug. Tatsächlich fühlte er sich, als würde er schweben. Die neuen Schuhe waren sehr bequem. Richtige Läufer, wie Innocenta sich ausgedrückt hatte. Ihre übergroßen blauen Zungen bewegten sich beim Gehen wie die hechelnden Zungen durstiger Welpen.

Cledwyn Fox versuchte sich bei der Polizei anzubiedern, indem er verriet, daß im Absatz von Max Montfalcons rechtem Slipper der Miniatursender eines elektronischen Suchgeräts versteckt war: „Ich habe alle meine wanderlustigen Senioren damit ausgestattet." Darüber freute man sich nicht wenig, zumindest anfänglich. Im Nu war der Sender geortet und Max' genaue Position bestimmt. Inspektor Slack brauchte für die Fahrt nach Gatwick kaum mehr als einviertel Stunden, in Anbetracht des Londoner Verkehrs keine üble Leistung.

Die stark heruntergelatschten Slipper lagen noch immer neben dem kläglich piepsenden Metalldetektor, aber ihr Besitzer war schon seit achtzehn Stunden über alle Berge. Genau gesagt stieg er gerade in Florida, im zwanzig Autominuten vom Flughafen Orlando entfernten und ein bißchen abseits vom Bee Line Expressway gelegenen Days Inn Motel in ein Jacuzzi-Bad, zum erstenmal in seinem Leben.

Der Mond schien auf das dunkle, verschlossene und anscheinend menschenleere Haus Seelenfrieden herab, tauchte den St. Margaret Drive und die Lord John Road, eine Sackgasse, in mildes Licht, sickerte durch Fenster und verlieh den fein säuberlich in der Eingangshalle aufgereihten Rollstühlen einen bleichen Anstrich, strahlte zwei zurückgelassene Pappmachéköpfe an, die beide, Ente und Maus, wie herrenlose Fußbälle in einen Wald von Krücken und Laufgestellen gerollt waren, und entfachte im kalten Kamin des im Erdgeschoß gelegenen Salons ein geisterhaftes Feuer. Das ganze Haus schien zu knacken und zu knarren. Hinter Fußleisten huschten Mäuse hin und her.

Die Überlebenden waren für die Dauer der Ermittlungen im Gemeindehaus untergebracht worden. Irgendwo tief im Bauch von Haus Seelenfrieden jaulten zwei Hunde, als heulten sie den Mond an, doch den konnten sie nicht sehen. Seit achtundvierzig Stunden waren sie in der Kofferkammer eingesperrt, und es kam, wie es kommen mußte: Die Tiere machten sich daran, an dem Kofferstapel zu knabbern, als wäre er ein Berg von Knochen. Hundezähne gruben sich in altes Leder, zerrten und nagten an Max Montfalcon, Maudie Geratie und Lady Divina. Petal und Denis, seit dem letzten Tätscheltag vergessen und sich selbst überlassen, hoben die Schnauzen und heulten laut. Sie wollten nach Hause.

# 20

# Himmel auf Erden

Größere Kontingente wurden per Eisenbahn angeliefert, genau wie damals, nur daß es jetzt eine Einschienenbahn war. Man konnte nur staunen, wie sehr das System vervollkommnet und verbessert worden war. Die Leute durften sogar einzeln kommen, im eigenen Auto, per Bus oder zu Fuß. Man wurde von Wächtern in pfirsichfarbenen Hemden eingewiesen und parkte seinen Wagen auf einem geräumigen Areal, das sinnigerweise mit dem Konterfei eines großen, freundlich dreinblickenden Tieres oder eines verschmitzten Zwerges gekennzeichnet war, eine nützliche und überaus willkommene Gedächtnisstütze.

Er stellte das Auto auf einem Parkplatz ab, dessen Erkennungszeichen ein Hund mit Schlappohren war. Dann stieg er wie alle anderen in den Zug, um zum imposanten Haupteingang zu fahren. Er hatte schon mehrmals erlebt, wie man versucht hatte, die Masse zu blenden, aber diese Anlage schlug alles. Die Drehkreuze wirkten geradezu einladend, das geschäftige Treiben erinnerte an einen Marktplatz oder ein Messegelände, die Farben waren so heiter und festlich, wie schlichte Gemüter es gern haben. Doch wer die Zeichen zu deuten verstand, begriff sofort, daß hier jene unauffällige, jedoch stahlharte Disziplin waltete, die zur Lenkung so vieler Menschen unerläßlich ist. NICHT RAUCHEN, ESSEN, TRINKEN BITTE WÄHREND DER GANZEN FAHRT SITZENBLEIBEN Hervorragend! Nirgends Anzeichen von Panik. Geschickt plazierte Wächter ließen die Neuankömmlinge keine Sekunde lang aus den Augen, während ein Zug nach dem anderen an der Rampe hielt und die Leute auf die Plattform stiegen, um sich ordnungsgemäß zum eigentlichen Lager transportieren zu lassen. Kontrolle der Masse und allzeitiger Gehorsam, ob freiwillig oder erzwungen – darauf kam es an, heute wie gestern. Hohe, jedoch unauffällige Zäune. Wenn man erst einmal drinnen war, gab es außer den Drehkreuzen keinen Ausgang. Die Zäune waren vermutlich durch Betonfundamente gegen Tunnelgräber gesichert. Überall der Anschein von Normalität, ja Unbekümmertheit. Der Bahnhof ein Prachtexemplar von einer Attrappe. Man hatte wirklich das Gefühl, in einem echten Zug einem echten Ziel entgegenzufahren. Es gab sogar Bahnsteigkarten, die unschlüssigen Neuankömmlingen nahelegten, doch einen Tag zu bleiben, aus dem dann leicht drei Tage werden konnten. Irgendwie weckte das alles Erinnerungen an ähnlich trügerischtröstliche Vorkehrungen in einem anderen Lager, vor langer Zeit. Ein kompletter Bahnhof mit Wartesälen, Fahrplänen und einer Uhr, deren Zeiger auf der 6 stehengeblieben waren. Sechs Uhr morgens oder abends? Das sollte man nie erfahren. Ein Lager von diesen Ausmaßen hatte er noch nie gesehen. Die Drehkreuze klickten, wenn man hindurchging.

Eine Führerin erschien und kündete eine Orientierungsrunde an. Sie trug eine dunkelblaue Reitkappe, einen kurzen blauen Rock, weiße Kniestrümpfe und hielt eine Reitgerte in der Hand. Sie hieß Magda und war aus München, dem lieben alten München. Großartig! Welch glückliche Erinnerungen verbanden sich mit den Fahrradtouren an den Ufern der Isar. Magda schwenkte die Reitgerte und verbreitete sich über die Geschichte des Unternehmens sowie dessen Errungenschaften. Es versprach, ein schöner warmer Tag zu werden. Magda, die höchstens zwanzig war, lächelte unter der Reitkappe und entblößte dabei Zähne von vollendeter Ebenmäßigkeit.

„Ja, wir werden auch Zeit für einen Imbiß haben. Ach, wie ich sehe, sind ein paar Senioren unter Ihnen. Wenn ich Ihnen zu schnell gehe, rufen Sie einfach nach mir. Magda wird Sie hören."

Überall Wachen. Uniformen in verschiedenen Farben, die wahrscheinlich die Funktion, möglicherweise sogar den Rang des Trägers bestimmten. Lächeln war anscheinend Pflicht.

Magda ging vor ihnen her zum Lagerkino, um ihnen einen Film über das Leben des Gründers zu zeigen. Kaum hatten sie den geräumigen Saal betreten, schloß sich die große Tür hinter ihnen. BEEILT EUCH, LEUTE, DIE TÜR IST NICHT SO NETT ZU EUCH WIE ICH. Dies sagte der ältliche Türsteher. Aha, alles ferngesteuert. Die Maschinen befinden sich wahrscheinlich tief unten in einem Kellerraum, überlegte Max und hielt nach Schornsteinen Ausschau, aber anscheinend hatte man sie sorgfältig getarnt.

Der Erschaffer dieser Welt sei ein Kind der Weltwirtschaftskrise gewesen, erfuhr man im Film, der in dem auch als Konferenzraum genutzten Saal gezeigt wurde. Nach einem Fronteinsatz in Frankreich während des Ersten Weltkrieges habe der Gründer beschlossen, daheim ein Reich zu errichten, das sich dereinst über den gesamten Erdball erstrecken sollte. Die Menschen sollten glücklich, gesund und straff organisiert sein, Millionen in aller Welt den Gründer verehren und seinen Namen voller Ehrfurcht aussprechen. Der Film endete, die tückischen Türen schwangen auf, und Sonnenlicht strömte herein. Magda führte die Gruppe sicher aus dem Auditorium, bevor die Türen wieder gemein werden konnten.

„Behalten Sie einfach meine Reitgerte im Auge", sagte sie lächelnd, „dann kann nichts passieren."

Der ältliche Türsteher lächelte. Alle lächelten. BITTE WEITERGEHEN! DIESER SAAL FASST 591 ZUSCHAUER. HELFEN SIE UNS, ALLE PLÄTZE ZU BESETZEN! Als nächstes sollte ein Film über die Entstehung des Menschen gezeigt werden, wahrscheinlich eine pädagogische Maßnahme, die dazu diente, die Lagerinsassen mit der Eugenik vertraut zu machen und ihnen die Notwendigkeit der Rassentrennung vor Augen zu führen, denn schließlich wollte man ja keine Zustände wie in Polen, wo sich das vorhandene Menschenmaterial zu einem heillosen Sammelsurium vieler völkischer Splittergruppen vermengt hatte.

AUF KEINEN FALL KOPF UND ARME AUS DER KABINE STRECKEN! VON DEN TÜREN ZURÜCKTRETEN! TÜREN ÖFFNEN UND SCHLIESSEN AUTOMATISCH!

Den ganzen Tag bis tief in die Nacht hielt ein Zug nach dem anderen an der Rampe, und heraus quollen Tausende aufgeregter Menschen. Er staunte über die große Zahl Kranker und Gebrechlicher. Rollstühle, vermutlich einfach stehengelassen, säumten den Zaun am Eingang. Es gab auch eine Menge Blinde und Lahme. Sie würden wahrscheinlich nicht lange bleiben, aber die Lagerleitung tat offensichtlich alles, damit sie die ihnen verbleibende Zeit bestmöglich nutzten. Erstaunlich, wie viele Ausländer man sah. Nicht wenige sprachen Spanisch. Eurasier, Mestizen, Mulatten, Hybride, Farbige, Bastarde, Mischlinge mit einem Viertel oder einem Achtel Negerblut... Ein fetter Mann mit einer Beinprothese knipste einen noch fetteren Schwarzen. Photographieren wurde hier anscheinend nicht nur geduldet, sondern sogar gern gesehen. Damals wäre das undenkbar gewesen: Wer photographierte, mußte mit einer drakonischen Strafe rechnen. Wächter in einer Art Mäusekostüm trieben sich auf den Lagerstraßen herum und winkten den Insassen zu, die dadurch anscheinend auf die Gefahr einer Ungezieferplage hingewiesen werden sollten. Das Problem war allgegenwärtig. Unwillkürlich mußte man an die vielen Läuse denken – damals. Hier wurde Hygiene offensichtlich großgeschrieben. Und weit und breit keiner dieser Muselmanen. Wie angenehm!

Irgendwie kam man nicht umhin, dem grandiosen, an Besessenheit grenzenden Versuch, die indogermanische Rasse zu definieren, Respekt zu zollen. Schädel und Gehirnmasse mußten vermessen, pathologische Mißbildungen registriert werden. Während man die Forschungen vorantrieb, schwand das Menschenmaterial, das die Grundlage der Untersuchungen bildete, dahin. Was war dies hier? Aha, eine beachtliche Nachbildung des Kristallpalasts. In den Toiletten erklang die Kleine Nachtmusik. Fasziniert stellte er fest, daß das ursprünglich von Deutschen entwickelte, inzwischen durch moderne Errungenschaften und psychologische Erkenntnisse verbesserte Konzept der Sonderbehandlung in speziellen Lagern sogar heute noch eine solide Grundlage für Unternehmen wie dieses bildete. Die Insassen waren besser gekleidet und genährt als damals. Sie wirkten auch gesünder. Nirgends sah er eine Waffe oder einen Stock, ja nicht einmal eine Peitsche, von Magdas flotter Reitgerte einmal abgesehen. Dennoch waren die Leute um ein Vielfaches gehorsamer und aus vollem Herzen bereit, den Anordnungen der Lagerleitung Folge zu leisten. Peinliche Sauberkeit, wohin man schaute. Gefegte Wege, gemähte Rasenflächen.

Es gab Läden und Lokale, Erholungsbereiche und lehrreiche Ausstellungen; es gab auch Seen, auf denen keine Wasservögel schwammen, stoische Bäume und sogar ein gutes Lagerorchester. Zum Thema Musik hatte man sich wirklich etwas einfallen lassen. In Bäumen und Büschen versteckte Lautsprecher dudelten beschwingte Melodien. Wäre man doch bloß dort, wo ich damals gearbeitet habe, auf solche Ideen gekommen, sagte er sich. Wieviel unnötiges Leid wäre Insassen und Personal erspart geblieben! Aha, ein japanischer Liguster, groß genug, um einen vor Magdas scharfen Augen zu verbergen. *Japonicum Lingustrum:* üppige, cremeweiße Blüten im Frühling; in Japan und Korea beheimatet. Dank sei dir, Magda aus München. Bald wirst du in dem Neuen Reich wirken, das gerade in Frankreich errichtet wird. Viel Glück und Gottes Segen!

So, und jetzt hinein ins *Magic Kingdom,* das Zauberreich, wo die ganze heitere Welt ausgebreitet liegt unter einem weiten blauen Himmel und einer Sonne, die gleich einem gütigen Auge voll Wärme auf Mensch und Maus herabblickt. Hier gab es, wie es sich für ein gutes Märchen gehört, eine verwunschene Burg mit blauen und weißen Türmchen, flatternden Fahnen, Burggraben, Bergfried, Burghof, Fallgitter, Souvenirladen und getarntem Fahrstuhl. Ja, jeder aufmerksame Beobachter hätte den getarnten Fahrstuhl entdecken können. Er verbarg sich am hinteren Ende des mittelalterlichen Speisesaals hinter einer dicken Lederpolsterung und beförderte Angestellte, die dreimal am Tag vor der Märchenburg in Tierkostümen eine Vorstellung gaben, zu den Umkleideräumen hinauf. Burgen wie diese verdienen eine gute Geschichte, und die Geschichte ging so.

Es war einmal ein alter Mann namens Max, der wohnte glücklich und zufrieden mit seiner Enkelin, der dunkelhaarigen

Innocenta, im Comfort Inn am Orange Blossom Trail. Wenn er sie morgens immer ein bißchen streng ansah, so lag es daran, daß sie irgendwie bleich und anders als früher aussah. Sie hoffte, daß er es nicht merkte, aber natürlich entging es ihm nicht. Er wußte die Zeichen richtig zu deuten. Es handelte sich zwar um eine Entwicklung, mit der er nicht gerechnet hatte, aber er konnte sie sich leicht erklären. Biologie war nun einmal Biologie. Ein kleiner Jack war unterwegs. Ein Hans im Ofen. Was tun?

Jetzt erst einmal hinein in den Fahrstuhl und sich hoch über das Lager hinauftragen lassen. Was für eine Aussicht! Tief unten der mit Wasser gefüllte Burggraben. Tief unten auch die lustige kleine Eisenbahn, die tutend über das Lagergelände gondelte und die Passagiere zu ihrem Bestimmungsort beförderte. WÄHREND DER GESAMTEN FAHRT ÜBERWACHUNG DURCH TV-MONITORE! Und nun stand man hier, wartete und war überzeugt, daß Jack zum Stelldichein kommen würde.

Man war seit der Ankunft wirklich nicht faul gewesen. Wie gut man schon nach mehreren Fahrten die Straße kannte, die vom Comfort Inn zu Jacks leerem Wohnwagen führte, vorbei am Amber Keg Sandwich Shop, der Good Shepherd Medical Clinic, den Magic Motors Used Cars und dem All Bug Control. Man hatte die Mittelalter-Lifeshow besucht, den herrischen Falken bewundert, den Habicht heißhungrig rohe Fleischbrokken verschlingen sehen, beobachtet, wie Alligatoren Hühnerteile fraßen und sich in Wolf's Bun Shop eine Tasse Kaffee und ein Stück Blaubeerkuchen genehmigt. Wie kann man nach Florida fliegen, ohne sich das Leben ein bißchen schön zu machen? Ein Blick auf die Auslagen von Big Bobs Laden für gebrauchte Teppiche; ein bißchen Bargeld aus dem Automaten in Ye Olde Banke Shoppe; ein Abstecher zu Fat Mansy's Guns 'n' Gold: VOR BETRETEN ALLE WAFFEN ENTLADEN! Drinnen im Laden war einem dann ein hübsches kleines Schießeisen gezeigt worden, mindestens so schön wie die Tec-9, eine Maschinenpistole mit zweiunddreißig Schuß im Magazin und Spezialbeschichtung gegen Fingerabdrücke, das Ganze für knapp dreihundert Dollar. Zur Selbstverteidigung? Na klar! Anschließend war man weitergefahren, vorbei an Freddy's Famous Steaks, Wendy's Facial Surgery und schließlich auch am Aardvark Videoklub.

Wie riesig die Reklameschilder waren! ORLANDO – WIR WISSEN, WIE WERTVOLL WASSER IST. Gleich danach eine noch größere Tafel: SCHLUSS MIT DER PORNOGRAPHIE! Dort war man links abgebogen, zum Wohnwagenpark von Tranquil Pines gefahren.

Dort hatte man an der Tür von Jacks alter Behausung einen Zettel zurückgelassen: Etwas Wertvolles erwarte ihn, sofern er sich zu der angegebenen Zeit an besagtem Ort einfände. Und ob er kam! Flink trat er aus dem Fahrstuhl. Schließlich war man doch in Florida, wo alle Märchen wahr werden, oder? Dies war das Reich der Träume, hier wurden alle Wünsche erfüllt.

„Hallo, Jack", sagte ein alter Mann zu dem Burschen mit Mäusekopf. „Erinnerst du dich an mich?"

Man hatte wirklich etwas gelernt aus den Geschichten, die Jack den dahinscheidenden Senioren am Bettrand erzählt hatte. Der Maus blieb kaum Zeit, die Pfoten zu heben. In der Alten Welt mochte Jack den armen Riesen ausplündern; ihm die Gans wegnehmen, die gleich einem nie versiegenden Quell des Reichtums pausenlos schwere goldene Eier legte; ihn seiner kargen Schätze aus Kriegszeiten berauben; ihn um seinen Seelenfrieden bringen. Doch hier, in der Neuen Welt, konnten sich die Alten, diese scheinbar gebrechlichen, vergeßlichen Kreaturen, die in Wirklichkeit zwangsenteignete Riesen waren, endlich ihre Peiniger vorknöpfen, sie ins Reich der Träume befördern.

Und einfach weggehen. Langsam zwar, aber aufrecht. Die unten im Hof tanzenden Hunde, Enten und Eichkatzen ahnten nichts von der Tragödie, die sich auf den Zinnen der Burg abspielte, sie sangen weiter und demonstrierten durch ihre nicht sehr abwechslungsreiche, aber gerade deshalb einprägsame musikalische Darbietung, daß wir Menschen uns mit dem Schlimmsten abfinden, wenn es uns nur richtig schmackhaft gemacht wird. Genug Süßstoff macht die bitterste Medizin zu einem Leckerbissen. BITTE NEHMEN SIE IHRE PERSÖNLICHE HABE AN SICH UND BETRETEN SIE VORSICHTIG DAS FÖRDERBAND. Nichts wie raus hier, doch an den Drehkreuzen wurde man prompt angehalten.

Einen quälenden Augenblick lang fragte man sich, ob sie die Leiche (die gestärkte Hemdbrust färbte sich vom Blut rot, es sickerte zwischen den schwarzen Lippen hervor, sprenkelte die gelbe Fliege) auf der Plattform des Turms etwa schon gefunden hatten. Aber nein, es handelte sich lediglich um eine Formalität. Man wolle das Lager also schon verlassen? – Ja, genau das wolle man. – Ob man vorhabe wiederzukommen? – Oh, sicher, bei der erstbesten Gelegenheit. Seit einem halben Jahrhundert habe man sich nicht so amüsiert. – Schön, dann möge man doch bitte ein Handgelenk freimachen, nein, nicht das linke, lieber das rechte. Und dann passierte etwas Unglaubliches, das bewies, wie wenig sich manche Dinge ändern, mag die Anlage noch so modern sein: Sie stempelten einem eine unsichtbare, aber unauslöschliche Nummer aufs rechte Handgelenk, rasch und sachlich, als Nachweis, daß man sich eine Zeitlang im Lager aufgehalten hatte! Nach einem Blick über die Schulter auf die neuen Transporte, die alle paar Minuten in Sonderzügen eintrafen, ging man zu dem grauen Buick, den man bei Alamo Rent-A-Car gemietet hatte. Der Wagen stand auf einem Parkplatz, dessen Erkennungszeichen, ein großer Hund mit Schlappohren, entfernte Ähnlichkeit mit Denis dem Rottweiler hatte und den Analphabeten unter den Ankömmlingen – hatte man damals nicht ganze Horden von ihnen eintreffen sehen? – die Orientierung erleichtern sollte. Sie saß hinter dem Steuer und wartete auf ihn. Mit einem flüchtigen Blick stellte er fest, daß sie noch immer kränklich aussah. Was sollte man tun?

Er stand vor einer schwierigen Entscheidung. Die Neugier des Wissenschaftlers erwachte in ihm, und so dachte er verdrossen darüber nach, welchen Verlust an Menschenmaterial ein Schwangerschaftsabbruch bedeuten würde. Hier bot sich ihm die seltene Gelegenheit, einen Fötus zu untersuchen, der von einem Mädchen und einem Monster gezeugt worden war. Aber

Gefühle waren hier fehl am Platz. Man mußte etwas unternehmen, und zwar bald. Und so fuhr man lächelnd, wie es ein besonders glückliches Ende verlangt, dem Sonnenuntergang entgegen.

Klett-Cotta
Die Originalausgabe erschien
unter dem Titel „Serenity House" bei Macmillan, London
© 1992 Christopher Hope
Für die deutsche Ausgabe
© J. G. Cotta'sche Buchhandlung Nachfolger GmbH,
gegr. 1659,
Stuttgart 1994
Fotomechanische Wiedergabe nur mit Genehmigung
des Verlags
Schutzumschlag: Klett-Cotta-Design
Printed in Germany
Gesetzt aus der 10 Punkt Baskerville
von Steffen Hahn GmbH, Kornwestheim
Auf säure- und holzfreiem Werkdruckpapier
gedruckt und gebunden von Ebner Ulm

Die Deutsche Bibliothek – CIP-Einheitsaufnahme
*Hope, Christopher:*
Die Wonnen der Vergänglichkeit : Roman / Christopher Hope.
Aus dem Engl. übers. von Hartmut Zahn und Carina von
Enzenberg. – Stuttgart : Klett-Cotta, 1994
Einheitssacht.: Serenity house <dt.>
ISBN: 3-608-93709-9

## *Angela Carter*
## *bei Klett-Cotta*

„Diese intelligente Autorin, die mit Phantasie und Sprachkraft einen magischen Realismus à l'anglaise zusammenbraut, sieht die Wirklichkeit am liebsten verfremdet. Angela Carter ist nicht zu klassifizieren. Ihre stilistische Klasse dient einem fortlaufenden Projekt: der Demontage der gesellschftlichen Leitbilder des zwanzigsten Jahrhunderts."
*Frankfurter Allgemeine Zeitung*

### *Das tätowierte Herz*
Roman. Aus dem Englischen von Joachim Kalka.
156 Seiten, gebunden, ISBN 3-608-93192-9

Angela Carters Roman beschwört das Lebensgefühl der siebziger Jahre. Nicht die brillanten Kinder von Marx und Coca Cola, sondern die Generation von Nescafé und Wohlfahrtsstaat steht im Mittelpunkt der verzweifelten, zugleich banalen wie magischen Liebesgeschichte, die schlimm enden muß.

### *Wie's uns gefällt*
Roman. Aus dem Englischen von Joachim Kalka.
334 Seiten, gebunden, ISBN 3-608-95845-2

„Salman Rushdie bescheinigte ihren Romanen und Erzählungen, daß sie schon 'immer diesen wilden Glanz hatten'. Das gelte ganz besonders für 'Wie's uns gefällt', es sei 'ein komisches, ein absolut komisches Buch'. Und tatsächlich, es ist ein Roman, der zuweilen im Narrenkleid der unverblümten Parodie auftritt, mit brillantem Witz und Kneipenjargon und einem Seidenfaden aus Melancholie. Ein Festmahl (mit haut goût) für Leser, die das Abgründige unter der Komik erkennen und mögen."
*Die Welt*

### *Das Haus des Puppenmachers*
Roman. Aus dem Englischen von Joachim Kalka.
228 Seiten, gebunden, ISBN 3-608-95531-3

„Mit Lust und leisem Grauen ist Melanies Geschichte zu lesen."
*Sonia Mikich / Emma*

# Peter Carey
## bei Klett-Cotta

### Die Steuerfahnderin
Roman. Aus dem Englischen von Peter Torberg.
375 Seiten, Leinen, ISBN 3-608-95861-4

„Peter Carey ist ein begnadeter Erzähler. Auch sein jüngstes Werk beweist, daß es immer wieder Bücher gibt, die man nicht aus der Hand legen kann, weil sie einen geradezu magisch hineinziehen in eine andere Welt. In ' Die Steuerfahnderin ' führt uns Carey seine Personen mit unglaublicher psychologischer Präzision vor. Wir lernen sie so genau kennen, daß wir schon deshalb wissen, daß die Selbstzerstörung der Familie Catchprice nicht umkehrbar ist."
*Radio Bremen*

### Oscar und Lucinda
Roman. Aus dem Englischen von Dirk van Gunsteren.
600 Seiten, gebunden, ISBN 3-608-95682-4

„Dieser Roman ist ganz außergewöhnlich bunt, vielschichtig und stark – er ist ein ganzes Universum, das vor Leben strotzt und summt..."
*Angela Carter*

### Illywhacker
Roman. Aus dem Englischen von Dirk van Gunsteren.
688 Seiten, gebunden, ISBN 3-608-95634-4

Herbert Badgery ist 139 Jahre alt und ein hinreißender Lügner. Doch seine Lebenserinnerungen sind gleichzeitig eine traurig-komische Tour de force durch unser Jahrhundert, von der Zeit des Aufbruchs Australiens bis zur Invasion der Touristen, die den fünften Kontinent mit einem Freiland-Zoo verwechseln.
„Normal ist nichts in und an diesem Buch: 700 Seiten und fast nur Verrückte. ' Illywhacker ' ist eine total irre Hochgeschwindigkeitsreise durch ein knappes Jahrhundert australische Geschichte und liest sich nach Mark Twain wie die ' Ansammlung der wunderbarsten Lügen; und es sind alles frische, neue Lügen, keine schimmligen, alten, abgestandenen. Diese Geschichte ist voller Abenteuer, voller Unstimmigkeiten und Unglaubwürdigkeiten – aber alles ist wahr, alles ist passiert.' "
*Südwestfunk*

## Helden und Schurken
Roman. Aus dem Englischen von Joachim Kalka.
230 Seiten, gebunden, ISBN 3-608-95628-X

„Die Geschichte der Professorentochter Marianne, die eines Tages die umzäunte Enklave der Vernunft verläßt, um zu den Barbaren zu gehen, ist eine Satire auf Rousseaus 'edlen Wilden' und auf jegliche Art von Ethno-Kitsch, eine Kritik an patriarchalischen Riten, ein farbiges, von keinem Realismus gebändigtes Stück Erzählliteratur."
*Frankfurter Allgemeine Zeitung*

## Die infernalischen Traummaschinen des Doktor Hoffman
Roman. Aus dem Englischen von Joachim Kalka.
337 Seiten, gebunden, ISBN 3-608-95282-9

In einer Welt, die bedroht wird durch die Gewalt der gestohlenen Wünsche, begegnen wir: dem singenden Flußvolk, das zärtlich und unschuldig ist; dem entsetzlichen Grafen, der die Sonne verschlingen will; den Piraten, die sich Söldner des Todes nennen; den Kannibalen des afrikanischen Waldes; dem greisen Professor mit seiner geheimnisvollen Peepshow; dem Kentaurenstamm; den Akrobaten des Verlangens, die mit ihren Gliedern jonglieren und ihr Geschlecht nach Belieben wechseln - und schließlich betreten wir das Schloß des teuflischen und genialen Doktor Hoffman.
„ Angela Carter, die literarische Alchimistin, mischt Philosophie, Mythologie, Wissenschaft, Okkultismus, Psychologie zu einer Geschichte voller Paradoxien und Allegorien... Spannung zieht das Buch aus einem permanenten Gegensatz zwischen analytischer Kühle und übersprudelnder Fabulierfreude..."
*Süddeutsche Zeitung*

## Nächte im Zirkus
Roman. Aus dem Englischen von Joachim Kalka.
434 Seiten, gebunden, ISBN 3-608-95359-0

„Ein Leckerbissen für Träumer und Fantasy-Freaks, für Feministinnen und sanfte Machos, für die Bewunderer von Fellini und die Liebhaber der Commedia dell'Arte."
*Welt am Sonntag*

*Nino Ricci*
*bei Klett-Cotta*

## *Der Biß der Schlange*
Roman. Aus dem Englischen von Dirk van Gunsteren.
256 Seiten, gebunden, ISBN 3-608-95819-3

„ Dieser Roman fesselt. Was den Leser so gefangen hält, ist die Sprache. Sie ist intensiv, ohne schwer zu sein, kraftvoll, ohne zu erdrücken. Sie ist der Zauberstab, auf dessen Berührung hin die Landschaft des Apennins oder der Hafen von Neapel zu einer lichtvollen und farbenfrohen Szenerie werden. Daß die Sprache Riccis diese Wirkung auch im Deutschen hat, ist der gekonnten Übertragung zu verdanken...
So wie im Tango der ganze Schmerz des entwurzelten Menschen liegt, läßt Riccis Roman die Reminiszenz an das zurückgelassene Land wiederaufleben."
*Frankfurter Allgemeine Zeitung*

## *Das Glashaus*
Roman. Aus dem Englischen von Dirk van Gunsteren.
404 Seiten, gebunden, ISBN 3-608-93214-3

In großartigen Familienszenen, die Sprachlosigkeit und Isolation des Einzelnen zeigen, in peinlich schüchternen Versuchen Vittorios, Freundschaft zu schließen, und in fast liebevollen und detailgenauen Beschreibungen der harschen kanadischen Landschaft, läßt Nino Ricci ein Bild der Fremde entstehen.
Immer wenn Vittorio über seine Familie nachdenkt, empfindet er Scham über ihre Armut, über ihre Versuche, so zu sein wie die Kanadier. Die Sprache seiner Heimat, ein rauhes Italienisch, wirkt hier grob, häßlich. Von den Kindern gehänselt zieht sich der ohnehin schüchterne Junge völlig zurück.
Ohne Halt, den ein festes Traditionsgefüge geben kann, wird das Leben in einem fremden Land zu einem schmerzvollen Prozeß der Suche nach einer neuen Identität.